国家出版基金项目
NATIONAL PUBLICATION FOUNDATION

# 1945—1949年东北解放区文学大系

戏剧卷⑤

本卷主编◎宋喜坤

总主编◎丛坤

黑龍江大學出版社
哈尔滨

**图书在版编目（CIP）数据**

1945—1949 年东北解放区文学大系. 戏剧卷 / 丛坤总主编 ; 宋喜坤分册主编. -- 哈尔滨 : 黑龙江大学出版社, 2021.10
ISBN 978-7-5686-0468-0

Ⅰ. ①1… Ⅱ. ①丛… ②宋… Ⅲ. ①解放区文学一作品综合集一东北地区一 1945-1949 ②戏剧文学一作品综合集一中国一 1945-1949 Ⅳ. ① I218.3

中国版本图书馆 CIP 数据核字（2021）第 101536 号

1945—1949 年东北解放区文学大系　戏剧卷
1945—1949 NIAN DONGBEI JIEFANGQU WENXUE DAXI XIJUJUAN
宋喜坤　主编

---

责任编辑　杨琳琳　魏　玲　高　媛　于　丹　宋丽丽　徐晓华　范丽丽　常宇琦
出版发行　黑龙江大学出版社
地　　址　哈尔滨市南岗区学府三道街 36 号
印　　刷　哈尔滨市石桥印务有限公司
开　　本　720 毫米 ×1000 毫米　1/16
印　　张　312
字　　数　3494 千
版　　次　2021 年 10 月第 1 版
印　　次　2021 年 10 月第 1 次印刷
书　　号　ISBN 978-7-5686-0468-0
定　　价　998.00 元（全十册）

---

## 《1945—1949年东北解放区文学大系》

# 出版说明

1945年到1949年的东北解放区，社会风云变幻，文学繁荣发展。当时的文学创作者们以激昂向上的笔触，再现了波澜壮阔的解放战争和轰轰烈烈的土地改革，讴歌了人民军队可歌可泣的英雄事迹，描绘了劳动人民翻身后的喜悦心情，书写了时代的大主题。为了再现这段文学风貌，我们编辑出版了《1945—1949年东北解放区文学大系》。

这套丛书大体以体裁分编，计小说卷（长篇、中篇、短篇）、散文卷、戏剧卷、诗歌卷、翻译文学卷、评论卷及史料卷七种，所收录作品以新文学为主。此阶段作品浩如烟海，而部分文字资料因时间久远或受当时技术所限出现严重缺损，考虑到丛书篇幅有限，故仅收入代表性较强的作品。对于因原始资料不全、不清晰而无法完整呈现，或受条件所限未收集到权威版本的篇目，则整理为存目，列于丛书卷末，以备读者参考。

丛书编辑过程中，多数篇目由原始版本辑录，首次收入文集，也有些篇目参照了此前出版的多种文集。原始文献若有个别字迹不清确不可考的，丛书中以□代替。

丛书收录作品以1945年8月至1949年10月为时间节点，个别作品的完成时间略有延伸。大部分作品结尾标注了写作时间，以及初次发表或结集出版的版本信息。作品编排大体以作者姓名笔画为序（特殊情况除外，如集体创作作品列于卷末）。

就筛选标准而言，所收主要为东北作家创作的主题作品，也有非东北籍作家创作的有关东北解放区的作品。除此之外，还有此时期公开发表的反映抗日战争题材的作品，以及在东北出版的反映其他解放区的、革命主题特色鲜明的作品。需要指出的是，在本丛书的史料卷中，还有一部分作品创作于新中国成立之后，但反映了解放战争时期东北解放区的文学发展面貌，或记述了一些典型事件、代表性人物，亦具珍贵的史料价值，为完整呈现当时的文学风貌，这部分作品亦收入丛书，以“节选”的方式呈现。

需要特别说明的是，此时期的个别作家受时代限制，思想表现出了一定的历史局限性，体现在文学创作方面可能表现为不同程度的瑕疵，这一群体的作品，只要总体导向是正面的、积极的，从保证史料全面性、完整性的角度考虑，我们也将其予以收录。个别作家在解放战争时期是积极追求进步的，但随着社会环境的变化，却出现思想动摇甚至走向错误道路，对于其作品，本丛书只选取其有代表性的、取向积极的篇目，对于其他时期该作家的不当言论、思想，我们不予认同。此外，在当时复杂的政治环境下，还有一些作品中的个别表述可能存在一些偏差，但只要其主题思想是积极进步的，则丛书亦予以收录。

丛书旨在突出东北解放区文学原貌，侧重文献整理，故此在编辑过程中，重点对作品中会影响读者理解的明显讹误进行了订正，对于字词、标点符号以及句法等，尊重原文的使用习惯，不予调改，以突出其史料价值。此外，由于此时期文学作品肩负宣传进步思想的重任，而读者对象大多文化程度较低，创作者亦水平不一，因此创作主旨以通俗易懂为要，一些篇目语言风格通俗、浅白，甚至个别篇目、细节存在一些俚语表达，为遵从原貌，丛书仅对不雅字、词、句加以处理，其余不予调改。本书选文除作者原注外，亦保留原文在初次出版时的编者注，供读者参考。

# 《1945—1949年东北解放区文学大系》

## 戏剧卷⑤

# 总　　序

张福贵

从古至今，东北在中国历史与文化进程中，特别是近代以来都是决定中国社会政治发展走向的重要因素。当然，这种作用不单纯是东北自生的，更是多种因素叠加和交汇的结果。东北文化既是文化空间概念，同时更是历史时间概念，是不同空间、区域的多种历史文化的积累，是一种时空统一的文化复合体。值得注意的是，除了抗战时期的特殊因缘使“东北作家群”名噪一时外，作为东北历史文化和现实社会表征的东北文学特别是东北解放区文学，在相当长的时间里却未得到应有的关注。黑龙江大学出版社在对过去为数不多的东北文学史料进行整理的基础上出版的东北文艺史料集成——《1945—1949 年东北解放区文学大系》，因而可以说是特别值得关注的。

《1945—1949 年东北解放区文学大系》内容丰富，除了包括小说卷、诗歌卷、散文卷、戏剧卷之外，还包括评论卷、史料卷和翻译文学卷。这是一个前所未有的大工程，也是一件大善事。正如“总导言”中所说的那样，丛书注重发掘新资料，通过回归文学现场，复现了东北解放区文学的整体面貌。东北解放区文学处于东北现代文学快速繁荣发展的历史时期，在土改文学、工业文学、战争文学等方面代表了20世纪40年代解放区文学的成就，是对《在延安文艺座谈会上的讲话》所确立的文艺观念的全面实践。对东北解放区文学的系统研究有利于更全面地总结解放区文学的成就，有利于把握延安文艺传统与东北解放区文学的内在联系，以及解放区文学对新中国文学制度、观念、创作等方面的影响。以"历史视角""时代视角"对东北解放区文学，尤其是解放战争时期的土改题材、工业题材的小说和戏剧进行分析，可以勾勒出政治意识形态对东北解放区文学运动、文学社团、文学形态、文学制度、文学风格、文学论争等产生的影响，有利于把握东北解放区文学的历史价值、认识价值、审美价值与当代意义，同时对于挖掘东北地区的文化历史和建设东北文化亦具有现实意义。东北解放区文学是基于延安文艺传统而创作的，对东北解放区文艺运动、文艺理论的全面审视具有重要的历史价值和理论意义。此外，对东北解放区文学进行深入研究，探寻人民文艺理论的历史源头，对于当代文艺创作、审美观念的引导亦具有一定的启示作用。但是，受地域因素、资料整理程度、研究者文化背景等条件的制约，东北解放区文学在中国当代文学史上的特殊地位与价值一直以来并未引起研究者的足够重视。

东北解放区文学无论是在中国大文学史中还是在东北文学和文化发展的历史中，都是具有特殊意义的存在。

虽然现代东北文学在新文学运动初期晚于也弱于关内文学的发展，但是1931年九一八事变发生，新起的东北文学及东北作家被国难推到了文坛中心，萧红、萧军等青年作家更是直接受到鲁迅的关注和扶持，迅速成为前沿作家。这一批流落到上海等都市的青年作家由此被称为"东北作家群"，他们奠定了东北文学在中国大文学史上的特殊地位。然而，正像全面抗战进入相持阶段之后，中国文坛也变得相对平静、舒缓一样，除了萧红、萧军等人外，东北文学和东北作家也逐渐失去了文坛的关注。应当承认，一些东北作家的文学成就和文坛名声之间并不完全相符，是时代造就了他们，提高了他们的文学史地位。然而，另一方面，我们对其中有些作家及作品的价值却又是认识不足的。对此，我自己也有一个认识转化的过程：过去单纯依据多数东北作家的创作进行判断，感觉某些艺术价值之外的因素在评价中发生了作用，其地位可能有些“虚高”；但是，对于20世纪的中国文学史来说，艺术之外的价值判断就是艺术判断本身，或者说，社会判断、政治判断就是中国文学史评价的根本性尺度。因为在中国作家或者说在知识分子的群体意识之中，政治的责任感和社会的使命感几乎是与生俱来的，而中国20世纪风云激荡的社会现实又为这种责任感和使命感提供了最好的生长环境。“悲愤出诗人”，“文章憎命达”，文学创作是与政治、思想、伦理等融为一体的，脱离了这一切，文艺也就失去了时代与大众。所以说，无论是具体的作品分析，还是文学史研究，没有了这些“外在因素”，也就偏离了其本质。“东北作家群”是时代的产物，也是时代文艺的产物，20世纪中国文学史中应该有他们浓墨重彩的一笔。作为后人，对历史做出评价往往是轻而易举的，但是这“轻而易举”往往会导致曲解甚至歪曲了历史，委屈了历史人物。“东北作家群”的价值和意义不是单一的，因为对中国现代文学史的评价从来就不是一种艺术史、学术史的评价，而是一种思想史和政治史的评价。正如鲁迅当年为萧军的成名作《八月的乡村》所作的序中所写的那样，“这《八月的乡村》，即是很好的一部，虽然有些近乎短篇的连续，结构和描写人物的手段，也不能比法捷耶夫的《毁灭》，然而严肃,紧张,作者的心血和失去的天空,土地,受难的人民,以至失去的茂草,高粱,蝈蝈,蚊子,搅成一团,鲜红地在读者眼前展开,显示着中国的一份和全部,现在和未来,死路与活路。凡有人心的读者,是看得完的,而且有所得的”。《八月的乡村》不仅是中国现代第一部抗日题材的长篇小说,也是世界反法西斯战争题材的第一部长篇小说,其意义和价值是特殊的、特有的,不可单单以艺术审美的标准来看待这部作品。“东北作家群”的存在及其创作的意义,不只是为20世纪30年代的中国文坛增添了特有的地域文化内容和东北文学特有的审美风格,更在于最早向全国和世界传达出中华民族抗敌御辱的英勇壮举,最早发出反法西斯的声音。此外,在抗战大历史观视域下,“东北作家群”的创作为十四年抗战史提供了真实的证据。特别是东北解放区的早期文学直书十四年历史的特殊性,这是十分可贵的和独特的。于毅夫的散文《青年们补上十四年这一课》,深刻而沉重地描写了十四年殖民统治下东北人的精神状态和文化演变:

> 这许多现象,说明了东北在十四年殖民统治的过程中,文化生活上是起了很大的变化。翻开伪满的《满语国民读本》一看,真是“协和语”连篇,如亚细亚竟写成アジヤ,俄罗斯竟写成ロシヤ,有的人一直到现在还把多少元写成多少円,这都是伪满“协和语”的残余,说明殖民统治残余的文化还在活着,还没有死去,这在今天不能不说是一件遗憾的事!仔细想来,这也难怪,因为日本的魔手,掌握了东北十四年,今天一旦解放,希望不着一点痕迹,这是完全做不到的,要从历史上来看,它切断了东北历史

十四年，这十四年的历史是很黯淡地被抹掉了，十四年来也的确是一个大变化，在这期间多少国家兴起了，多少国家衰落了，多少血泪的斗争、多少波浪的起伏，都被日本鬼子的魔手所遮断！我回到家乡接触到成千成百的青年，几乎都不大明了这十四年来的历史真相，有的连中国内部有多少省都不知道，连云南、贵州在哪里都不晓得。

难能可贵的是，作者较早地认识到在经历了十四年的奴化教育之后，对东北人民进行民族和民主意识的启蒙是至关重要的。“不过历史是不能停滞的，殖民统治残余的文化必须要肃清，法西斯毒化思想也必须要肃清，既然是日本鬼子切断了东北历史十四年，既然法西斯分子要篡改这一段历史，那我们就应该设法补足这十四年的历史！”“要做到这点，我想青年们今天的迫切要求，不是如何加紧去学习英文、代数、几何、物理、化学，读死书本事，争分数之短长，准备到社会上去找一个饭碗，而是如何加紧去学习新文化，如何加紧学习社会科学，如何去改造自己的思想，如何进一步地去改造这遭受法西斯思想威胁的半封建的半殖民地的社会！”“因此我向青年们提议要加强你们对于新文化的学习，加强对于社会科学的学习，特别是政治的学习，不要把自己圈在课堂里，圈在死书本子上。”“新青年要掌握着新文化，新思想，才能创造起新中国新东北！”（《东北日报》1946 年 10 月 13 日）

在一批最前沿的左翼作家流亡关内之后，东北文学经过了一段艰难而相对平静的发展阶段。在表面繁华而内在凶险的沦陷区文艺界，中国作家用各种文艺手段或明或暗地与侵略者进行抗争，并为此付出了血的代价。这种状况直到 1945 年光复之后才发生根本性转变，东北文艺创作者们一方面回顾过去的苦难，另一方面表现出对新生活的憧憬，这正是后来东北解放区文艺的心理基础，而日渐激烈的解放战争又为东北文艺的走向和解放区文艺的诞生提供了具体的现实基础。这与以萧军、罗烽、舒群、白朗、塞克、金人等人为代表的东北籍作家的返乡，以及在东北沦陷区留守的左翼作家关沫南、陈隄、山丁、李季风、王光逖等人的坚持，是分不开的。当然，随我党十几万军政人员一同出关的延安等地的众多文艺家，在东北文艺的创设中更是起到了引领和带头作用。这其中已经成名的有刘白羽、周立波、丁玲、草明、严文井、张庚、吴伯箫、华山、陆地、公木、方青、任钧、雷加、马加、陈学昭、西虹、颜一烟、林蓝、柳青、师田手、李克异、蔡天心等。

东北解放区文艺的创作直接继承了延安文艺特别是毛泽东《在延安文艺座谈会上的讲话》精神。在党的直接领导下，东北解放区先后创办了《东北日报》《中苏日报》《东北民报》《关东日报》《辽南日报》《西满日报》《大连日报》《松江日报》《合江日报》《吉林日报》《胜利报》等，这些报纸多为党的机关报，其文艺副刊发表了大量的文艺作品、理论文章及文艺动态。这些报纸副刊对于东北解放区文学的引导与建构起到了重要的作用。与此同时，《东北文学》《东北文化》《东北文艺》《文学战线》《人民戏剧》《白山》《戏剧与音乐》等文学杂志，以及东北书店、大众书店、光华书店等出版机构相继创办，这些文艺刊物和书店对解放区文艺的发展也起到了很大的推动作用。

革命的逻辑和阶级的理论是东北解放区文艺创作的普遍主题。这是一种革命的启蒙，与左翼文艺一脉相承，只不过东北的社会现实为这种主题提供了更为广泛而坚实的生活基础。抗战胜利后，为了开辟和巩固东北解放区，使之成为解放全中国的军事和经济基地，我党进军东北，抢占了战略制高点。可是，在东北，人民军队所处的环境与山东等老解放区完全不同，殖民统治因素加之国民党的宣传，使得我们的政治优势在最初未能完全发挥出来。正如李衍白在散文《黎明升起——巨大变化的东北一年间》中所写的那样："群众在犹豫中，岁月在艰苦里，这就是我们在东北土地上刚刚开始播种，还没有发芽开花时的现实遭遇。"随着革命形势的发展，革命军队传统的政治思想工作优势又体现了出来。我党在部队中开展了以"谁养活了谁"为主题的"诉苦运动"，这颠覆了中国东北乡村社会的封建伦理，提高了官兵的阶级觉悟，极大地增强了部队的战斗力。

这种革命的逻辑在土改题材的作品中表现得最为突出。方青的短篇小说《擦黑》讲述了这个朴素的道理：

"……像赵三爷那号人，把咱穷人的血喝干了，咱们才不得不去找口水喝饮饮嗓；他们喝干了咱们的血没有一点过，咱们找口水喝饮饮嗓子就犯了罪？旧社会就是这么不公平！他们还满口的仁义道德，呸！雇一个扛活的，一年就剥削好几十石粮食，还总是有理！穷人的孩子偷他个瓜吃，就叫犯罪，绑起来揍半天，这叫什么他妈的道德？咱们要讲新道德，咱们贫雇农的道德；就是用新道德来看咱们贫雇农；像上边说的那些犯了点毛病的，都不要紧，脸上有点黑，一擦就干净了，只要坦白出来，都是穷哥儿们好兄弟。一句话：只要是姓穷的就有理，穷就是理！金牌子上的灰一擦净，还是金牌子。家务事怎么都好办!”李政委讲的话刚一落音,大伙高兴地乱吵吵起来:“都亲哥儿兄弟么!”

除此之外,还有在“你给地主害死爹,我给地主害死娘……”的事实教育下,认识到了彼此都是阶级弟兄,大家都是穷苦人的“无敌三勇士”,他们从此“火线上生死抱团结”。(刘白羽《无敌三勇士》)

土地改革是东北解放区文艺最引人关注的问题。东北解放区文学作品中有许多极具写实性的“穷人翻身”故事,如周立波的《暴风骤雨》、马加的《江山村十日》、白朗的《孙宾和群力屯》、井岩盾的《瞎月工伸冤记》、李尔重的《第七班》、西虹的《英雄的父亲》等文艺经典作品。

方青的《土地还家》描述的就是这一历史巨变给贫苦农民带来的心理和生活的变化:

二十年了,郭长发又重新用自己的手来耕作自己的土地了。这是老人留下的命根,叫它长出粮食来养活后代的儿孙:可是二十年的光景,它被野狼吞了去,自己没有吃过它一颗粮食——他想到是旧社会把他的地抢走了。

现在呢?他又踏在这块地上铲草了。他感到自己已经离开家二十年,如今又回到母亲的怀里,亲切地叫着:“娘!我回来了。”——于是他又感到是:这是新社会把我的地要回来的。他这样想着,不由得拉长了声音跟儿子说:

“柱儿！想不到啊，盼了二十年，那时候你才三岁。多亏共产党……记住！可别忘了本啊！”

他直起腰来，两手拉着锄把，又沉重地重复着这句话：

“柱儿！记住，可别忘了本啊！”

佚名的《永北前线担架队速写》则写了老乡们在一天的时间里就组织起了八百余人的担架大队，作者经过和担架队员们的交谈，感受到了新解放区人民的觉悟。大队长问担架队员们：“你们这次出来抬担架，怕不怕？”大伙回答：“不怕！”大队长又问：“为什么不怕？”大伙答：“不怕，这是为了自己。”担架队员们相信唯有民主联军存在，他们才能活着。他们说：“胜利是我们的，土地才是我们的。”“赶走国民党反动派，保卫我们的土地和民主。”这与《白毛女》“旧社会使人变成鬼，新社会使鬼变成人”和《王贵与李香香》“要是不革命，穷人翻不了身，要是不革命，咱俩结不了婚”的主题是一样的。淮海战役的胜利是山东人民用手推车推出来的，而东北解放区的建立和辽沈战役的胜利又何尝不是如此！

战争书写是东北解放区文艺中最主要的内容，革命理想主义、革命集体主义和革命英雄主义精神，是东北文艺的思想主题，也是东北文艺的审美风尚。这种简单明了的思想、昂扬向上的精神本身就具有一种审美特质，它奠定了新中国文艺的审美基调。就东北解放区文艺而言，无论是描写抗日战争还是描写解放战争的作品，都普遍具有鲜明而朴素的阶级意识、粗犷而豪迈的革命情怀。

蔡天心的诗歌《仇恨的火焰》，描写了在觉醒的阶级意识支配下东北民主联军官兵的战斗情怀：

仇恨燃烧着，
像火一样烧灼着广阔的土地。
听啊——
大凌河在狂呼，
辽河在咆哮，
松花江在怒吼，
在许多城市和乡村里，
哪儿出现反动派的鬼影，
哪儿就堆成愤怒的山，
哪儿有敌人的迹蹄，
哪儿就燃起仇恨的火焰……
……
我们要
用剪刀剪断敌人的咽喉，
用斧头砍下他们的头颅，
用长矛刺穿他们的胸脯，
用棍棒打折他们的脚胫，
用地雷炸弹毁灭他们，
用从他们手里夺过来的武器，
打垮他们，
然后用铁镐把他们埋掉！

我们要用生命，用鲜血，
保卫这自由解放的土地，

不让反动派停留！

“赶走敌人啊，
赶快消灭它！”
让这充满着力量和胜利的声音，
随同捷报传播开去，
让千百万颗愤怒的心，
燃起
仇恨的火焰！

这种激情在东北解放区的散文、报告文学和战地通讯中表现得最为明显，如丁洪的《九勇士追缴榴弹炮》、马寒冰的《雪山和冰桥》、王向立的《插进敌人的心腹》、王焰的《钢铁英雄王德新》等。这些作品内容真实，情感深沉厚重，延续了抗战时期散文书写浪漫主义与现实主义相结合的审美特征。这些既有写实性又有抒情性的东北解放区散文作品在战争中凝聚人心，彰显力量，具有极大的宣传、鼓舞作用。

最为难得的是，面对东北发达的近代工业景观，作家们更多地描写了工人们的斗争和生活，这些作品成为东北文艺中最为独特而珍贵的展示，而且直接影响了新中国工业题材文学的创作。战争期间，沈阳、长春、大连等地的工业设施惨遭破坏。光复之后，为了保护工厂和恢复生产，工人们表现出了忘我的精神和高超的技术。这使得从未见过现代工业景象的文艺家们感动和激动，他们纷纷用笔来描写现代工业生产和城市新生活，从而给中国现代文学带来了前所未有的新气象。大连大众书店于 1948 年 8 月出版的

《“工农园地”选集》,就收录了城市工人拥护并融入新生活的历史片段,如袁玉湖《锉股的“火车头”》,郓景明、孙聚先《熔化炉的话》等。此外还有李衍白《工人的旗帜赵占魁》,草明《工人艺术里的爱和恨》,张望《老工友许万明》等。李衍白在散文《黎明升起——巨大变化的东北一年间》中,描写了东北现代工业的风貌和工人们的热情:

> 今日的城市也正在改变着一年以前的面貌,先看一看今天的哈尔滨,代表它新气象的是全部工业齿轮的旋转,是市中心区黑夜中的灯光如昼,是穿插在四条线路的廿五台电车和六条线路上卅台公共汽车,是一万五千吨自来水不停地输送给工厂、商店和住宅。这些数目字不仅超过了去年今日(蒋记大员们劫掠后所造成的混乱情况),而且有些超过了伪满。在紧张的战争中加速地恢复这些企业,同样不是依靠别的,而仅仅是由于工人的觉悟。你想一想,一个工人为了修理一个发电的锅炉,但又不能停止送电,于是就奋不顾身钻进可以熔化生铁、数百度的锅炉高热中,他穿着棉衣,外面的人用水龙朝他身上喷冷水,就这样工作一会熬不住了跑出来,再钻进去,来回好多次,最后,完成了任务。我们有好多这种感人的事例。

我们在这些描写工友的散文里,看到了解放区新生活带给城市工人的希望。他们积极上工,传授技术,加班加点,争着当劳动英雄。这在中国同时期其他地域的文学作品中是极少见的。

质朴单一的写实手法是东北文艺的普遍表现方式，这种质朴不单是一种审美风格，更是一种直面大众的话语策略。这一传统与近代“政治小说”、五四新文学、左翼文学和抗战文艺等都是一脉相承的。文艺作为一种宣传和斗争的工具，自然要承担起团结和争取最广大人民群众的历史任务。因此，质朴单一的写实手法、通俗易懂甚至有些粗俗的语言风格，成为东北解放区文艺的普遍表现形式。

鲁柏的诗歌《夸地照》用简朴的形式表达了翻身农民淳朴的感情：

一张地照领回家，
全家老少笑哈哈；
团团围住抢着看，
你一言我一语来把地照夸：

长方形，四个角，
宽有八寸长两拃；
雪白的纸上写黑字，
红穗绿叶把边插。

上边印着毛主席像，
四季农忙下边画；
地照本是政委会发，
鲜红的官印左边“卡”。

里面写着名和姓，

地亩多少填分明，
拿到地照心托底，
努力生产多收成。

这首诗歌不仅使用了农民的口语，而且用东北农村方言来直观地描摹地照的具体形状和细节，表达了翻身农民朴素的情感。这种描写和表现方式与中国古代民歌传统有直接的联系。

井岩盾的小说《瞎月工伸冤记》以一个雇农自述的方式讲述自己的悲苦经历和内心感受。当工作队员问他是否受地主老赵家的气，他说："大伙吃他的肉也不解渴啊，都叫他给熊苦啦。"于是在工作队的启发和支持下，他"找大伙宣传去了"："张大哥，李大兄弟啊，咱们都是祖祖辈辈受人欺负的人呀！这回来了八路军啦，八路军给咱们穷人做主呀！有话只管说呀！有八路军，咱们啥都不用怕呀！"这是东北解放区贫苦农民普遍具有的经历和感受，而这种质朴无华的语言也是地道的东北农民的日常语言，具有天然的亲和力。

邓家华的小说《打死我也不写信》从情节到语言都相当质朴，甚至有些幼稚，但是那种情感是真挚的。"我"被敌人抓去，遭到严酷的鞭打，"当时我痛得忍不住，皮肤里渗透出一条一条青的红的紫的血痕，可是打死我也不写信的，他们看到我昏过去了，也就走了。等我清醒过来时，浑身疼痛，我拼死命地弄坏了门逃了出来，可是不巧得很，又碰到了伪军，又把我抓起来了，他们还是逼迫我写信，我坚决地说：'死了心吧！就是死了，我父亲会帮我报仇的。'救星来了，在繁星的晚上，忽然西面枪声不停地响着，新四军老部队来攻击了，伪军们都吓得屁滚尿流地逃走了，啊！新四军救出我了，我很快地到了家里，见了爸爸妈妈，心里真是高兴得流泪了”。

李纳的散文《深得民心》记叙了长春一个米面商人对民主联军和共产党的淳朴情感：“他已经将红旗展开，举到我的眼前，我看到七个大字：‘中国共产党万岁！’”“‘中国共产党万岁！’他重复着这七个字，从眼镜里透露出兴奋的眼睛。这脸，比先前更可爱更慈祥了：‘我喜欢这七个字，所以我选择了它。’”“大会开始了，人们都向着会场移动，老先生也站起来要走，临走时他问我在什么地方工作，我告诉了他，他高兴地说：‘好，都是民主联军。深得民心，深得民心。’”抛开其内容不论，作品文字风格的朴素也显露出解放区文艺在艺术层面幼稚和不甚精致的弱点，而这弱点又可能是许多新生艺术的共有问题。也许，正因为幼稚，它才有更广阔的发展空间。

形式的多样性特别是短小化是东北解放区文艺创作的普遍特点，短篇小说、墙头诗、快板诗、散文、战地通讯、说唱文学等成为最常见的艺术形式。战争的环境、急剧变化的生活和读者的接受水平与习惯等，决定了人们需要并且适应这种短平快的表达方式，而这也是延安文艺和抗战文艺形式的延续。天意的《县长也要路条》描写了两个一丝不苟的儿童团员在放哨时不放过民主政府的县长，硬是把他和警卫员带到乡长那里查证的故事。其篇幅短小，不到400字，但是内容蕴意深刻，语言风趣自然，简直就是一篇微型小说。

小区区的短诗《一心一意要当兵》，将人物的关系、思想、表情和语言都生动形象地表现出来，极具说服力和感染力：

葫芦屯有个小莲青，

一心一意要当兵——
他爹说：
“你去吧。”
他娘说：
“你等一等！……”
他老婆说：
“哪能行?！……”
忸忸怩怩来扯腿；
哭哭啼啼不放松：
“你去当兵啥时还?
为老为少撇家中！”
小莲青，
脸一红：
“小青他娘，
你醒醒：
八路同志千千万，
哪个不是老百姓?！
我去当兵打蒋贼，
咱们才能享太平。”

当然，东北解放区文艺中也有许多保留了浓郁的文人气息的作品，这些作品与五四新文学的“纯文艺”审美风格有明显的承续性。例如大宇的诗歌《琴音》：

一个琴师

把琴音遗失在幽谷里
滑落在幽谷的谷缝里了

琴音栽培了心原上的一棵草儿
琴音赞咏了艺术的生命
一支灿烂的强烈的光焰

我就永住在这琴音里了
就仿佛身陷于一片梦的缘边
仿佛浴着一片无际的云海
无垠的生旅无限的生涯
何处呀
我摸索到何处呀
琴音丢在幽谷里
滑落在幽谷的谷缝里了

十分明显,这不是东北解放区文艺创作的主流。

《1945—1949年东北解放区文学大系》的编者耗费了大量精力来做这样一项浩大的地域性文学工程,这不只是对东北文艺的巨大贡献,更是对新中国文艺的巨大贡献。在此之后,东北文艺研究将迈上一个新台阶。

# 总导言

丛　坤

从1945年抗战胜利到1949年新中国成立这个时期，对于东北而言是极为特殊的。抗战胜利后，中共中央发布了《建立巩固的东北根据地》的指示，迅速成立了以彭真为书记的东北局，抽调了四分之一的中央委员、两万名党政干部、十三万主力部队赶赴东北，与国民党反动派展开激烈的斗争。在广大人民群众的支持下，中国共产党及其领导的军队从最初的战略防御转为战略反攻。1948年11月，辽沈战役胜利，全东北获得解放。在解放战争时期，在中国共产党的领导下，东北人民反奸除霸，建立民主政府，消灭土匪，进行土地改革，在政治上、经济上翻身做了主人。东北的政治、经济、文化、教育等各个领域都发生了翻天覆地的变化，尤其是在文学创作方面，东北地区取得了不可低估的成就，文学创作出现了前所未有的发展和繁荣的局面。

“东北作家群”的回归、党中央选派的文化宣传干部的到来、文学新人的成长使得解放战争时期东北地区的创作队伍不断壮大。在东北沦陷后从东北去往关内的进步作家中，除萧红病逝于香港、姜椿芳在上海从事党的地下工作外，塞克（即陈凝秋）、舒群、萧军、罗烽、白朗、金人等都积极响应党的号召，陆续返回东北。1945年9月至11月，党中央从陕甘宁边区和各个解放区抽调一大批优秀的文化工作者到东北解放区。据不完全统计，这一时期来到东北解放区的文化工作者有刘白羽、陈沂、周立波、草明、严文井、张庚、吴伯箫、华山、西虹、陆地、李之华、胡零、颜一烟、公木、林蓝、江帆、李纳、魏东明、夏葵、常工、方青、任钧、李则蓝、煌颖、侯唯动、李熏风、雷加、马加、袁犀、蔡天心、鲁琪、李北开等。[1] 中共中央东北局宣传部与东北文艺协会在"土地还家"口号的基础上，提出了"文艺还家"的口号，号召广大文艺工作者在与农民同吃、同住、同劳动的同时，领导农民群众参加土地改革运动，帮助农民成立夜校、学习文化、办黑板报、成立文艺宣传队，提高他们的写作能力与文艺欣赏能力，在农民、工人等基层劳动者中培养了一大批"文学新人"。创作队伍的空前壮大为东北解放区文学的繁荣奠定了坚实的基础。

东北解放区文学的繁荣也与当时出版事业的空前繁荣密不可分。东北局宣传部将建立思想宣传阵地（即报刊、出版机构）、改造思想、建构意识形态话语权确定为首要任务。进入东北不久，东北局于1945年11月在沈阳创办了机关报《东北日报》（1946年5月28日由沈阳迁至哈尔滨，1948年12月12日搬回沈阳）。该报面向东北全境的党政军发行，是东北解放区发行量最大的报纸。之后，东北解放区创办、发行的报纸近百种。据《黑龙江省志·报

① 彭放：《黑龙江文学通史（第二卷）》，北方文艺出版社2002年版，第354页。

业志》的统计，当时黑龙江地区（5 省 1 市）的每个省市不仅有党政机关报，而且有人民团体和大行业的专业报纸，有些县也出版油印小报。仅哈尔滨出版的大报就有《哈尔滨日报》《哈尔滨公报》《哈尔滨工商日报》《大众白话报》《午报》《自卫报》《北光日报》《新民日报》《民主新报》《学生导报》《文化报》等。这一时期的报纸，无论设没设副刊，都或多或少地发表过文学作品。

东北局还出资创办了东北书店、光华书店、大连大众书店、辽东建国书店、兆麟书店、吉东书店、辽西书店等众多的图书出版机构。其中，东北书店是东北解放区规模最大、贡献最大的书店，在东北全境建有 201 个分店，发行网点遍布东北全境。除出版、发行图书外，东北书店还创办了《知识》《东北文学》《东北画报》《东北教育》等期刊。这些出版机构大量出版政治读物、教材和文学书籍，促进了东北解放区出版业的发展。仅以东北书店为例，从 1946 年到 1948 年，东北书店总共出版图书杂志 760 种、各类图书 1 520 余万册。[①] 东北解放区纸张和印刷质量上乘的大量出版物不仅发行于东北各地，还随着东北野战军入关和南下，成为陆续解放的北平、天津、武汉等地人民群众急需的读物。历史上一向“文风不盛”的东北第一次有大量的出版物输送到关内文化发达之地，这成为一时之盛事。

此外，东北解放区先后创办的文学类期刊的数量是惊人的。如 1945 年至 1947 年创办的文学期刊有《热风》（半月刊）、《文学》（月刊）、《文艺》（周刊）、《文艺工作》（旬刊）、《文艺导报》（月

① 逄增玉：《东北解放区文学制度生成及其对当代文学制度的预制》，载《文学评论》2017 年第 4 期。

刊)、《东北文艺》(月刊)。1947 年以后创刊的大型专业期刊有《部队文艺》、《文学战线》(周立波主编)、《人民戏剧》(张庚、塞克主编),综合性期刊有《东北文化》(吴伯箫主编)、《知识》(舒群主编)等。其中,《东北文化》与《东北文艺》的影响最为突出。《东北文化》的主要任务是协同东北文化界,从政治上、思想上启发广大的东北青年和文化工作者,提高他们的自觉性,激发他们的革命热情、积极性和创造性,使他们在东北人民解放的伟大事业中发挥应有的作用。《东北文艺》是纯文艺性的刊物,刊载小说、戏剧、散文、诗歌、漫画、速写、报告文学、杂文、书刊评价,以及文学理论、有关文艺运动史的论著等。《东北文艺》聚集了一大批优秀的作者,如周立波、赵树理、罗烽、公木、萧军、塞克、舒群、白朗、严文井、刘白羽、西虹、范政、宋之的、金人、马加、雷加等。在他们的影响下,《东北文艺》还不断提携文学新人,这成为该刊的传统。从创刊到终结,《东北文艺》在新中国成立前后产生了很大的影响,20 世纪 50 年代成长起来的许多作家、诗人是从这里起步的。可以说,《东北文艺》在解放战争和革命胜利后对新中国文学新人的培养起到了重要的作用。报纸、文学期刊、综合性期刊和出版机构的大量涌现,为东北解放区文学的发展创造了良好的条件。

与此同时,为了更好地团结广大文艺工作者,东北局于 1946 年在黑龙江佳木斯成立了东北文化工作委员会,成员有张闻天、吕骥、张庚、塞克等。此后,若干文艺与文化团体陆续成立,其中最有影响的是 1946 年 10 月 19 日由全国文协的老会员萧军、舒群、罗烽、金人、白朗、草明 6 人在哈尔滨发起筹备的“中华全国文艺协会东北总分会”。这个文艺团体表面上是由文人自由结社,实际上主体是来自延安、具有干部身份的文化人,其中不少人是党员或东北文艺界的领导干部。“中华全国文艺协会东北总分会”对东北解放区文学的发展起到了不可忽视的作用。此外，中苏文化协会、鲁迅文艺研究会等文艺社团相继成立。1948 年 3 月，中共东北局宣传部首次召开了由文学、戏剧、音乐、美术、电影等部门的 150 余名文艺工作者参加的文艺工作者会议。会议对抗战胜利以来的东北解放区文艺工作进行了总结，并制订了随后一段时间的文艺工作计划。此外，中共中央东北局宣传部内部成立了文艺工作委员会，吕骥、舒群、刘白羽、张庚、罗烽、何世德、严文井、袁牧之、朱丹、王曼硕、华君武、白华、向隅、田方、沙蒙、吴印咸任委员，负责指导东北解放区的文艺工作。

1946 年秋，已迁至哈尔滨的原延安鲁迅艺术学院，按照东北局的指示北撤至佳木斯，并入东北大学，更名为鲁艺文学院。同年 12 月，东北局又决定让鲁艺脱离东北大学，组建东北鲁艺文工团。1948 年秋冬之际，随着沈阳的解放，东北鲁艺文工团在经历了三年多艰苦卓绝的转战与工作后进入沈阳，随后正式复名为鲁迅艺术学院，恢复了延安鲁迅艺术学院的学校建制。文艺团体的纷纷建立为东北解放区文学创作队伍的培养提供了组织保证。

为了纪念解放东北这段革命岁月，为了展现东北解放区文学的勃兴与繁荣，我们编辑出版了《1945—1949 年东北解放区文学大系》，分别从小说、散文、戏剧、诗歌、翻译文学、评论、史料等体裁角度进行整理、收录。

## 二

抗战胜利后的东北解放区文学是延安文艺的延伸与发展，东北解放区四年所发生的巨大变化，都生动、形象地展现在东北解放区的小说创作中。东北解放区小说充分展示了当时的社会生活，塑造了形形色色的人物形象，给人们留下了时代的缩影与历史的印迹。

东北解放区小说创作大体可以分为两个阶段。第一个阶段是从1945年日本投降到1946年中共东北局通过“七七”决议，第二个阶段是从1946年通过“七七”决议到1949年新中国成立。在当时的局势下，中国共产党要最广泛地发动群众，进入东北的文艺工作者便肩负了与武装部队同样重要的“文化部队”的任务。他们用文学作品教育、引导群众，积极参与了粉碎旧的国家机器和意识形态的过程。在党的文艺方针政策的指引下，东北解放区的作家们广泛深入到农村土地改革、前方战斗生活和工厂建设之中，亲身体验群众生活。这使得东北解放区的小说能够迅速地反映生产、生活、军事等各个领域的变化与东北人民精神世界的变化。

从1931年日本发动九一八事变到1945年日本投降，十四年的沦陷历史构成了东北文学不可磨灭的创痛记忆。对沦陷时期东北社会生活的回忆，是这一时期小说的一个重要题材。而抗战题材小说则是对异族侵略者铁蹄下民生困难的真实记录，也是对战争年代民族精神的热情颂扬。但娣的《血族》、陆地的《生死斗争》、范政的《夏红秋》、骆宾基的《混沌——姜步畏家史》等都是这方面的代表作品。

土改斗争是东北解放区小说三大题材的重中之重。在那场深刻改变了中国农村政治、经济关系的运动中，东北解放区作家将强烈的政治使命感与巨大的创作热情相融合，创作出了大量的优秀作品，周立波的《暴风骤雨》、马加的《江山村十日》、安危的《土地底儿女们》等至今仍被读者反复阅读。

小说创作需要一个孕育的过程，相对来说，中长篇小说需要更长的时间来构思和写作，而短篇小说则完成得较快。在复杂、激烈的土改运动中，东北解放区作家们努力笔耕，迅速创作出大量的短篇小说。在这些小说中，我们可以看到东北农民在土改运动中的精神变化，农民经历了几千年的封建压迫，他们身上的枷锁不仅是物质上的，更是精神上的，从奴隶到主人的蜕变需要一个心灵的搏击历程。

反映前线战争是东北解放区小说的另一个重要题材，这些小说真实地体现了军民的鱼水情谊。西虹的《英雄的父亲》、纪云龙的《伤兵的母亲》等都是当时影响较大的作品。1947 年至 1948 年是解放战争中我党从防御转为反攻的时期，随着战事的推进，中国人民解放军（1948 年 1 月 1 日，东北民主联军改称为东北人民解放军，同年 11 月 13 日改称为中国人民解放军）的队伍急剧壮大，部队官兵的成分因而趋于复杂化。为此，部队采用诉苦的办法对广大指战员进行阶级教育，提高他们的政治觉悟和思想觉悟。诉苦教育消除了战士之间的隔阂，为解放战争的胜利打下了坚实的思想基础。刘白羽的短篇小说集《战火纷飞》、李尔重的中篇小说《第七班》等反映了这一主题。

除上述三大题材外，解放战争时期东北涌现出来的工业题材小说，亦可视为中国现代工业题材小说的发端，这也从一个方面证明了东北解放区小说的文学史价值和文化价值。

东北解放区的工业在新中国发展史上占有非常重要的地位。在这一方面，影响最大的是女作家草明的中篇小说《原动力》。这篇小说虽然存在粗糙和简单等不足之处，但作为新中国成立前描写工业生产和工人思想的作品，是值得关注和肯定的。此外，李纳的《出路》、鲁琪的《炉》、韶华的《荣誉》、张德裕的《红花还得绿叶扶》等作品也广受好评。这些小说充分展现了东北解放区工业蓬勃发展的景象，展现了工业生产对人的改造，也开创了新中国工业文学的先河。

东北解放区的相当一批小说，强调小说的政治价值，强调创作为工农兵服务，大多通俗易懂，而缺乏对心理深度和史诗境界的发掘。然而，东北解放区小说明朗新鲜，创造性地继承了延安文艺精神，反映了东北解放区的历史巨变和社会变革中诸多的社会问题，为新中国成立后的十七年文学开辟了道路。

## 二

散文卷在本丛书中占有重要的分量，真实地记录了解放战争中东北解放区人民的巨大贡献，独特的作品体例亦标示出其在新中国散文创作史中的独特地位。

解放战争时期东北战区的胜利，不仅是军事史上的奇迹，更是人民意志创造历史的丰碑。许多作者都以醒目而直接的题目记录了解放军普通战士勇敢战斗、不畏牺牲的英雄事迹，以真挚的情感，突出了普通战士大无畏的战斗精神和取得战斗胜利的信心。这些作品表现了同一个主题：解放军是人民的军队，中国共产党是全心全意为人民服务的。这也是新中国强大的根基体现。

散文卷中还有一部分作品，叙述了悲壮的抗联斗争的事迹，如纪云龙的《伟大民族英雄杨靖宇事略》、菽沅的《老杨——人民口中的杨靖宇将军》、陈堤的《悼念李兆麟将军》等。英勇不屈的民族气节是抗联英雄所具的崇高品质，也是抗联精神最真实的写照。而东北书店于1948年6月出版的《集中营》，以革命者的亲身经历叙述了大义凛然、为真理献身的革命志士的事迹，让后人真正理解了“头可断血可流，革命意志不能丢”的气节，“永不叛党”是英烈们用鲜血和生命刻写在党章之中的。

从1946年到1948年，尽管国民党军队在东北重要城市盘踞并负隅顽抗，但是东北农村却发生了翻天覆地的变化。中国共产党在根据地开展土改运动，领导农民推翻了地方统治势力，领导农民斗地主、分田地，农民欢欣鼓舞，迎来了新生活。强大的后方农村根据地为部队供给提供了保障，同时，许多年轻的子弟为了保护胜利果实自愿参加了解放军，这改变了国共双方在东北的兵力布局。《永北前线担架队速写》等作品反映了这一主题。

此外，解放区散文作家的笔下还洋溢着新生活的喜悦，如严文井的《乡间两月见闻》。除了乡村，对于那些在战后重新回到人民手中的城市，我党也开始接管，并进行初步的恢复性建设。在作家们的笔下，新生活带来了新气象。大连大众书店于1948年8月出版的《“工农园地”选集》，就收录了描写城市工人拥护和融入新生活的散文。在这些描写工厂、工友的散文里，我们可以看到解放区的新生活给城市工人带来了希望。

这些散文作品大多短小精悍，有迅速性、敏捷性和战斗性等特点，具有独特的艺术特征。这与当时许多作家的出身密切相关。如刘白羽、草明、白朗、华山、西虹等作家对战争环境和百姓生活有着敏锐的观察力和真实的体验，他们的作品使得东北解放区1945年至1949年的散文创作呈现出独特的风格，表现出纪实性和文学性相结合的特点。此外，由众多从延安来到东北的文艺干部组成的随军记者，以大量的新闻报道反击了国民党的舆论污蔑，记录了解放军战士不畏艰险、顽强抗敌的英雄事迹，同时表现了后方人民在解放区土改过程中翻身解放、分得土地的喜悦心情。

散文作家记录这些真人真事的报道在东北解放战争中起到了巨大的宣传作用，成为鼓舞人心的强大的精神力量。东北解放区散文也因为内容真实、情感真实而呈现出历久弥新的生命力，往往给读者带来身临其境的感受，也让人忽略了作品本身的艺术特质。实际上，这些散文正是在真实的基础上，以生动与丰富的细节给读者留下了深刻的印象，在真实性的基础上呈现出文学性。华山的《松花江畔的南国情书》就是代表作品之一。

细节的生动亦使东北解放区散文具有鲜明的文学性。东北解放区散文将我军战士的大无畏精神写得非常真实、感人。在展示解放区新生活、新风尚方面，许多拥军爱民的片段写得细腻、真实。

东北解放区散文在主题内容上具有很高的价值，大量的散文颂扬了东北人民解放军的集体主义精神和英雄主义精神，表现了我军指战员的英勇气概，体现了战士们浩气长存的革命豪情。因此，东北解放区散文具有较高的文学价值，其明朗的表现方式恰恰是后来共和国文学明确表达和高度肯定的。题材广泛、内容真实和情感深厚的纪实性文学，使得东北解放区散文在战争时期凝聚了强大的精神力量。反映中国人民解放军不畏艰险、英勇战斗的长篇报告文学，在风格上激情澎湃，体现出解放军崇高的革命乐观主义精神。这一时期的散文把东北解放历史进程的全貌和战士们的英勇壮举再现了出来，东北解放区散文也因此具有了军事史和共和国历史的资料留存价值。东北解放区散文在创作上因为具有纪实性与文学性相结合的特点，为军旅散文创作提供了新的美学范式。

## 三

在东北解放区文学中，戏剧具有内容丰富、种类繁多、通俗明了、利于传播等特点，兼之创作群体庞大，故而获得了巨大的丰收，这成为东北解放区文学繁荣的重要标志之一。东北解放区的戏剧具有鲜明的启蒙性、宣传性和战斗性等特征，对生产建设、围剿土匪、土改运动和解放战争发挥着不可替代的宣传作用。

东北解放区戏剧的繁荣首先得益于东北解放区报刊对戏剧的支持。例如，《东北日报》刊发的剧作涉及歌唱新生活、感恩共产党、批判美蒋、拥军劳军、参军保家、歌颂劳模等多方面的内容。1947 年 5 月 4 日创刊的《文化报》则是东北解放区第一份纯文艺性质的报纸，主要刊载一些文学常识、短文、小诗、书评、剧报等。此外，《前进报》《北光日报》《合江日报》等都刊发了大量的戏剧作品。而从刊载量来看，期刊对戏剧的支持力度更大。在众多的文艺期刊中，对戏剧传播影响较大的是《东北文学》《东北文化》《东北文艺》《文学战线》《知识》和《人民戏剧》等。

从 1945 年年底开始，东北解放区以各家出版社为依托陆续出版了许多戏剧作品，这是解放区戏剧传播的重要途径。较有影响的是东北书店和人民戏剧社等。在解放战争期间，东北书店出版的各类戏剧作品和理论书籍近百种，形式包括话剧（独幕话剧、多幕话剧）、京剧、评剧、二人转、歌舞剧（广场歌舞剧、儿童歌舞剧）、歌剧、新歌剧、小歌剧、道情剧、活报剧、秧歌剧、小喜剧、小调剧、皮影戏等。其中，秧歌剧超过一半。

文艺团体的迅猛发展是解放区戏剧广泛传播的最终体现。1945 年 11 月以后，东北文工团等数十个文艺团体在东北局宣传部的领导下先后成立。这些文艺团体以《在延安文艺座谈会上的讲话》为指导，坚持走文艺大众化的道路，活跃在东北城市和乡村，战斗在前线和后方。他们创作、表演了一系列以支援前线、土地改革、翻身当家为主题的作品，这些作品受到人民群众的好评。

从内容方面来看，歌颂工人阶级是东北解放区戏剧的一个重要内容。东北光复后，作为解放全中国的大本营，哈尔滨、沈阳等工业城市的作用得以凸显，工人阶级成为时代的主角。从剧作内容来看，第一种是反映工人生活的剧作，如王大化、颜一烟创作的《东北人民大翻身》；第二种是歌颂先进个人无私支援解放区建设、帮助工厂恢复生产的剧作，较有影响的有《献器材》《十个滚珠》《一条皮带》《刘桂兰捉奸》；第三种是歌颂党的政策的剧作，代表作品有《比有儿子还强》和《唱"劳保"》。工业题材戏剧的大量创作，极大地拓宽了解放区戏剧的创作领域，为新中国工业题材戏剧的发展奠定了坚实的基础。

东北解放区戏剧中描写农民翻身解放、分得土地的农村题材的戏剧的比重最大。第一类是反映东北农民翻身解放，通过新旧对比来歌颂新农村、新生活的剧作。第二类是反映粉碎各类阴谋、同复辟分子做斗争的剧作，代表剧作有《反"翻把"斗争》等。第三类是反映改造后进、互助合作，表现农民积极开展大生产运动的剧作，如《二流子转变》。第四类是描写劳动妇女反抗封建婚姻、争取民主权利、积极参加劳动生产的剧作，如《邹大姐翻身》。

东北解放后，群众的思想还比较保守，革命启蒙的任务十分重要，尤其是要帮助东北人民认同和接受中国共产党及其领导的人民军队。在描写军队的戏剧中，既有表现人民军队英勇战争、不怕牺牲、勇于献身的剧作，也有以军民互助、拥军支前为主要内容的剧作，这类剧作完整地再现了东北人民从最初的误解民主联军到后来积极送子参军、送夫参军、拥军支前的全过程。前者的代表作有《老耿赶队》《鞋》《两个战士》等，后者的代表作有《透亮了》《收割》《支援前线》等。

在艺术特点上，虽然东北解放区戏剧的整体水平不是最高的，但是其庞大的作者群体、巨大的创作数量、伟大的历史功绩，使得解放区戏剧创作达到了巅峰状态。东北解放区戏剧因对传统戏剧和西方舶来戏剧的融合而具有现代性，在这种融合的过程中实现了本土化，并形成了民族化、大众化、乡土化的特征。东北解放区戏剧的民族化特征源于延安时期戏剧的“中国化”。而其大众化特征是指具有广泛的群众基础，且创作群体亦十分大众化。东北解放区戏剧的乡土化则主要表现在地域特色上。

在创作方法上，东北解放区戏剧继承了延安戏剧的传统，剧作家们用现实主义的方法把自己身边刚发生或正在发生的事情通过戏剧的形式真实地反映出来，集中表现工、农、兵的日常生活。东北解放区戏剧起到了鼓舞斗志、颂扬先进、宣传政策、支援前线的作用。

在戏剧结构上，东北解放区戏剧的戏剧冲突尖锐而集中，叙事模式多元，表现方式多样。在人物塑造上，剧作塑造了一个个爱憎分明、个性突出、敢作敢为的人物形象。这些人物形象生动丰满、有血有肉，为观众熟悉和喜爱。

东北解放区戏剧在取得较高的艺术成就和发挥重要的宣传作用的同时，也存在一定的不足。然而瑕不掩瑜，民族化、大众化、乡土化的特征，使得戏剧的宣传性、教育性、战斗性的作用得以充分发挥出来。东北解放区戏剧对光复后进行的民众文化启蒙、文化宣传具有不可替代的作用，对解放区的土地改革和解放战争做出了不可磨灭的贡献。

## 四

东北解放区诗歌秉承了我国诗歌的优秀传统，具有红色革命基因。它一方面与伪满时期的诗歌做了彻底的割裂，另一方面又延续了东北抗联诗歌的革命精神和爱国主义情怀，集中书写了山河易色、异族入侵带给东北人民的苦难和屈辱，书写了受难的人民在共产党领导下的觉醒与反抗，书写了东北人民在艰苦的自然环境与战争环境中形成的坚韧、乐观、幽默的性格。

东北解放区诗歌是中国解放区诗歌的重要组成部分，与其他解放区诗歌保持着一致性和连续性。它之所以能复制延安解放区的文学模式，主要是因为其创作队伍中的很大一部分是来自延安解放区的革命文艺工作者，故在文学制度和文学政策上与全国其他解放区能保持一致。东北解放区诗歌的作者主要有四种身份：一是中共中央派驻到东北的文艺工作者；二是抗战时期流亡到关内的“东北作家群”（在抗战结束后返回东北）；三是虽然本人不在东北解放区，但是其作品在东北解放区的重要报刊上发表过并产生了一定影响的诗人；四是来自各行各业的业余诗人。《东北日报》文艺副刊曾陆续发表过很多业余诗人的作品，这些业余诗人中既有宣传干部，又有工人、农民、战士、学生（其中有许多人使用笔名，甚至使用多个笔名，今天有些作者的真实姓名已很难核实）。有一些诗人并不在东北解放区工作，但是其作品在东北解放区的重要报刊上发表过，并对全国解放区的文学发展产生过重要影响，如艾青、田间等。东北解放区的代表诗人有公木、方冰、马加、严文井、鲁琪、冈夫、天蓝、韦长明、刘和民、李北开、彤剑、侯唯动、胡昭、李沅、夏葵、林耘、顾世学、萧群、蔡天心、杜易白、西虹、师田手、白刃、白拓方、叶乃芬、丁耶、孙滨、阮铿等。

从内容上看，东北解放区诗歌主要是反映当时东北解放区的经济建设、军事斗争、农村工作和城市建设等，具有现实性、时代性。从艺术形式上看，诗歌谣曲化、大众化、民间化的特点突出。抒情诗、叙事诗、街头诗、朗诵诗、歌谣、童谣等成为当时最常见的诗歌体裁。东北解放区诗歌具有以下几个显著特点：

第一，诗歌内容具革命性且高度政治化。东北解放区文学是为中国共产党解放东北和建设东北的政治任务服务的，其主要功能和目的是紧密贴近和配合解放区的主流政治运动。很多诗歌是为满足当时的政治需要而作的，充分体现了《在延安文艺座谈会上的讲话》在诗歌创作方面的实践成绩。东北解放区诗歌与中国解放区诗歌在题材选择、审美价值上保持着一致性，并具有东北解放区特有的地域性特点。揭露、批判、颂扬是东北解放区诗歌的三大主旋律，诗人们以工人、农民、士兵、英雄人物、劳动模范等为书写对象，歌颂英雄人物，记录战争风云，赞美新农民，抒发家国情怀。

第二，具有鲜明的战争文学特点。东北经历了十四年艰苦卓绝的抗日战争，接着又经历了五年的解放战争，近二十年间，始终处于战争状态。诗歌也呈现出战时文学特质，记录了艰苦卓绝的战争场景与生活现实。对于重大战役的抒写与记录，英雄主义、乐观精神、必胜信念的情感基调，加之大东北茫茫雪原、天寒地冻的地域特点，使得东北解放区诗歌具有鲜明的东北地域特色。

第三，农村题材也是东北解放区诗歌的重头戏。东北经过十四年的抗日战争，土地荒废，农民思想落后。抗日战争结束后，解放军入驻东北，一方面做农民的思想工作，进行思想启蒙，另一方面在农村贯彻党的土改政策，进行土地革命，让农民成为土地真正的主人。因此，在东北解放区，启蒙农民思想、反映土改运动、揭露地主阶级剥削农民的本质、塑造新农民形象成为农村题材诗歌的主要内容。

第四，工业题材诗歌在东北解放区诗歌中独领风骚。《文学战线》等报刊还专门设立了工人专栏，如《文学战线》专辟“工人创作特辑”，作者均来自生产第一线。工业题材诗歌丰富了东北解放区诗歌的样态，也成为东北解放区诗歌的重要组成部分。

第五，叙事诗是东北解放区诗歌的主要体裁。长篇叙事诗体量大，便于完整地呈现人物或事件的变化过程，便于刻画生动、饱满的艺术形象，因此很受东北解放区诗人的青睐。在《东北文艺》《文学战线》等杂志和个人诗集中，带有浓郁的东北民间话语特色，反映土改运动、翻身农民踊跃参军等内容的长篇叙事诗一时间大量出现。

第六，诗歌审美倡导大众化、通俗化。在解放战争时期，文学要担负着团结人民、教育人民、打击敌人的任务，因此，战时诗歌不能一味地追求高雅的诗意，它既要通俗易懂，便于启蒙民众，又要迎合普通大众的审美需求，适应战争时期的宣传需要。东北解放区诗歌的谣曲化倾向突出，诗作大多出自部队宣传干部、战士、工人、农民之笔，以社会现象为题材，具有相当强的时效性，普遍具有语言通俗易懂、直抒胸臆、为群众所熟悉和易于接受等特点，真正达到了为工农兵服务的目的。

东北解放区诗歌也存在一些不足。由于过于强调宣传性、鼓动性和战斗性，重内容而轻艺术，艺术水准较低，东北解放区诗歌未能达到思想性和艺术性相结合的高度。

## 五

东北翻译文学兴起于20世纪20年代末，当时的《北国》《关外》等文学期刊上都登载过翻译作品，对俄苏、英、美、日等国家的民族文学作品，以及批判现实主义、“普罗文学”等文艺理论均有译介。但这种生动、活跃的局面随着1931年九一八事变的发生而不复存在。1931年至1945年，在长达十四年的沦陷时期，东北翻译文学出现了两块文学阵地：一个是以沈阳、大连为中心的“南满文学”阵地，另一个是以哈尔滨为中心的“北满文学”阵地。辽南文坛在九一八事变以后出现了一股译介欧美和日本文学及其理论的潮流，主要刊发、翻译消极的浪漫主义、自然主义的文艺作品和理论，只刊发少量的俄苏文学。相对而言，北满文坛对俄苏现实主义文学作品及其理论的翻译有着更重要的意义。

解放战争时期的东北解放区文学的传播模式主要是“延安模式”。在翻译文学方面，东北解放区文艺工作者侧重译介的目的性和计划性。从目前了解到的情况来看，当时很多期刊都设有翻译栏目，其中《东北日报》《东北文艺》《前进报》《群众文艺》《知识》等都设立了介绍苏联文学的专栏，经常发表苏联社会主义建设时期和卫国战争时期的作品。此外，侧重刊发翻译文学的报纸、期刊还有《文学战线》《文化报》《知识》《东北文化》等。文学观念是文学创作的潜在基础，规范和支配着这个时代的文学创作。解放区的作家们译介了大量的苏俄作品，其中大部分是社会主义现实主义作品。除报刊外，东北解放区翻译文学的出版途径还有书店。由书店、期刊、报纸构成的媒介场，有效地促进了东北作家与世界文艺思潮的交流,尤其是苏联所倡导的革命现实主义文学创作思想对东北的文艺运动发挥了指导作用。

《东北日报》的译介主要集中在俄苏文艺思想、作家作品方面,其中刊发爱伦堡、法捷耶夫等文艺理论家的作品的数量最多,产生的影响也最为深刻。这些作品极大地开阔了东北知识分子的视野。《东北文艺》每期都对俄苏文学作品、作家进行介绍,较有代表性的是 1947 年曾连载过的金人翻译的苏联作家华西莱芙斯卡娅的中篇小说《只不过是爱情》。《文化报》介绍了大批的俄苏作家,刊载了一些文艺评论、文学作品等。《文学战线》在刊发原创作品的同时,则侧重于介绍俄苏文学作品和翻译俄苏文艺理论。

东北书店出版了大量的翻译过来的苏联文艺论著和苏俄文学作品,目前搜集到的翻译文艺论著的种类达 110 余种。其翻译出版的俄苏文学作品具有丰富的题材,包括电影文学剧本、报告文学、游记、书信集、诗歌、小说等。辽东建国书社、大连大众书店、光华书店等也是翻译作品重要的出版机构。

翻译文学的发展有助于文学创作的繁荣与文艺理念的更新,但东北解放区译介作品的内容较为单一,翻译的作品几乎全都来自苏联,俄苏文艺思想、文艺理论和文艺作品得到高度关注,成为文坛的主流。其原因有如下几个方面:

首先,从地缘因素来看,东北与苏联有着天然的地缘关系。东北地区与苏联的东西伯利亚地区有着相似的自然环境,都处于高纬度寒带地区,气候寒冷,地广人稀。自然环境和原始文化的相似为思想的交流提供了基本契合点。

其次,从政治因素来看,俄苏文学在中国的兴衰与中俄之间的政治文化交流有着密切的关系。当时的文人也希望通过译介苏联文学作品来改造和影响人们的思想意识，以及树立新民主主义革命的奋斗目标和未来社会主义的奋斗目标。

最后，从社会现实来看，东北解放区的沈阳、大连等地在中国人民解放军进驻之前已经驻有苏联红军，而且在经济、文化等方面与苏联交往密切，苏联文学作品的翻译、出版自然丰富。

1942 年之后，延安文艺工作者主要是对苏联等少数社会主义国家的文学作品进行译介。对于与苏联接壤的东北解放区来说，由于与外界接触困难，能获得的外国文学作品更少，在建设新文学方面，除了以五四新文学和老解放区文学为资源外，苏联文学便是重要的资源。苏联文学对建设中的东北解放区文学具有不同寻常的意义。

## 六

东北解放区建立后，文学创作繁荣一时。然而，文学创作在繁荣的背后也存在着一些问题，其中一个突出的问题就是创作者的背景复杂，其中有来自抗日根据地的，也有来自关内国统区的，还有本土的。不同的思想意识、价值取向、艺术趣味掺杂在各类作品中，部分作品的创作倾向出现了偏差。这些问题引起了文艺界的关注。东北解放区的主要报刊和杂志纷纷开辟评论专栏，采用编者按、读者来信、短评、述评、观后感等形式开展文艺批评，为确立正确的文艺路线提供思想保障。

初到东北的文艺工作者首先感受到的是新老解放区之间政治环境和文化环境的差异。自清朝灭亡到抗战胜利的三十多年间，东北民众饱受战乱的痛苦。抗战胜利后，虽然旧的社会结构和文化体制已经解体，但旧的意识形态还残留在一些人的头脑中，东北民众与新政权之间存在着一定的隔膜。刚刚到达东北的大多数文艺工作者对东北特殊的历史环境认识不足，尚未做好相应的思想准备，仍然延续过去的创作方法和思维方式，脱离群众和实际。以什么样的形式和内容来服务刚刚从殖民者的铁蹄下解放出来的人民，是当时文艺工作迫切需要解决的问题。

文艺争鸣与文艺批评既是抗日根据地文艺工作的优良传统，也是党指导文艺工作的重要手段。毛泽东同志在《在延安文艺座谈会上的讲话》中指出，文艺界的主要的斗争方法之一，是文艺批评。此时，东北文艺工作者的首要任务就是对旧的意识形态进行批判和改造，从而构建与延安解放区主体同构的新的意识形态场域。因此，在本地区文艺界开展一场广泛的文艺批评运动就显得十分迫切和必要。1945 年 11 月，陈云同志在《对满洲工作的几点意见》中提出了党在东北的几项重要任务："扫荡反动武装和土匪，肃清汉奸力量，放手发动群众，扩大部队，改造政权，以建立三大城市外围及长春铁路干线两旁的广大的巩固根据地。"这既是党在东北的中心工作，也是东北文艺界所面临的主要任务。东北解放区的文艺队伍自觉地将创作与政治任务结合起来，坚持为人民服务的创作方向，以《在延安文艺座谈会上的讲话》为指导来进行创作。东北这块古老而又年轻的土地上结出了丰硕的艺术成果。这些作品在内容上贴近当时东北的现实生活，在形式上生动活泼，富有浓郁的地方乡土气息，在教育人民、鼓舞人民、组织人民、团结人民、打击敌人方面发挥了重要作用。东北解放区文艺作为革命文艺版图中的一个独立板块开始形成，它既是"延安文艺"的派生，又具备地域文化品格。它不是由内而外自发产生的，而是在改造和清除原有旧文化的基础上通过外部输入逐步确立的。

与“延安文艺”相比,东北解放区文艺自身也出现了一些新的特质,特别是在文艺批评方面,文艺工作者表现出了强烈的自觉性。他们坚持无产阶级和人民大众立场,从不同层面和角度开展文艺界的批评与自我批评,引导东北解放区文艺朝着正确的方向发展。

东北解放区文艺的根本任务与延安文艺的根本任务保持着高度一致,但又具有特殊性。如果简单地照搬、照抄延安文艺的经验,那么东北解放区文艺很难适应革命发展的需要。东北解放区文艺首先具有启蒙的意义,它不仅具有文化启蒙的意义,也具有政治启蒙的意义。为此,东北解放区的文艺工作者以《在延安文艺座谈会上的讲话》精神为指导,树立起无产阶级的文艺大旗,以新文化来改造旧社会,重塑民众的国家意识、民族意识和政治意识,把东北建设成为中国革命的战略大后方。

在延安文艺旗帜的指引下,东北文艺界通过理论探讨和思想整风,统一了广大文艺工作者对革命文学根本属性的认识,东北的文艺工作焕然一新。广大文艺工作者在理论和实践两个方面取得了很大的成就,既继承和发扬了延安文艺思想,也将《在延安文艺座谈会上的讲话》精神与具体实践结合起来。夏征农、蔡天心、铁汉、甦旅、萧军、胥树人等知名的文艺界人士都对这个问题做了深入研究,产生了较大的影响。

与延安文艺相比,这个时期的东北文艺作品主题更丰富,创作者以切身的生命体验为基础,再现了解放战争时期东北所发生的波澜壮阔的革命斗争,以及在这个过程中东北人民的生活与精神面貌。

东北解放区的文艺发展也不是一帆风顺的,它也走了一些弯路。但是,在毛泽东《在延安文艺座谈会上的讲话》的指引下,文艺工作者不仅投身到创作之中,也开展了广泛的文艺批评,营造了一个宽松的舆论环境,作家们畅所欲言,在批评他人的同时也开展自我批评。这为创作的繁荣奠定了理论基础,也为新中国的文艺创作和文艺批评积累了资源和经验。

## 七

史料卷是大系的综合卷,其编撰初衷是反映东北解放区文学创作的初始背景,呈现当时的政策和文学创作的大环境,通过对资料的梳理,为弘扬东北解放区文学创作的优良传统提供第一手的基础资料。史料卷共分为七大部分。

一是文艺工作政策方针。文艺工作的政策方针是党根据一定历史时期的总路线和总任务确立的文艺指导原则,反映了一定时期文艺创作的总体规划、部署和要求。史料卷旨在呈现东北解放区创作繁荣的大背景下中国共产党对文艺工作的总体规划和实施情况。史料卷主要收录了与东北解放区相关的宣传文件,以及部分会议发言和讲话等内容,其中有出版、通讯、写作的相关规定,也有重要领导对文艺工作的指示要求,同时还收录了部分重要会议成果。

二是重要报纸、期刊。报纸、期刊大量创办是文艺繁荣的重要标志之一。报纸、期刊直接促进了文学事业整体的发展和繁荣,使优秀作品产生了广泛的社会影响。1945 年 11 月《东北日报》创办后,东北解放区先后创办、发行的报纸近百种。此外,在东北局宣传部的统一领导下,地方与军队也创办了数十种文学与文化类刊物。从成人刊物到儿童刊物,从高雅刊物到面向大众的通俗刊物,从文学到艺术，靡不具备。诸多的文艺报刊为文学作品的生产提供了园地，成为东北解放区文学创作的先锋阵地。

三是文艺团体、机构。在东北解放区，多个文艺团体和机构活跃在文艺创作和宣传的第一线，对东北解放区文艺事业的发展发挥了重要作用。东北局先后出资创办了东北书店等众多的图书出版机构，使得东北解放区报刊出版和传媒得到快速发展。1946年，东北局在佳木斯成立了东北文化工作委员会，此后，中苏文化协会、鲁迅文艺研究会等文艺社团也相继成立。东北文艺工作团等文艺团体也迅速发展。在组建大量的文艺团体和文工团之际，军队与地方政府和宣传部门还非常重视文艺人才的培养和文学教育体系的建立，在演出之余，也招收和培养文艺人才。在短短的四年间，东北解放区建立了众多的文艺工作团体与人才培养学校。这体现了我党对教育人民、教育部队和动员人民参与革命的重视。

四是作家及创作书目。从延安来到东北的革命文艺工作者数以百计，此外，20 世纪 30 年代从哈尔滨流亡到关内各地的东北作家群成员也陆续返回东北。这些文化工作者云集黑龙江，办报纸，办杂志，从事广泛的文化艺术活动，使得东北解放区文学艺术以全新的姿态向共和国迈进。史料卷收录了活跃在东北解放区的多位作家的生平和创作情况，当然，由于这一历史时期具有特殊性，作家区域性流动较为频繁，对作家的遴选和掌握主要以创作活动的轨迹和作品发表的区域为依据。

五是东北解放区文学回忆与纪念。为了弥补现有资料不足的缺憾，史料卷特别收录了部分文学界前辈及其家人的回忆与纪念文章，其中既有参加文艺团体的亲历感受，也有对文艺创作细节的点滴回忆。由于年代久远，这些资料的某些细节无法准确、翔实地体现出来，但这些资料记录了东北解放区文艺工作者的亲历感受，对补充和完善史料卷的内容大有裨益。

六是大事记。为了对解放区文学创作资料进行细致整理，进而为读者提供一个简明的、提纲挈领式的线索，史料卷呈现了大事记。大事记旨在将反映文学活动和文艺创作的各种资料予以浓缩，按照时间线索对史料进行编排。大事记简明扼要地记述了1945年9月至1949年9月东北解放区文学方面的大事、要事，涵盖了部分文艺作品创作、文艺团体成立的时间节点，有助于读者了解东北解放区文学的发展脉络。

七是索引。鉴于东北解放区文学总体呈现出体裁广泛、内容丰富等特点，史料卷以作者为线索，将分散在小说卷、散文卷、诗歌卷、戏剧卷、评论卷、翻译文学卷中的作品整理出来，形成丛书索引。索引以作者为基点，将作者在各卷中的作品情况（作品名称、所在卷册、页数）逐一列出，可以在一定程度上呈现出东北解放区文学的整体情况，亦可以体现出作者的创作风格和特点，进而从不同角度展示出东北解放区文学发展的脉络和趋势。

随着军事上的胜利和东北解放区的形成，东北的政治面貌、经济面貌发生了根本性的变化，特别是文化呈现出前所未有的发展和繁荣的局面。东北解放区在政策制定、政策实施、新闻出版、文艺社团、文艺教育体制、作家培养等涉及文艺发展与繁荣的各个方面，继承、发展和完善了延安文艺体制，对当代文学和文艺制度产生了重要和深远的影响。

尽管东北解放区文学得到前所未有的发展和繁荣，但这份珍贵的文化资料始终没有得到系统整理，有关资料分散在哈尔滨、齐齐哈尔、牡丹江、佳木斯、长春、沈阳、大连等地，加上年代久远，这给编选工作带来了很大的困难。一方面,区域性的文学史料不易引起一般研究者的重视,文学史料的保留和整理工作在通常情况下很不理想,尽管编选者在前期已有一定的资料积累,但是很多工作还需要从头开始。另一方面,由于年代久远,加之当时的出版印刷技术有限,许多资料的保存和整理已经成为一大难题。许多珍贵的文学资料甚至已经出现严重的、不可恢复的缺损,因此,整理和出版东北解放区的文学史料,对东北解放区文学和中国现代文学的研究具有重要意义,同时,对人们了解和认识东北解放区这段历史也具有重要意义。

东北解放区文学创作距今已有七十年的历史,从 20 世纪 80 年代开始,东北解放区文学作为中国现代文学的一部分开始进入研究者的视野,搜集、整理与研究工作逐渐深入,一大批有分量的成果随之产生。其中,具有代表性的成果有两项,一项是林默涵主编的《中国解放区文学书系》(重庆出版社,1992 年出版),另一项是张毓茂主编的《东北现代文学大系》(沈阳出版社,1996 年出版)。这两部著作以文学价值作为侧重点,对东北解放区文学进行了很好的梳理。此外,黑龙江、辽宁与吉林三省的社会科学院文学研究所通力编辑出版的《东北现代文学史料》(共九辑),其价值亦不可低估,当时资料的提供者或为亲历者,或为亲历者之亲友,这从文献抢救的角度来看可谓及时。尽管《中国解放区文学书系》和《东北现代文学大系》对东北解放区文学进行了较大规模的搜集与整理,但由于编辑侧重点不同,这两部著作对东北解放区文学作品只是有选择性地收录,东北解放区文学作品分散在各地图书馆与散落在民间的态势并未改变。进入 21 世纪后,随着时间的流逝,承载东北解放区文学作品的旧报、旧刊、旧图书流失和损毁的情况日益严重,对东北解放区文学进行进一步搜集与整理的必要性在中国现代文学界达成共识。2008 年,东北现代文学研究者、黑龙江省社会科学院文学研究所研究员彭放在主编完成《黑龙江文学通史》(北方文艺出版社,2002 年出版)之后,提出了编辑出版《东北解放区文学大系》的建议,这一建议得到了认可。事隔十年,2018 年,由黑龙江省社会科学院文学研究所与黑龙江大学出版社联合策划的《1945—1949 年东北解放区文学大系》荣获国家出版基金资助出版,这完成了老一代东北现代文学研究者的夙愿。

《1945—1949 年东北解放区文学大系》的编者,力求完整地体现东北解放区文学的整体风貌,在文学价值之外,亦注重作品的文献价值,以文学性与文献性并重作为搜集、整理工作的出发点。

《1945—1949 年东北解放区文学大系》的篇目编选工作,由黑龙江省社会科学院发起,联合黑龙江大学、哈尔滨师范大学、哈尔滨学院等黑龙江省多所高校共同开展。为了保证学术性,本丛书特聘请多位东北现代文学领域的专家组成编委会,各卷主编均为中国现代文学方面学养深厚的研究者。本丛书的篇目编选工作得到了北京、吉林、辽宁等地多家相关单位的支持。东北现代文学界德高望重的老一代学者亦给予大力支持,刘中树、张毓茂与冯毓云三位先生欣然允诺担任本丛书的学术顾问,本丛书的姊妹著作《1931—1945 年东北抗日文学大系》的总主编张中良先生亦为学术顾问。特别应提及的是,张毓茂先生在允诺担任本丛书学术顾问不久后就溘然离世,完成这部著作就是对先生最好的悼念。

本丛书的资料搜集工作,除得到东北三省各家图书馆的支持外,还得到了中国现代文学馆、黑龙江省浩源地方文献博物馆的大力支持。东北红色文献收藏人胡继东、华东师范大学历史系博士崔龙浩，以及华东师范大学历史系高铭阳、雷宇飞等人为本丛书的集成提供了大量珍贵而稀缺的第一手资料。对于他们的无私奉献，在此表示诚挚的感谢！此外，黑龙江大学文学院、哈尔滨师范大学文学院许多在读的博士生、硕士生和本科生也参与了资料搜集工作，在此，请恕不一一列名。

《1945—1949 年东北解放区文学大系》除入选 2019 年度国家出版基金资助项目之外，还被列入黑龙江历史文化研究工程项目，在此谨致谢忱。

# 戏剧卷导言

## 东北解放区戏剧创作导论

宋喜坤

东北解放区文学是东北解放战争时期的文学,“抗战胜利后的东北解放区文学,则是延安文艺的延伸与发展”①。随着哈尔滨的解放,已完成伟大历史使命的东北抗日文学在延安文学的指导和改造下,带着余热迅速转型为东北解放区文学。1945 年至 1949 年,来自延安和各沦陷区的知识分子,以及东北地区的革命群众在中国共产党的领导下,创作了大量的东北抗战文学作品。② 戏剧具有内容丰富、种类繁多、通俗易懂、利于传播等特点,获得了创作上的巨大丰收,这成为东北解放区文学大繁荣的重要标志之一。东

---

① 张毓茂、阎志宏:《东北现代文学史论》,载《社会科学辑刊》1994 年第 2 期。

② 东北解放区的戏剧创作数量颇丰,据统计,各类剧目约有 332 种,已查找到剧目 234 个。

北解放区戏剧是中国共产党领导下的群众性戏剧，具有启蒙性、宣传性和战斗性等特点。在中国共产党领导下的东北解放区，戏剧对生产建设、围剿土匪、土改运动和解放战争发挥着不可替代的宣传作用。

## 一

1946年春天，延安的革命文化机构和文艺团体集中转移到佳木斯，佳木斯成为指导东北文化的中心，被称为东北“小延安”①。在中国共产党的领导下，哈尔滨、佳木斯、齐齐哈尔、大连、沈阳等地的文化运动蓬勃开展起来。东北解放区戏剧种类繁多，内容和题材丰富，创作群体庞大，因此东北解放区开展了大规模的群众戏剧运动，这促进了东北解放区文学的繁荣。

东北解放区戏剧的生成是政治文化和民间文化糅合的结果，这主要表现为党的组织领导得力、多元文化交融、作家阵容强大。组织领导得力是指在党的领导下建立了各级“文艺协会”来领导和指导东北文艺工作。1945年9月15日，中共中央东北局成立，在宣传部部长凯丰（何克全）的领导下，东北解放区的文化工作如火如荼地开展起来。1946年10月19日，“中华全国文艺协会东北总分会”筹备会在哈尔滨召开。1946年11月24日，“中华全国文艺协会佳木斯分会”成立。1947年6月15日，“关东文化协会”成立。随着革命文化工作的迅速开展，哈尔滨、佳木斯、齐齐哈尔、长春、沈阳、大连等城市都成立了“文艺协会”等文化组织。这些“文

① 王建中、任惜时、李春林等：《东北解放区文学史》，辽宁大学出版社1995年版，第63页。

艺协会”的成立符合当时东北文化的发展状况，这些“文艺协会”所提出的开展“民主的科学的文化运动”与新启蒙思想相吻合。“文艺协会”作为东北文艺的领导组织对东北解放区戏剧的发展做出了不可磨灭的贡献。

东北地域文化的成分复杂，悠久的关外本土文化融合了中原儒家文化，形成了既粗犷又细腻、既豪放又婉约的关东文化。随着中国革命文化大军战略目标的转移，东北文化又融入了先进的延安文化，经延安文化改造后，发展为融政治话语和民间话语为一体的东北解放区文化。东北解放区戏剧文化是党的主流政治文化，兼容了东北民间文化。东北解放区戏剧在内容上以政治话语为核心，在艺术形式上以民间话语为依托，以改造后的东北民间舞蹈、东北大秧歌、北方萨满神舞、民间莲花落子、鼓书等为载体，以东北方言为基础。东北解放区戏剧实现了“旧瓶装新酒”。

东北解放区拥有一支经验丰富的戏剧创作队伍。1946 年，有着光荣的革命传统和文化传统的哈尔滨汇集了从延安来的各路文艺工作者。知名的戏剧作家丁玲、萧军、端木蕻良、塞克、宋之的、刘白羽、阿英、草明、骆宾基、严文井、颜一烟、王大化、张庚等，加之陈隄等原东北作家，以及青年学生、部队文艺工作者、工人作者群、农民作者群，形成了一支文化经验丰富、创作热情高涨的规模宏大的创作队伍。这为东北解放区戏剧的发展和繁荣做好了准备。在革命文化指导下生成的革命戏剧，必然要反映时代生活，并为革命政治服务。民间话语和政治话语的融合，以及民间文化和政治文化的糅合，共同促进了东北解放区戏剧的发展和繁荣。

专业剧作者和工农兵群众创作的戏剧由报刊刊载和书店发行后，经专业戏剧团体演出后与观众见面，发挥着宣传、教育和启蒙的作用，促进了东北解放区戏剧的快速传播。

1945 年 11 月 1 日，中共中央东北局的机关报《东北日报》创刊，其宗旨是“通过宣传报道，打破当时在部分人中存在的和平幻想，揭露美蒋制造中国内战的阴谋”①。《东北日报》刊载的文学作品中不乏戏剧作品。据不完全统计，该报副刊从 1946 年 7 月 9 日至 1949 年 10 月 13 日共刊载话剧、广场剧、秧歌戏、快板、鼓词、二人转、小演唱等各类剧作 38 个。这些剧作涉及歌唱新生活、感恩共产党、批判美蒋、拥军劳军、参军保家、歌颂英雄模范等内容，如《支援前线》《唱“劳保”》《军民拜年》《十二个月秧歌调》等群众性作品。1947 年 5 月 4 日，由萧军任主编的《文化报》在哈尔滨创刊，该报是东北解放区第一份纯文艺性质的报纸，刊载一些文化常识、短文、小诗、书评、剧报等。其中有评剧（如《武王伐纣》）、说唱（如《李桂花的故事》），以及一些喜剧评论。除《东北日报》和《文化报》外，《前进报》《合江日报》《牡丹江日报》《关东日报》《大连日报》《西满日报》《哈尔滨日报》《辽南日报》《安东日报》等都刊载了大量的戏剧作品。这些报纸有力地配合《东北日报》宣传马列主义和党的政策方针，对东北解放区的文化启蒙做出了应有的贡献，产生了广泛的影响。

虽然东北解放区的期刊数量没有报纸多，但是其戏剧的刊载量却比较大。在众多的文艺期刊中，对戏剧传播产生较大影响的是《东北文学》《东北文化》《东北文艺》《文学战线》《知识》《人民戏剧》《生活知识》等。1945 年 12 月创刊的《东北文学》以刊载小

① 哈尔滨市地方志编纂委员会:《哈尔滨市志·报业广播电视》，黑龙江人民出版社 1994 年版，第 88 页。

说、诗歌、散文为主，偶尔也刊载戏剧作品，如由言的《各怀心腹事》等。1946 年 5 月，《知识》在长春创刊，王大化、颜一烟等都在《知识》上发表过作品，其中较有影响的作品有颜一烟的《徐老三转变》、雪立的《揭底》、李熏风的《把红旗插遍全中国》、田川的《一个解放战士》等。1946 年 10 月创刊的《东北文化》的主要任务就是“协同整个东北文化界，从政治上思想上启发广大的东北知识青年、知识分子以及文化工作者，提高他们的自觉性，鼓舞他们的革命热情，与为人民服务而斗争的积极性、创造性，使之在东北人民解放的光荣伟大事业中发挥应有的作用”[①]。《东北文化》刊载的戏剧作品不多，较有影响的是塞克的《翻身的孩子》。1946 年 12 月创刊的《东北文艺》是纯文艺性刊物，刊载小说、戏剧、散文、诗歌、翻译作品、漫画、速写、报告文学、杂文、书刊评价作品等。《东北文艺》与“东北文协”同时诞生，它的作家阵容强大，其刊载的戏剧作品有冯金方等人的《透亮了》、张绍杰等人的《人民的英雄》、鲁亚农的《买不动》、莎蕻的《拥军碗》、李熏风的《农会为人民》等。这些剧作具有多样化的形式和多元化的题材，具有宣传性和战斗性，充分发挥了东北解放区文学的“武器”作用。1946 年 12 月，《人民戏剧》在佳木斯创刊，其宗旨是帮助解决一部分剧本的问题，提供一些理论和技术材料。在两年多的时间里，鲁艺文工团的创作组和群众作者在《人民戏剧》上发表秧歌剧、独幕剧、儿童剧、歌剧、历史剧等多种形式的剧作 20 多篇，如《参军》《缴公粮》《打黄狼》等。另外，《人民戏剧》还翻译、刊载了《白衣天使》（苏联）、《茀劳伦丝》（美国）等国外戏剧，促进了中外戏剧的交流，显

① 《发刊词》，载《东北文化》（创刊号），1946 年第 1 卷第 1 期。

示出了编者们的国际视野。周立波主编的《文学战线》主要刊载文艺论文、小说、戏剧、诗歌、报告文学、人物传记、散文、速写、日记、民间故事、翻译作品和书报评介等。《文学战线》刊载了不少优秀剧作，如田川的《一个解放战士》、李熏风的《把红旗插遍全中国》等。《文学战线》刊载的剧作主要反映人民群众的斗争和生活。

东北解放区在1945年底开始以各级出版社为依托陆续出版戏剧作品，这是东北解放区戏剧传播的重要途径。戏剧作品的出版单位主要是各类书店，较有名气的书店有东北书店、人民戏剧社、哈尔滨光华书店、新华书店、大连新中国书局、大连大众书店、辽东建国书店等。在诸多书店中，东北书店是东北解放区影响最大、规模最大、出版贡献最大的书店。东北书店在东北全境有201个分店，《知识》《东北文学》《东北画报》《东北教育》等都是东北书店发行的刊物。在解放战争期间，东北书店出版各类戏剧作品和理论书籍，发行数十万册。戏剧形式包括话剧（独幕话剧、多幕话剧）、京剧、评剧、二人转、歌舞剧（广场歌舞剧、儿童歌舞剧）、歌剧、新歌剧、小歌剧、道情剧、活报剧、秧歌剧、小喜剧、小调剧、皮影戏等。其中，秧歌剧超过一半。东北书店不仅出版了戏剧作品，还出版了不少有关戏剧理论和戏剧经验的著作，如贾霁的《编剧知识》等。

文艺团体的迅猛发展是东北解放区戏剧传播的最终体现。1945年11月2日，东北文工团在东北局宣传部的领导下成立。后来，东北三省相继成立了数十个文艺工作团体，其中较有影响的有东北文工一团、东北文工二团、总政文工团、东北鲁艺文工团、东北文协文工团、东北炮兵文工团、东北军政治部文工团、东北军政大学文工团、兆麟文工团、黑龙江省文工团、齐齐哈尔文工团、旅大文工团等。这些文艺团体以《在延安文艺座谈会上的讲话》为指导，坚持走文艺大众化的道路，坚持文艺为工农兵服务的原则，活跃在东北城乡，战斗在前线和后方，开展各种文艺活动，宣传革命文艺思想，教育和争取人民群众。这些文艺团体表演了《我们的乡村》《军民一家》《东北人民大翻身》《血泪仇》《二流子转变》等剧作。这些作品以支援前线、土地改革、翻身当家为主题，具有积极的教育意义，在组织群众、支援前线、开展土改运动、发展生产等方面起到了巨大的作用，取得了良好的启蒙效果，受到了人民群众的好评。

## 二

时代呼唤着文学，文学紧跟着时代，文学是时代的映像。毛泽东在 1942 年的《在延安文艺座谈会上的讲话》中指出："所以我们的文艺，第一是为工人的，这是领导革命的阶级。第二是为农民的，他们是革命中最广大最坚决的同盟军。第三是为武装起来了的工人农民即八路军、新四军和其他人民武装队伍的，这是革命战争的主力。第四是为城市小资产阶级劳动群众和知识分子的，他们也是革命的同盟者，他们是能够长期地和我们合作的。"①有关戏剧的文艺批评是政治和艺术的统一、内容和形式的统一，要符合政治标准。受到《在延安文艺座谈会上的讲话》的影响，加之作者主要来自延安解放区，东北解放区的戏剧创作从一开始就是为主流政治服务的，东北解放区戏剧成为革命宣传的"武器"。东北解

---

① 毛泽东：《在延安文艺座谈会上的讲话》，见《毛泽东选集》第 3 卷，人民出版社 1991 年版，第 855 页。

放区戏剧的服务对象以工农兵和城市市民为主，剧作内容集中体现了人民群众在东北光复后的喜悦心情和对党的歌颂，展现了工人积极参加生产斗争、农民积极参加土改斗争、军人奋勇参加解放战争等一系列革命政治生活面貌。

歌颂工人阶级是解放区戏剧的一个重要内容。东北光复后，作为老工业基地的哈尔滨、沈阳等工业城市的作用得以凸显，工人阶级成为时代的主角。获得新生的工人阶级当家做主，以百倍、千倍的热情投入到新中国的建设中，谱写了一曲曲拥军爱民、积极生产、支援前线的动人乐章。

从剧作内容来看，第一种是反映工人生活的剧作。例如，王大化、颜一烟创作的《东北人民大翻身》生动地再现了东北工人阶级翻身后的喜悦，反映了东北人民的生活和历史变迁。《二毛立功》是大连锻造工厂工人王水亭以自己为原型自编、自导、自演的一部秧歌剧，集中展现了工友二毛“后进变先进”的思想转变过程，展现了工人自己的新生活。正如罗烽所说：“但它所走的是生活结合艺术、艺术结合生产、工人结合知识分子的道路，它就一定能逐渐完美起来。”①这类描写工人思想转变或描写劳动英雄的戏剧还有《立功》《不泄气》《红花还得绿叶扶》《取长补短》《师徒关系》等。

第二种是歌颂先进个人无私支援解放区建设、帮助工厂恢复生产的剧作。其中，较有影响的有《献器材》《十个滚珠》《一条皮带》和《刘桂兰捉奸》。《献器材》《十个滚珠》《一条皮带》反映的是东北解放后，为了实现早日开工的目标，工厂组织工人捐献生产器材，使得人们明白“献器材，争模范”的道理。独幕话剧《刘桂兰

① 王水亭:《二毛立功》，东北书店 1949 年版，第 2 页。

捉奸》描写的是在刘老汉将两箱机器皮带献给工厂的过程中，女儿刘桂兰和李大嫂发觉工厂里有潜伏的特务，最终机智地将特务李德福抓获。这些剧作均是以工人无私捐献物品为主线，展现了家人从反对、不理解到支持捐献的思想转变过程。这些剧作虽然有些程式化，但是贴近生活，比较真实。

第三种是歌颂党的劳保政策的剧作。代表作品有《比有儿子还强》和《唱"劳保"》。独幕话剧《比有儿子还强》写的是铁路机务段工人高大爷在新社会有了"劳保"，这被大家比喻成多个"儿子"。《唱"劳保"》则是通过写老纪老婆"猫下了"（生孩子）和张大哥工伤这两件事来体现新旧劳保制度的不同。这两部剧作通过比较新旧社会，歌颂了共产党和毛主席，指出了解放区政府和工会是工人真正的靠山，从而激发了工人努力生产、争当劳动模范的热情。在延安解放区戏剧中，工业题材戏剧的数量较少。工业题材戏剧的大量创作，极大地拓宽了东北解放区戏剧的创作领域，为新中国工业题材戏剧的发展奠定了坚实的基础。

在东北解放区戏剧中，描写农民翻身解放、分得土地的农村题材的戏剧所占的比重最大。1946 年 5 月 4 日，中共中央发出了《五四指示》①，开展土地改革运动，调动农民的积极性，加快东北解放战争的进程。为了配合土地改革运动和加强对农民的思想改造，文艺工作者创作了大量的反映农民翻身的戏剧。这主要表现在以下四个方面。

---

① 即《中共中央关于土地问题的指示》，通称《五四指示》。日本投降以后，中共中央根据农民对土地的迫切需求，决定改变党在抗日战争时期的土地政策，由减租减息改为没收地主土地分配给农民。《五四指示》的制定就体现了这种转变。

第一方面是反映东北农民翻身解放，通过新旧对比来歌颂新农村、新生活的剧作。在这类剧作中，秧歌剧《血泪仇》是最具代表性的一部作品。《血泪仇》讲述了国统区农民王东才被保长迫害，最终逃到解放区获得解放的故事。在剧作中，这种父子相残、妻离子散的故事真实地再现了旧社会农民的苦难生活，通过对比解放区的幸福生活，鲜明地表达了广大农民对翻身解放的渴望。通过描述地主对农民的剥削事件来突出地主阶级的罪恶，借以引起农民对地主阶级的仇恨，从而引发农民对新生活的向往。秧歌剧《土地还家》描写了群众在土改运动中存在的各种问题，农民最终彻底觉悟。剧作告诉人们，共产党、八路军才是农民的救星，封建压迫必须要肃清。除上述作品外，这类剧作还有《老姜头翻身》《永安屯翻身》等。

第二方面是粉碎各类阴谋、同复辟分子做斗争的剧作。《反“翻把”斗争》以东北解放区为背景，讲述了农民群众面对地主阶级的翻把挖掉坏根的故事，凸显了广大农民谋求翻身和解放的迫切心情。《一张地照》围绕土地的“身份证”——“地照”展开叙述，通过对比“中央军”与共产党对土地截然不同的态度，指出只有共产党才能帮助农民实现“土地还家”的愿望。《捉鬼》是一部批判封建迷信的优秀剧作，旨在告诉人们封建迷信是不可信的，要相信共产党，只有共产党才能真正救穷人。值得注意的是，在这些同地主、坏分子做斗争的剧作中，很多作品都设置了这样的情节：地主利用子女与贫苦农民联姻或用金钱收买农民，企图逃避制裁和划分成分。在主题思想方面，这方面的剧作既写出了农民在土地改革后的团结，又写出了被推翻的地主阶级的翻把；既写出了劳动人民的思想觉悟，又写出了反动阶级的阴险和毒辣。这方面的剧作塑造了许多真实的、有血有肉的人物形象。在解放区的戏剧中，地主阶级的伎俩从未得逞。

第三方面是反映改造后进、互助合作、积极进行大生产的剧作。解放区农村题材的戏剧在改造后进、互助合作、积极进行大生产方面起到了抓典型和介绍经验的作用，加速了土地改革的进程，为土地改革提供了政策保障和经验保障。在东北解放后，农村在土地改革的过程中经历了“开拓地”“煮夹生饭”“砍挖运动”“平分土地”这四个阶段。农民当家做主，分得土地，真正成为土地的主人。但在土地改革初期，个别农民思想落后，仍然存在不少问题。《二流子转变》讲述的是“二流子”李万金在生产小组长于大哥等人的帮助和教育下幡然悔悟，最终改掉恶习、投入到“安家底”的生产建设中的故事。《焕然一新》讲述的是要钱鬼、懒汉子方新生由消极变积极，最后当上区劳动模范的故事。同样成为模范的还有李万生①，李万生说服父亲和家人参与生产劳动，为前线作战的战士提供优质的物资，他最终成为解放区的生产模范。互助组具有重要作用，参加互助组的组员之间的合作态度直接影响春耕的速度和质量。《换工插犋》《互助》《大家办合作》等剧作指出，互助组组员之间的积极合作能调动农民的生产积极性，有利于促进农业生产，有利于提高生产效率和农民的生活质量。

第四方面是劳动妇女反抗封建婚姻、争取民主权利、积极参加生产劳动的剧作。东北解放区妇女解放主要体现在妇女翻身、婚姻自由和男女平等上。《邹大姐翻身》通过讲述邹大姐翻身上学的经历，突出了解放时期劳动妇女打倒地主、反对剥削、翻身解放、追

---

① 刘林：《生产小组长》，东北书店 1948 年版。

求平等的观念。在《新编杨桂香鼓词》中，杨桂香的父母被媒婆欺骗，迫于压力将女儿许配给老地主，杨桂香依靠民主政府成功退婚，成为识字队长，后来与劳动模范订婚，并鼓励爱人积极参军。韩起祥编写的《刘巧团圆》后来被改编成评剧《刘巧儿》。巧儿的父亲刘彦贵为了卖女儿撕毁了与赵家柱儿的婚约，后来巧儿和柱儿自由恋爱，经政府审判，一对劳动模范终于走到一起。这些剧作主题鲜明，虽然情节简单，但却将反抗封建婚姻、追求恋爱自由的民主观念根植到解放区人民群众的心中。在东北解放区戏剧中，批判重男轻女、提倡男女平等的作品也颇受欢迎。例如，《儿女英雄》表达了转变落后思想、争取劳动权利、倡导男女平等的观念；《干活好》讲述了妇女分得田地，受到平等对待，在提升地位后成为生产活动的参与者；《夫妻比赛》和《赶上他》通过讲述夫妻进行劳动比赛来表达男女平等、同工同酬的愿望；《一朵红花》《姐妹比赛》讲述了妇女积极参加生产劳动。在这些剧作中，妇女成为生产活动的主要参与者，不再受到歧视，甚至当上了劳动模范，成为美好家园的缔造者和新社会的主人。

在东北光复后，人民群众的思想还比较落后和保守，部分青年人甚至在光复前都不知道自己是中国人。这表明，“在东北青年学生中还有很大一部分没有摆脱敌伪的奴化教育和蒋党的愚民教育的影响，依然还是盲目正统观念，反人民思想在他们头脑中占统治地位”①。因此，对东北解放区人民进行革命启蒙就显得尤为重要。在启蒙的过程中，最重要的就是帮助东北人民认同和接受中国共产党及其领导的人民军队。在东北解放区戏剧中，描写军队

① 《尽量办好中学》，载《东北日报》1947 年 9 月 4 日。

的戏剧既有英勇作战的壮烈场面，又有拥军优属的动人场景，完整地再现了东北人民从最初误解民主联军到后来积极送子参军、送夫参军和拥军支前的全过程。

第一类是表现人民军队英勇斗争、不怕牺牲、为解放中国勇于献身的剧作。《阵地》通过描写连长分配战斗任务和战士们争当爆破队员的场面，歌颂了解放军战士为了争取革命胜利不畏牺牲的精神。除了描写战斗场面以外，部分剧作还注重描写部队生活，表现战士们在艰苦的斗争生活中团结互助的精神，如《老耿赶队》《鞋》《两个战士》等。值得一提的是，在以战斗生活为主的军队题材的剧作中，出现了以后方医院的女护士照顾伤兵为情节的作品，小型歌舞剧《我们的医院》为充满硝烟的军队题材的剧作增添了色彩。这些剧作主题鲜明，塑造了各类英雄形象：既有孤胆英雄老丁，又有不怕误解、为伤员献血的护士和医生；既有“后进变先进”的杨勇①，又有教导新兵立大功的马德全②。自萧军的“中国现代文坛上第一部正面描写满洲抗日革命战争的小说”③《八月的乡村》后，经抗日战争阶段的完善和发展，战争题材的戏剧作品在东北解放区得到丰富和补充。这为后来新中国同类题材的戏剧创作积累了不可或缺的宝贵经验。

第二类是以军民互助、拥军支前为主要内容的剧作。在东北解放初期，部分群众对共产党、八路军不了解，甚至有误解。因此，

---

① 一鸣等：《杨勇立功》，东北书店1948年版。

② 黎蒙：《马德全立功》，东北书店1949年版。

③ 乔木在《八月的乡村》这篇文章中写道：“中国文坛上也有许多作品写过革命的战争，却不曾有一部从正面写，像这本书的样子。这本书使我们看到了在满洲的革命战争的真实图画：人民革命军是和平的美丽的幻想，进一步认识出自由的必需的代价，认识出为自由而战的战士们的英雄精神。”

拥军题材的剧作在情节上也表现了从误解到拥护再到踊跃参军、奋勇支前的过程。《透亮了》将"天亮了"和"透亮了"呼应起来，预示劳苦大众迎来了解放，同时预示这种"透亮了"是老百姓精神和肉体的双重解放。《三担水》讲述的是刘大娘对民主联军从最初有戒心到最后拥护的过程，通过比较"中央军"和民主联军，老百姓终于认可了民主联军。《军民一家》描写了人民群众由猜疑、误会解放军到后来拥戴解放军的情景。在误解消除后，人民群众开展了轰轰烈烈的拥军活动。老百姓为部队送军鞋、送公粮，慰问部队。这表现出老百姓对解放军解放东北的渴望与感激。在拥军题材的剧作中，较有影响的是莎蕻的《拥军碗》，作品从战士和群众两个方面表现了军民鱼水情，体现了军民一家亲。《女运粮》则是从妇女能顶半边天这个视角出发，表现妇女在支援前线工作中的重要性。除上述剧作外，拥军题材的剧作还有《劳军鞋》《缴公粮》等。老百姓不仅拥军，而且积极送亲人参军。于是，剧作中出现了"老姜头送子参军"①和"四妯娌争相送丈夫参军"②等感人场景。这些剧作表现了老百姓的参军热情，表现了老百姓对前线解放军的积极支持，突出了人民要将革命进行到底的决心。东北解放区戏剧中也有军爱民、民拥军的戏剧。《军爱民、民拥军》讲述了王二一家代表村民们慰问八路军，为八路军送年货，表达对八路军的感激之情和拥护之心。《收割》讲述了战士帮助农户收割，却不接受农户给予的物品和福利，体现了人民解放军铁一般的纪律和为人民服务的优良传统。《支援前线》表现了老百姓听闻长春、沈阳

① 朱漪：《送子入关》，东北书店 1949 年版。
② 力鸣、兴中：《妯娌争光》，光华书店 1948 年版。

解放时的激动心情，在歌颂解放军的同时也体现了军民之间的团结。此外，《骨肉相联》《都是一家人》等作品也都表现了军民鱼水情，表现了人民与解放军一条心，表现了解放军一心一意为人民服务。

东北解放区戏剧以反映工农兵生活为主，很少以知识分子为主题。在现已收集到的剧作中，只有独幕剧《晚春》描写了城市知识女性与旧家庭的斗争。此外，儿童歌舞剧《老虎妈子的故事》采用童话的形式，批判了“老虎”象征的“中央军”反动势力。该剧作与童话《小红帽》相似，既有模仿，又有独创，显示出当时东北解放区文学与世界文学的紧密联系。

## 三

虽然东北解放区戏剧的整体艺术水平不是很高，但是其庞大的作者群体、巨大的创作数量、伟大的历史功绩，使得东北解放区戏剧创作达到了巅峰状态。中国现代戏剧诞生于新文化运动之中，到延安时期已经比较成熟。东北解放区戏剧继承延安戏剧传统，自然而然地完成了自身的现代化转变。东北解放区戏剧的现代性源于中国传统戏剧和西方戏剧的融合。在这种融合的过程中，东北解放区戏剧实现了本土化，形成了民族化、大众化、乡土化的特征。

东北解放区戏剧具有民族化特征，这种民族化源于延安时期戏剧的“中国化”。毛泽东曾谈道：“使马克思主义在中国具体化，使之在其每一表现中带着必须有的中国的特性……教条主义必须休息，而代之以新鲜活泼的、为中国老百姓所喜闻乐见的中国作风和中国气派。”[1]这段讲话既点明了马克思主义要实现中国化，又指出了文化和文学也要实现中国化，这在文学领域引发了解放区和国统区关于“民族形式”的讨论。对于民族形式问题，周扬也表明了自己对民族形式的看法，认为民族形式就是民间形式，指出必须对民间形式进行改造。在周扬看来，中国文艺理论没有得到建构的原因就是文艺工作者盲目地追逐西方文艺潮流。文艺的民族化实际上就是文艺的中国化。毛泽东和周扬的观点概括起来就是：文艺要实现中国化，中国化的表现形式就是民族形式，民族形式就是民间形式，旧的民间形式要进行改造。

东北解放区戏剧形式多样，种类繁多。其中既有由西方传入的“文明戏”（话剧），又有传统国粹京剧和评剧；既传承了本土固有的莲花落、大鼓、蹦蹦戏（二人转），又改造了歌剧和秧歌戏。话剧作为一种舶来的戏剧形式，是不同于中国传统戏曲的剧种。话剧在实现本土化的过程中，尤其是在毛泽东《在延安文艺座谈会上的讲话》发表后率先实现了民族化。这种民族化表现在以下几个方面。首先是对戏曲进行改编。如崔牧将传统戏曲与话剧融合在一起，将梆子戏《九件衣》改编成话剧。“虽然多少受了那出老戏的启发，但所表现的人和事，却完全是重起炉灶新创作的。”[2]虽然《九件衣》是由旧剧改编成的，但是它着眼于地主和农民的剥削关系，因此在进行农村阶级教育方面是有一定意义的。其次是继承传统戏剧的优秀遗产。《老虎妈子的故事》是将三姐妹、老虎和猎人的唱词连接在一起的儿童歌舞剧。整部歌舞剧具有较强的象征

① 人民教育出版社编：《毛泽东同志论教育工作》，人民教育出版社 1992 年版，第 46 页。

② 崔牧：《九件衣》，东北书店 1948 年版。

意义：三姐妹象征着底层百姓，是“待宰的羔羊”；老虎象征着“中央军”，是“吃人的魔王”；猎人象征着人民子弟兵，以消灭“吃人的野兽”为己任。三个象征使整个戏剧具有超出戏剧本身的意味：解放军为人民伸张正义，消灭“中央军”，解放东北。《老虎妈子的故事》将“大灰狼和小白兔”“老虎和小女孩”“小红帽”等中国民间故事糅合在一起，以歌舞剧的形式表现出来，凸显出民族化的特征。除话剧、歌剧外，京剧、评剧、秧歌戏、大鼓、落子、二人转、快板、活报剧等本身就是民族戏剧（戏曲），其民族化、中国化主要表现在对旧戏的改造和“旧瓶装新酒”上。这类剧作有很多，如鲁艺根据评剧曲调改编的歌剧《两个胡子》。经过内容和形式的改造，东北解放区戏剧实现了民族化。

东北解放区戏剧具有大众化的特征，这种大众化指的是戏剧具有广泛的群众性。东北解放区戏剧涵盖的剧种较多，不同的剧种所面对的观众群体不同。话剧和歌剧的观众以青年学生、城镇市民、知识分子为主，改造后的京剧、评剧的观众以城乡老派民众为主，地方戏曲为普通工农大众所喜爱，而秧歌剧和新歌剧则受到新派市民的喜爱。在毛泽东《在延安文艺座谈会上的讲话》精神的指引下，东北解放区戏剧创作呈现出全面为工农兵服务的态势，剧作内容主要反映东北土地改革、剿灭土匪、解放战争等一系列革命政治事件。受到当时政治文化语境的影响，东北解放区戏剧创作者的主体意识减弱，非主体意识增强，因此各个剧种的主题和内容自觉地统一了。统一为工农兵题材的东北解放区戏剧得到了各个剧种观众的认可，从而实现了大众化。翻身后的东北解放区人民不只做戏剧的观众，还踊跃参演他们喜爱的戏剧。秧歌剧早在陕甘宁边区时期就已经发展成熟。有着丰富的创作经验的鲁艺文艺工作者到达东北后，将东北旧秧歌中的色情成分剔除，在剧作中加入了反映社会生产、生活的新内容。源于对东北地方舞蹈——大秧歌的喜爱，东北人民非常喜欢这种融民间音乐、民间舞蹈和狂野表演于一体的秧歌剧。在秧歌剧的演出过程中，东北人民被剧作感染，踊跃参加演出活动，“这些节目的演出，增强了东北人民当家作主的自觉性”①。东北秧歌剧具有贴近大众、对演出场地要求不高、适合露天表演等特点，因此这种大众参与、自娱自乐的形式很快就成为东北解放区的重要剧种。在东北解放区，秧歌剧种类繁多：有翻身秧歌剧，如《欢天喜地》《农家乐》等；有生产秧歌剧，如《二流子转变》《十个滚珠》《献器材》等；有锄奸惩恶秧歌剧，如《挖坏根》《买不动》《揭底》等；有拥军秧歌剧，如《拥军碗》《妯娌争光》等；有部队秧歌剧，如《荣誉》《斗争》《谁养活谁》等②。除秧歌剧外，快板、落子等剧种的大众化程度也很高。

东北解放区戏剧的大众化还表现为创作上的大众化，即作者的大众化。东北解放区戏剧的作者阵容庞大：既有来自陕甘宁边区的戏剧作者，又有东北本土的戏剧爱好者；既有文工团的文艺工作者，又有各行各业的普通劳动者；既有成熟的老作家，又有初出茅庐的学生。而各行各业的劳动者创作的戏剧，成为东北解放区戏剧的亮点。工人很爱话剧（包括秧歌剧），很爱从事戏剧活动，工人还善于迅速地把自己的新生活、新问题反映到戏剧创作里

---

① 弘弢：《生气勃勃　丰富多彩——解放战争时期东北解放区的文艺工作》，载《党史纵横》1997 年第 8 期。

② 任惜时：《东北解放区的新秧歌剧创作》，载《辽宁大学学报》1995 年第 1 期。

去。[①] 群众创作的戏剧有很多，如《二毛立功》就是大连锻造工厂工人王水亭根据自己的经历创作的。除了工人参与戏剧创作以外，东北解放区还出现了农民创作的戏剧。这类工农群众直接参与创作的作品反映的是工厂、农村、部队的真实生活，塑造的形象是他们身边熟悉的人物，戏剧的语言是大众化的群众语言。东北解放区戏剧真正实现了文艺为工农兵服务的目标，成为《在延安文艺座谈会上的讲话》精神在东北解放区得以全面贯彻的典范。

东北解放区戏剧的乡土化特征主要表现在地域文化特色上。1946 年，延安的革命文艺团体集中转移到东北，延安文学和东北地域文学在哈尔滨交汇。以《在延安文艺座谈会上的讲话》作为指导的延安文学比东北地域文学更具革命性，这就使得延安文学具有无可争议的合理性和正统地位。根据东北革命文化的发展需要，文艺工作者对东北地方曲艺的各剧种进行了整合和改造，并将其纳入新的革命文艺体系中。在对民间艺术进行改造的过程中，东北大秧歌和二人转是最早被改造的。改造前的东北大秧歌以娱乐为目的，舞蹈多，说唱少，色情成分多，教育意义小，舞蹈多为东北民间舞蹈，音乐多为东北民歌和二人转小调。改造后的秧歌剧加大了情节和台词的比重，内容以劳动生产、拥军优属、参军保家、肃清敌特为主，如《三担水》《参军保家》等。二人转在东北地区拥有大量的观众，民间有“宁舍一顿饭，不舍二人转”的说法。正因如此，二人转的宣传作用非常大。“蹦蹦又名二人转，亦称双玩意儿，流行于东北农村中（俗称蹦蹦戏，其实戏剧的意味较少），流行的戏有《蓝桥》《红娘下书》《卖钱》《华容道》《古城》《王员外休

---

① 草明：《翻身工人的创作》，载《东北文艺》1947 年第 2 卷第 3 期。

妻》等。演唱时一人饰包头(即花旦),手中拿一块红手帕,一人饰丑,用板胡和呱啦板伴奏,演员一面轮流歌唱,一面扭各种秧歌舞。舞蹈内容,主要是以逗情逗笑热闹为目的,与唱词往往无关。"①对二人转、拉场戏的改造与对秧歌的改造相同,主要是内容上的改造。二人转歌唱的内容大多源自民间故事或历史传说,如《干活好》就用了两个秧歌调子和一段评戏,其他都是蹦蹦戏。改造后的二人转减少了封建迷信内容和黄色故事情节,净化了语言,增加了拥军、生产等新内容,如《支援前线》《陈德山摸底》等。对东北大秧歌、二人转和拉场戏的改造集中表现在内容方面,而艺术上的改革力度并不大。秧歌继续"扭"和"浪",演员仍然"逗"和"唱",角色还是分为"旦"和"丑",样式还是耍龙灯、跑旱船、踩高跷,步法始终离不了"编蒜辫""十字花""九道湾"。秧歌道具有所改变,红绸子、手绢、大红花、红灯笼的使用多了起来。在音乐方面,二人转的改变不大,音乐仍然是文武咳咳、胡胡腔、快流水、四平调等传统曲牌。秧歌剧的音乐还是以东北民歌和二人转曲牌为主。例如,《自卫队捉胡子》采用了东北民歌曲调"寒江调""锔大缸调""绣荷包调";《光荣夫妻》采用了"花棍调";《姑嫂劳军》《一朵红花》等秧歌剧还采用了二人转的文武咳咳、那咳等曲牌。东北有秧歌剧和二人转等表演形式,它们被东北人民认同,已经打上了乡土文化的烙印,其乡土化特征极其显著。

此外,东北解放区戏剧的乡土化特征,还离不开原汁原味的东北方言的运用。东北解放区戏剧"语言的运用都达到了当时话剧

① 肖龙等:《干活好》,东北书店 1948 年版。

创作的高水平”①，尤其是东北方言的运用。受到东北戏剧大众化的影响，原汁原味的东北方言的运用是戏剧被观众接纳和喜爱的重要因素，如嗯哪、老鼻子、下晚儿、眼巴巴、磨不开、个色、胡嘞嘞、膈应、猫下、不大离儿、拾掇、整、自个儿、消停、不着调、疙瘩、硌叽、重茬、唠扯、差不离儿、麻溜、急歪、昨儿个。此外，东北民间谚语和歇后语的运用也不容忽视。在这些剧作中，东北方言土语、民间谚语随处可见，使东北人民感到亲切和乐于接受，拉近了剧作和观众的距离，加强了宣传的效果。

## 四

东北解放区戏剧是中国现代戏剧的重要组成部分，具有承前启后的作用。它忠实而客观地记录了东北解放战争时期的历史风云，在戏剧史、革命史和社会史方面都具有重要的参考价值。东北解放区戏剧在民族化、大众化、乡土化和革命化的进程中，积累了丰富的经验，形成了鲜明的艺术特色，实现了从现代戏剧到当代戏剧的过渡。

在创作方法上，东北解放区戏剧继承了延安戏剧的传统，除《老虎妈子的故事》运用了象征手法外，其余剧作皆采用现实主义创作方法。剧作家们运用现实主义的方法，通过戏剧的形式把刚发生或正在发生的事情真实地反映出来。这些剧作集中描写了工农兵的日常生活，起到了鼓舞斗志、颂扬先进、宣传政策、支援前线的作用。在戏剧结构上，戏剧冲突尖锐而集中，叙事模式多元：劝诫模式的剧作有《二流子转变》，成长模式的剧作有《杨勇立功》

① 柏彬：《中国话剧史稿》，上海翻译出版公司 1991 年版，第 307 页。

《刘巧团圆》,误会模式的剧作有《三担水》《比有儿子还强》等。东北解放区戏剧具有多种表现方式,既有多幕剧,又有独幕剧。在人物塑造上,东北解放区戏剧作品塑造了一个个爱憎分明、个性突出、敢作敢为的人物形象,如《好班长》中的刘振标、《二毛立功》中的二毛、《买不动》中的王广生等。这些人物形象生动丰满,有血有肉,观众熟悉并易于接受。

东北解放区戏剧在取得较高的艺术成就和起到重大宣传作用的同时,也存在着不足。第一,东北解放区文学是典型的"革命文学",东北解放区戏剧是典型的"革命戏剧"。导致这种状况出现的原因有两个:一方面,文学具有反映时代的使命,这是文艺的功用;另一方面,受到政治的影响,剧作家创作的自主意识弱化了,而政治意识强化了。《在延安文艺座谈会上的讲话》要求文艺为政治服务,这就使得戏剧创作出现了公式化、概念化的倾向。第二,不少剧作都是因宣传需要而创作的,是应时应事之作,因此创作时间短,艺术水准不高。此外,工人、农民、学生也参与创作,因此一些作品粗糙,质量不高。从整体上来看,专业作者要好于业余作者,鼓词、话剧等剧种要强于秧歌剧,多幕剧要优于独幕剧。第三,反动人物被类型化和丑化,语言也存在粗鄙、不干净的问题,脏话较多。不少剧作对"中央军"、地主阶级、特务等反动对象较多地使用脏话。这类语言的使用者多为革命的工农兵人物,针对的多为反动军队或地主阶级等对立的角色,因此这些粗鄙的语言被作者美化、合理化和合法化,这降低了戏剧语言的纯净度。

虽然东北解放区戏剧有以上不足之处,然而瑕不掩瑜,其民族化、大众化、乡土化的特征,使得戏剧的启蒙性、宣传性、教育性、战斗性的作用得以充分发挥。东北解放区戏剧对光复后东北人民进行的文化启蒙、拥军优属、动员参军、生产建设等具有重要意义，对解放区的土地改革和解放战争做出了不可磨灭的贡献。

（作者系哈尔滨师范大学教授）

◇莎　蕻

# 拥军碗

地:热河某县的一个大村庄。

时:一九四六年冬,自卫战争中。

人:张老太太——四十多岁,诚实忠厚。

张桂英——十七岁,活泼,调皮,张老太太的女儿。

张老太太儿——村干部,二十五岁,耿直。

战士。

民运组员。

## 第一场　做军鞋

(幕前曲后,风声,张桂英手纳鞋底,上场)

桂:(唱第一曲)

一

下雪的天气放晴啦,

枯树枝上开银花;

八路军保卫咱的家,
冰天雪地把仗打。

二

男人站岗抬担架,
女人做鞋做军袜,
针儿尖,绳儿长,
锥锥拉拉把鞋纳。

三

锥子扎得吱啦啦,
绳子纳得出啦啦,
底子纳得格啦啦,
我扎呀抽呀笑哈哈。

(白)我们妇女小组前些天开了会,动员全村妇女给同志们做军鞋,在年前要赶好;今儿个说不定还开会呢,我给同志们做一双千层底鞋,要麻利点儿做好交上,争取个模范。(在欢快的音乐声中纳着鞋底,张老太太也纳鞋底上场)

张:(唱第一曲)

我老婆子四十三,
针线活计干得欢,
做一双实纳帮子鞋,
慰劳前方战士穿。

(纳着鞋,走近桂英身边,偷看桂英纳鞋)

(白)桂英,瞧,瞧瞧,咳!(把桂英的鞋底夺过来一看)你瞧瞧这是做的什么鞋!软不挤挤的,像一团棉花,别说给同志们穿上爬山打仗,就是走平道也穿不了半拉月!

桂:人家做的这是时兴的千层底,软帮鞋,同志们穿上合脚好看,还能打胜仗!

张:千层底,千层底,还万层底呢!谁叫你做千层底来着?妈给你说做实纳帮,实纳帮,你偏不听妈的话,好看,好看!——有什么好看!

桂:同志们又不都是胡子巴碴的老头儿,人家年轻人谁不爱一个漂亮!

张:漂亮?不漏脚丫子就漂亮!爬山打仗还要什么漂亮!同志们要的是帮硬,帮硬,结结实实的那实纳帮!

桂:(一寻思,天真地)妈!那这鞋给干部穿该行吧?

张:干部——干部还不一样爬山打仗!

桂:(气嘴一噘)人家就没有见过你这样的妈妈,成天找人家的不是,挑人家的牙齿缝!人家就像是一个烟锅头,整天受你的磕打!

张:(看桂英一眼,笑,痛爱地把鞋底还给桂英)给,拿去!死丫头!就爱跟妈妈顶嘴,耍性子,妈说上你两句,看你那嘴,就噘得能挂两个油瓶子!

桂:(接过鞋底,悄悄地走到张的身后,趁张不防,一把从张胳肢窝夺过张的鞋底看一下,禁不住大笑)哎呀!瞧瞧光说人家呢,就没看看你自个儿做的鞋,窝窝囊囊,像皱皮的倭瓜!还不跟人家的好呢!

张:(急,不好意思)死丫头!怎么那么调皮呢!(一把夺过鞋)好,好,你做的好,妈的不好!咱各做各的,谁也不用管谁!

桂:还不是你自找的?谁让你管人家来着?

张:不用说啦,不用说啦!开会不是说年前就要把鞋给同志们送到前方。眼看着这年就要到啦,还不快着点儿做!

(场上沉寂落幕后《八路军进行曲》从"我们的队伍向太阳"唱

起，隐约地，由远而近，直到第一场完）

张、桂：（同时）呵！怎么啦？

桂：（跑向门外张望，张老太太亦随后）哎呀！妈，快来看，咱们的队伍开过来啦，——看黑黢黢的数不清呀！

张：（急望）在哪儿——哪儿？

桂：（用手指）那不是，从山上下来啦！近啦——

张：唉！你看我这眼花得怎看不见呀？（急得直揉眼）

桂：哎呀——妈！看那粗粗的枪可多啦，快看！还有骡子驮着大炮呢！

张：唉！该不是花子队开到咱这儿来吧！

桂：你这个妈生古！花子队哪能穿那么整齐的蓝簇簇的衣裳！（遥望）哎呀——进了村啦，妈我要看看去。（说着跑下）

张：（急叫）桂英——等等妈！死丫头，桂英——桂英——妈跑不动，你搀着妈，妈也看看咱们的队伍去！桂英——桂英——（大叫着，一双小脚拧着跑下）

（幕后歌声雄壮、响亮，张老太太的儿子喊："咱们的队伍打了胜仗了，开到咱们村啦！""各家都给同志们烧开水，收拾房子啰！"——众人应和声）

## 第二场　借碗

（张老太太儿子上）

儿：（唱第一曲）

一

军号频吹大旗飘，

咱们的队伍开来了，

身背美式冲锋枪，
还有几架火箭炮。

二

赶快回家告诉妈妈，
收拾房子准备茶，
欢迎咱们子弟兵，
军队百姓是一家。

（白）妈，妈，咱们的队伍来啦！（进门见屋内无人，急）怎么？一个人也没有？都上哪儿去啦？同志们在街上息着还等着水喝呢！这是怎的啦？嗬咳！都上哪儿去啦？

（张与桂英欢笑着上场）

桂：（边走边说）妈！同志们真好，真和人！

张：同志们可也真怪！大冷的天，都在街上呆着，你就是怎说也不上屋来！

（二人进屋）

儿：你们又到哪儿去啦？

张、桂：去看咱们的队伍去来。

桂：哥哥！（热情地）你看见咱们的队伍了吗？咱们队伍捉了一大串俘虏，还有得的美国枪、火箭炮呢！

儿：（兴奋，热情）看见了，我比你们看见得早，你们快把咱们的西屋收拾出来给同志们住，同志们说今儿个要在咱们村住呢！先给同志们烧一锅水，烧好了就送到街上去，再把咱那五个碗擦洗净给同志们用，还有我新买来的那几个新碗也一块儿洗出来。

张、桂：好！

儿：我还得到别家照料一下，你们就快点儿收拾房子烧水吧！（下）

桂:妈！我来烧水,你给同志们收拾房子！

张:好！快动手吧！

桂:好！

张:(收拾房子)(唱第一曲)

我这里急忙收拾房间,
炕上地下扫了个遍;
桌椅板凳擦干净,
再抓上几把好火烟。

桂:(添水,烧水,唱)(同上)

我这里急忙把水舀,
舀了一瓢又一瓢,
清清的水儿添满了锅,
抱一把柴火把火烧。

张:席上铺上两块毡,

恐怕同志们受了寒,
房子已经收拾好,
就等同志们往进搬。

桂:(同上)

洋火点起了青火苗,
毕毕剥剥火焰高,
白白的烟儿红红的火,
红火烧热了灶上的锅。

张:桂英,水烧好了吗?

桂:妈！快啦,房子收拾好啦?

张:好啦！

桂:妈！那咱快把那五个碗擦洗得干干净净的,水开了好一块儿给同志们送去!

张:好!(二人对唱,张洗碗,桂擦碗)

张:(唱)红红的花儿,

(桂唱)白白的碗,(同上曲)

张:(唱)清水洗来,

(桂唱)沾布沾;

张:(唱)洗得净来,

(桂唱)擦得干,

张:(唱)愈洗,

(桂唱)愈擦,

(二人合唱)愈喜欢。

(二人合唱)愈洗愈擦愈喜欢。

战士:(叫门)老大娘,老大娘!

张:谁呀?

战士:我,队伍上的!

桂:妈!快去开门吧,是咱们同志!

张:是同志?(快把洗好的碗放橱中,开门)是同志,哎呀,快进屋呆着,外面怪冷的!

战士:(进屋)不冷,老大娘!我是来借碗的,我们喝水用碗,想借你五个碗,用完了就还你!

张:借碗?有——

桂:(取碗给张)妈,给!

张:哎——先给同志们些梨吃,解解渴!(说着下场取出一筐梨)同志,这是咱家出的,别嫌弃,带回去给同志们解解渴,呆会儿水开了就给同志们送去！

战士：（惊）哎呀——老大娘，你这是怎么啦？梨我们可不能要，我们八路军不能随便吃老乡的东西！

张：什么呀！吃，吃吧！给拿上！

战士：老大娘，不能，不能，这可不能！（拒绝）这是上级的命令！

张：什么命令，我叫你拿上就拿上！（硬往战士手里递）命令还管得着老百姓拥护军队吃梨？

战士：哎呀！不能呀——老大娘！

张：什么不能呀！（硬往战士身上装）

（唱第一曲）

什么能呀和不能，

这是咱拥护八路军！

梨子不过六七斤，

表表我老婆子一片心。

（第一曲唱完后有过门接唱第二曲）（注）

（张、桂合唱第二曲）

这几个梨子送给同志，

这几个梨子送给弟兄，

这几个梨子送给指挥员，

这几个梨子送给战斗英雄，

反正送给八路军，

慰劳咱们子弟兵。

（把梨子装满了战士的各个口袋）

战士：（无法）老大娘，你真是——（思索，从口袋中掏出一千元边币）梨我就收下了，老大娘，这一千元边区票给你。

张：咳！你真是看不起我，给钱，我送你梨子吃，又不是为了要你钱！

（硬把钱塞入战士口袋中）

战士：（急又将钱取出放在桌上）老大娘，钱你一定要收下，我们不能随便吃老乡的东西！

张：同志，咳呀，你快收起吧，我们可不要你的钱，吃几个梨还要钱，这成了啥啦！

（又急将钱塞入战士口袋中）

战士：（实无法）老大娘，你真好！（感动，半晌）

张：（笑）这才真是好同志！

战士：（亦笑）老大娘你碗还没借给我呢！

张：碗！咳！你看我上了年纪的人，忘性真大！我给你取去。

桂：（急从碗橱中将碗取出交给张）妈！碗在这儿呢，给你！

张：（接碗交战士）同志给你，这是五个碗！

战士：老大娘，我们用完了，就还给你！

张：好！

战士：（趁张不防，将一千元边区票放在桌上）老大娘，钱放在桌上啦，你收下吧！你收下吧！（急跑下）

张、桂：（追出门外，喊叫）同志，钱我们可不要，你拿上吧！（二人未追上回来）

张：咳！你看这同志，送他几个梨，他硬要给钱，真是——

桂：妈！说什么咱也不能要人家同志的钱！

张：不能要！那咱可不能要，呆会儿水开了，连开水带碗一块儿给同志送去！

（效果：开水声）

桂：哎呀！妈！水开啦！水开啦！

张：快舀出来给同志送去！

（二人急跑进屋，将水舀于桶内）

桂：（将扁担穿过桶梁）妈，你抬前头抬后头？

张：抬后头。

桂：好，咱快给同志们送去，人家可渴歪活啦！哎！妈，那一千块钱你拿上了没有？送水去好还给人家同志！

张：你看我这记性，钱放哪儿啦？你在桌上找找看有没有？

桂：你真是，（在桌上找着钱交给张）给你，可别再弄掉了，耽误了这老半天，人家同志们渴坏啦，快走吧！（抬起水急走几步）

张：（小脚乱拧，一个踉跄几乎摔倒）死丫头！怎这么调皮呢！把水弄洒了，同志们喝不喝啦！

桂：（笑）那谁让你缠小脚来着？还不快放了！（抬起水，依然快走）

张：（又一个踉跄，急）死丫头，走慢点儿，水都洒啦！

桂：咳——真是急人！人家同志急着喝水呢！真是！还不跟我自个儿提着呢！（急提水跑下）

张：死丫头！就会耍性子，小心水洒了！（两只小脚拧着急追下）

（幕后老百姓与军队谈话声、欢笑声）

## 第三场　还碗

桂：（提着空了的水桶上场）妈妈真是的，去给同志们送水，一唠上嗑就没完啦，人家同志们还有没喝够水的呢。她也不回来！（进屋揭开锅舀水）

（战士上）

战士：老大娘，老大娘！（抬头见是桂英）呵！老大娘没在家？

桂：在街上和同志们唠嗑呢！

战士:这是才刚借你家的五个碗,不用了还给你!谢谢!

桂:(接碗)你们不喝水啦?

战士:喝好啦,麻烦你们啦!

桂:麻烦什么呢,不麻烦!

战士:(走)

桂:同志,你走啦?

战士:走啦!(下)

桂:(送到门外,亲切地目送战士)

(幕后集合号声,队伍出发声,群众欢送声,由近而远)

桂:呵!怎么队伍要出发啦?不说今个儿不走,怎么又——我快去看看去!(忙将碗放锅中,急跑下)

## 第四场　十个碗是拥军碗

张:(张老太太上场)(唱第一曲)

送咱们同志到村东,

我老婆子真高兴!

同志们去打"遭殃军",

保护咱们老百姓。

(白)队伍说今个儿在咱村住呢,房子都收拾好啦,可又有什么紧急任务出发了,刚才我把同志们送到村东头,同志们一个一个真叫一个精神,"遭殃军"花子队哪经住咱们同志打啊!要不同志和我说打一仗就成千成万地把那些害人的"遭殃军"给消灭咧。(进屋收拾扁担水桶)

(民运组员拿着六七个碗上)

民:同志们都出发了,我留下检查群众纪律;刚才听说有一个老乡找不着碗啦，刚好遇集，买了一个碗赔给他，他又说找着了，别家都检查啦，没有什么犯纪律的，就剩一家没检查啦！（叫门）老大娘，老大娘！

张：谁呀？（开门惊喜）哎呀，同志呀！你怎没走呀？

民：我是民运小组的，留下检查群众纪律。老大娘，我们队伍上的同志有没有借了你的东西没还的。

张：（忽然想起）呵——有一个同志借了是五个碗来着。

民：还了没有？

张：没还给我，我找找看！（找不见）哎呀，哎呀没还，我到别的家找找看是不是还错了？

民：老大娘你别去找啦，借了是五个碗吧？

张：是五个。

民：这是五个碗赔给你吧！

张：哎呀！这不行！没有就算啦，还赔什么！一定是还给别人家啦，我去找找吧！

民：老大娘！这是我们军队的规矩！丢了老乡的东西一定要赔，你收下吧！

张：不行，不行，那可不行！

民：（将碗放桌上）老大娘，你收下吧！我还得快去赶队伍呢！（忙跑下）

张：（急取碗追喊）同志，不成呀，不成呀，赔啥碗呀，哎——同志——（追不上，回来，很难过地）让人家同志赔啥碗，这成了啥啦——咳！（将碗放在锅盖上，沉思）碗倒是还了没有，让人家同志赔了五个碗，咳！真是——

（幕后锣声、喊声：妇女组的到大庙上开会咧——还有区上的同志参加呀——）

张：呀——开会啦？（开门正欲下，桂英忙跑上）

桂：妈！妈！开会啦，快开会去，人家都到齐啦，就等你一个人啦！

张：走！那咱快去！

桂：不，人家渴啦，先喝口水再走！（欲揭锅，见锅盖上有五个碗）呵——妈！这五个新碗是哪儿来的？

张：（苦痛重浮上她的心头）那是同志借咱的碗还错了，赔咱的五个碗！

桂：碗？没还错呀！明明人家同志把五个碗还给我啦！

张：还给你啦？在哪儿？

桂：（揭开锅盖）这不是在锅里盖着呢！

张：（走近锅边一看，生气）咳——咳，你这死丫头！

（唱第三曲）

死丫头真是糊涂虫，

还了碗怎不告诉人！

桂：（唱）还了碗就去送同志，

哪有告诉你的空！

张：（唱）碗要放在碗橱里，

谁叫你放在饭锅中！

桂：（唱）你不好好去寻找，

粗心大意还怪人！

张：（唱）让同志赔了五个碗，

过后怎样见乡亲！

桂：（唱）赔碗是你叫同志赔，

唠唠叨叨来怪人！

张：（白）死丫头！人家军队还了碗，又要人家赔了五个碗，让街坊邻居知道了，我的脸往哪儿放！

桂：（气）谁叫人家赔碗来着？谁叫人家赔碗来着？自个儿做错事，还怪人！

张：你还硬——呃？不是你的错是谁的错？

桂：我的错，我的错，我叫人家同志赔碗来？

张：你还说，你还说！——

（二人争吵不休，儿子上）

儿：吵什么，吵什么！桂英！你又跟妈吵呢！

张：同志们借了咱五个碗，喝完了水还了桂英，你说这丫头呃——也不和我说一声，我寻思着碗丢了，这一寻思就出了岔啦！才刚人家队伍上一个什么民——民——

儿：民运小组的？

张：对了，民运小组的硬赔了咱五个碗，咳咳！你看这成了什么啦！

桂：碗是你让人家同志赔的，还怪人家！

儿：（急）看你们办的这好事！让村里人知道了还不说咱赖了同志五个碗！我还是村上的干部，起模范！这叫我怎么见人！咳，还不快给同志们送去！

张：人家早走远了，还往哪送去！

儿：走远了也得送去，不送去，过后我还在村上工作不工作？快借个毛驴骑上送去吧！

桂：谁要人家的碗谁送去！

张：送，咳！骑毛驴也赶不上啦！

儿：那就白白赖人家军队五个碗！

张：（难过）这怎办呢？

儿:你看这怎么办吧!

张:(低头,沉思,突然高兴)哎呀,我可想了一个好法儿!

桂、儿:什么好法儿?

张:我看这碗送是没法儿送啦! 就把这五个碗和咱们那五个碗一共是十个碗? 拿这十个碗做咱村上的公用碗,过后同志们到了咱村不管住不住咱家,都把这碗拿出去给同志们用。你们看好不好?

桂:好,好! (天真地)妈! 咱们拥护八路军,那就把这十个碗给它起个名叫拥军碗吧!

张:好! 就叫拥军碗!

桂:叫拥军碗! 哥哥! 这碗叫我管,不让妈妈管!

儿:好,让你管,就把这十个碗叫拥军碗,过年给同志们做十样大菜! 装到这十个碗里,给同志们送去慰劳!

桂、张:拿拥军碗、拥军菜去拥护咱们的八路军!

桂、张:再多多带上些票子、花生、梨、豆包……

儿:好!

(全场热烈,兴奋,唱主题歌,第四曲)

儿:十个碗,

桂:十个碗,

张:十个碗,

(合)十个碗是拥军碗。

儿:十样菜,

张:十样菜,

桂:十样菜,

(合)十样菜是拥军菜。

拥护咱们的八路军，

多给咱们杀敌人，

打退反动派“遭殃军”，

民主自由享太平。

（幕落）

**选自《东北文艺》，1947 年第 2 卷第 2 期**

## ◇原　野

# 蜜蜂和蟞虫

## ——献给“四·四”儿童节

说明：此剧是延安民众剧团一九四六年的作品，曾先后在延安、承德等解放区内，为各小学校所采用。该剧是以“提倡生产劳动，反对好吃懒做的寄生者”为中心主题。表演时，三女孩子扮蜜蜂样，三男孩子扮蟞虫样。蜂与虫之舞蹈应各有区别，蜜蜂可取飞的舞法，蟞虫可用一蹦一跳的舞法。排演时，亦可参照各地之“秧歌舞”步法灵活应用之。

（萧汀）

### 第一场

（三女孩子扮蜜蜂样，两手扬着裙边，飞舞上，起奏第一曲，转场一周）

蜂甲：（唱第一曲）

春天里来天气晴，

风和气清暖烘烘，
咱们一齐出了门，
大家去把花儿寻。

蜂乙：（唱第一曲）
飞飞飞来飞飞飞，
到处的花儿开得美，
有红有黄又有白，
遍地一堆又一堆。

蜂丙：（唱第一曲）
你也忙来我也忙，
采到汁儿做蜜糖，
做好蜜糖放到仓，
有吃有喝喜洋洋。

三蜂：（合唱第一曲）
我们生来好劳动，
趁着天暖去做工，
到了秋冬荒年馑，
有了吃的不担心。
劳动起来真光荣，
自力更生不受穷，
自己动手自己用，
不做好吃懒做的寄生虫。
飞飞飞来向前进，
咱们赶快去做工，
采到了花汁儿把糖做，

再来休息把工停。

（唱毕，三蜜蜂做采花状。三男孩子扮鳖虫样，于第二曲伴奏中跳上）

虫一：（唱第二曲）

春光明媚天气暖，

百花开放好鲜艳，

这个时光真正好，

花花世界任我玩。

虫二：（唱第二曲）

跳跳跳来跳跳跳，

咱们玩耍好逍遥，

饿了有花吃个饱，

饱了玩耍再跳跳。

虫三：（唱第二曲）

你也跳来我也跳，

大家玩耍真热闹，

花儿里边把戏唱，

太阳下边耍大刀。

三虫：（合唱第二曲）

我们生来好玩耍，

一天到晚不消停，

趁着天暖太阳红，

美美过几天好光景。

玩耍起来真高兴，

不玩耍她们是笨虫，

谁要劝我们来劳动，

我们就骂她的老祖宗。

（虫唱完仍在跳舞玩耍做调皮样，蜂一边采花一边唱第一曲）

蜂甲：（唱第一曲）春天夏天暖烘烘，

蜂乙：（接唱）咱们做工在花丛，

蜂丙：（接唱）花丛里，把汁采，

三蜂：（合唱）采得汁儿放仓中。

蜂甲：（唱第一曲）我们大家来劳动，

蜂乙：（接唱）做蜜糖，香喷喷，

蜂丙：（接唱）有了吃的好过冬，

三蜂：（合唱）度过冬天苦年景。

蜂甲：（唱第一曲）花儿白来花儿红，

蜂乙：（接唱）大家做工要竞争，

蜂丙：（接唱）你也成，我也行，

三蜂：（合唱）个个都要当英雄。

蜂甲：（唱第一曲）抓紧时间不放松，

蜂乙：（接唱）不放松，快做工，

蜂丙：（接唱）一年之计在于春，

三蜂：（合唱）自力更生真光荣。

（蜂唱时，三虫在跳着看，做调皮相）

三虫：（合唱第二曲）

蜜蜂姑娘停一停，

我有话儿你是听，

现在春暖百花放，

咱们来跳舞玩一场。

三蜂：（合唱第一曲）

蟞虫哥哥听我讲，

请你众位帮帮忙，

多采点儿花儿做蜜糖，

好做咱们过冬的粮。

虫一：（唱第一曲）

日月常在冬未到，

何必预备这样早，

蜂甲：（接唱）

你再不要错盘算，

准备好了再来玩。

虫二：（唱第一曲）

天气好，

正好玩，

过冬的粮食慢慢办，

蜂乙：（接唱）

一年之计在于春，

莫要错过好光阴。

虫三：（唱第一曲）

劳动终究有啥用？

自寻苦吃真下贱，

蜂丙：（接唱）

你说这话见识浅，

到冬天你怎度饥寒？

三虫：（合唱，重复最后一句）

混上一天算一天，

何必要你把心担。

蜂甲：（唱第一曲）

我们劝你是好意，

不要脸红发脾气，

虫一：（接唱）

我们就不来劳动，

没吃的也不依靠你。

蜂乙：（唱第一曲）

你虽说得天花转，

前悔容易后悔难。

虫二：（接唱）

各有各的大主见，

再不要给我扯大拦。

蜂丙：（唱第一曲）

过光景来没计划，

那才是个大傻瓜，

虫三：（接唱）

你说傻来谁倒傻，

不玩才是个傻疙瘩。

三虫：（合唱，重复最后一句）

你说傻来谁倒傻，

不玩才是个傻疙瘩。

蜂甲：（唱第一曲）

说你笨，

你真笨，

打算不到你该穷，

光会玩耍你不劳动，

谁不骂你是寄生虫。

三蜂：（同唱）谁不骂你是寄生虫。

虫一：（唱第二曲）

你休骂，

你休夸，

我们也有好办法，

现在到处吃的有，

何必劳动把苦受。

三虫：（同唱）何必劳动把苦受。

蜂乙：（唱第一曲）

吃不穷来穿不穷，

计划不到一世穷，

天暖你不来劳动，

冬天来了你该受穷。

三蜂：（同唱）冬天来了你该受穷。

虫二：（唱第二曲）

冬月天，

还未到，

何必为吃来操劳，

日暖花开春光好，

咱们来玩耍跳跳跳。

三虫：（同唱）咱们来玩耍跳跳跳。

蜂丙:(唱第一曲)

不要跳,

不要蹦,

生产的事情最要紧,

咱们大家合作起,

准备下粮食好过冬。

虫三:(唱第二曲)

蜜虫姑娘停一停,

提起劳动实头痛,

你要劳动你自己弄,

不要耽误我们大事情。

三虫:(同唱)不要耽误我们大事情。

蜂甲:(唱第二曲)活在世上要劳动,

虫一:(接唱)劳动才是个大笨虫,

蜂乙:(接唱)有吃的,要节省,

虫二:(接唱)节省下来有啥用?

三虫:(同唱)节省下来有啥用?

蜂丙:(唱第一曲)你不劳动你受穷,

虫三:(接唱)你做的糖儿人来分,

三蜂:(同唱)生产的事儿最要紧,

三虫:(同唱)我把它当作耳边风。

(三虫调皮地跳着,三蜂无可奈何地)

三蜂:(同唱第一曲)

好言相劝他不听,

只顾玩耍不做工,

咱们大家快劳动，

抓紧时间不放松。

（三蜂仍飞舞做采花状）

三虫：（调皮地同唱第二曲）

蜜蜂姑娘缓一缓，

请你陪着我来玩，

手拉手来肩靠肩，

玩耍起来像蜜甜。

三蜂：（生气地同唱第一曲）

小蟞虫你真混蛋，

为何捣乱我生产，

到了冬天是荒年，

我看你们再来玩。

劝你们还是快劳动，

不愁吃来不愁穿，

虫一：（生气地接唱）

讨厌讨厌真讨厌，

老一套话儿说不完。

虫二：（唱第二曲）

麻烦麻烦真麻烦，

不劳动与你们屁相干，

虫三：（接唱）

你要劳动不来玩，

真是他妈的大笨蛋。

（骂毕，三虫又高兴地跳着）

三虫：（同唱第二曲）

咱们三个好高兴，

大家玩耍有精神，

快快跳来快快跳，

咱们到前边玩一遭。

咱们到前边玩一遭。

（三虫高兴地一蹦一跳地下）

三蜂：（同唱第一曲）

好言相劝你不听，

好吃懒做寄生虫。

只顾玩耍不劳动，

亏了你的老祖宗。

你们活着有啥用？

谁叫你们不做工，

春夏过了秋冬到，

管叫你个个活不成。

咱们在此地莫久停，

再到前边把花寻，

飞飞飞来飞飞飞，

花儿对咱笑盈盈。

（三蜂愉快地飞下）

## 第二场

（一阵鼓声过后，冬天，雪花飘，刮风，蹩乒一，上，一跌一歪的）

虫一：（唱第三曲）

雪花儿，
到处飞，
风儿不住地吹，
冻死了他两个，
我命也要毕。
几天都没吃饭，
饿得我难动弹，
遭逢了这年月，
怎活到明年。
悔不该，
不劳动，
到如今受了穷，
有什么法子，
过去这个冬。
（绕场，冻得战索索，怅惘地）
蜜蜂她，
有吃的，
向她们借粮去，
借到了粮食，
也好来充饥。
（绕场，沉思）
从前我说大话，
饿死也不求她，
我还得另来，
想个好办法。

（绕场，又想）

别无法子想，

饿得我要断肠，

厚着脸皮去，

跟蜜蜂借点儿粮。

（叫）蜜蜂姐姐！

（三蜜蜂高兴地于第一曲中舞上）

蜂甲：（唱第一曲）

雪花飞，

天气寒，

咱们有吃不费难，

自己动手自己有，

度过冬天这荒年。

蜂乙：（唱第一曲）

我们劳动多光荣，

有吃有穿不受穷，

吃着糖儿香又甜，

住在房内暖烘烘。

蜂丙：（唱第一曲）

我们好似活神仙，

不愁吃来不愁穿，

刚才不知谁呼唤，

咱们前去看一看。（蜂向前飞舞，虫一急忙上前挡住，哀求地）

虫一：（唱第三曲）

蜜蜂姐姐站一站，

可怜我受饥寒，

粮食借一点儿，

度过这冬天。

三蜂：(同唱第一曲)

谁叫你不劳动，

到今天受贫穷，

我们吃的刚够用，

哪有余粮借你们。

春天你们只顾玩，

不听我们好言劝，

如今下雪天气寒，

想借粮食难上难。

(蹩虫失望地只好走开，一阵鼓声，示风雪更大，蹩虫又哀求地)

虫一：(唱第三曲)

只给我，

借一点儿，

度过这荒年，

明年努力干，

再不到处玩。

三蜂：(同唱第一曲)

只要你能把过改，

借给你粮食也应该，

我们给你把粮取，

你等一等我就来。

（三蜂跳下，又一阵鼓，风雪越大）

虫一：（唱第一曲）

大雪飞，

风又紧，

又冻又饿活不成，

蜜蜂再不来，

就要了我的命。

（一阵急鼓，风雪加紧，蹩虫跳了几跳，冻死在雪地里）

三蜂：（上，唱第一曲）

小蹩虫赶快来用饭，

怎么睡下不动弹，

走上前来仔细看，

原来冻死在雪里边。

（三蜂绕场，一阵静默，又高兴地舞唱着前曲）

劳动能得饱和暖，

不劳动辈辈受饥寒，

如今你死把谁怨，

自作自受理当然。

人人都要来劳动，

不生产就活不成，

自己动手有吃穿，

丰衣足食过光景。

大雪飞，满天白，

咱们大家赶快回，

休息精神来准备，

准备着明年再干一回。

（唱完，三蜂愉快地舞下）

（剧终）

**选自《东北文艺》，1947 年第 1 卷第 5 期**

◇流　焚

# 一张地照

时间：旧历腊月二十七，黄昏。

地点：村农会委员赵福来家中。

人物：赵福来——三十多岁的贫农，性耿直，精明，新被选为农会委员。

赵妻——三十多岁（与福来年纪相仿），落后，好贪小便宜。

狗剩儿——福来的儿子，八九岁。

杨国宝——二十八九岁，小学教员，赵妻的姑表弟，国特。

自卫队员——甲乙二人，年二十多岁。

布景：村农会委员赵福来家中。舞台正面一铺炕，炕后窗户两旁泥墙上挂着红辣椒一串，苞米棒子两串（作种子用的），炕脚下叠着破旧的被子，窗台上放些零碎的农家用品乱麻团之类。右面有一门，门旁靠墙斜放着条桌、板凳，桌边摆着火盆。左边一座石磨，磨旁摆着小凳，上有盛泡豆的小盆，簸箕、刷帚等物。幕启时赵妻正在抱着磨杆磨豆腐。狗剩儿坐在桌边矮凳上烤火。

赵妻:(一面推磨,一面自言自语)今儿个是腊月二十七啦,庄稼院一年忙到头,谁家不张罗着过年。人家界壁子张大个子家,猪也杀啦,米也淘啦,豆腐也做啦。偏偏我们(读作母)家的“半疯儿”,成天不着家,就像过给农民会啦一样。也倒好,新近又叫人家作弄上了委员,成天价走马灯似的,两腿不失闲,推碾子拉磨,当驴当马,也得老娘们儿来干。眼看就要过年啦,连只香也没有,连张灶王爷也没买,真是急死人啦!

狗剩:(唱)说过年,道过年,今年不比往一年,咱们穷人把身翻。分菜地,分大田,分粮食,分咸盐,分了猪羊往家赶,高骡大马往家牵……

赵妻:狗剩儿,别唱啦,你倒高兴,你妈心里急得冒火生烟,整天价净唱个啥劲儿。去爬大门口望望,你爹还没回来,都快掌灯啦,会还没开完?

狗剩:(出外,即回)妈,妈!外边雪下得更大啦,我爹还没回来。

赵妻:雪下得再大点儿,把门封住,叫他冻死在外边才好。

狗剩:(接着唱)树有根,水有源,共产党领导把身翻,咱们穷人应该抱成团……

国宝:表姐在家吗?

赵妻:谁呀?

国宝:我来啦。

赵妻:啊呀,国宝表弟呀。打家来吗?雪下大啦吧?扫扫。

国宝:是的,打家来。过年啦,你姑姑不放心,打发我来看看你们年嚼谷办得怎样,还背来点儿吃的,给你们贴补贴补。

赵妻:啊呀,大雪包天的,路又远,道又滑,难为你背这么些东西,(从口袋里掏出猪肉、冻豆腐、粉条等。狗剩掏出一只野鸡，抱起在屋里连跳带唱：今年不比往一年，咱们穷人把身翻……）怎么不背一匹牲口来呢？

国宝：咳，别提啦，牲口都改了姓啦。大姐夫不在家吗？

赵妻：还不是成天价长在农民会里，回到家坐不到一顿饭工夫，就像屁股扎刺一样，抬脚又走啦，抛下老娘们儿在家推碾子拉磨，算什么男子汉大丈夫！

国宝：听说你们村农民会不是分了牲口啦吗？肥骡子大马的，大姐夫也没牵回来一匹？

赵妻：快别说啦，你大姐夫简直是个“窝囊废”。今儿个也开会，明儿个也开会，肥骡子大马的，倒都开到别人家去啦。

国宝：听说大姐夫不是干弄上农民会委员，当官儿的还没有一份儿？

赵妻：哪儿是干弄上的，是大伙儿选上的，还往饭碗里扔黄豆粒子呢。人家看他老实，就直门往他碗里扔。选上委员以后，人家工作团还说什么应该“斗争在前，分东西在后”呢！

国宝：“斗争”？又是共产党那一套。眼看“中央军”就快开到哈尔滨啦，我说呀……等到那天，那些穷棒子翻身，就该翻到洋沟里去啦！

赵妻：“种殃军”来了你看福来该不碍事吧？

国宝：不碍事？农民会委员，自卫队班长，哪一样不碍事？凡是在农民会的，都有一份儿。再说叫“中央军”，不叫“种殃军”，叫错了可不是闹着玩的。

狗剩：妈，妈！人家小六子听学房先生说的，“种殃军”跟“中央”胡子是一家呢。

国宝：学房先生说的？他姓啥？真他妈混蛋。以后再不许你胡说八道。

狗剩:不叫说"中央"胡子,就不说"中央"胡子呗,吹胡子瞪眼睛干啥?

国宝:小孩子家的知道啥,不准顶嘴。你表舅也是学房的先生,到过大地方,比咱老学房先生经得多,见得广。快去界壁子张大婶家玩玩去,妈跟你表舅唠几句嗑儿。

狗剩:(边唱边下)想"中央",盼"中央","中央"来了遭灾殃,打下粮食要"出荷",强迫壮丁把兵当。

国宝:这都是跟谁学的?小孩子都叫教坏啦!上次我来的时候,你们屯刚分过地,现下发了地照啦吗?

赵妻:听说发啦。

国宝:发啦?是村农会发的,还是县政府发的?

赵妻:谁知道哇,咱又没看见,狗剩他爹有啥话也不当我说,嘴就和口袋嘴一样,扎得紧紧的。

国宝:要是发了地照,南沟口那两垧多地的地照,大姐夫还不拿到家里,要你收着吗?

赵妻:别说地照,我连块纸边也没见到。自从来了工作团,有了农会,福来就变啦。人家有啥心事,宁可去到农会去说去。想不到,福来那么知冷道热的一个人,不到几个月,变得那样快!

国宝:真是人会变,天也会变。但愿不发地照就好。

赵妻:你说什么,我不明白。

国宝:我是说呀,要是发了地照,那些分地的人家,罪名可就更大啦,你想,白纸黑字,有了人证,又有物证,那还不是罪上加罪?(见到墙上挂的雨衣)咦,这是谁的雨衣?

赵妻:是狗剩他爹的,是这次分东西,人家分给他的,有啥乱子吗?

国宝：有啥乱子？这是军用品哪。（试穿）唔，倒挺合身。（掏出一个小盒）好漂亮的一个小盒，装洋烟卷的？当两天半穷棒子会的委员，就抽上洋烟卷啦。（打开小盒，发现了地照）咦！说啥有啥，地照！

狗剩：（上，好奇地停在门口不动）

赵妻：地照？

国宝：可不是地照。上边还盖着五林县政府的官印呢。这简直是造反哪。早晚有算账的时候！

赵妻：本来呀，分地那天，我就对狗剩他爹说，老杨家的地，旁人要分尽管分，咱可别伸手，亲戚礼道的，脸面相关，将来动起口舌来，不好看。谁知道狗剩他爹算是王八吃秤锤，铁了心啦，怎么也不听我的话。

国宝：姓赵的，骑驴看唱本，走着瞧。再说，你们金家屯这些租地户，也真是忘了老大贵姓啦。想当年，方圆百八十里，谁不知道福兴堂杨大老爷人物字号，我姓杨的地，狗都不敢进去拉泡屎。如今说分就分了，哪儿有那么便宜的事？

赵妻：别人的事，先不要提。地照的事，我实在不知道。就拿这小盒来说吧，人家整天地怀揣腰掖的，连黑夜睡觉都不离身，我三番两次地要看，人家都不给看。今儿个要不是一大清早就开会，有人找得紧，这件皮万不能落（遗忘）在家里。要不是你来啦，翻出老底，谁知道怀里揣着这么一张惹祸根呀？俗语说，是亲三分向，是火热过灰，我们家的事，你千万得高高手啊。

国宝：这个么，我也为难，除非这么办，地你先种着，照我先收着；上秋打了粮食，咱们将心比心，谁也别亏着谁，多咱再斗过来，我就压根不提分地的事，去了表姐一块病，你看好不好？这我都是替你打算啊!

狗剩:(轻掩门下)……

赵妻:那敢情好哩,一会儿狗剩他爹回来,你把地照藏起来,他要找,咱们就说没看见。

国宝:好,就那么办吧。明儿抽个空我还到张歪脖子、王大发那几家租地户走走,他们都是老实人,会把地照交给我的。剩下几个愣头儿青,要是不交,那我就变个戏法看看。(自言自语)本来么,穷人好比一只虎,地主好比打虎的人,地好比装虎的笼子,要是把那些穷人放出来,那他们就要伤人。

福来:你来啦,多年不上门,有什么事情么?

国宝:没啥事,没啥事,快过年啦,来瞧瞧你们。听说你升了农会委员,公事一定很忙,没工夫张罗年,我来送点儿东西。

赵妻:他大舅前些天就来过一趟啦,今儿个又送来一大些礼,难为他惦念着啦。

福来:咱们人穷志不穷,用不到他们有钱的送礼。东西他打哪里拿来的,还是拿回哪里去。过去十四年就是一刀两断,今儿个还是一刀两断。

国宝:大姐夫,这就是你的不是啦,俗语说得好,千里送鹅毛,礼轻情意重,你升了农会委员,难道当亲戚的,这点儿劳都不能动吗?

福来:怎么你要买动谁吗?农会的委员,是给穷人办事的,不像伪满的村长,好比一条狗,日本人把老博代当猪宰,洋爸爸吃猪肉,狗腿子爬在地下舐猪血。

国宝:得啦,得啦,事情可不能做绝,话不可说绝,算我没有说,还不行吗?

赵妻:亲戚礼道的,一言半语,算个啥。大年下的,一出去就是一天,把家都忘啦。

福来:人家事忙,你怎知道。又要发新地照,又要合计要回旧地照,事情办不完,过了年,心里能安然么?

国宝:在早那些租地户,也都领下了地照么?

福来:(惊奇)咦,你问这干啥?(掏棉裤兜,又奔向雨衣,掏完两个兜,又抽出桌子抽屉,又翻被子,终于失望,转向妻)看到我的东西没有?

赵妻:(佯为不知)你找啥呀?谁知道你丢了啥呢?

福来:不大点儿的小东西——一个小盒。

国宝:一个小盒?里面盛着珍珠玛瑙吗?这样着急?

福来:你就是花上珍珠玛瑙,也买不来呀。(自觉说错了话)唔,没啥。不过是个小盒,给小狗剩拿着玩的,怪好看的。

国宝:(嘲笑)我看你是给大狗剩拿着玩吧。

福来:不要奚笑人,东西丢了,你也得担点儿关系!

国宝:谁?我?我又没动你的雨衣!(自觉说错了话)唔,谁知道你丢了啥?

福来:真没动?我要搜。

赵妻:可别急,可别急,亲戚礼道的,看外人耻笑,失落了东西慢慢地找,海底里捞蛤蜊来,丢了月明珠也找得着。

国宝:大姐,下次再来瞧看你,我要走啦。

赵妻:天黑啦,又下大雪,住一宿明儿再走吧。

福来:(抢前堵住门)还我东西再走!

国宝:(急欲溜走,赔笑)不要闹着玩啦,我真没看见。

福来:那就敞着开让我搜!

国宝:(见走不脱,故作强硬)你搜,你搜!(见真要搜,恐怕搜出怀里暗藏的手枪，不得已而掏枪向福来）搜个屁！不准动，手举起来！

赵妻：（惊叫）啊呀，可不兴动刀动枪的呀！

（这时福来挣扎着后退，杨正逼近门口，右手仍举枪对福来，左手推开门，正欲趁势走脱，两自卫队员端着枪跑到，枪口对着杨，狗剩跟着上）

自甲、自乙：（齐声）不准动，手举起来！

狗剩：对啦，对啦，就是他。

福来：（走过去取掉杨的手枪，以枪口对杨）让我对付他，你俩上去搜！

自甲：（打杨棉袄兜里搜出一卷钞票、一梭子撸子子弹，又打袄兜里搜出小盒）咦？一个好漂亮的小盒。

自乙：好像福来大哥的。

狗剩：对啦，对啦，是我爸爸的小盒。我刚才没对你们说吗，我打张大婶家回来，刚推门进来，就看见他拿着我爸爸的小盒，他还说“地照我收着，地你们种着”。我一听，就知他不是好人，就跑到自卫队找你们去啦。——张大叔，他还朝我吹胡子瞪眼睛说什么“中央”胡子呢。

自甲：好孩子，真聪明。（向福来）咱可得瞧瞧你这小盒里到底装的啥，平常自卫队开会，你一会儿掏出来看看，一会儿掏出来看看，谁也不叫瞧。这回可落到我手里啦。（开盒，打开地照）咦，黑乎乎一片，红缸缸一块，和我家新领的一样，原来是一张地照。

自乙、狗剩：地照？

福来：（接过地照）可不是地照。别看轻这张纸儿，这是咱们穷人的翻身契呀。记得小的时候，我家有五亩好地，叫财主家霸占去啦，我爸爸一股气，点把火把地照烧了，把纸灰和（读货）大烟灰喝了。临死的时候对我说："孩子，你爸爸这口冤气，算是咽到肚子里去啦，你长大了要有志气，要报仇啊！"打那以后我就给人家扛了十多年大活，现下，我分到两垧多好地，我爸爸要是活着，他该多高兴呀。（向杨）告诉你，现在是咱穷人的天下，你偷我地照，想要夺我的地，那比登天还难。

国宝：那是我表姐给我的呀！

赵妻：（又惊、又恨、又怒、又愧）唔！

福来：唔！

自乙：喂！大伙儿看，这是什么？（打杨棉袍襟里搜出委任状交福来）

福来：这是委任状呀，（念）兹委任杨国宝为中央先遣军第十五集团军郎团少校秘书，着即在八面通、梨树镇一带，进行地下活动，待成功后，重加任用，此令。中央先遣军第十五集团军司令官车理珩。

自甲：这小子原来是个国民党特务！

（自乙、福来同时上去齐打）

赵妻：呀！你，你原来是个"中央"胡子，和汉奸郎雅宾是一家呀。我问问你，这一带老百姓，谁没受过郎雅宾的害，我把你这伤天害理的坏蛋。"满洲国"十多年，你从来没登过我家的大门。日本鬼子收粮食，收得一粒没剩，我把五升高粱藏在瓶瓶罐罐里，就那也叫收去啦。逼得我一家大小吃橡子面，吃豆饼楂子，憋得拉不出屎来。我的大儿子小住子，那时候才八九岁，就和狗剩这么大，吃橡子面把脸憋得像蜡打一样黄，眼睛都憋蓝了，没上六七天，把一个活蹦乱跳的孩子生生地给憋死了。那时候你爹当村长，我到你家去借粮，连一酒盅也没借出来。现时下，咱们穷人翻身，我只当你回心转意啦，谁曾想你又没安好心，骗去地照还不算，又来动刀动枪地来害福来。狗剩他爹呀，千差万错，都是我一人的错，我一时血迷了心窍，差点儿送了你的命呀！（哭泣）

福来：你也不要难过，你是一时的糊涂，只要醒了窍，睁开眼睛，不再上有钱的坏蛋的当，和穷人一条心，我决不怪你。这张地照，从今后交给你好好收起来，要记住：那上边有咱们穷人的血，有咱们穷人的汗。工作团王同志说过：自从有共产党那天，就操办着给咱们穷人分地，二十多年，不知流了多少血，死了多少人。咱们一定要报仇，一定要永远保住这张地照，一定要铲除像杨国宝这样的坏蛋。

自乙：对！咱们要报仇，要刨除坏蛋的根，要保住咱们的地，走，他妈八子的，把他带到农民会去。

自甲、自乙：走，走！（一拥而下）

狗剩：（走到门口，回头）妈，妈！从今后你别在背后叨咕爸爸啦！

赵妻：（感动地）好孩子，妈妈今儿明白啦，你爸爸不会埋怨我吧！

狗剩：妈，妈！不，我爸爸比你更明白哪！

（幕徐下）

**选自《人民戏剧》，1946 年第 3、4 期合刊**

◇陶　钝

# 短篇鼓词

编者按：陶钝同志所作《杨桂香鼓词》早已为人们传诵，这两个短篇鼓词是他的近作，虽说是山东解放区的材料，对东北还是有用而且新鲜的。他的“自序”提到的另外两篇，我们准备在下期发表。

这四篇鼓词是我一九四七年的产品。前两篇是春天在滨北搜集的材料，为了安慰军属，鼓励妇女生产支前写的。其中《女运粮》一篇，完全是真人真事，不加剪裁就很完整。后两篇是在胶东，一年将尽的时节，响应生产节约号召而写的。

我写的时候想尽力适合于盲艺人的演唱。其中三篇用三四三音节：就是每句第一音节三个字，第二音节四个字，第三音节又是三个字。这种格调，一般大鼓腔调都能用。只有《卖豆腐》一篇用三三四音节。每句前两音节各三个字，后一音节四个字。河南坠子、梅花大鼓可以合用。大鼓调每句十个字、七个字是基本的形式。

在押韵方面每篇是一韵到底，不换韵，而且是平声韵。非到运用不上平声韵时不用仄声。开头第一句有韵，第二句有韵，以后都是上一句无韵，下一句押韵。上一句落脚字全用仄声，这是中国旧诗歌和大鼓词一般的规律。据演唱者谈，演唱中间换韵很不得劲儿，他们喜欢一韵到底。

有的同志提议加说白，这在长篇鼓词中是完全必要的，但在短篇鼓词中会弄得结构松懈，不如一气儿说完为妙。

写短篇鼓词和写短篇小说一样，因为字句和音韵的限制甚至更费劲。要找典型故事，典型人物；要故事化，形象化，又要运用群众语言，通俗活泼。我想在这方面用力，但是能力所限，做得很不够。

利用旧形式，应当冲破旧形式，许多同志做得比我好，我写的时候被盲艺人的需要和他们的接受能力所限，有许多顾虑，没有把旧形式冲破。现在已经有人在那里搜集旧鼓词的曲谱做综合的研究，想创造一种新的曲谱。我希望这曲谱早日创造成功，可依照新曲谱而写作。

作者自序　一九四八年一月八日

## 马大娘探儿子

说的是解放区里晴了天，
共产党领导穷人把身翻。
经过了土地还家大改革，
老百姓欢天喜地过新年。
儿童团敲着锣鼓头里走，
后跟着秧歌大队识字班。
马大娘站在门口开言道：
“怎么好劳动大家来拜年。”
马大娘从前没有一指地，

去年秋好地分了五亩三。
往常年五更饺子地瓜面，
到今年不愁吃来不愁穿。
光荣牌大门顶上随风动，
为的是她儿去年把军参。
一听说参军为了保饭碗，
小二子报个头名占了先。
马大娘于今日子过得好，
可就是一件大事挂心间。
都说是参军比在家里好，
俺觉得自己不见心不安。
小二子一直长到十八九，
曾没有一天半日离身边。
去年冬参军会上送他走，
到于今一去三月不回还。
不知道队伍吃的什么饭，
又挂着过冬没有衣裳穿。
倘若是有了病灾谁照管？
又怕是黑夜站岗受风寒。
马大娘越思越想越难过，
不觉得点点珠泪洒胸前。
正好是宝莲闺女回家转，
背后里跟着弟弟叫小三。
马宝莲今年刚刚十六岁，
小三子八岁入了儿童团。

马大娘看到闺女心中喜，
猛然间一条妙计上心间。
叫了声宝莲闺女你坐下，
为娘的有件事情和你谈。
您哥哥一去参军不回转，
想得我白日黑夜心不安。
为娘想带您弟弟去看他，
不知道你能不能把家看。
你在家一天纺上四两线，
晌午头你就去上识字班。
你若是夜里自己还害怕，
找两个姊妹团员一处眠。
好宝莲答应母亲这办法，
她听说去看哥哥也喜欢。
第二天一纸路条领到手，
还有那一路村名在上边。
马大娘洗脸梳头忙打扮，
把一件半新褂子身上穿。
她又给小三孩子洗了脸，
怕的是队伍见了笑话咱。
马大娘没有东西给儿吃，
只好是鸡蛋煮上一小篮。
临走时又把宝莲细嘱咐，
嘱咐她千万不要到处窜。

马大娘离了家门往正北，
只觉得扑面北风阵阵寒。
小三子去看哥哥心更急，
一阵跑把他母亲撇后边。
马大娘迈动小脚快快赶，
只走得脚又疼来腿又酸。
她娘俩一天走了四十里，
眼看着一轮红日落西山。
春季天出了太阳觉着暖，
傍晚时落了太阳又觉寒。
娘儿们晌午吃过一点饭，
这时候又该进村找饭餐。
她娘俩正在庄头拿主意，
有一位白胡老头到面前。
他问了娘俩家乡和住处，
又问了离开家门为哪般？
马大娘一五一十说一遍，
老大爷满面春风笑开颜。
他言道："这庄名叫王家寨，
老汉我也曾送子把军参。
俺家里也有暖屋和热炕，
有的是滚汤热饭尽您餐。"
大娘说："多谢你老行好事，
可就是去给您家添麻烦。"
他三人一行说着往前走，

不多时来到老汉大门前。
王大娘听说有客忙迎接，
老人家问明来历更喜欢。
她言道："您儿俺儿在一处，
俺觉着和俺的亲戚是一般。"
王大娘忙着打火去做饭，
一霎时锅里发响灶生烟。
马大娘低头一想抬头问：
"为什么独子也去把军参？
问嫂子孩子在外想不想？
到后来谁人照顾老残年？"
王大娘手里做活口里讲，
她言道："说是不想是谎言。
常言道儿女本是连心肉，
哪一个儿女不是娘心肝？
想当年带着孩子去要饭，
娘儿们差一点饿死大路边。
俺两口饿死老死是一样，
可怜那孩子不过十二三。
无奈何给俺孩子想活路，
俺把他就地卖了五元钱。
俺两口本来就要饥饿死，
谁还想双双生活到今天。
共产党救了咱们老百姓，
又把那好好的孩子送还咱。

这时节分了房子和土地，
保护俺一家老少不饥寒。
都只为打垮蒋军保饭碗，
俺这才送俺儿子把军参。
临走时我还把他嘱咐好，
指望他打垮蒋军再团圆。”
马大娘听罢此言暗思量，
低头来越思越想越羞惭。
看人家一个儿子参军去，
哪比俺有儿有女在身边。
此一去劝着孩子好好干，
再不该成天挂念心不安。
马大娘舒舒服服住一夜，
第二日带着三子奔阳关。
走一庄就问前庄的路，
娘儿们越走越近心喜欢。
这一天走了四十五里路，
来到了儿子驻地刘家湾。
马大娘庄头坐下扎扎腿，
拂去了身上尘土到脚尖。
回头来叫声三子要老实，
切不要东屋转来西屋窜。
立起身提着篮子庄内进，
大门口一位岗兵早看见。
他发现这位大娘向他看，

上前来叫声大娘问开端。
马大娘对着同志说实话，
她言道："来看儿子马成山。"
那岗兵闻听此言满脸笑，
他言道他和成山是一班。
一行说就把大娘往里让，
一霎时进了连部屋三间。
马大娘就在连部落了座，
不多时来了同志一少年。
这同志年纪不过二十岁，
有一颗二把匣子挂腰间。
他把那大娘叫得亲又热，
他把那弟弟叫得顺口甜。
茶碗里急急忙忙倒上水，
两只手恭恭敬敬送面前。
马大娘一碗清茶刚喝罢，
那同志顺手掏出大鸡烟。
你看他递过烟去又擦火，
越显得心里恭敬脸上欢。
马大娘受穷受到要过饭，
自然是没有闲钱买香烟。
她这时人慌无智心里乱，
只见她两只老手乱颤颤。
一辈子给人装烟多少次，
这一回人家敬咱为哪般。

马大娘正在抽烟想旧事，
突然间一位同志到面前。
上前来一个立正当门站，
看样子又是雄壮又是欢。
那同志叫了声娘拉弟弟，
马大娘这才认得是成山。
马大娘照定成山仔细看，
这孩子变得不像三月前。
他身上黄色军装软又厚，
有一双皮底布鞋脚下穿。
他腰间束着一条红皮带，
更显得膀又阔来腰又圆。
这孩子脸上红得像出火，
腮帮子好像含着个鸡蛋。
马成山急忙介绍那同志，
他言道："这就是俺指导员。
指导员帮俺进步讲道理，
待我们同胞兄弟是一般。"
马大娘对着同志忙道谢，
指导员又是欢喜又是让。
他言道："同志就是亲兄弟，
我不过参加部队早两年。
我觉得帮助大家还不够，
要大家多多给我提意见。
望大娘看到哪里有不对，

您也要多提意见帮助咱。”
马大娘听说这话心里喜，
你看看人家说话多周全。
连部里正在叙说家常话，
忽然间来了连长王国权。
王连长见了大娘先行礼，
你看他大娘叫了一连串。
马大娘抬头观看王连长，
他也是二十四五正当年。
一摆溜三个同志站成块，
好一似挨肩兄弟是一般。
马大娘贪看同志忘了饿，
通信员连菜加饭一齐端。
众同志打开桌子安上座，
簇拥着大娘高高坐上边。
小三子靠近母亲一边坐，
看样子有点拘束心不安。
左一边坐着国权王连长，
右一边坐着少年指导员。
马成山就在母亲对面坐，
这才是一家老少大团圆。
一盆子盛着猪肉炖细粉，
一盆子鸡肉白菜炒得鲜。
指导员一双筷子送面前。
马成山慌忙给娘倒开水，

又照顾年幼弟弟把碗端。
王连长拿着馍馍递过来，
两干部一行摆饭一行说：
“俺这里没有好饭大娘餐。”
马大娘连忙道谢说：“客气，
叫大家这样招待心不安。”
大家伙一齐动手用晚饭，
这其中忙坏了连长指导员。
王连长夹块猪肉碗里送，
指导员让着大娘吃鸡肝。
这个说：“大娘再吃这一块。”
那个道：“您若不吃是弃嫌！”
马大娘吃了一块又一块，
一接连馍馍吃到一二三。
这一边客人已经肚子饱，
那一边敬客的意思还不完。
马大娘活到五十短三岁，
这样地受人尊敬第一番。
她这时口里不说心里想，
幸亏了二子这次把军参。
到晚来进了一间招待室，
可真是屋又暖来铺又暄。
通信员送来一盆木炭火，
只觉得暖气嘘嘘不觉寒。
桌子上菜油明灯点一盏，

马成山陪着老娘把话谈。
老娘问:“平日吃的什么饭,
有没有什么咸菜下饭餐。”
马成山听罢娘言忙回答:
“部队上比起咱家好万千。
一年间七八九月全吃面,
十月里小米干饭绿豆羼。
每一天青菜至少一斤整,
还有是五钱油来五钱盐。
一月间至少能吃一斤肉,
每星期猪肉饺子从不间。
若遇到庆祝胜利和过节,
来一次四个菜的大会餐。”
马大娘爱儿的心真周到,
接连着问罢吃来又问穿。
成山说:“提起穿来更满意,
可真是从头到脚件件全。
一年来六双鞋子两双袜,
每个人两套单衣一套棉。
为的是讲究卫生图干净,
雪白的衬衣裤衩及时穿。
还有那手巾肥皂随时发,
所有的日常用品样样全。
俺为了改善生活多生产,
闲时候也种菜来也运盐。”

马大娘听罢儿子一席话，
不觉得满面春风笑开颜。
“好孩子从小受了多少苦，
幸亏了共产党来把身翻。
俺这回看到部队生活好，
再不信坏蛋家伙造谣言。”
成山说：“单是吃穿还不算，
提起了俺的进步更可观。
两月来识了足够三百字，
还学会九九数法打算盘。
好歌子顺口能唱十几个，
大道理讲过一篇又一篇。”
马大娘听罢儿子这些话，
不由得感激落泪喜心间。
这一回儿子走上光明路，
学会了能文能武一少年。
可怜他爹爹死得太也早，
他若是还在人世多喜欢。
这时候尊敬光荣自己享，
不枉她辛辛苦苦十几年。
马大娘正在思前和想后，
忽然间熄灯号令往下传。
马成山辞别母亲回班去，
这时节小三睡得蜜浆甜。
马大娘心里坦然精神稳，

不觉得一觉睡到大明天。
在这里过了一天又一日，
看了看事事使她心喜欢。
小三子一天生来两天熟，
成天价跟着同志胡闹玩。
马大娘守着儿子又想女，
不知道妮子在家忙和闲。
第三天辞别连长回家转，
众同志一直送到大庄前。
成山儿嘱咐老娘把心放，
再不要大老远地到这边。
回头来又把弟弟连声叫：
“你回去好好参加儿童团。”
叫声娘捎句话儿给妹妹，
“每一天一定要上识字班。
计划好每集能纺一斤线，
为的是前方哥哥有衣穿。
倘若是号召做鞋要做好，
倘若是分发煎饼抢着摊。
在今天支援前线保饭碗，
咱一家为了带头要争先。”
马大娘听罢此言忙答应，
说了声：“我孩尽管心放宽。
愿我儿好好学习打蒋军，
打垮了蒋军孬种返家园。

为娘的和你弟弟这就走，
你回去不要误了文化班。”
马大娘别了儿子往前走，
娘儿们顺着大路下正南。
马成山站在庄头往前望，
马大娘频频回头看一番。
娘儿们走的走来望的望，
直望到一座松林隔两边。
说罢了大娘探儿书一段，
等一回重整鼓板接下篇。

## 女运粮

说的是诸城有个福台庄，
是一个山沟薄岭小地方。
算人家一共五十又四户，
算人口三百口子有短长。
出壮丁最多不过三十个，
下余是老年妇女小儿郎。
二月里政府开会有任务，
为的是支援前线借公粮。
这一天各村干部开罢会，
这任务马上传到福台庄。
到晚上村民大会一报告，
有几个积极分子先开腔。
他言道拍拍良心想一想，

别忘了当年吃过地瓜秧。
到如今土地回家过得好，
穷人家有吃有喝有衣裳。
好日子过了不到四年整，
蒋介石朝着咱们开了枪。
要知道有了老蒋没有咱，
他一来生命财产一扫光。
咱要想打垮蒋军求解放，
还须得主力拼命在前方。
常言道:“兵马不动粮草动”，
因此上政府动员来借粮。
咱县长村干会上讲过话，
他言道:“自动自愿不勉强。”
凭良心借多借少自做主，
别的人不能替你做主张。
众乡邻听罢这话都感动，
一个个摸摸良心拍胸膛。
齐言道咱要翻身忘了本，
那就是良心长在后脊梁。
一声喊各人家去拿粮食，
大家伙簸箕口袋往外装。
妇女们为了公粮要干净，
齐动手又播土来又扇糠。
众村干过秤记账齐下手，
比起来麦子掉头还要忙。

本来是两千八百就够数，
转眼间三千多斤入了仓。
收齐了三千公粮还不算，
还要把借的公粮送前方。
到晚上全庄老少又开会，
讨论着什么办法送公粮。
壮丁们两副担架早出发，
劳动力家中剩的很平常。
全庄里二十副担最大数，
每一担能挑五十就算强。
算起来二五共是一千整，
剩下的两千多斤谁担当。
合满庄还有七头毛驴子，
有一头一条后腿乱郎当。
小毛驴驮了百斤够了载，
上下载还得旁人去帮忙。
大家伙缴公粮时怪有劲，
讨论到运送公粮没主张。
这时节激动英雄哪一个？
识字班宗英队长开了腔。
俺妇女叫俺挑担不中用，
若叫俺赶赶驴子能担当。
姐妹们谁有勇气跟着我，
咱就要赶着驴子上前方。
大队长一声号召齐响应，

人空里站起七位大姑娘。
这个说:“去送公粮算一个。”
那个道:“任务不完不还乡。”
这时节全场来了个大鼓掌,
齐声喊:“这才是些好榜样。”
人群里一位青年不服气,
他言道:“我有句话要讲讲。”
运公粮支援前线是大事,
可不好当作儿戏瞎嚷嚷。
此一去卸粮地点远得很,
大概是二百里路还郎当。
这条路没有一段平川地,
两边是高山峻岭走当央。
又加上白日飞机到处闹,
要行动日落西山等晚上。
姑娘们没出三门和四户,
这件事不要吹牛逞刚强。
少不了头天走得还带劲,
第二天两腿就要懒洋洋。
第三天保管你们泄了气,
可能是哭哭啼啼在路旁。
那时节我们担子已够重,
哪里有现成工夫管姑娘。
我看是最好你们不要去,
也免得我们累赘您遭殃。

识字班听了这话着了恼，
不由得一股气愤满胸膛。
首先是宗英队长开言道：
“你青年说这些话俺心伤。
谁都知妇女自来受压迫，
从没有干下大事争点光。
这时候俺先不必夸海口，
俺提出几点保证来商量。
第一件驴子保证自己喂，
用不着半夜三更你来帮。
第二件装卸粮食自己干，
倘若是歪了驮子自己装。
第三件自带驴草和干粮，
六个人一块生活最停当。”
大队长刚刚说完几句话，
紧接着起来军属刘大娘。
刘大娘已经当选女村长，
她起来要对这事做主张。
她言道：“妇女出来报奋勇，
这件事值得我们来表扬。
男同志脑筋也该快转变，
再不要轻视妇女一口腔。
识字班要去赶驴我保证，
倘若是误了大事我担当。
刘宗英带着她们头里去，

第二趟谁若累了我换上。”
众村干接受村长这建议，
识字班听了这话喜洋洋。
可就是七人报告六人去，
恐怕是谁也不肯落下场。
这时节队长起来说了话，
叫了声：“淑贞队副咱商量。
这一次你且在家干生产，
我带着五位队员上前方。”
刘淑贞捞不着去十分屈，
只见她低头不语泪汪汪。
大队长散会以后拉着她，
叫了声淑贞侄女听端详。
在家里生产同样很重要，
但等着第二趟上你争光。
刘宗英安慰淑贞转欢喜，
她急忙转回家去弄干粮。
按下了识字班员且不表，
表一表妇女村长刘大娘。
刘大娘本来是个中农户，
进门来公公婆婆就双亡。
她丈夫光上私学没下力，
眼看着这户人家要遭殃。
刘大娘年纪虽小志气大，
她自己挺起腰来把家当。

她也会天天下坡去种地，

她也会叉耙扫帚收拾场。

割麦子壮实男人拉不下，

盘高粱一人能跟撅三张。

若不是鬼子汉奸一齐闹，

再不会年年都吃地瓜秧。

刘大娘仇恨汉奸和鬼子，

更恨那卖国独裁蒋匪帮。

四年前这个地区没解放，

她闺女根据地里上学堂。

解放军来到诸城边境上，

她又将大儿送去把兵当。

她觉得田地能以自己种，

劝丈夫合作社里作油坊。

这时候儿子参军女工作，

她二儿在家种地把她帮。

大儿子娶了媳妇会织布，

二媳妇纺线做饭能担当。

六女工对着大家齐解说，

再别受坏蛋家伙胡乱诓。

一路上晚上走路早上住，

不怕那蒋家飞机怎样狂。

民站上招待我们太周到，

一路上不渴不饥没碰伤。

看到了站上存的枪和炮，

也看到千军万马奔前方。
这一趟不觉辛苦不觉累，
只觉得胜利信心百倍强。
这一夜各自回家去休息，
第二日二次运粮又商量。
男村长鼓励运粮众兄弟，
特别是六位妇女受表扬。
他想到请将不如激将好，
他想出新鲜题目做文章。
他言道："这次妇女太辛苦，
下一次儿童应该争点光。
替出了姐妹团员去休息，
别让她累出病来乱嚷嚷。"
庄长的激将不言没说罢，
气坏了淑贞队副好姑娘。
她言道："上次运粮没用我，
这一次不叫我去我心伤。
无论是儿童妇女哪家去，
我自己这份任务要补偿。"
刘淑贞说到急处又要哭，
人空里站起来了刘大娘。
她说是："上次已经夸海口，
一个人光说不做是发狂。"
刘大娘有话还要继续说，
忽听得："我也要去争荣光。"

大家伙回头都看是哪个，
原来是青年媳妇她姓姜。
大会场群众情绪更高涨，
那六位运粮姐妹又开腔。
她们说："完成任务第一趟，
第二趟还要继续上前方。"
这时候男女老少齐鼓掌，
好一似开了几挺机关枪。
青年们站将起来又说话，
自此后不敢轻视小姑娘。
俺保证所有担子全再去，
一定要完成这次送公粮。
庄长说："咱庄这次不落后，
全仗着大家这股热心肠。
依我说大家都去本来好，
可惜是能用的驴子只三双。
这一趟六位妇女换对半，
调换上淑贞队副刘大娘。
再一位换上成年姜大嫂，
大家伙评评应当不应当。
六个人哪个留下哪个去，
那就看谁的身子更健康。"
大家伙都说庄长说得对，
妇女们也没另外提主张。
村民会开到这里都回去，

准备着明天就把公粮装。
咱这里按下别人且不表，
表一表模范军属刘大娘。
刘大娘回家就把媳妇叫，
宣布她明天要去运公粮。
大媳妇叫了声娘开言道：
她说是："娘去运粮不相当。
论道理这事应当青年干，
我情愿替娘去干这一桩。"
二媳妇没等嫂子说完话，
她说道："我对这事有主张。
俺嫂子织布生产很要紧，
这一次应该我去到前方。"
妯娌俩你言我语争着去，
刘大娘这时心里喜洋洋。
她言道："你们暂且免争竞，
快坐下咱们娘儿细商量。
妯娌俩争着替我我心喜，
可见是你们一片孝心肠。
看你们虽然都是年纪小，
还没有久炼疆场变成钢。
你婆婆从小顶个庄稼汉，
庄稼地件件活儿都在行。
别看我今年五十多一岁，
你看我没病没灾真健康。

我已经打定主意要前去，
给咱们军属立下好榜样。
你在家找人写上两封信，
告诉你哥哥妹妹事一桩。
就说是："支援前线齐动手，
咱的娘亲自赶驴运公粮。
要他们站在岗位上好好干，
不要分什么前方和后方。
倘若是他们不肯努力干，
那也就对不起亲生娘。"
刘大娘嘱咐完了这些话，
第二天收拾好了把粮装。
头顶上戴上包头防备土，
脚底下换上结实鞋一双。
真正是头也紧来脚也紧，
走起来踏得地下乱岗当。
你看她提着鞭子上了道，
一路上人人见了都夸奖。
这个说："青年妇女咱见过，
没见过五十的大娘上前方。
谁若说咱们不能得胜利，
就叫他看看这位老大娘。"
一路上大家不但没觉累，
都说道："俺没有一点累模样。"
为的是说明他们有余力，

给房东轧了棉花够三筐。
刘大娘今年五十又一岁，
享点福没人说是不应当。
可是她想到主力正打仗，
她在家努力工作帮前方。
全村里选举她当女村长，
她真是女子之中好榜样。
她来到宗英家里看一看，
她的娘正在房里泪汪汪。
刘大娘见这光景开言劝，
你嫂子千万放下宽心肠。
运公粮全庄民工在一起，
有一点困难之处都帮忙。
一路上三十里路一大站，
准备下滚的开水热的汤。
休息时姐妹团员住一块，
也就和住在家里是一样。
宗英娘听了这话想开了，
她说道：“为娘扯腿不应当。
好孩子你若愿去尽管去，
今晚上我就给你烙干粮。”
刘大娘安慰一户又一户，
到各家说服她们爸和娘。
这一夜动员工作做得好，
识字班家庭不再说短长。

这一家快给女儿补鞋底，
那一家正给女儿包衣裳。
都说是男的立功还不算，
要看看俺的女儿争荣光。
第二天装上公粮齐上路，
你看那驴驮人担出了庄。
男壮丁挑着担子走得快，
妇女们赶着牲口乐洋洋。
有的是背着一条小薄被，
有的是小袄挂在肩头上。
她手中拿着一条赶驴棒，
走慢了顺手就敲驴脊梁。
全庄的男女老少齐来送，
都说这种事情是第一桩。
姐妹们顺着大路向前走，
只觉得扑面春风好清凉。
观不尽三春风景真是美，
一路上草色青青柳色黄。
马耳山转过一边变了样，
它可算高高在上山中王。
众姐妹没离过家三五里，
这一会越走越远离家乡。
只觉得海阔天空新世界，
绝不像山沟底下福台庄。
姐妹们观看风景心里恣，

不觉得顺口唱起秧歌腔。
驴蹄子不急不慢正合拍，
小鞭子当作彩绸乱飘扬。
过村庄男女老少都来看，
大伙子没有一个不称扬。
这个说:“人家妇女有觉悟。”
那个道:“拿来比比咱的庄。”
有的问:“你们是不是受强迫?”
有的问:“你们会不会把兵当?”
众姐妹闻听这话抿嘴笑，
她们说:“你们受了坏蛋诓。
男人们都能出工抬担架，
咱妇女为什么不能上前方?
妇女们要求解放讲平等，
咱就要支援前线争荣光。”
一路上有人来问就解释，
刺激了多少妇女和村庄。
天晌午赶驴进了民工站，
民站上特别给她找好房。
他们说妇女运粮还很少，
你起了带头作用真是强。
民站上男工集了千千万，
这一次女工只有您三双。
到晚来飞机不来才行动，
运粮队不知拉了多么长。

山路上高低不平难行走，
黑夜里没有月亮借星光。
她六人提起精神运上劲，
恐怕是歪了驮子撒了粮。
从这时夜里行动白天宿，
歇歇时饿了吃饭渴有汤。
且不言民工运粮奔前站，
再讲讲六位姐妹各家娘。
头三天挂着女儿受辛苦，
怕的是累得病在大路旁。
听说是黑夜行动更着急，
又恐怕山里有虎还有狼。
纵然是妇女村长来破解，
免不了亲娘爱儿热心肠。
直盼到三天过去没回信，
第四天开头盼她转回庄。
盼到了日落西山不回转，
第五天常到庄头向西望。
天傍晚挑担的男工早来到，
可就是没见女儿在那厢。
急忙地拉住男工问长短，
他们说："连人带驴留前方。"
不料想几句玩话生了效，
宗英娘马上两眼泪汪汪。
刘大娘见此光景也着急，

骂了声:“混账小子休说诳。”
男工们得意一旁哈哈笑,
他们说:“睁开眼睛再望望。
俺男人压肿两肩没人问,
为什么天天挂着你姑娘。”
大家伙举目抬头望西岭,
六个人骑在驴上乐洋洋。
一时间姐妹团里闻着信,
一窝蜂跑着向前忙迎上。
这才是一遭生来二遭熟,
果然是完成任务转回乡。
几天后区里召开评功会,
刘大娘功劳簿上姓名扬。
会场里听她报告受感动,
都说是给咱妇女争荣光。
刘大娘又在会场上提保证,
从今后还要继续上前方。
她号召妇女起来努力干,
再不让男子独自逞刚强。
说罢了妇女运粮这故事,
诸城县谁人不知福台庄。

## 李秀娟卖豆腐

说的是女模范名叫秀娟,
她嫁给本区的韩指导员。

她今年才不过二十二岁，
结了婚也不过刚刚一年。
她长得细身材不高不矮，
一双眼滴溜溜眉儿弯弯。
不擦粉自然的白净脸面，
乌油油黑头发披在两肩。
自从那韩同志到区工作，
李秀娟在家里十分清闲。
有一个婆婆娘六十多岁，
婆媳们过日子倒也安然。
经过了大翻身有了土地，
好年头这一家有吃有穿。
都只为今年秋收成不好，
又加上贼蒋军到处摧残。
算一算吃的粮横竖不够，
也只能吃过冬难过春天。
李秀娟只愁得走投无路，
她想着找丈夫诉诉艰难。
问一问救济粮何时发放，
再要他想个法弄点零钱。
倘若是钱和粮都弄到手，
也不枉他是个区指导员。
李秀娟把主意心中拿定，
叫了声我的娘细听我言。
他自从离开家两个多月，

撇开了家中事一字不谈。
他不管家中地无人耕种，
也不管老母亲受了饥寒。
我想要到区上问他一问，
我的娘你在家看守家园。
韩大娘听媳妇讲过一遍，
只乐得老脸上喜笑开颜。
她想到立贤儿常年在外，
结婚时也不过住了三天。
指导员工作忙难以得空，
又加上年纪轻有点羞惭。
到今年十月里一年为满，
还没有小孙孙抱在面前。
一听说儿媳妇要到区上，
年迈人说不尽心里喜欢。
她言道你要去尽管快去，
不要把家心事挂在心间。
住上个三两天也不算久，
两口儿把家事仔细谈谈。
李秀娟领了命心中暗喜，
回房去对镜台梳洗打扮。
她心里乱纷纷不知为啥？
穿什么戴什么十分为难。
她有心拿点粉轻轻扑面，
怕的是众同志胡乱调侃。

她有心不梳妆家常打扮，
又恐怕他见了不甚喜欢。
前思思后想想主意拿定，
要干净要整齐不要鲜艳。
梳梳头洗洗脸也不擦粉，
找一件蓝布褂身上一穿。
脚底下换上了新鞋新袜，
也不过黑布面绣着花尖。
离别了婆婆娘出门而去，
前看看后看看怕有褒贬。
走一程又一程天色将晚，
找到了区公所办公机关。
指导员正开会一时不见，
她只好在屋里等了半天。
她瞧见众同志你言我语，
她想是谈论她有点羞惭。
指导员散了会回来开饭，
黑影里没看清他的秀娟。
只当是女同志来谈工作，
快向前打招呼礼貌周全。
猛抬头见是她吓了一跳，
只惹得同志们嬉笑连天。
李秀娟见丈夫首先诉苦，
“你这人真算是铁石心肝。
你就是忘了俺俺也不怨，

你不该有老娘不去照看。
今年上蒋匪军到处糟蹋，
那一家尽都是损失难算。
加上那秋季里天天下雨，
水又大草又多荒了庄田。
早起来去拔草干到天晚，
来到家吃完饭又去支前。
忙过了大半年收成不好，
只剩了几百斤烂地瓜干。
棒子米缴公粮所余有限，
小黄豆只收了一斗二三。
咱没有种花生打油生产，
也不能挣生饼当作饭餐。
也没有种绿豆粉房入股，
到时候喝粉浆还要挣钱。
算起来冬季天还能过去，
到明春俺娘俩就要犯难。”
李秀娟诉罢了心中苦处，
不觉得低下头珠泪涟涟。
指导员做工作能说能讲，
这时节也只好低头不言。
夫妻俩都在想心里的事，
区中队送来了待客饭餐。
大白菜炒豆腐有一大碗，
连馍馍加片片另外一盘。

指导员拿馍馍将妻来让，
他自己拿起了一块片片。
秀娟说："有馍馍为啥不吃？
拿馍馍让给我所为哪般？
夫妻间用不着这样客气。"
总然是这样说她心喜欢。
指导员开言道："你莫奇怪！
我不吃白馍馍有言在先。
前几天咱上级来了号召，
号召咱大生产准备荒年。
我带头声明了不吃细饭，
穿破袄过寒冬不发怨言。
我的妻你不信仔细看看，
我身上这衣裳破烂不堪。
为的是度荒年打败老蒋，
咱就要不讲吃也不讲穿！"
李秀娟一面看伸手摸索，
她丈夫穿的袄十分单寒。
想到了她丈夫为民为国，
一霎时她觉得心中发酸！
放下了白馍馍回过头去，
两眼里泪汪汪擦也不干。
原来想见了他诉诉冤苦，
谁知道他吃苦比俺在先。
夫妻俩勉强地吃罢晚饭，

到夜晚掌上灯对面长谈。
“家中事交给你千斤重担，
连累你年轻轻受了熬煎。
干革命就得要一心一意，
自古来忠和孝不能两全。
好军属不依靠公家救济，
好妇女不依靠出外夫男。
咱家里没花生不能打饼，
没绿豆难做粉不能挣钱。
有黄豆虽然少可以作本，
做豆腐沿街卖也是生产。
靠劳动挣饭吃没人耻笑，
最可耻不劳动游手好闲。
我的妻你若是真心去干，
管保你和咱娘不愁饥寒。
能生产度荒年人人称赞，
你可以挣得个生产模范。”
李秀娟这时节心回意转，
再不要找丈夫解决困难。
她这时坦白地表明态度，
从今后再不要坐吃清穿。
夫妻俩越拉呱越发合意，
这一夜恩和爱难以言传。
天刚明早起身转回家去，
回到家见婆婆报告平安。

他又把丈夫的话重说一遍，
老娘亲也觉得心内喜欢。
李秀娟说出口她就能做，
她把那做豆腐准备一番。
这一夜刚听到鸡叫两遍，
她起来收拾磨开始转转。
磨一会歇一会浑身出汗，
只累得小嫂子两腿发酸。
李秀娟有志气坚持到底，
不多会二升豆一气磨完。
磨完了豆沫糊又烧开水，
满锅的豆腐汁又白又鲜。
眼看着窗户上刚刚发亮，
一筛子嫩豆腐摆在面前。
李秀娟拾起了一条担杖，
她又把一杆秤结上秤盘。
这一头是豆腐腾腾热气，
那一头是粪筐带上木锹。
她想到卖豆腐卖完一担，
回头时拾着粪转回家园。
她婆婆看到了媳妇能干，
只乐得老脸上喜笑开颜。
李秀娟挑着担走到门外，
西北风扑面来天气严寒。
走到了大街上想要叫唤，

不知道为什么觉得羞惭。
“卖豆腐”三个字还没出口，
只觉得脸发热红到耳边。
李秀娟这时候左思右想，
想起了丈夫的话咬紧牙关。
光能说不能做就是孬种，
做出来不彻底不算模范。
这一想她心头忽然开展，
一声声“大豆腐”接连叫唤！
清早起村子里人声寂静，
她叫的“卖豆腐”又脆又尖。
这时候惊动了一位懒汉，
他这人光好吃不爱动弹。
早起来刚喝上四两白酒，
他想要买豆腐当作早餐。
卖豆腐到这村本来就少，
这一次妇女声更是稀罕。
懒汉子出门来仔细观看，
这一看倒使他觉得为难。
他认得小媳妇不是别个，
她就是本村的李氏秀娟。
她丈夫并不是无名之辈，
那就是堂堂的区指导员。
莫不是她丈夫把她丢弃，
她这才卖豆腐苦度饥寒。

他想要追根源问个明白，
他装作买豆腐来到面前。
他言道："您嫂子原来是你，
为什么卖豆腐忙里偷闲？"
李秀娟听他言急忙回答，
她叫声大叔叔听我一言。
都只为今年来天灾荐害，
弄得俺缺粮食又缺银钱。
好军属不依靠公家救济，
好妇女不依靠出外夫男。
俺这才下劳力做豆腐卖，
丢不了俺丈夫区指导员。
懒汉子听罢了秀娟这话，
只觉得脸上热心内羞惭。
他想道："我罔为一个男子。"
倒不如小女儿堪称模范。
倘若是再这样大吃大喝，
啥脸面再见这妇女青年。
这一边懒汉子心回意转，
那一边李秀娟挑担向前。
走长街串小巷高声叫卖，
叫一会卖一会十分心安。
儿童团看见了秀娟叫卖，
跟在她担子后觉得好玩。
青妇队看见了秀娟叫卖，

都说道李秀娟真是模范。
搞生产备春荒带头领导，
绝不是不干事光说空谈。
老头们看见了秀娟叫卖，
检讨了自己的思想有偏。
光依靠共产党不肯劳动，
好一似前几年依靠苍天。
青年们看见了秀娟叫卖，
计划着又打油又要运盐。
他们要和秀娟提起挑战，
比一比谁能够解决困难。
别的人搞生产专门为利，
李秀娟卖豆腐带着宣传。
且不言众邻舍人人称美，
再把那卖豆腐谈论一番。
在村中卖了的不过一半，
这一半又挑到大路一边。
大路上行路人来往不断，
有的是做生意有的支前。
过路人谁不夸好个媳妇，
又漂亮又伶俐又能生产。
李秀娟在路旁好言劝说：
劝同志吃豆腐避避风寒。
往年间打早尖吃点酒肉，
今年冬要照顾节约生产。

割猪肉当菜吃花钱太狠，
买一斤大豆腐光二百元。
行路人听这话人人说好，
把一担鲜豆腐霎时卖完。
这时节太阳光东南半晌，
李秀娟查了查有多少钱。
李秀娟掏出钱心中欢喜，
正恰好不多少整四千元。
她原是二升豆做的本钱，
提出了二千八百把本还。
她手里一千二百是净利，
她娘俩一天饭食不犯难。
李秀娟得了利钱心中喜，
挑起了空空担子把家还。
一路上遇到驴屎拾驴屎，
拾到了零碎柴火放进篮。
她想到一作能挣一千二，
两作子两千四百现成钱。
倘若是隔上一天做一作，
一个月十五作子不偷闲。
一个月挣它一万八千整，
三个月挣的就够过春天。
倘若是早早买下地瓜片，
到来年吃不了来用不完。
看起来劳动生产是正道，

再不要坐着吃来等着穿。
我若是再见到他有脸面，
用不着低头一想觉羞惭。
我在村里带头作用起得好，
群众们一定选我当模范。
李秀娟越思越想越高兴，
不觉得来到自己大门前。
一个人生产劳动能下力，
怕什么天灾蒋害过荒年。
众乡亲听了这段卖豆腐，
学一学模范妇女李秀娟。

一九四七年，十二月下旬

## 老鼠段

说的是春夏秋冬四季天，
论节气春暖秋凉不一般。
常言道三伏不热也是热，
又道是三九不寒也是寒。
这一天北风嗖嗖刮得紧，
霎时节片片乌云遮了天。
白日里太阳躲着不露面，
到晚上不见月亮缺和圆。
看样子北风一停要下雪，
实指望大雪纷纷兆丰年。
这一晚儿童团里开大会，

孩子们吵吵闹闹二更天。
小三子轮着明天早站岗，
黑影里提着大刀把家还。
若不是破除迷信胆子大，
也许是单人独行要犯难。
摸到了柴笆门子吱哑响，
他的娘躺在炕上叫小三。
小三子答应一声进了屋，
一咕噜爬上了炕头睡得甜。
这一夜既没风来又没火，
远远地听见两声狗叫唤。
小三子闹了一夜睡得好，
不觉得鸡叫八遍明了天。
起身来忙着穿上袄和裤，
下炕来背上大刀向外窜。
这孩子开门一望直了眼，
院子里大雪积了寸二三。
小三子又是惊来又是喜，
一伸手门后摸出一张锨。
你看他一行开路一行走，
出了门一直来到大路边。
小哨兵举目抬头四下望，
可真是天连雪来雪连天。
出后边一带村庄看不见，
看不见路上行人有往还。

只看那雪压松枝低又稳，
好一似绿叶白花开得鲜。
小哨兵看罢远处看就近，
也没有一只家雀飞树间。
他这时心里急躁身上冷，
他希望找个地方避避寒。
忽然间雪上一列小爪印，
小三子越看觉得越稀罕。
这时节三九天气冷得很，
哪里有小小的鸡儿到这边。
他想到是是是来明白了，
一定是喜鹊姑娘落上边。
他又想喜鹊一步一个印，
为什么接接连连一线牵。
他这时跟踪追击不放手，
直找到丈八远的地平川。
小哨兵举起锨来要动手，
忽然间庄头有人叫小三。
他看见小三站岗心喜欢。
他二人岁数都是十四五，
好一似弟兄两个是挨肩。
见了面说说笑笑感情好，
成天价一块工作一块玩。
小三子指点爪印给他看，
小团长一见爪印喜心间。

他言道不用你说我知道，
有一个小小老鼠住里边。
小东西粮食积了好几囤，
他一家吃过寒冬到春天。
趁这回下了大雪没有事，
闹他个天翻地覆您看看。
小团长吩咐一声快动手，
小三子急急忙忙举起锹。
先把那洞口积雪扫干净，
露出了五尺方圆一片田。
田地上闪出一个小洞穴，
这就是小小老鼠大门关。
周围的积雪培成墙一道，
大概有一尺来高半尺宽。
三九天地上冻得邦邦硬，
使劲地用锹除来用刀挖。
小英雄顺着洞道往里找，
几次的山穷水尽又转弯。
最后的一锹黄土见了底，
小老鼠拨开黑暗见晴天。
小东西见事不好想逃走，
这时节急坏英雄是小三。
赶快地用锹打来用脚踩，
王秉三叫声且慢在一边。
他言道四面都是天罗网，

管叫它到处都是碰雪山。
果然是东边跑来西边跑，
只见它没有出路胡乱窜。
小团长弯腰伸手捉一把，
仓老鼠唧呀唧呀叫连天。
这时节小三喜得心直跳，
好一似一件宝贝到手边。
小老鼠不知遭了什么事，
只吓得四条小腿乱战战。
论形象它比家鼠没两样，
只是它尾巴短来爪儿尖。
它身上皮毛长得格外厚，
为的是它在野外过冬天。
论分量全身不过一两重，
论大小团团起来像鸡蛋。
别看它东西虽小心不小，
有一个如意算盘在心间。
请你看它的仓房怎么样，
可真是左边两处右边三。
在其中有的金黄豆子粒，
有的是半边一块地瓜干。
还有那胀膨膨的花生米，
看起来五谷杂粮样样全。
小老鼠秋天来了就打算，
它知道过秋容易过冬难。

倘若是秋天不把粮食采，
到冬来湖净场光受饥寒。
那时候田里没有黄豆粒，
那时节地上没有地瓜干。
有一天大雪封门出不去，
免不了肚子饿得乱叫唤。
小老鼠前思后想有主张，
成天价忙忙碌碌不得闲。
过冬粮积了一囤又一囤，
好东西白日黑夜往家搬。
到时候天气虽冷它不怕，
即便是雪扑门子不相干。
小老鼠坐在家里享清福，
打算着一日三餐或四餐。
头一顿吃上几颗黄豆粒，
第二顿吃上几块地瓜干。
花生米当着点心细细吃，
绿豆芽当作小菜格外甜。
倘若是吃得多了想喝水，
黑夜里吸点霜雪顺口甜。
这一夜大雪纷纷它更乐，
出门去看看雪景来游玩。
万不想脚踪一露坏了事，
碰上了小小儿童叫小三。
到今天落在两个儿童手，

他们把五囤粮食一齐翻。
顺便的一条麻绳拴住腿，
吓得它两眼瞪得滴溜圆。
两儿童捉了老鼠正得意，
村子里来了换岗儿童团。
孩子们听说捉了仓老鼠，
哄动了全体儿童来参观。
这个说原来是个小玩意，
那个道尾巴短得太可怜。
有的是戳弄它的小耳朵，
有的是捋着胡子闹着玩。
众儿童正在纷纷瞎胡闹，
这时节秉三团长开了腔。
他言道小弟兄们不要闹，
我团长有几句话要谈谈。
众儿童服从领导成习惯，
一霎时洗耳净听在两边。
有两个贪看老鼠没听见，
别的人戳他一把就安然。
小团长开口就把同志叫，
叫了声小同志们听我言。
昨夜晚村里传达一号召，
号召咱生产备荒过荒年。
解放区无数人民受苦难。
有的是丢了庄稼没收割，

有的是带着老少离家园。
敌人“三光政策”到处使，
那就是杀完烧完又抢完。
又加上支援前线工作紧，
因此上村村荒了几亩田。
今年来秋雨纷纷不住下，
平地里大水汪洋成了泉。
直闹得天灾人祸一齐到，
造成了明年春天是荒年。
咱儿童不听上级这号召，
开会时你言我语闹着玩。
咱今天捉了一个小老鼠，
你看它倒比咱们想得全。
小老鼠防备寒冬有计划，
秋季天搬运粮食不偷闲。
咱若是生产备荒不努力，
倒叫那小小老鼠笑话咱。
众兄弟你们若是有觉悟，
回村去家家户户去动员。
劝他们快织布来快纺线，
劝他们也打油来也运盐。
冬季天早晨起来多拾粪，
到来年长好庄稼不犯难。
劝他们开春早早种上菜，
也不论白菜菠菜种满园。

到时候有了青菜接着口，
那就能深耕细作争模范。
要保证全村没有人挨饿，
要保证全村不荒一分田。
王秉三小小人儿能讲话，
众儿童响应号召齐开言。
一齐说生产备荒咱努力，
叫人家瞧起咱们儿童团。
说罢了老鼠小段歇一歇，
等一等重建鼓板论正篇。

一九四七年，十二月

**选自《文学战线》1948 年第 1 卷第 3、4 期**

# 新编杨桂香鼓词

## 第一回　许黑子催粮逼民命　歪嘴黄说媒害穷人

鼓板咚咚震四方，十字街头打麦场；

不管古来兴亡事，且说农村一女娘。

几句歪诗念罢，引出了一个故事。这故事就出在山东省莒县南部——后来划为莒南县。这地方正当山东江苏的交界，自来是地薄民穷，再加上恶霸地主的剥削，闹得老百姓吃的是草根树皮，穿的是破衣褴褛。自从鬼子占了莒县城，顽固县长许树声，别号叫许黑子，搬到乡下来更是无恶不作。和鬼子暗中勾结，问老百姓要粮要草，苛捐杂税，名目繁多。一时拿不上就捉到官里去，这样才逼出杨桂香被卖的故事来。列位若问杨桂香家住何方？父亲是什么名？母亲是什么氏？家道如何？出身怎样？咱就追本求源，详细地讲来：

说的是莒南有个杨家店，杨家店有个姑娘杨桂香。

她爹爹大名就叫杨正义，她母亲娘家不远本姓王。

老两口膝下无儿偏爱女，杨桂香独女一个不成双。

她家里本是一家穷佃户，每年秋粮食送到大店庄。

好年景也还不会忍了饿，坏年头肚里空着两条肠。

这一年桂香不过十六岁，杨正义拖下了两斗顽固粮。

顽固队一天来催两三遍，杨老爹逼得没法要悬梁。

老两口正在愁得无其奈，来了个媒婆名叫歪嘴黄。

歪嘴黄左手拿着破蒲扇，右手里烟袋荷包乱郎当。

你看她扭呀捏呀地落了座，一开口先问短来后问长。

杨大娘见了邻舍就诉苦，只见她未曾开口泪汪汪。

眼看着拿不上钱粮罪不小，可怜俺一家老少要遭殃。

歪嘴黄闻听此言蹩扭嘴，叫了声杨家嫂子听端详：

明摆着现成法子你不想，你偏要东取西借乱嚷嚷。

杨大娘听说有了好办法，上前来一片诚心请教忙。

叫妮子快装烟来快倒水，灶底下半边破壶忙端上。

歪嘴黄叠起指头说了话，这一来苦了姑娘杨桂香。

且说歪嘴黄听了杨大娘一场诉苦，不但不觉得可怜，反而咧开大嘴，露出了黄牙，咯咯地笑起来，口里言道："你家现放着宝贝，不想出脱，还要东取西借谁相信你。"把一个杨大娘弄得摸不着头脑，只好上前请教，这媒婆不慌不忙，伸着脖子喝了一碗茶，猛猛地吸了两口烟，指手画脚说出一个办法来了。

歪嘴黄嘴巴一歪把话讲，杨大娘洗耳静听在一旁。

桂香女倚傍母亲真孝顺，自来是父母有忧儿心伤。

媒婆说屋顶漏了自己盖，也就是自己有事自己忙。

你要想倚靠旁人不中用，要知道倚靠自己是正当。

你家里现有宝贝摇钱树，一家人祸福就在她身上。

歪嘴黄说罢此言使眼色，狐狸眼双双盯住杨桂香。
桂香女见事不好快溜走，进房门一头倒在破板床。
坏媒婆这时说话不碍口，你看她长篇大论说得详。
她言道离此不远刘家寨，有一家富户人家刘见堂。
他家里七八十亩成粮地，大山上白茫茫的两群羊。
两口子因为无儿怕绝后，打算着红媒大启说二房。
她言说彩礼不拘多和少，一出口说了三百大光洋。
你若肯把你女儿许给他，怕什么官家要你十石粮。
杨大娘听罢媒婆一席话，开言道嫂子白说这一场。
虽然说俺家穷到无极奈，下不了出卖女儿狠心肠。
再者说孩子不过十六岁，怎么能生男育女当二娘。
媒婆说年纪小点不要紧，这事情你若愿意再商量。
等待那桂香长到十八岁，咱叫他先下彩礼后圆房。
眼前是火烧眉毛事情急，要不然一家大小尽遭殃。
杨大娘话不投机不答应，这时节恼了媒婆歪嘴黄。
急忙忙拿起蒲扇找烟袋，说了声麻烦麻烦走得慌。
杨大娘留她拉也拉不住，也只好如醉如痴进草堂。

杨大娘看了媒婆已经走远，自己无精打采地回到家来。这时桂香姑娘在房里什么也听明白了，倒在床上越发放声地哭起来。哭得杨大娘心如刀绞一般，就上前把女儿拉起来，桂香叫母亲这一拉更觉得撒娇受屈，哭个不住。这时杨大娘想了想自己过了半辈子，不能成家立业，叫人家在小女儿身上打主意，觉得对不起女儿，也就纷纷落泪，母女两个，不觉抱头痛哭起来。

正在哭到伤心的时候，杨正义从外头进来，看到这般光景，不知道家里出了什么变故，就把她们母女二人拉起来。杨大娘看见丈夫回来了，就收住了眼泪，桂香也忍住了伤心，只见她满脸泪痕，两眼红肿，破衣襟上已经湿了一大片。杨大爷看见着实心疼，就问道："孩子你受了什么委屈，快对爹爹说说。"

杨桂香见了爹爹更心伤，擦不干两眼扑簌泪两行。
女儿家这般事情怎开口，也只好嚎啕大哭当话讲。
杨正义眼见此情也落泪，回头来又问老妻杨大娘。
杨大娘未曾开言咬牙恨，恨的是坏蛋媒婆歪嘴黄。
最不该回家为难她得势，她想着桂香给人当二房。
咱两口没有儿子依靠女，到后来养老都在她身上。
过几年招上一门好女婿，也不枉人生在世活一场。
杨老爹听罢此言心好恼，他虽是口里不说暗思量。

杨正义听了老妻说罢情由，心中也十分懊恼，想去找歪嘴黄骂她一顿。可是低头一想，许黑子要的钱粮，三天的限日，已经过了两天，求亲告友，都说是自己照顾不过来，哪能照顾人家，再过一天，县上就派队伍来抓人。这待如何是好？他就把出去这一天，跑了几十里路没借到半文钱、一粒粮的话对她娘儿俩讲了一遍，杨大娘也没主意了。

杨正义求亲告友走四方，没借到半文钱财一粒粮。
眼看着三天缴纳到了限，免不得带上枷锁坐班房。
他言道事情到了这地步，也只好硬着头皮碰南墙。
倘若是许黑子狗党抓我去，你带着桂香女儿去逃荒。
有一天咱们活着会了面，免不了阖家团圆哭一场。
倘若是一气不接死去了，别让我一把骨头丢路旁。
杨老爹说到伤心落了泪，哭坏了母女二人在一旁。
常言道家贫才能出孝子，又道是国家大乱显忠良。

杨桂香一旁擦了擦眼泪，叫了声爹爹又叫了声娘。
您二老养个女孩什么用，怪不得珍重男儿贱女郎。
到如今爹爹眼看要遭难，咱不能束手待毙像绵羊。
倒不如把儿许给刘大户，一定能换到他家三百洋。
二爹妈有了银钱有了命，也免得一家老少都遭殃。
为孩儿虽然掉进火坑去，也算是孝顺父母这一场。
杨桂香说到伤心放声哭，疼坏了白发苍苍二高堂。

杨桂香说到伤心之处，放声大哭。杨大娘把女儿揽在怀里簌簌地落泪。常言道有声叫作哭，无声叫作泣。这种无声啜泣，更是从心窝里流出来的血。杨大爷在旁把冲出眼眶子来的热泪又咽回去，就说道："事情已经到了这地步，我若被许黑子抓去，横竖是一死，你母女二人，孤苦伶仃也难以活命。倒不如暂顾一时，日后再做打算。既然女儿为了爹娘去跳火坑，那只好依了女儿的志愿许给刘家，收点儿彩礼，救这一时之急，和刘家讲好女儿还小，两年以后再娶过门。这种变乱的世道两年之后谁还知道有谁，桂香的娘，你意下如何？"杨大娘本来死也不会乐意，这时想到丈夫六十多岁去坐班房，生死难定，也只好点头答应了。

杨大爷就去找歪嘴黄答应这门亲事，那歪嘴媒婆是一个刁滑不过的人，一见杨老爹找上门来，就故意为难，说是已经回绝了刘家，这时难以再去说，杨大爷明知她是弄鬼，别无办法，只好答应她，收到三百元彩礼之时，拿出五十元来给媒婆做谢礼，这歪嘴黄才装腔作势地应承了。

歪嘴黄刘家寨上走一趟，杨桂香黄花女儿作二房。
第二天三百元彩礼拿到手，先留下谢媒份子五十洋。
杨老爹按住伤心收彩礼，拿去了二百多元缴钱粮。

下余的粜了斗粮食暂糊口，买了点头上脚下给桂香。
人家是女儿定亲全家喜，杨桂香定亲好比是出丧。
她听说男人今年四十岁，脸面上一半发黑一半黄。
每一天烧酒要喝四五次，喝醉酒大街之上胡逛荡。
成天家骂了东邻骂西舍，庄巷里谁人见了谁腌臜。
因此上起个混名刘二坏，有一些恶霸行为传四方。
他到家一见老婆不顺眼，霎时间拳打脚踢闹一场。
小妇人受尽折磨有了病，因此上男花女花没指望。
刘二坏借口无儿要说小，正找到不走运的杨桂香。
这一回桂香落在他的手，好比是猛虎抓住一只羊。
任凭那临死绵羊咩咩叫，也难免老虎口里遭祸殃。
要知道桂香姑娘怎么样，且听我下回书里讲端详。

## 第二回　八路军打跑顽固队　张玉田说服杨桂香

话说杨桂香和刘二坏定亲的时候，原说是过两年再娶，等到传启以后，刘二坏就叫歪嘴黄来说，今年秋就要人，杨正义要媒婆回话说是："有言在先，过了两年再娶，为什么这回子就要呢？娶二房为的是生男育女，孩子毛还没退，娶了去有什么用！"媒人回话以后，刘二坏正喝得醉醺醺的，张口骂道："这老穷种好不识抬举，我见他家吃了早晨没后晌，这才想把她娶过来，叫他家少一口人吃饭。这老狗不识好歹，还不答应。我这是花了钱买的，给我，我是要人；不给我，我也是要人！"他回过满脸酒气的头来，对歪嘴黄说："去对杨家的两个老穷鬼说：'老子这回就要人。早晚给我送来，要不送来，老子爷看个好日子，打发花轿去抬，他姓杨的不给人，衙门里走走！'"

忽然间一篇狠话天外传，害得那杨家一门不团圆。

歪嘴黄丢下句话回头走，急坏了杨家夫妻老残年。

走上前一把拉住媒婆子，叫了声嫂子可怜又可怜。

可怜俺一辈只有这个女，可怜俺一贫如洗没有钱。

送闺女要有衣裳褥子被，少不了几件首饰和耳环。

论家道虽然有个贫和富，爱儿女天下爷娘是一般。

央求你再对刘家亲戚讲，求求他再等一年和半年。

等待俺卖上家东二亩地，置办点衣裳首饰和妆奁。

歪嘴黄被央不过应了口，答应着再去刘家说一番。

且不言刘杨二家婚姻事，再把那天下大势谈一谈。

歪嘴黄回来去说了两次，刘二坏还不肯答应晚娶，杨正义既不愿把女儿送进火坑，又没法抵挡刘家的势力。歪嘴黄说："我说了一辈子媒也没碰见你两家这样的麻烦，一个酒鬼，一个穷鬼，叫老娘跑来跑去，跑不出个屁来，老娘不管了，你爱怎么着就怎么着罢！"说罢扬长而去。这杨家一门正在为难的当儿，忽然间救星来了。

一霎时莒南遍地起烽烟，咕咚咚机枪大炮声相连。

这几天四外风声就怪紧，想不到惊天动地到眼前。

一夜间到处来了人和马，好一似平地涌出万股泉。

你看那草黄军装灰子带，黑黝黝大盖子枪扛在肩。

一个个红光满面精神足，都不过二十上下正当年。

八路军来了！

这才是霹雳一声愁云散，从此后红日当空晴了天。

老百姓男男女女街头站，你看他喜上眉梢笑开颜。

只见那许黑子狗党到处跑，好一似漏网的兔子四路窜。

这时候若不起来齐造反，要等到哪年哪日把身翻。

有的是拿起鸟枪和土炮，有的是扛着锄头和铁锨。

吆喊声大家动手打打打，赶掉那王八乌龟狗汉奸。

从今后再不受这狗逆的气，从今后不纳杂税和苛捐。

从此后一方人民得了救，再不要这班污吏和贪官。

八路军来到以后，这一方的老百姓把压在自己身上的大石头一下子踢翻了。许黑子的狐朋狗党，死的死，逃的逃，剩下的几条狗腿，再也不敢欺压人民，伏伏帖帖地在大家面前认了罪，要改过自新。民主政府建立以来，实行减租减息，增加工资，和地主恶霸讲了理，要回了自己的血汗。老百姓选举了自己的官，组织了自己的团体，拾大粪的掌了村政，要过饭的人当了区长，老大娘也要学习，大姑娘扭起了秧歌，几千年没有的事，这回有了。几千年没见过的光景，这回也见了。你看穷人翻身了！

这一方建立民主新政权，划了个新的县份叫莒南。

第一次老百姓自己选县长，选的是文武全才王东年。

王县长鬼子来了能打仗，平日里帮助人民把身翻。

他身上蓝布短袄青褡包，有一双庄户笨鞋脚下穿。

看样子真像一个庄户老，看不出他是一个知县官。

他实行共产党的好办法，那就是减租减息加工钱。

大店庄斗争了地主庄阎王，穷佃户平了鹰坟申了冤。

老百姓腰板一直往上站，从此后不受欺侮不犯难。

农民们组织起了农救会，妇女会纺线织布忙生产。

姑娘们组织起来要识字，青年们扛起枪来保家园。

查路条的工作谁来干？就有那背着大刀的儿童团。

老百姓不分男女组织起，他自己有了力量有了权。

莒南县不上两年变了样，在山东根据地里称模范。

咱这里按下一般且不表，咱再把桂香姑娘谈一谈。

且说杨家店的杨正义一家，被小恶霸刘二坏逼着要人，闹得走投无路，正好八路军打跑了许黑子，建立了民主政权，刘二坏的靠山倒了，再不敢说“不给人就衙门里走走”。要娶过门的事暂时搁下了。这时节热火朝天地实行了减租算账，杨老爹种着大店地主这二亩地，算账以后全成了自己的了。杨老爹两口儿一想起共产党八路军来就打心里感激，杨老爹入了农救会，杨大娘参加了妇救会。只有桂香还没参加团体，这时节才组织青年姑娘们识字，杨大爷和杨大娘心里还有点儿二乎，老两口儿商议道：“我们老头子老妈妈家出头露面也就罢了，闺女家也入识字班，会惹人笑话。桂香有了主了，为了这事闹的风声不小，再加入团体，不成了人家讲话的故事了吗？”这时节女同志张玉田来了。

杨家店来了同志张玉田，这一方妇女工作要开端。
进庄来南北来回找庄长，找地方吃饭住宿把身安。
她说是地主家里不方便，她不要好床好铺好房间。
好庄长闻听此言拿主意，领着她到了桂香大门前。
她听说这家是个穷佃户，老两口光有女儿没有男。
张玉田听说这话连称好，进门来见了房主说根源。
她言道来到这庄做工作，也为了来找大娘闲拉谈。
问大娘你若不嫌太麻烦，咱就此放下行李住几天。
杨大娘举目抬头忙观看，她面前站着同志张玉田。
看年纪最大不过十八九，脸庞儿也不长来也不团。
那真是雪白脸蛋黑头发，柳眉下一双大眼溜溜圆。
杨大娘越看越爱不自主，上前来拉着同志叫得甜。
你看看俺家那个傻丫头，和同志天上地下不一般。
一行说指点女儿倒茶水，乐得个白头妈妈笑开颜。

好同志既到咱家不见外，常言道一见如故是有缘。

张玉田就在杨家安排好，要组织青年妇女识字班。

从今后张玉田就住在桂香家里，她和桂香同床睡觉，和杨家三口同桌吃饭，那杨正义老两口儿拿着张同志比自己的女儿还亲。杨桂香乍上来还生疏，对八路的女同志有点儿害怕，不过三天看了看张玉田和自己一样是女孩儿，也就亲亲热热，几乎寸步不离。首先加入了识字班，帮着张同志各家宣传。杨家店的识字班很快就扩大了三十多个人，杨桂香当了识字班班长，这个受苦的姑娘，知识一天多给一天了。

天夜晚一轮明月照床前，她二人工作已毕闲拉谈。

玉田说桂香已经十七八，有没有多情多义的好儿男。

杨桂香听说此话红了脸，叫了声讨厌的姐姐张玉田。

这些话你且不要先问我，先问了你自个儿小心肝。

玉田说男婚女嫁寻常事，用不着扭扭捏捏瞎弄玄。

咱二人虽然都是小儿女，生活上各有道路不一般。

我十五背起包裹来抗战，到今天抗战事业还没完。

我跟着主力部队打游击，走遍了山东全省半边天。

往东边我曾到过东洋海，往西边我爬过沂蒙二大山。

往北边通过胶济长铁路，我也曾一夜行军到鲁南。

在军中也唱歌来也演戏，到处里对着群众做宣传。

这时节离开部队才不久，又下来帮助百姓把身翻。

我立志抗战不胜我不嫁，哪怕它再等十年二十年。

张玉田说罢一席衷肠话，杨桂香频频摇头再开言。

桂香听玉田说完了自己的身世，有点儿不以为然。她说："姐姐，你长年跟部队打游击，打到哪一年是个头儿，做工作做到哪一天是一站？你的爹娘亲人又不在这里，女儿家的事有谁做主？难道女孩子家自己去找媒人，自己去找男人不成？”玉田听她这一说，不禁嫣然一笑说道：“好妹妹，你且别急，听我慢慢地讲来。”

张玉田听说这话好喜欢，叫了声桂香妹妹真可怜。

新世道已经改变这么久，你还是三间屋里不见天。

说什么三从四德那一套，说什么父母之命媒妁言。

这都是压迫妇女的牢笼计，害了咱女孩儿家几千年。

这一回一笔血账勾销了，不管那三纲五常那一篇。

现在有民主政府新法令，在其中婚姻办法定得全。

头一件男女平等有规定，从此后女子有了继承权。

往常是只有男儿承家产，在今天女子丝毫不能偏。

第二件婚姻自由有定案，就和那父母兄弟不相干。

只要是男子二十女十八，都有权找个对象配姻缘。

再不许父母做主来包办，也不和媒婆瞎子乱胡缠。

再不许买卖婚姻和强霸，仗着他王八腰里有臭钱。

第三件一夫一妻是正当，再不许三妻四妾闹着玩。

谁若是有妻再娶第二个，他犯了重婚之罪告当官。

杨桂香听到这话心坎动，不由得一团喜气上心间。

杨桂香听到玉田把男女平等，婚姻自由的大道理讲了一遍，正打中了自己的心坎，觉得自己和刘二坏定的亲正是买卖婚姻，刘二坏娶二房，和今天的办法不对，姑娘心里不免有了希望，喜上眉梢。可是按下心中事不说，又问道：“姐姐你说自己找对象，你们是怎么找法，找个什么样的呢？定亲怎么定法呢？”这一问又引起玉田讲出一套道理来了。

好一个精明强干的张玉田，讲道理心又灵活口又甜。

她开言又把妹妹连声叫，你听我继续前头再发言。
共产党一夫一妻好主意，且莫听“共产公妻”反宣传。
你看了男女同志虽亲切，可不能嬉皮笑脸乱胡缠。
倘若是有人态度不正确，同志们批评起来可很严。
咱上级为了这事讲过话，他提出三个要点做轨范。
倘若是三个要点不违反，就可以进行恋爱讲姻缘。
第一点男女双方都抗战，万不能找个顽固或汉奸。
第二点革命工作不妨碍，且不要贪讲恋爱不向前。
第三点男女双方都情愿，万不能依靠势力和金钱。
倘若是三个条件都合适，两个人进行恋爱不犯难。
要等到双方感情深似海，那就是男爱女来女恋男。
就可以对着上级打报告，就说是俺俩情愿偕百年。
只要是负责同志来批准，这一桩婚姻大事手续完。
预备下简单酒菜一两桌，必须要好房找上两三间。
既不用七姑八姨闹吃喝，也不用婆娘送客一大篇。
既不用花轿喇叭来迎接，也不用赔上嫁衣和妆奁。
同志们请来几位吃喜酒，接着是洞房花烛得团圆。
这就是新式婚姻新办法，好妹妹你说周全不周全。

张玉田说完之后，杨桂香频频点头，把自己的心事钩上心来。也就不顾女儿的羞涩，红着两腮，颤声叫道：“姐姐，妹妹有段心事，愿对姐姐说出来，不知姐姐可能帮助妹妹解决？”玉田道：“上级派我来到这一方工作，就是为了帮咱娘儿们解决问题。妹妹有什么心事，你尽管说，咱都是女孩子，谁还怕谁。”杨桂香听说，就一五一十把自己的心事讲出来了。这一讲有分教：“旧礼教顿成废纸，小儿女敢上公堂”，要知后事如何，且看下回分解。

## 第三回　求解放杨桂香退婚　追根源王县长断案

却说杨桂香听了张玉田同志讲民主政府的婚姻法令和上级指示的关于男女问题的三个原则之后，这才明白了男女平等，恋爱自由的大道理。就把女孩儿家的羞羞惭惭撇到九霄云外，把自己家里怎样穷，怎样受苛捐杂税的压迫，怎样拿不上捐税爹爹要挨绳子绑，逼得一家人走投无路。怎样坏媒婆歪嘴黄趁火打劫，把她说给刘家寨的刘二坏，刘二坏三百元彩礼拿来，就要娶人。说到伤心处，不觉两行热泪纷纷地落下。

杨桂香提起当年更伤情，最可叹三辈子佃户三辈穷。
二爹娘年纪已经六十岁，没生个同胞兄弟撑门庭。
女孩子自来被人看不起，也不能留传后代继祖宗。
又碰上年景不好世道乱，到处里汉奸顽固闹得凶。
一家人饥寒交迫没法过，又加上苛捐杂税不放松。
二爹娘万般出于无极奈，因此上出卖女儿这一生。
我当时为了搭救爹爹命，也只好拼上一死假应承。
刘二坏不要我去倒罢了，他若是强逼我去事不成。
到他家不吃饭来不喝水，到那时不说话来不作声。
我决意不是投井就上吊，再不然小刀一抹血染红。
小姑娘说到伤心按不住，你看她双眉倒竖怒气冲。

玉田看到桂香说她的婚姻旧事，又是伤心，又是气愤，声音发颤，两泪直流。想到两人同是女孩子，自己早年参加了抗战，脱离了苦海，再不受封建礼教的束缚，也不受汉奸恶霸的欺侮。像桂香这样命运的姑娘，在汉奸顽固掌权的地区不知有多少。她一股同情心，冲着两滴热泪，已经流到眼角，勉强忍住，就揽住桂香的腰叫了声："妹妹，你别着急，你的苦难已经过去，光明就在眼前，民主政府一定给你把婚约解除。"桂香经玉田这一安慰，觉得她比亲娘更热，比亲姐姐更能体贴她的心，把两行伤心泪变成了感激，更呜咽地啜泣起来，玉田也无话可说，暗中陪了她两把泪。直到桂香从她怀里抬起头来，这才又谈起正经话来了。

张玉田拉着桂香不放松，好妹妹此时不要太伤情。
到如今你的苦难已过去，你就该挺身而出来斗争。
咱上级三条原则讲得好，共产党领导咱们来实行。
退了婚民主政府有法令，你正好婚姻自主够年龄。
姐姐在十五岁上就抗战，好打那压迫妇女抱不平。
这件事有我玉田帮助你，管教你不受压迫不受穷。
张玉田说得高兴伸大指，真是个慷慨义气的女英雄。
小桂香听到此言心中喜，就把那玉田姐姐叫连声。
小妹妹真心信服你的话，从此后你叫我死我不生。
她二人贪说衷肠忘了睡，忽听得窗外金鸡报晓鸣。

玉田和桂香你言我语，谈得正投机，忽听得窗外的长鸣鸡"咯咯"一声。玉田说："可了不得了，鸡叫了，快收拾睡吧。二人就铺开床倒身睡去，玉田心中无闲事，歇下就睡着了。桂香在床上翻来覆去，就是睡不成，她要不想这婚姻问题，脑子里偏要想，听到鸡叫三遍了，她的身子实在是乏了，就觉得恍恍惚惚面前出现了一片生疏的光景。

杨桂香恍恍惚惚入梦中，她觉得一片黑暗一片明。
仿佛是此身不在家里住，又好像还是自己旧门庭。
忽然间喇叭号筒齐声响，不知道谁家喜事闹哄哄。
她自己跑出大门四下望，又看见一抬花轿向正东。

这些人偏偏不向别处去，正对着杨家柴门一直行。
杨桂香见事不好往家跑，歪嘴黄追在后头叫连声。
她只好东躲西藏想逃走，无奈何处处不好把身容。
恶媒婆鹰抓燕雀拉住她，还有那无数恶棍齐行凶。
她看见二位爹娘都不管，这时节呼天不应地不灵。
只觉得哭哭啼啼上了轿，四轿夫抬起就走一阵风。
好一似爬山涉岭拉着跑，又好似腾云驾雾在半空。
在轿中四外光景看不见，忽然间灯笼火把亮通通。
二堂上高高坐着人一个，只见他一脸横肉长得凶。
看见了桂香姑娘哈哈笑，他言道今天落在我手中。
下堂来嬉皮笑脸伸手拉，满口里胡言乱语叫卿卿。
杨桂香又觉气来又觉怕，走上前大骂一声狗奸雄。
这一声惊醒自己一场梦，也惊得玉田同志眼蒙眬。
这时节草堂之上天大亮，又只见日出东方满窗红。

桂香梦中大叫把玉田惊醒，看了看天已大亮，那杨大娘在院子里说道："你姊妹，真是娇惯，太阳晒着屁股了，还不起来。"玉田在屋里应道："大娘早起来了，我和桂香拉呱儿拉到下半夜，所以起来晚了。"说着连忙起来敞开了门。二人梳洗完毕，杨大娘已经把早饭做好。吃饭中间玉田就把昨天夜里和桂香谈的事情，对二位老人说了。杨老爹道："咱家虽穷，八辈子没有犯法之男，再嫁之女。若是打'花案'岂不叫人家笑话！"玉田又把共产党对男女平等婚姻自主的道理，和民主政府关于婚姻的法令对杨老爹讲了。杨大娘听说可以退婚，女儿不跟刘二坏了，从中插言道："张同志讲的男女平等的道理俺明白了。从今以后俺妇女再不受男人的气了。俺闺女一定不跟刘二坏结亲，我算拿定主意了。"玉田就趁机说道："听大娘的话，当年也受大爷的气来？”说得杨家二老都哈哈地笑起来。杨大娘拍着玉田道：“这也是个闺女，俺那个也是个闺女，你怎么这么能呵！”玉田道：“桂香妹妹识了字，懂了道理，比俺还能来！”谈笑之间，吃完早饭，玉田又去村里和别的姑娘们谈话去了，直到晚上睡觉的时候才回来。杨桂香真是度日如年，叫玉田去给她办退婚，玉田笑着说：“好妹妹别着急！咱先研究出个办法来！”

张玉田未曾开口笑盈盈，叫了声桂香妹妹你细听。
既然是男女婚姻要自主，要知道依靠别人事不成。
姐姐我不能替你来包办，凭自己坚持到底做斗争。
为什么不扶井绳扶杆子，为的是井绳不撑杆子撑。
你既然决心不跟刘二坏，无论是谁人劝说都不中。
第一步先到区里去告状，看一看区长的意思怎么行。
倘若是区长不能替你办，你就要莒南县里走一程。
倘若是县长不准你的状，你就要一气打到司法厅。
这件事自主就要主到底，倘若是半道妥协不成功。
张玉田讲罢一席鼓动话，紧等着桂香自己说分明。
杨桂香听罢此言忙回答，姐姐你小看了妹妹太年轻。
小妹妹年纪虽小志不小，再不受封建压迫去偷生。
倘若是退婚不遂我的意，我情愿脱离这个旧家庭。
到那时姐姐上哪我上哪，就是那汤里火里也甘情。
小桂香说到这里动了火，你看她又顿足来又捶胸。

玉田看到桂香已经下定决心，就言道：“妹妹不要动火，我虽然不能给你包办代替，我一定尽我的力量，帮助你，脱离这封建苦海。今天晚上咱就写好状子，明天到区里去报，不知你的意下如何？”桂香巴不得玉田这时就办，连声道谢。玉田就从自己的包裹里取出一张白纸,口里说道:“从前打官司告状,是不容易的。得花钱买状子纸,还得请人做状子,找代笔书写,处处要花钱。今天民主政府是替老百姓办事的,谁有理都可以去讲。写状子什么纸都行,字写得孬好也不计较,事情说明白就成;写不明白的地方,还可以当面解说。”桂香听她说,打官司很容易,更是喜欢。你看她忙得吧!

杨桂香因为心喜身子轻,你看她出来进去一阵风。
慌忙得拂拭桌子安座位,她把那文房四宝放当中。
小姑娘安排好了一边站,等待那玉田同志女英雄。
张玉田推开笔墨她不用,拔出了头号钢笔是金星。
铺开了洋连白纸动手写,你看她一字一句写得清。
先写上告状人的名和姓,再写上告状人的家门庭。
写罢了呈状之头停了笔,等待那桂香姑娘说分明。
桂香女沉吟半晌才开口,提起了当年旧事气满胸。
我今天开头不把别人告,歪嘴黄她是害我的第一名。
她年纪大约不到五十岁,专说媒二十多载还有零。
好儿女被她害了有多少,昧良心赚了银钱赚人情。
若不是民主政府来搭救,险些儿断送了我这一生。
我和她公堂之上讲讲理,管教她群众面前现原形。
第二名我告恶霸刘二坏,专勾结顽固头子许树声。
他是个四十多岁大烟鬼,要拉俺青年姑娘下火坑。
他家里有个老婆又再娶,问一问民主区长行不行。
他想着有钱买得鬼上树,这一回碰他一个鼻子青。
抛开了恶霸行为且不说,单就是强迫婚姻犯徒刑。
为婚约不知流了多少泪,两年来天天流到夜三更。
请区长判他强迫婚姻罪,要把他交给群众去斗争。

小姑娘说到这里住了口，只见她两颊微微发了红。

桂香说到这里没的说了，便问玉田道："姐姐你说这样告行不行？"玉田说："行，行！就要这样告。写不清的地方，你还可以当面讲。"状子写好以后两人安心睡觉，一夜无话。第二天早晨，桂香又同爹娘商量去告状，杨老爹有点儿拿不定主意，他对于女儿这婚约虽是急于解决，可是还怕刘二坏有钱有势，告不倒人家，反而被他害了。他又怕"一字入公门，九牛拔不出"，打官司要花钱，弄到倾家荡产人财两空。玉田同志看准了他的心事，就把民主政府的打官司不麻烦，和民主县长、区长一文钱不能贪污，断案比包黑包青天还公平，解释了一遍。她还怕杨老爹不放心，就把刘二坏压迫穷人，他庄里正在准备和他讲理斗争的事和他说了，杨老爹这才吹胡子瞪眼，下了决心要和刘二坏干。他把杨大娘数鸡抱蛋攒下的几元钱拿着预备当盘川。杨大娘也尽了为娘的心，给桂香梳头打辫子，找了件干净衣服穿上。张玉田写给区长一封介绍信，桂香接过来写好了的状子，一并藏在口袋里。杨大娘送他爷儿俩出了大门，好像有件什么祸事似的，心里觉得难过，老泪冲到眼角了，嘱咐桂香一路小心。桂香答应一声，跟在爹爹背后，迈开从小就没裹的大脚，说了声："娘，你家去吧！"爽当当地去了。玉田同志拉着她的手且说且送，一直送了半里多路，说了声："祝你此去马到成功。"这才回来了。桂香在路上不免前思后想起来了。

杨桂香迈开大步往前行，想起了婚姻大事暗伤痛。
她本是穷家小户好儿女，谁想到为了婚姻上公庭。
此一去凭着命运往前闯，难料想前途祸福和吉凶。
她衷心感激同志玉田姐，为了她慷慨义气抱不平。
实指望应了临走她的话，实指望一经出马就成功。

倘若是区长准了我的状，解脱了封建压迫一身轻。

倘若是区长不准我的状，我一定再打上告到县城。

一个人志气刚强山不动，也只有拼着一死去斗争。

万一的我的离婚失败了，也只有悬梁自尽丧残生。

那时节二老爹娘难再顾，再不见玉田姐姐女英雄。

就算是天地之间没有我，权当是生了女儿不送终。

她正在翻来覆去胡乱想，猛听得年迈爹爹唤一声。

桂香且走且想，脑子里翻来覆去，没有一刻安定，被杨老爹一声叫醒。杨老爹说："孩子咱已经到区公所住的庄子了。回话时可要小心在意。"桂香脑门嗡的一声，心头卜卜地跳起来了。爷儿俩在庄头歇息了一会儿，就进庄询问区公所。找到了区公所，见了区长。区长是一个年纪三十多岁很和气的人，问了他们的来意，桂香就把玉田的信递上去。区长看完之后，就说："刘二坏作恶多端，群众对他有意见，要同他讲理。这件逼婚案子，也是他做的一件恶事。不过离婚案子应该经过司法手续，我给你一封信带着到县里去吧。"说罢拔笔写信，霎时就完，随便一叠交给了桂香，还问他爷儿俩饿不饿，爷儿俩连声道谢，区长送到门外才回去。桂香心里十分稀奇，她想不到区里办事就这样简单。父女二人就按照区长的指示询问到县府所在，及至询问到了，村众说搬走了五天了，天色已晚，只好住下。第二天，又照着村众说的庄子走去，可是事有不巧，在这庄子没有住，只好又往第三个庄子寻问。到了地头再三询问，村头上儿童团把他们来由盘查明白了，才说县政府在这里，桂香父女这才安下心，打算递状子。杨老爹又把桂香嘱咐了一遍说道："县政府是个衙门，比不得区里，孩子可要当心。"桂香答应道："知道。"

他父女进到村庄问县府，看不见有个衙门好威风。

静悄悄街上无人没处问，走进了一家穷户小门庭。
进门来看到一人堂前坐，一双眼看着书本甚从容。
他身穿蓝布短袄破了袖，青搭布当作一条束腰绳。
看脸面最大不过三十岁，他可是老寿星头放光明。
杨老爹上前就把三哥叫，请问你县府住在哪一亭。
那位哥抬头端详他父女，先问道你找县府为何情？
杨老爹据实而说是告状，有一张笔写状子往上呈。
那位哥伸手就要状子看，杨桂香递将过去不留停。
杨老爹忙对女儿使眼色，怕的是事不秘密透了风。
可惜是他的眼色使得晚，状子纸已经传到他手中。
你看他展开状子上下看，又把那区长来信看得清。
这个人看罢状子不还给，回头来让他父女坐流平。
他掏出一根烟卷要他吸，擦着火自己不吸让客请。
吸进了一口香烟有了话，你听他家里长短问得清。
他先问你家共有多少地？他又问过得富来还是穷？
问大爷大娘可是很壮实？问桂香有没有姐妹和弟兄？
他又问工作同志有没有？接着问她的年纪和姓名。
杨老爹一五一十顺口答，杨桂香低头含羞不作声。
这时节正要谈到退婚事，从外边进来一个勤务兵。

正在谈话中间，进来了一个挂匣子枪的勤务兵，向那人报告开饭了。那人问杨老爹道："你这庄里有亲戚没有？"杨老爹回答："没有"，他吩咐勤务兵带他父女二人去吃饭。走到门外，杨老爹就问勤务兵方才说话的是谁？勤务兵愣愣地说："说了半天你还不知道是县长？"杨家父女不胜惊疑："县长怎么那个样？一点儿也不像个官，说话和咱庄户人一样。"他们又惦记着刚才说的话有没有什么差错，来到伙房早有几十个人在那里自己打饭自己吃，杨家父女也同大家吃一样的小米干饭，饭后有一个像玉田一样的女同志把桂香拉去，桂香因为和玉田过惯了，也不拘束，杨老爹就在伙房里睡觉。父女虽然各在一处，可是两个人都一样地想："听说从前打官司的要住差房号店，花很多的钱，今天民主政府对打官司的这么好，还管着吃，这真是老百姓当家了。"

到了第二天，父女又找成块，桂香满心欢喜，她说约她一块儿睡觉的女同志和玉田一样好，并且答应帮助她，杨老爹听说也自欢喜。等到天晌以后，勤务兵传言县长叫他们，他们又到了原来谈话的地方来了，县长又问他刘家花了多少彩礼，歪嘴黄贪污了多少银钱，这回杨桂香不等爹爹开口，却自己回复。县长又问她退婚是自己的意见还是爹娘的意见，桂香一口咬定是自己的意见，一定要离，决不跟刘二坏，县长点了点头，吩咐传人。杨家父女知道一天的工夫就可把案子传齐了，说不出的心中感激。

王县长吩咐传人坐公庭，有几个武装同志应了声。
公堂上一张桌子几张纸，王县长坐上一把破板凳。
既没有供案桌子惊堂木，也没有虎狼衙役使威风。
有一个记录人员一边坐，专等着县长问话录口供。
不多时两人押着一个进，歪嘴黄扭着小脚装正经。
猛抬头看见桂香堂上站，她才知这件案子事不轻。
她这时事到临头逃不脱，只吓得浑身上下战兢兢。
王县长就把媒婆从头问，问了她家乡住处和姓名。
先问她好儿女害了有多少，又问她银钱图了哪几宗。
问得个歪嘴媒婆没的说，不觉得两腿一屈跪流平。
县长说民主法庭不用跪，跪下去也是一样犯罪刑。

歪嘴黄两耳嗡嗡不听话，只见她响头磕得地崩崩。
她强说这件婚姻不怪她，都是那刘二坏蛋戳的蜂。
叫了声青天县长饶了我，再不敢胡说八道瞎弄凶。
王县长吩咐一声传坏蛋，不多时刘二坏蛋推上庭。
他看见一案人等全到了，也只得恳求县长曲原情。
他说是因为无儿才再娶，再就是媒婆巧说不该听。
王县长听罢供词动了气，骂了声歪嘴媒婆不正经。
你不该为了图财胡戳弄，两方面骗了富的害了穷。
你若能回心改过免了罪，你若是再犯前罪罪不轻。
回头来县长又把刘二训，你仗着有钱有势才逼婚。
现如今强迫婚约应无效，新社会一夫一妻有明文。
为的是宽大政策教育你，再不许欺侮穷人胡乱行。
这时节桂香看着心里喜，这时节杨老心头怪轻松。
要知道桂香退婚怎么样，且等着下回书里说分明。

## 第四回　学纺线姑娘忙生产　赛秧歌医院赠锦标

闲言少叙，书接上回，王县长处理了歪嘴黄和刘二坏以后，回头对桂香说道："这回你解放了，回家去好好地纺线织布，学习识字，帮助村子里的工作。"又对杨老爹道："女儿大了，婚姻让她自主，为老的只是帮助她，不要走错了道就行了，切不可包办代替。听说你庄的工作还好，穷人翻了身，就该加紧生产，加紧抗战工作。政府还要借款给你们开展纺织合作社，回去对大家多宣传。还有什么话说没有？"杨家父女连声说："没的可说，县长比包青天还好，俺老百姓从此有了做主的了。"父女告辞回家的时候，王县长离座相送。县长命令当场把刘二坏歪嘴黄押下去，一个拨到县政府伙房挑水，一个等待村长来领去教育不提。再说桂香父女，出了县府，心里又是喜欢，又是感激，一路往家来了。

父女们离开县府回家园，一路上越思越想越喜欢。
老爹说来时觉着不牢靠，桂香说口里不怕心里难。
老爹说到了县府不知道，桂香说拿着县长不当官。
老爹说告状的管饭是奇事，桂香说当客招待真稀罕。
老爹说过去的官府像狼虎，桂香说还比狼虎狠万千。
老爹说随到随问多爽利，桂香说一天一夜办理完。
老爹说本想花上二亩地，桂香说谁知没用半文钱。
老爹说歪嘴媒婆该挨斗，桂香说刘二坏蛋把水担。
老爹说从此坏人不得势，桂香说轮到人民把身翻。
老爹说许黑子好比是地狱，桂香说王县长好比是晴天。
老爹说八路军是救世主，桂香说共产党恩情说不完。
来时节虽没看见三春景，回来时桃红柳绿满前川。
来时节天气不冷身打颤，回来时扑面春风不觉寒。
父女们心中得意走得快，不觉得来到自己大门前。

自从他父女离家之后，杨大娘总是放心不下，幸亏着玉田百般劝解，还是吃不下饭，睡不着觉，天色将晚又到庄头上探望。忽然看到他父女们回来，杨大娘好像去了的宝贝又找着了似的喜欢，连忙问道退婚的事办得怎样？桂香不等爹爹开口就抢着说："行了，歪嘴黄挨了训，刘二坏受了处罚。"一家人回到草堂上，杨老爹就把从区到县，怎样进了县府和县长谈了半天还不知道是县长，怎样在县府里吃饭睡觉，带去的钱一文没有花；怎样一夜传齐了人第二天问案。又把歪嘴黄交村里教育，刘二坏罚在伙房挑水的事说了一遍，说到好处，桂香就插上两句。又把县长嘱咐她学纺线的事谈了。杨大娘起来到灶王爷面前跪下磕了两个头说道:“总算老一辈里就没伤天理,咱这辈子碰上了晴天。”反把杨老爹和桂香惹笑了。

晚上玉田同志回来,桂香跑上前抱住她的腰,好像十年没见似的,叫了声玉田姐姐,喜欢地流了满腮眼泪。玉田来到屋里,把桂香靠在自己的身旁,听杨老爹说他打官司的人间奇事。到了睡觉的时候,玉田乘机对桂香进行教育起来了。

杨桂香退婚已成心内欢,乘此时进行教育不费难。
对工作一点一滴抓得紧,好一个优秀干部张玉田。
这时候桂香心中尽感激,拿玉田当作菩萨和神仙。
问妹妹从今以后怎么干,把你的前途办法对我言。
过日子若是不会做打算,早晚是穷断骨头才算完。
桂香说:“临走县长嘱咐我,他教我纺线织布争模范。”
我想想县长这话真不错,自古来男耕女织理当然。
今天起一定学会纺好线,好姐姐耐心教我不要烦。
张玉田听她这话连称好,求解放生产发家最为先。
你若能参加生产会纺线,从今后不怕穷来不怕天。
再一点村中工作好好干,最要紧天天要上识字班。
姐妹们团结越多力越大,咱妇女才能彻底把身翻。
在平时站岗放哨经常干,战时节粮草家具藏深山。
优抗属拾柴挑水不叫苦,看伤号端屎端尿也不嫌。
逢春节高跷秧歌扭得好,那时候军民同乐闹一番。

桂香听了玉田这些话口口答应,到了明天玉田到区里贷了十辆纺线车子,十斤棉花来。桂香留下一辆车子和一斤棉花,苦口婆心地劝识字班姐妹们纺线。因为有了桂香带头,十辆车子都分配下去,推了桂香当纺线小组长,玉田亲自动手按个教,桂香学得十分上心，又加上教别人只是一时，教桂香没明带夜，她要把桂香教会，桂香自然就教会了别人。

杨桂香学习纺线太认真，好像是中了痰逐痴了心。
成天家握住车子不放手，她母亲叫她吃饭不动身。
初上来拉不到头就断线，过几天粗的细的不均匀。
杨桂香学了十天成了缕，可就是扯断一根又一根。
有时候心里着急头出汗，有时候自己气得泪纷纷。
到后来四两棉花没用尽，她纺得不粗不细能上针。
张玉田看了一看称进步，喜坏了高堂以上老母亲。
世界上唯有痴娘自夸女，杨大娘不是瞎夸那是真。
常言道人间世上无难事，又说道难事就怕有心人。
从此后桂香纺线不间断，真个是从夏到秋冬到春。

桂香不但自己学会了纺线，并且教会了她们一个小组。不上一个月，十个大姐都学会了。纺了线，卖了钱，给家中添补零用，还使不完。手下积下了几百元钱，大家看见眼热，全识字班都纺起线来了。这年冬天滨海开劳动模范大会，桂香当选了区模范，出去四十多里路参加大会，在会上她报告了她翻身经过和纺线发家的事实，得到了二等模范的奖励，回家时带着纺车一辆棉花二斤，还有手巾、日记本等奖品。全区里开大会欢迎她，谁不说杨大娘生了好女儿，杨桂香自己能进步。按下这事不表。

一年将尽，冬季到来，桂香已经学习了二百多个字，会唱二十多个歌子。自她得到劳动模范之后，经历多了，眼界开了，在大会上什么光景都见了，封建思想渐渐地少了。春节快来的时候，她领导全识字班学着扭秧歌。起初大姐们还有点儿扭扭捏捏，不愿扭，后来看到桂香大大方方扭，也就扭起来了。日子多了扭秧歌已经成了生活里边少不了的事，连走路做活也扭着秧歌步伐行动。生产着了迷，扭秧歌也着了迷，所以杨家店的秧歌队也名传四乡，到了春节慰问伤员的时候，就活跃起来了。

根据地锣鼓叮咚响连天，各村庄迎接胜利过新年。

大家想咱在后方享安乐，亏的是八路主力在边缘。

主力军拼命流血为哪个，为的是老百姓们得安然。

过的是安稳日子不忘本，各村庄优待抗属最为先。

青年们抬着麦子和猪肉，儿童团打着锣鼓走在前。

识字班穿上红袄和花裤，五色的鲜艳彩绸束腰间。

光荣牌高高挂在门顶上，光荣灯飘飘荡荡大门边。

有的去抗属家里把地扫，有的去抗属缸里把水添。

一般的拥军优抗做得好，想起了挂花弟兄心不安。

过了年春节娱乐活跃起，首先要去到医院玩一番。

这时节慰劳物品无其数，还有那慰劳信件叠成千。

秧歌队扭动起来更有劲，为的是光荣同志喜欢看。

咱这里按下一般且不表，表一表杨家店的识字班。

且说杨桂香领导杨家店的识字班学习秧歌，为了春节过后去到后方医院慰问伤员，和邻近村庄王家沟提起比赛。王家沟的识字班长王秀文原来是杨大娘的远房侄女，和杨桂香论起来是表姐妹，各人领导着自己的一队成天地练习。过了年正月初三两庄的识字班一齐出发后方医院，表演秧歌，让医院里负伤的同志反映谁好，谁更好，作为评定。杨桂香这一年以来，大大地变了样子，再不会那么拘拘束束，成了全庄的活动人物，什么事也少不了她。这次慰问伤员更是杨桂香的一台大戏，你看她从年前就忙，一直忙到出发的那一天。锣鼓一敲，识字班像一群花蝴蝶似的上场来了。

杨桂香一连忙了十几天，为的是慰问任务放在肩。
借衣裳全庄各户跑个遍，练秧歌一直练到两腿酸。
全庄的丝绸衣裳都借到，姑娘们胭脂花粉筹备全。
为的是桂香一人忙不过，举了个队副名叫杨金鸾。
再加上玉田同志常指导，打扮得每个队员都齐全。
四十名识字班员个个美，杨桂香鹤立鸡群不一般。
黑黝黝额上短发齐眉剪，光亮亮两条辫子坠双肩。
生就的不长不圆鸭蛋脸，看不出有没有香粉在上边。
一双眼黑白分明显得大，两道眉又细又长新月弯。
小鼻梁不高不矮长得秀，两片唇红得不够胭脂添。
身穿着石榴红绸半身袄，葱心绿缎子夹裤扫鞋尖。
腰肢上一条白绸束得细，好一似一束生丝扎中间。
你看她随着锣鼓腰肢动，你看她步伐轻盈尘不沾。
嘴唇上老是浮着微微的笑，说明了姑娘心中甚是欢。
周围的男女观众都称赞，就是那桂香父母也不谦。
常言道女儿大了十八变，又道是越变变得越好看。

杨家店秧歌队有了桂香这么一个出色的领队，全庄都有争取比赛胜利的信心，就是杨老爹和杨大娘听到人家称赞自己的女儿，也自喜欢。到了医院之后和王家沟秧歌队相遇，各自谦虚了一阵，不必细讲。杨桂香和王秀文虽然是表姐妹，日子穷了，亲戚不常走动，这时还不认识，见面以后说起来觉得格外亲热。表演的时候，又互相谦让了一回。王秀文看了看形势，知道自己的秧歌比不过杨家店的，恐怕排在后面，惹不起群众欢迎，落个难看，也就抢先上场。这时候看的不只是伤员和医院工作人员，连附近村庄的人也赶来看热闹。围了一个万人的大场子，维持秩序的，喊破嗓子才安排下来。

起初是两队合起来围着场子绕了两个大圈，做了几个队形，以后分开来各自表演。你看，好不热闹！

秧歌队锣鼓齐鸣上了场，全场里一阵鼓掌震四方。

只见那五花十色舞衣艳，又只见红黄蓝白彩绸扬。

扮的是礼帽大衫汉奸狗，扮的是汪逆精卫胡猖狂。

有的装汉奸敲诈老百姓，有的装鬼子调戏花姑娘。

这个扮顽固鬼子调眉眼，那个扮南京重庆一口腔。

看罢了反派再看正一派，教观众怒气全消喜气洋。

你看那共产党员多神气，你看那八路同志扛大枪。

还有那民兵队员真威武，也有那妇救会长两鬓苍。

儿童团不换衣服就对劲，识字班个个都是好衣裳。

这个说今天妇女真解放，那个道再不扭捏装模样。

这个说你看哪队扭得好，那个道各有短处各有长。

这个说王家队员也还好，那个道杨家队里有凤凰。

不用问杨家凤凰是哪个，那就是秧歌领队杨桂香。

这一番慰问比赛的结果，大家意见是各有短长，不过杨家店的步伐熟练，下了工夫，为了鼓励大家下力学习，推杨家店第一，两份奖品，不过杨家店多了个锦标。奖品发下，全场热烈地鼓掌，杨桂香随着乐器扭着步伐，走到主席台前，轻轻地、深深地行了礼，双手捧着锦标，又行了个谢礼，转身走来。全场的掌声有好几分钟不断，杨桂香只觉得脸上热辣辣的，眼睛迷糊糊的，回到队里来，像失了知觉似的。这一场慰问伤员带着秧歌比赛，把一个杨桂香的大名传到全莒南县，全滨海区无人不知，无人不晓，谁料想杨桂香这个退婚解放的姑娘的婚姻大事，伏下了一个根芽。正是："当年穷家弱女，今日群众宠儿。"要知后事如何，且看下回分解。

## 第五回　陈德志决意求婚配　杨桂香偷眼相夫婿

却说杨家店和王家沟比赛秧歌，锦标被杨家店夺去，王家沟也口服心服，没有意见。就中王家沟有一位青年队员名叫陈德志，生得红胖脸皮，粗壮腰身，中等身材，二十上下年纪，在看秧歌的时候一眼盯住了杨桂香，直到散场，还不舍得放开。就在发锦标的时候，不觉得喊出："庆祝杨家店的胜利，向杨桂香学习！"自从看秧歌回家以后，走着也想到杨桂香，坐着也想到杨桂香。他家也是才翻了身，生产发家的。家里有父亲母亲，一个弟弟，参加青年民兵以后，工作一贯地很积极，可是春节以后，忽然吊儿郎当起来。他爹娘给他提亲，他一口咬定不要那个。他父亲从他那一伙青年里边，探他的口气，看他是什么意思？

陈德志王家沟上有门庭，论家道也不富来也不穷。
他家中二位爹娘有年纪，还有个身下弟弟甚年轻。
他今年正好二十又二岁，他长的身子强壮脸皮红。
想当初也曾念过二年书，到如今认得几个也稀松。
他因为鬼子不给日子过，他这才决心抗战当民兵。
那日里医院比个秧歌赛，这青年敲着锣鼓在其中。
他这天看了别人不留意，单对着桂香姑娘有了情。
从此后白天黑夜想念她，再不肯积极工作干营生。
在从前这就叫是单思病，到今日这个名词不时兴。
他常在青年队里闲拉呱，不断地夸奖桂香好美容。
他喜欢桂香学习是能手，他喜欢桂香生产称英雄。
他常说抗战只有当八路，又道是不娶桂香亲不成。
这一片无心之言传出去，倒教那陈家二老挂心胸。

陈大娘得到了儿子想娶杨桂香的口气，就想道："这个姑娘，打过'花案'退了婚，扭秧歌出了名，谁知道是什么性格，能不能过庄户日子？"就不同意。可是德志的亲事高低不就，有一家女的人材又好，家道不错，陈大娘要订下。德志说："你订的你要，我不要你别怨我！"陈大娘也不敢做主了。陈家二老为了快给儿子说媳妇抱孙子，就想法子和杨桂香提亲。陈大娘有一天和识字班队长王秀文谈起杨桂香来，王秀文说："俺那个表姐可真是能干，不光秧歌扭得好，纺的线在十字路集上也是头一份！"一句话使陈大娘想起杨桂香的娘是这庄的，就去求王秀文的娘去提亲。王秀文也存了一点儿小偏心，想把杨桂香说到自己庄里，也就是要凤凰从人家的树上飞过来的意思。王大娘经不起女儿的怂恿，也就答应了去提一提。买上了十串香油果子带着，权当是看亲戚，见了杨大娘，老姐妹们自然是更亲热，就当作闲拉谈扯到桂香亲事上来了。

老姊妹你言我语拉家常，从外边跑进来了杨桂香。
她一见屋里坐着有生客，她立刻规规矩矩装安详。
杨大娘骂声妮子别撒野，快过来见见王家您妗娘。
王大娘离座上前忙拉住，叫了声外甥女儿你休忙。
我看看外甥长得怎么样，为什么你的名儿天下扬。
小桂香一时害羞忙逃走，一溜烟出了大门远处藏。
王大娘就此机会开了口，她先问外甥婆家是哪庄。
杨大娘急忙回说还没有，找婆家门户高低不相当。
王大娘连声讲道俺不信，为的是舍不得离开你身旁。
你若是有心给她找婆家，有的人争着叫你丈母娘。
王大娘说到这里忙转口，她言道事真凑巧有一双。
俺庄里陈家有个庄稼户，有一个心爱儿子长得强。

论日月不缺吃来不缺用，论人材身体强壮脸儿方。

他有个响亮名字陈德志，也曾经念过洋书入学堂。

你两家能把儿女亲家结，那真是人间美事又一桩。

王大娘一席美名有了效，说动了桂香母亲热心肠。

王大娘乘势给桂香说媒，把陈家孩子夸了一阵，杨大娘心下已经活动了。又因为是娘家嫂子说媒，比谁都可靠，就说："照你这么说，可说是美满姻缘，谁知道人家乐意不乐意？"王大娘说："那头也是想给儿子说媳妇，听说要照桂香这样说，若是真桂香，他家还不是接神仙？"杨大娘说道："这妮子听张同志说什么婚姻自由，为娘的也不敢随便做主，得同她商议商议。"王大娘知道不会一火成功。天色已晚，告辞回家，回复陈家不提。且说杨大娘等女儿回来把妗母说媒的事同桂香说了，桂香道："娘，你听她胡说，不要理她。"杨大娘得知有话当面难讲，张同志又回县学习去了，三两月不会回来，没人说服她，只好找识字班副队长商量，副队长杨金鸾满口答应说："大娘放心，我们管保把桂香说服就是了。"她到纺线小组里一广播，大家都知道桂香要说婆家了，这天桂香来得晚，一进门看见大家的样子有点儿不对，就疑惑起来了。

杨桂香一步迈进堂屋门，小组里大家一齐笑吟吟。

你看她交头接耳乱喳喳，又只见戳七弄八闹纷纷。

一群眼统统不向别处看，罩定了桂香姑娘上下身。

杨桂香不摸头脑开口问，您大家这样欢喜啥原因。

众姊妹一听问话放声笑，好一似大群麻雀进了林。

有的是坐到车前去弄线，不觉得好线扯断好几根。

这时节桂香心里乱打草，就不说也能猜到八九分。

一定是今天母亲走了话，倒教这小丫头们开了心。

杨桂香摇动车子拉开线，小姑娘一点心事万丈深。

她想到今年已是十八岁，别的人早有婆家出了门。

常此地依靠爹娘过下去，白白地误了自己好青春。

她看到蝴蝶双双过墙去，她看到梁间燕子交颈亲。

虫鸟们都有雄雌成配偶，何况是有灵有性年轻人。

看起来男女问题免不了，一定要挑选一个好郎君。

纺完了线临散的时候，桂香拉着金鸾在后边，两个人并着膊走，桂香问道："你们究竟是笑的什么？"金鸾说："你装么？自己的事还不知道！"桂香再三追问，金鸾才把王大娘来说媒的事对桂香讲。桂香霎时脸红了，停了一会儿就说："男女婚姻，是平常的事，本来用不着怕人，可是不知为什么一提起来，就觉得害羞。"金鸾说："你的意见怎么样？"桂香摇头不答。金鸾说："终究你要不要？"桂香急了道："是个什么东西咱没见过，教我怎么说。难道再要我退一次婚？"说时眼泡有点儿发红，面色马上沉下来。金鸾怕她伤心，连忙解释："好姐姐，不要烦恼，咱回家吃饭去吧。"

杨金鸾和几个大的识字班姊妹想出主意来了，想到十字路集的那天，都去卖线，若遇到王家沟的大队长王秀文，要她把陈德志指一下看看。主意已定，单等逢集。那天正是九月十六日，小阳春天气，不暖不寒，杨桂香、杨金鸾一行三四个人，到十字路集上来了。

莒南县十字路镇在中央，南北趔拖拖拉拉五里长。

往南去五十里路黑林镇，北边是鼎鼎有名大店庄。

几年前建设民主根据地，发展成四通八达新市场。

北门外黑压压的粮食市，逢一六那集不上百石粮。

南北街又宽又平大马路，有的是大小商号在两旁。

不管那鬼子时常来扫荡，老百姓破屋场里也营商。

切烟机四面八方轧轧响，织布机稀里哗啦织得忙。

你若到南关市上看一看，又觉得南关还比镇内强。

黄烟叶一集能出五百担，讲交易先说价钱后过行。

南门外一片都是杂货市，你若是需要哪桩有哪桩。

白花花好线上了几千份，还有那来买线的织布房。

左边是棉花谷椎右边布，只听得人多声杂闹嚷嚷。

且不言十字路镇繁荣相，再说说桂香金鸾二姑娘。

她二人卖了白线买谷椎，就在那棉线市上乱逛荡。

正走间忽听背后有人唤，有一人不叫别人叫桂香。

她两人正在走着，听得背后有人叫杨桂香，回头一看原来是王家沟识字班队长王秀文。她们从医院比赛认识以后，三八节开妇女大会又见过一次面，从那以后，常在十字路集上卖线时碰成一块儿，谈得很热乎。这天桂香心里有事，一见是她，不觉两颊泛上了红晕。问了一些纺织的情形，桂香想脱开她就走，金鸾让她先走了一步，拉住王秀文问道："俺队长和你庄陈德志提亲你知道？"王秀文说："知道，桂香什么意思？"金鸾把桂香不摸本人，不肯答应的事说了一遍。秀文说："正好，陈德志赶着两个猪来卖，在猪市里，让她看看。至于德志那头，对桂香是求之不得的。"金鸾问："德志脾气怎样？"秀文说："别的我不敢保，若是脾气不好，我保着。"两人恐怕桂香走远了，急忙叫住："桂香慢走！"桂香只好停下，秀文说："急什么？逛一逛咱一路回去，到了庄后咱再分路。"转弯抹角，靠近了猪市，王秀文看见了陈德志的猪还没有卖，就高叫了一声："陈德志，还不走！"陈德志不经意地答应了一声说："猪还没卖，停回走！"不知怎的王秀文背后的杨桂香就像受惊似的钻入人空里躲起来了。

杨桂香慌慌忙忙人空钻，只觉得两腮发热到耳边。

人空里先把自己掩护住，一双眼向着猪市仔细观。

那人儿正在市上讲买卖，脸面上一团和气很自然。

论身材比她自己高一寸，论年纪比她大个一二三。

他长得两膊宽阔多有力，他长得两腿高高不带弯。

他脸上两道浓眉英雄样，下压着一双大眼放光寒。

听起来句句话儿说得亮，好一似每句打动人心间。

上身穿黑布夹袄袖子窄，下身穿深蓝夹裤到脚尖。

杨桂香贪看那人停了步，想不到有一只手搭上肩。

猛然间回头看是哪一个，原来是金鸾秀文两婵娟。

她二人看了桂香抿抿嘴，杨桂香假装不懂快向前。

三人离开猪市，在水果市上，买了一些山楂梨子之类的东西，且吃且谈。桂香老是不大讲话，教两人测不透她看过陈德志后的意见。到了北门外分手的时候，王秀文说："桂香队长，把你的意见讲讲，还有外人不成？"桂香还是深沉持重，不表示可否。金鸾插嘴："大家听着付表决：不提反对意见，就是赞成！"这一闹，桂香扑哧笑了，向金鸾背上打了一捶，金鸾跑开说："大家看俺领了人家的谢媒捶了！"三人就此分手。金鸾说："王秀文队长回去给德志报喜去吧！管保争一桌喜酒吃！"桂香也不说不同意的话，只是赶着金鸾来打。

一路上金鸾调笑杨桂香，她言道你的婚姻八分光。

这件事幸亏有个妹妹我，吃喜酒我就应该坐上岗。

你看那德志长得真不错，可配称我的姐夫你的郎。

杨桂香听了此话打反击，莫不是妹妹自己先看上。

等着我回去对你妈妈说，就说是金鸾要个婆婆娘。

要不然今天怎么这么喜，常言道不为自己不着忙。

金鸾说着忙的谁知哪一个？哪一个两腮红到耳朵旁。

哪一个众人空里偷眼看？还不如面对面着更大方。

俺知道吃了鲜鱼撕了网，俺知道过了河水拆桥梁。

这一段激将之言有效力，你看她拉着金鸾说衷肠。

她言道："妹妹你是女孩子，姐姐我也是一个闺女行。

常言道女孩儿事难出口，婚姻事最后决定在爹娘。"

十字路集被人家偷看了的事，陈德志本来不知不觉。王秀文回去对他一说，他这才乐得晚饭没有吃下去。第二天就催王大娘去商量定亲。女的方面杨金鸾回去就把桂香的表现报告给杨家二位老人。杨老爹还怕女儿心里委屈。有一天吃饭的时候，和杨大娘商议买什么东西给人家回聘。杨大娘要买一双鞋，两双袜子，正在拿不定主意。桂香猛然一句："买那个干什么？"二位老人睁着眼，张着口，怕女儿变了卦，桂香低下头红着脸，嘴角上露出了一句话："买支钢笔——"话没说完，转身跑了，杨大娘心里又是喜，又是疼，不觉两眼含上了两滴热泪。要知杨陈二家婚事如何，且听下回分解。

## 第六回　比赛学习桂香挑战　飞行爆炸德志立功

却说杨桂香露出了要买钢笔做回聘的一句话，杨老爹和杨大娘就明白了女儿的心事了，那还不照女儿的意见办？定亲的礼物，男家来的是：袄料一件，裤料一件，一副耳环，一副带子，衣料都是上好的红华丝葛的，又软又亮。女家的回礼是一支握手钢笔，一个硬面笔记本，一条手巾，一双鞋。识字班的姐妹都来道喜，看见各色各样的聘礼都有点儿眼热。桂香这天藏在屋里假装学习，避免和男家的来人见面，其实只是在本子上乱画，什么也学习不进去。

杨桂香订婚不久，张玉田从县上学习回来了，主要的工作是备战和开展冬学。在冬学里边，进行各种备战教育，杨家店一带的学习是有点儿基础的，可是还没造成学习热潮。这天玉田和桂香同床睡觉，又动员她起带头作用了。

好一个积极工作张玉田，针对着桂香情形来动员。
她言道姐妹半年没见面，妹妹你配了一副好姻缘。
常言道男大当婚女当嫁，确定了一桩大事也心安。
可就是鬼子还没打出去，从此后扫荡可能很频繁。
倘若是太平观念常增长，要想着得到胜利难上难。
党政军今天一齐来号召，根据地紧急备战依靠咱。
要想着一切人等思想变，倘若是没有教育不成全。
咱这里立刻就把冬学办，首先把备战讨论两三天。
要使得学习工作开展快，咱不能带头全靠儿童团。
妹妹你快快鼓上一把劲，别教人说咱落后识字班。
张玉田来了一个激将计，杨桂香不等说罢就插言。

桂香说道："玉田同志你等着看，俺识字班，秋忙的时候人家别的部门都停了学习，连小学也说上罢，放了一月假；俺识字班只放了三天，割完豆子接着又上课。"玉田道："我不是说识字班学习不好，我觉得识字班在冬学运动中应当起带头作用，不要光教儿童团和青年带头。今春闹秧歌，咱庄识字班得了锦标，以后若是在全区的学习带不起头来，来年春节这锦标怕要转给人家。"桂香一想玉田的话说得对，她们得了锦标有点儿自满，东西各庄都在努力，若不是有惊人的成绩拿出来，这声名难以保持。连忙请玉田想办法，玉田说："只要你能动员一个人，这作用就不小，恐怕各识字班姊妹都得向你看齐。"桂香连忙问动员哪一个？玉田说："不是别人，就是你那未婚夫陈德志，你若能写封信和他比赛学习，这个力量就不小。"桂香一听，霎时两颊绯红，想了想便道："我不会写信。"玉田说："我替你写，只要用你的名字。”桂香答应了，去找了一张红纸来，玉田替她写起来了。

一开头德志同志我的郎，有一件正经事儿咱商量。

这时候各庄都把冬学办，为的是扫除民间众文盲。

听说你当年曾把学堂上，到如今日子久了字都忘。

咱这时二人都把冬学办，学一些抗战道理强不强？

我今天来信不为别的事，为的是比赛学习干一场。

写到这里，玉田说：“桂香你把比赛条件提出来。”桂香想了一想，便说道：

第一条今冬要识二百字，要的是连写带用都停当。

从此后咱两个人来通信，用不着找个别人来扛枪。

第二条政治课本都学会，大道理不怕一章又一章。

要做到能做宣传才算事，可不要明明不会还瞎装。

第三条推动别人把学上，不分那男女老少都要帮。

提罢了三个条件没的说，那一边玉田同志开了腔。

她言道条件提得都紧要，我劝你最好再添两三桩。

要学习坚持到底最要紧，切不要半途而废白慌张。

再就是生产备战结合上，可不能做了这样那样荒。

要保证生产学习一齐进，要保证学习备战一齐忙。

倘若是鬼子今天来扫荡，就是在山沟也能当课堂。

一封信从头到尾写罢了，专等待签上名字杨桂香。

杨桂香珍珍重重把名写，轻轻地按上指印当图章。

这封信传去之前，张玉田抄下了一份，投到报社里去。报上用大字标题说杨桂香热心上冬学，和未婚夫挑战。这一宣传，影响可不小，各庄的识字班定过亲的都向未婚夫去信挑战，根据地造成了学习热潮，按下不表。却说陈德志接到挑战信，还不知是那里来的，叫村子里小学教员当众一读，青年们个个兴奋起来了，他们说："德志好好地干，不能叫老婆压下去！"大家又是开玩笑，又是正经商讨怎样应战的事。正好区里来了一个情报，拆开一念，不好了，鬼子出动，全滨海区立刻进入战斗情况。

忽然间一纸情报到村中，上插着十万火急鸡毛翎。
村干部拆开一看说不好，小鬼子已经出了临沂城。
沭河西洪瑞驻了三千整，南方面赣榆出动汉奸兵。
北一面莒县沂水都出动，看形势这次扫荡定不轻。
滨海区已经下了动员令，要大家一切工作为战争。
今天起抖起精神反扫荡，看一看谁是孬种谁立功。
村干部就此开个紧急会，一夜间战斗准备要完成。
民兵队快把地雷装备好，今夜晚盘查放哨莫放松。
农救会赶快领导埋粮食，全村子挨门挨户查得清。
妇女们各把衣服打包袱，要放上几张煎饼两根葱。
儿童团随着妇女一齐走，切不要自己大意胡乱行。
这一夜战斗准备都做好，要教那鬼子来了摸个空。
要使他踏上地雷死几个，要使他遭受袭击连夜惊。
全村庄整个夜里没睡觉，直忙到报晓金鸡叫一声。

这一夜全滨海区像锅滚一样，紧张准备战斗，天明以后继续传来情报说西路鬼子已经过了沭河，看形势是要合击十字路，号召莒南县的群众马上行动起来。且说民兵队员陈德志，过去反扫荡的时候，一心无二跟着大队行动，这回不知怎的多了一件心事，老是挂着桂香的一家。自己先和二位老的兄弟交代好，要他们随大伙儿行动，自己在民兵上掩护转移。当分配任务的时候，他报奋勇担任西南方向。这方向是去杨家店的大路，有一个山口，过去山口三里路就是杨家店，他想假使桂香若向东北跑来，他就可以看见，帮她一个忙。主意拿定就和他们的三个队员，带着枪支、手榴弹和地雷，把守山口。向着西南方向瞭望，哎呀！来了！

西南下十里左近起狼烟，一定是鬼子到了河这边。
接着是机枪嗒嗒响一阵，还有那咚咚大炮声相连。
忽然间庄里男女往外跑，满湖里男女牛驴胡乱窜。
后边是一队民兵打掩护，只听得一阵步枪像放鞭。
不多会逃难群众来到了，一群群呼儿唤女上了山。
这时候德志小组不怠慢，一霎时就把地雷埋山间。
陈德志埋完地雷抬头望，西南下来的鬼子够两千。
小鬼子吃过亏了更狡诈，行军时不走正路走庄田。
头前里一队便衣来探路，一定是不知死的狗汉奸。
半晌午走了不过十里远，碰到了可疑之处画白圈。
看样子一定不把山口进，急坏了德志四个好青年。
急忙地起来地雷另打算，料定了要走山西那一端。
他四人转到山西再爆炸，看准了路旁有段茅草阡。
急忙忙草墩掀在一边放，等待着埋好地雷往上搬。
小鬼子认为有草不要紧，一定要中了我们巧机关。
陈德志埋完地雷山头站，要把那鬼子挨炸看一番。
头一批汉奸过去没踏响，后一批连人带马上了天。
小鬼子踏上地雷队伍乱，忽然间又一个地雷往上翻。
民兵们看到自己得了胜，急忙地打着冷枪上山巅。

陈德志小组爬上山头远远地瞭着，鬼子碰上地雷以后，不往山区前进，掉转队伍向东南进行，包围了十字路，乱放了一阵枪炮，十字路镇一枪不回，原来是老百姓早已经撤出来了。鬼子扑了空，甚是愤怒，在十字路镇里乱翻乱闹，又吃了几个地气蛋，气得没法，到处放火，一时火光冲天。按下不表，且说陈德志看见往西南方向转移而来的群众，被鬼子追得正在火急。忽然地雷两声，鬼子也不追赶，去得远了。一群男女，大人小孩儿，牲口担子，缓缓地奔上山来。德志有心，两眼在人空里搜索，忽然看见一个少年媳妇戴着黑包头，扎着红带子伴着一个老头儿一个老妈妈，也走上山来，那少年媳妇向他直看。德志虽然见过桂香，却是化着妆，梳着两个辫子，这是一个媳妇，德志又想莫非是她为了掩护自己才扮作媳妇，看脸面越看越像，就不提姓名地说了一声："鬼子进了十字路，不要慌了。"那媳妇一股亲切感谢的眼光，把他上下地安抚了一阵，又转到爹娘身后，藏起来了。德志心里觉得很得意，在她面前显出自己英雄来。这夜里陈德志和全区里游击小组，袭扰十字路的敌人来了。

这一夜乌云遮月漫阴天，伸开手不见掌心在那边。
游击队分成小组扰袭战，摸索着四面八方齐向前。
陈德志担任袭击东北角，二更天一齐进了温水泉。
瞭望着十字路里火光亮，火光下直上云霄冒狼烟。
他一组翘头蹑脚暗中进，西北风阵阵吹得透骨寒。
有时候看见道旁一棵树，就得要当作敌人仔细看。
一方面侦察动静一面进，来到了路镇庄东一片园。
陈德志悄声对着组员说，咱这时暂且伏下莫动弹。
只听得鬼子正在乱说话，说的是八葛牙鹿听不全。
有回儿耳光子响高声骂，一定是鬼子吃亏打汉奸。
直闹到三更时分才安静，这时候冻得德志打牙关。
叫了声众位同志当心干，走起来一点不响使脚尖。

正待要顺着墙边往前上，又听见一对哨兵正转弯。
德志喊狗逆的们瞧家伙，小鬼子呱啦呱啦乱叫唤。
手榴弹轰隆一声人不见，大概是不是死双就死单。
一霎时惊醒鬼子发财梦，黑暗中机枪大炮响连天。
小鬼子过去贼了抢担杖，不过是壮壮胆子好安眠。
这时候游击小组已去远，陈德志得意洋洋又上山。
不多时枪炮停了无动静，忽然间西南角上又闹翻。
一定是另一小组捣的鬼，只闹得鬼子一夜不得安。
众明公要知后事怎么样，且等俺下回书里讲一番。

## 第七回　忙做嫁衣梦想享乐　反省忘本立志整风

且说日本鬼子在十字路住了两夜，连夜受到惊吓，游击小组四面袭扰，闹得鬼子彻夜不得安眠。尤其是汉奸队本来想跟着鬼子出来扫荡，发点儿洋财。根据地里空舍清野做得彻底，进了十字路吃没的吃，喝没的喝，夜里再不敢睡觉，疲惫不堪。白天鬼子休息，要他们站岗，他们明明不愿也不敢违拗。两天以后再也驻不下去，只好退走。退到半道被我们的主力截击，打了个落花流水，窜回各据点，不敢再动。滨海区人民武装部总结这次反扫荡的战绩，陈德志小组受到了表扬，陈德志得了全区的民兵英雄的称号。报上发表出来，传到杨桂香耳朵里，就同春天杨桂香上了报，陈德志知道了一样的心情。他二人虽然没有哥哥妹妹地谈恋爱，可也是心心相照。陈家提议来年三月里娶，杨大娘虽然不乐意，可是想到人已经是人家的，这样年头，倘若碰到意外的事，担负不起，也就答应了。听到出嫁的日子近了，杨桂香的心也变了。

听说是日子将近自思量，再不是天真烂漫杨桂香。

她想到虽然不愿别父母，可又是思念那个少年郎。
最好是女的不到男家去，反过来入赘杨家作东床。
这个事只是空想办不到，还得要拾起针线忙嫁妆。
先把那定婚绸子做袄裤，再把那红绿花鞋做两双。
爹爹说赔送多少都乐意，妈妈说多花两千是正当。
先买上一床褥子一床被，又置上一对枕头绣鸳鸯。
棉布的现穿衣服添两套，这算是自己纺线做衣裳。
成天价缝完这件缝那件，你看她白日赶着黑夜忙。
因此上识字班里常不去，姊妹间有了问题不商量。
有时候识字班员找队长，杨桂香假推有事不到场。
忘记了前一个月曾挑战，忘记了一封书信写得长。
姊妹们有的说她变了样，也有的说她最近反了常。
都说是女儿大了莫出嫁，出了嫁就把抗战工作忘。

杨桂香出嫁的日子定了以后，工作一天不如一天，不常到识字班上课，不大同姊妹们接近，成天在家忙嫁妆，一切工作推给副队长杨金鸾。一年将尽，几天之后又是春节，去年此时早已练习秧歌，今年因为杨桂香不练，别人就领导不起来，秧歌快要垮台。识字班队员们常常发牢骚："闺女孩子，千万别说婆家，有了婆家就不工作了，杨桂香就是个样！"这些话杨金鸾都传给杨桂香，在从前她再也受不了这样的调皮，可是如今杨桂香的烈性不知哪里去了，一点儿也不恼，一点儿也不急。杨金鸾也没有办法，只好叹了一口气回来。杨桂香想的些什么主意呢？

杨桂香有种想头在心间，她想的早和当年不一般。
屈指算来年正好十九岁，我的郎加上一岁二十三。
结婚期至今不到四个月，到那时男贪女爱多心欢。

论起来日子查得真不错，可正是桃李花开三月天。

那时节草色青青柳色绿，那时节桃红李白各争妍。

我好比蜂蝶纷纷花间闹，我好比一双燕子语梁间。

到那时脱去身上破棉袄，把一套红绸袄裤身上穿。

换上了鲜艳新衣显得俏，可巧是天气不热又不寒。

我脸上抹上香粉白又嫩，我唇上点上胭脂红得鲜。

我头上挽上一个菊花鬓，脚底下红缎鞋儿绣花尖。

那时节谁能同我比一比，谁不说这个姑娘赛天仙。

我那郎拿我当作心肝待，二公婆拿我当作宝贝看。

我和他好比鸳鸯交颈宿，我和他并蒂莲花一处眠。

忘不了比赛秧歌那一幕，忘不了十字路镇那一天。

杨桂香越思越想越得意，她觉得这是人间美姻缘。

杨桂香做着嫁衣，想着结婚时打扮得花枝招展，一个秧歌大王和一个民兵英雄结合起来，惹得人人说好，个个嫉妒，她心里才快乐。什么抗战工作，学习比赛，早已抛到九霄云外去。这时候张玉田同志不常呆在这一个庄，说不定几天来一趟，别人只当是桂香为了忙嫁妆，玉田也以为她忙嫁妆，耽误工作是免不了的事，也没分析分析她思想里是些什么东西。及至识字班对她反映杨桂香不干工作，不接近她们，玉田才觉得她的确思想上有了毛病，就把她从退亲翻身发展到现在的经过详细研究一下子，发觉了自己对她帮助教育不够，使她的享乐思想抬头，这是很危险的，就挪出一天的工夫，再同她谈过一次话，劝她不要因为忙嫁妆就不干工作了，劝她常到识字班去，不要脱离群众。杨桂香有一天又到了多日不去的识字班上来了。

杨桂香迈步到了识字班，只见那众家姊妹闹着玩。

日子久长不见面生疏了，忽然间心里觉着好羞惭。
众姊妹看她来了很奇怪，走上来好像招待客一般。
这个说什风吹来咱队长？那个道日出西方好稀罕。
这个问队长的喜事哪天办？那个问队长心里欢不欢？
这个问队长为什么不出外？那个道怕晒黑了不好看。
有的说队长显得更漂亮，有的道身材增了三分三。
有的问纺线小组怎么样？有的答就是垮台不相干。
有的问桂香秧歌扭不扭？有的答留着扭给那人看。
有的问凤凰飞到哪里去？有的答凤凰飞到山那边。
这一个躲在一边使眉眼，那一个手抹腮帮嘴发偏。
这一个口里唱着离她远，那一个一言不发多半天。
杨桂香昔日威信哪里去，只落得不知进退两为难。
这时节正在有苦没处诉，从外边来了队副杨金鸾。

杨桂香正在识字班里被班员们你一言，我一语，连恭维加调皮，弄得出不来进不去，副队长杨金鸾从外边进来才给她解了围。她拉着杨金鸾出了识字班课堂，到了门外，忍不住眼泪纷纷落下。金鸾忙问为什么？她啜泣着把刚才的情形讲了一遍。金鸾说："这也难怪，自从你订婚以后，对识字班负责不够。这几天大家要练秧歌，你不来也练不成。去看咱得的锦标，今年若再比赛，一定要背乌龟。所以她们情绪不高。"桂香说："有意见提意见好了，为什么这样薄诮人，我这队长，从此不干了，他们爱选谁选谁。"金鸾说："你先把气平平，这样更不好，你还是负责，到你走了，大家再选也好看。""好看，什么好看，今天还不难看死了。"桂香想起来，又觉伤心。金鸾陪她回到家门，两人才分手。

转眼之间，新年过去，又是正月初三，到了闹秧歌的时候，杨家店的秧歌还没有办起来，大家一直埋怨桂香妥协，弄得桂香对识字班也有了意见，干脆不到。忽然间村长拿着一封信来找杨桂香，说是王家沟来的。杨桂香拆开，自己还看不懂，就叫村长念了念，上面写着什么言语呢？

上写着桂香队长请你看，我们是王家沟的识字班。
若不是八路主力打鬼子，过新节哪能合家得团圆。
俺想到翻身以后别忘本，帮助着扩大主力理当然。
咱上级号召参军有指示，需要咱男女老少齐动员。
王家沟已经开始这工作，选择了几个民兵好青年。
别的人无牵无挂都好办，唯有那德志同志最为难。
自从他同你定了百年事，他觉得这是人间得意缘。
他对于抗战工作不肯干，一心里盼着早到三月天。
全村的男女干部齐来劝，他还是既不长来又不团。
常言道哪把钥匙开哪锁，又道是过什么水坐什么船。
倘若是你劝德志上前线，这在他好比圣旨是一般。
俺这才决定给你这封信，免不了教你麻烦一麻烦。
希望你抗战利益是第一，且把那儿女私情放后边。
俺全体向你致个最敬礼，你是个动员参军好模范。
杨桂香听罢书信心情乱，你看她低下头来不发言。

杨桂香听庄长念完了信，心情非常纷乱，不知道这事怎样办才好，低头不语。庄长把信还给她问道："怎么样呀桂香，不用害羞！"一句话提醒了她，她就装作害羞，拿着信头也不回就走了。回到家里拿起插花的鞋来想做一点儿，可是手指发颤，花针像一条铁棍那么重，插花也插不成，她梦想着挨到三月里结了婚过美满的生活，倘若德志参了军，这婚姻岂不要落空？此去参军上前线，不知是吉是凶,万一他牺牲了,自己岂不成了“望门妨”了吗?就是死不了,打伤了腿,炸坏了脸面,把一个又壮又美的少年弄成残废,那多么扫兴?她越想越不对。她决心不写信动员他。她想只要她不写信,德志恋着她不会自己去的。她拿定了主意,还是赶做出嫁衣裳。

王家沟识字班来信请杨桂香动员未婚夫的事在杨家店也传开了,特别是识字班队员们,瞪着眼看杨桂香的动静。杨桂香不出门,也不到识字班里去,怕闹麻烦。二日之后,工作同志张玉田从附近转过来检查工作了,杨金鸾就把杨桂香这一时期的表现告诉她,并且把王家沟来信的事,也对玉田说了。玉田批评她们不应该在旁边说风凉话,应该好意地批评她。玉田晚上又到杨桂香那里住下。桂香的态度老是站不住坐不稳,又想说,又不想说,吞吞吐吐,试试探探,好为难的样子。张玉田看准了她的心事,一点儿也不急躁,慢慢地把她安抚好,又同当年初见面时一样,拉起闲谈来了。

还是那一钩新月照床前,还是那草培小屋两三间。
全屋里还是当年那一对,只有是桂香陪着张玉田。
趁这时天色还早难就睡,她二人你言我语闲拉谈。
玉田说当年我们初见面,你是个黄毛丫头太可怜。
桂香道那时妇女不解放,成天价围着锅台乱转转。
玉田说妹妹今天长得俏,配了个如意郎君好姻缘。
桂香道这时难断孬和好,也不过男婚女嫁理当然。
玉田说初到你家看了看,那时节一天吃不上饭三餐。
桂香道今天完全改了样,俺家里也有吃来也有穿。
玉田说八路不打许黑子,桂香道早已当了狗汉奸。
玉田说二坏把你霸了去,桂香道拼上一命染黄泉。
玉田说民主政府不建立,桂香道穷人哪得见当官。

玉田说退婚案子打得好，桂香道县长好比是青天。

玉田说领导全凭共产党，桂香道百姓才能把身翻。

玉田说有毛主席好领袖，桂香道不怕鬼子有万千。

玉田说知恩不报非君子，杨桂香诺诺连声不开言。

杨桂香听到玉田说到知恩不报的话，知道是说到了自己，低头不言，暗弄衣角。玉田看到她这种表现，便索性说道："过了河拆了桥，吃了果子砍了树，世人都是如此。妹妹今天翻了身了，什么共产党、八路军、民主政府都撇在脑勺子后边去，你心里只想一件事，就是嫁给陈德志，过那美满的日子去。"玉田说到这里，声音有些愤慨，从床沿儿上下来，站在屋子中央，眼也不看桂香。又道："凤凰今天垒窝抱雏了。可是鬼子还没有打跑，不定哪霎就来扫荡，也许把凤凰窝也掀了。那时还讲什么美满夫妻，还不是一场空！"起初桂香只是难过，后来忍不住了，暗中落泪。这时再也听不下去，从床上下来扑到玉田脚下，抱住玉田的腿，口里叫："姐姐！姐姐！我求你不要再说了……你怎样处罚我，我都接受……"说着已经呜咽地说不出来了。玉田也不觉一股热泪，簌簌地落下，正落在桂香的脸上，两人的眼泪搀成一块儿合流了。玉田弯下腰把桂香拉起来，拥着她同坐在床沿儿上。等到桂香定了定神，就开始劝说她了。

张玉田一手拉住杨桂香，叫妹妹休要动气免悲伤。

一个人只要生活在人世，免不了大小错事做几桩。

常言道圣人还有三个错，要说是一点不错骗人方。

只要是发现自己有不对，马上要改正错误像割疮。

是一颗明珠不怕灰尘掩，拿过来擦去灰尘又放光。

一个人改了错误人人敬，好比是日月之蚀又何妨。

咱上级指示我们很有趣，他说是你有尾巴藏裤裆。

你若能脱去裤子割尾巴，那才是好汉做事自敢当。
无论是大小干部都这样，何况你无知无识小姑娘？
过去你解脱旧婚太得意，扭秧歌把你捧得赛凤凰。
紧接着生产发家心满足，又加上配了一个如意郎。
这一时梦想享乐忘了本，再不把抗战工作放心上。
再不肯识字班上多注意，再不肯纺线小组多帮忙。
众姊妹对你纷纷有意见，弄得你情绪低落无主张。
这个事回头想来我负责，我没有随时随地把你帮。
可巧是工作太忙跑不到，这一带拖拖拉拉几个庄。
你若是自己反省自己错，从今后还是一个好桂香。

玉田说完了，桂香想了想一点儿也不错，都是自己落得这样，她就把这一时期自己想同德志结了婚，过欢乐日子，不想做工作，也不想生产学习这些想法，统统对玉田讲了。玉田说："你今年才十九岁，正是进步的时候，你若贪图享乐，不学习进步，落了伍，谁还理你？你还是一个围着锅台转的妇女，哪里有出路。"桂香又把王家沟识字班要她动员德志参军，她不干的想法也说出来了。她表示从此以后决心改过，明天就要当众坦白，玉田又安慰了她一阵。

第二天玉田先召集起识字班来，把桂香承认了错误，要当众反省的事讲了讲，动员大家给她正式提意见，不要冷一句热一句刺激她，大家都同意。玉田觉着桂香的反省有教育意义，连村干部和积极分子都召集来，成了三间屋挤满了的一个大会，单等桂香来反省。

杨桂香心中忐忑不得安，也只好低头走进识字班。
这一天大小队员不告假，黑压压正好坐满屋三间。
众姊妹绷着小脸装严肃，村干部瞪着大眼向她看。
她这时好比罪人听审判，众姊妹好比都是陪审官。

她脚下好像缚上石头块，举起步沉甸甸地不向前。

她心窝忍不住地卜卜跳，好一似突然塞上一块铅。

她本想痛哭一场泄泄闷，怎奈她表示刚强咬牙关。

张玉田这时替她做解释，打破了满屋沉静先开言。

她言道为人难保无错误，倘若是知过必改是圣贤。

杨桂香过去一段有些错，她情愿自己反省找根源。

众同志帮助桂香快进步，最好是等着静听莫发言。

等到她反省完毕提意见，耐心地帮助同志不嫌烦。

张玉田说完一篇开场话，杨桂香低头默默上讲坛。

杨桂香在鼓掌声里上了讲台，大家集中注视罩定了她，她站在台上好久不发言，脸就像黄蜡一般，停了半晌，才断断续续地说："我对不起毛主席……对不起共产党……对不起大家……我忘了本……一心想过好日子，不抗战……我……错了，我……改……"说到这里，眼泪像连珠似的下落，声音呜咽。起初还是说话，后来也听不清是哭还是说了，这时候全场都低下了头，不觉地都陪她落泪，连村干部也有忍不住掉泪的。张玉田也觉得心里酸辣辣的，咬紧牙关，支持自己，把桂香拥下台去，对大家宣布休息。要大家活动活动，把紧张的空气打破。再开会的时候，大家提意见，多半是鼓励桂香再积极努力，并且表示对桂香的爱戴和拥护。桂香听到更觉得自己太对不起群众了，群众还是原谅，坐在一角，不住地抹眼泪。这一次会，在亲热空气下结束了。识字班队员们拉手的，抱腰的，又把桂香簇拥起来。桂香觉得每一个姊妹对她都好，又要流泪，赶快约着识字班队员去排秧歌，杨家店又活跃起来了。

晚上桂香就请玉田写动员德志参军的信，正是："山穷水尽疑无路，柳暗花明又一村。"要知后事如何，且听下回分解。

## 第八回　未婚妻登门劝夫婿　小英雄当面提条件

却说张玉田替桂香写信这是第三次了。第一次给她写状子，第二次给她写比赛学习挑战的信，这次替她写信动员未婚夫陈德志参军。信上的意思，不外是我们翻了身不要忘本，不要贪图享乐，应该扩大主力，打垮鬼子，再回家结婚。信送去以后，等待回音。桂香领导识字班全队排秧歌，准备送本庄的参军好汉。

杨桂香反省以后大不同，成天价忙着工作不稍停。

每一天领导队员练秧歌，准备着参军大会送英雄。

队员们看见桂香都有劲，都说是咱们队长实在行。

杨桂香帮了这个帮那个，改变了不耐烦的旧作风。

有时候累得满身出大汗，她还是抓紧练习不放松。

到晚上练罢秧歌开会议，在会上动员参军她报名。

她保证识字班员起作用，每个人都去动员亲弟兄。

杨桂香一面说了一面做，立刻把队员大会召集成。

她言道主力替咱打日本，好青年参加主力去当兵。

姊妹们各人动员亲兄弟，订婚的写给情郎信一封。

这工作谁不努力谁落伍，这一回比比谁中谁不中。

识字班响应队长呼口号，我们要扩大主力喊连声。

杨家店的动员参军工作，有了杨桂香领导识字班全体参加，工作顺利地开展。杨金鸾保证动员自己的哥哥，有的动员叔叔，有的动员侄子，有的学习桂香动员自己的未婚夫，动员参军已经成了热潮。杨桂香自己成天价盼陈德志的回信。日子已经是正月初九了。省政府定正月十五为参军节，莒南定于十五这天开全县参军大会。杨桂香正在着急，王家沟的信来了。当着识字班和村干部把信拆开，对大家公开地念起来了。

上写着桂香队长你是听，三日前你的来信到庄中。

我们就把信交给德志看，陈德志看了来信不作声。

他言道这是有人玩弄他，杨桂香能写这信谁证明？

他对于信上劝的那些话，权当作风吹马耳一阵轻。

众人道你若不认她的信，对一对学习比赛信一封。

陈德志无可奈何对笔迹，明明是两封书信一般同。

上按着桂香自己亲指印，两信上纤纤玉指印得清。

对罢了笔迹指纹变了话，他言道桂香不愿他当兵。

论日子三月就行结婚礼，他走了婚礼一定办不成。

一定是有人从中强逼她，一定是出于无奈把信通。

杨队长你是自愿是强逼，你应当再来一信说真情。

哪里有驴不喝水按着喝，共产党决不允许那作风。

在俺庄德志关系非小可，他是个全区民兵一英雄。

他若是不肯带头上前线，怕的是俺庄参军落了空。

他们说英雄没个英雄样，何况俺抗战小卒没有名。

杨队长你对抗战有认识，你又是反封建的急先锋。

你若是再给德志一封信，说不定一言九鼎成了功。

杨桂香听罢大家读完了信，也没做什么表示，拿着信回家去了。杨金鸾着了急，唯恐桂香不坚决，不再写信，就跑到附近庄子里找到了张玉田，把事情告诉她。张玉田晚上又来杨家店，桂香见了她就把信给她看，说道："要去找你，你来了正好，你看这事怎么办？"玉田说："你愿意写信不愿意？"桂香摇了摇头，连玉田也以为桂香又动摇了，低下头考虑怎样再给她打气。桂香道："今天是初十了，再待五天就开参军大会，送了信去，他再迟疑上两三天，事情就过去了。我想直接找他谈去！"玉田看着桂香脸上很冷静地这么说，有点儿惊疑，就反问道："你真能直接找他谈吗？"桂香道："怕什么？他若是妥协了，我决心不嫁他！"玉田听到桂香说出这话来，知道无须动员了，只要鼓励、安慰她就够了。马上拉住桂香的手道："好妹妹，连我也没有想到你能这样做，我佩服你就是了。"桂香道："怎样去法，还得姐姐指导我。"这一晚上两人研究了一些去的办法，动员的内容。桂香虽然十分坚决冷静，这一夜还是翻来覆去几乎一夜没睡。第二天早饭时对爹妈说了。杨老爹和杨大娘不愿女婿去参军，也不愿桂香自己去动员，可是对从来没有舍得犯过话的女儿，没有办法，只好由她摆布去了。

杨队长对着镜子要梳妆，她忽然低下头来暗思量。
倘若是穿得漂亮惹人笑，反转来穿不干净自嫌脏。
打扮个不脏不俏才合适，难坏了未出嫁的小姑娘。
她上来打盆清水洗了脸，把一条辫子梳得光亮亮。
上身穿不新不旧黑布褂，有一件干净蓝裤快套上。
看了看补的袜子将就事，换上了没破花的鞋一双。
头顶上一块簇新毛巾布，怕的是耳朵害冷北风狂。
临出门上下左右打量过，再一遍拂了鞋面整衣裳。
你看她迈开大脚走得快，好一似春风吹动柳丝长。
众姊妹见她要走都来送，十几位拖拖拉拉送出庄。
这个说祝俺队长得胜利，那个道祝俺队长早还乡。
这个说未婚夫妻对了面，那个道劝郎参军真荣光。
杨桂香辞别姊妹掉头去，众姊妹站在庄头举目望。
直望到桂香越走也越远，孤零零一个人影上山岗。

杨桂香迈过山口，望着王家沟，不知怎的心头有点儿跳动，好姑娘就在路旁歇息了一回定了定神，把自己一套动员的说词在脑子里温了一遍，走近庄来。庄头的草垛后边闪出了两个背着大刀的十四五岁的识字班员来问她要路条，她成天价查人家的路条，有查路条的习惯，却没有出门带路条的习惯，只好回答说没有。没有路条不能进庄，她们盘问她："是哪个庄？"她说："杨家店。"又问道："杨家店的识字班队长是谁？"她一听嫣然一笑回答说："杨桂香！"她们又问："你姓什么？"桂香说："姓杨。""你叫杨桂香什么？"杨桂香忍不住了说道："我就是杨桂香。"这二人像吃惊似的仔细端详了一回，这才连忙道歉说："对不起，请杨队长别见怪！"连忙一左一右，好像架着杨桂香似的进得庄来，直到队长王秀文家里。王大娘原是媒人，见了桂香十分亲热，连忙拉着左看右看说道："越大越俊了。"弄得桂香有点儿不好意思的。王秀文一见桂香到来，知道是为了动员德志的事，真像接了凤凰，忍不住喜得连蹦加跳。急忙问道："信接到了吗？"桂香说接到。"怎么办？"王秀文接着问。桂香说："且不必问怎么办，你先说说德志怎么样吧！"秀文说："难，难，顽固得很！"桂香一听，心头隐隐地有点儿发火，可是按住了。说道："你把情形讲讲？"王秀文就讲开了。

好一个能说能道王秀文，她要把事情讲得真又真。
未开言先把桂香队长叫，俺请你听到这事莫伤心。
陈德志本是一个好干部，又是个积极分子在俺村。
上一次鬼子过河来扫荡，他也曾炸得小鬼乱纷纷。
领民兵黑夜扰袭十字路，因此上英雄头衔挂在身。
过去的工作成绩还不坏，他就是不肯带头去参军。
他言道家里无人难种地，又说是堂上年迈有双亲。
究其实不去参军有心事，对这事一言不发瞒着人。

这件事就是不说也知道，为的是今年三月就结婚。
俺队上这才写信去求你，他还是坚决不去咬牙根。
青年们看他带头去不去，依然是相持不决到如今。
杨队长你对工作有经验，陈德志又是你的俏郎君。
若不是抗战热情高北斗，谁割断儿女柔情似海深？
俺这时单等队长出主意，好队长千万指教莫沉吟。

桂香听了王秀文说完，就说道："动员德志要靠大家的说服，我可以当面同他谈谈。"王秀文想不到她会出这一手，十分惊奇和佩服，就和桂香商议好，请德志到她家里来谈。陈德志听到说桂香自己来了，也十分惊疑，要想躲开，又怕落在桂香手里，说他封建，自己的心里也十分愿意同桂香谈谈。王秀文领他到了家以后，笑着说道："你认得，一个在医院扭秧歌就见过，一个在十字路集上也看过，用不着我介绍。"两人脸上都红红的。秀文觉着自己在场，他们谈话不方便，就说道："桂香大姐来了半天了，连碗茶还没喝，我去弄茶去。"说着离开了他们。这时候杨桂香上门动员陈德志参军已经传出去了。儿童团和识字班的小孩儿们都在王秀文家门伸头探脑，甚至连墙头上也爬上人去了。全村的青年都想来找王秀文探听消息。王秀文的娘避到锅屋里去了。屋里只剩了桂香德志两人，桂香究竟还是个未婚闺女，到了这种场合，头老是低着看脚尖。

他二人未婚夫妻见了面，免不了人之常情带羞惭。
杨桂香低下头来只看地，陈德志不敢朝着对面看。
到底是男的年纪大几岁，好多时鼓起勇气先发言。
自来是夫妻之间没法叫，又何况没过门的夫妇间。
要想着叫声队长太冷淡，又想着叫声姐姐心不甘。
陈德志左思右想拿主意，叫了声桂香同志当开端。

德志问什么时候到这里？桂香答到了这里多半天。

德志问路上走得累不累？桂香答就是隔着一道山。

德志问你在家里做什么？桂香答动员青年把军参。

他问说二位爹娘好不好？她答道年纪虽大身子坚。

德志问今天你来有啥事？桂香答特为找你谈一谈。

陈德志听到这话心一动，赶快地掉转话头要转弯。

可是他话头还没说上口，杨桂香趁此机会抢了先。

她言道我有些话要问你，不知道你觉心烦不心烦？

德志道你有啥话尽管说，就便是千言万语也不嫌。

说到这里，桂香抬起头来，整了整衣裳，大大方方地一点儿也不再拘束，脸上很严肃，可是很和气，态度非常的自然。教她这一来，德志反而心虚胆怯，现出坐立不安的样子，只好硬着头皮，听桂香问些什么。

我问你什么人侵略咱中国，什么人反共反苏联？

什么人顽固到底不抗战，什么人情愿投降当汉奸？

德志说日本鬼侵略咱中国，法西斯反共反苏联。

蒋介石顽固到底不抗战，汪精卫情愿投降当汉奸。

我问你什么人坚决来抗战，什么人好比是青天？

什么人主张减租又减息，什么人领导穷人把身翻？

德志说八路军坚决来抗战，民主政府好比是青天。

共产党主张减租又减息，毛主席领导穷人把身翻。

我问你什么样才是好妇女，什么样才是好青年？

怎么样加强团结和进步，怎么样扩大主力保家园？

德志说学习生产好妇女，能抗战才是好青年。

整三风加强团结和进步，要参军扩大主力保家园。

桂香问参军要靠哪一个？德志说积极分子先向前。

桂香问没人带头怎么样？德志说没人带头不成全。

桂香说什么道理都明白，为什么你还不去把军参？

德志道家中无人难种地，还有那二位父母管得严。

桂香说你说的不是真情话，你要把真情实话对我言。

德志道我心自有衷肠话，怎奈我心里想说出口难。

桂香说不用你说我知道，还不是为了结婚三月天。

德志道你既知道何必问，到那时咱们二人得团圆。

谈到这里总算到了正题，桂香说道："你什么道理都明白，可是思想还没打通！"德志说："我早已打通了。你谈什么吧？"桂香说："你这时光想结了婚，两口过安乐日子，这就是享乐主义，今天还太早，鬼子还没打出去，享乐也享不成。全中国人都和你这样想，中国早就亡了。我明白告诉你，我是一个抗战的妇女，决心不嫁妥协鬼。"说罢立身起来，一道严肃的眼光直逼德志。德志不觉地低了头，他想不去参军为的是娶她，娶不到她，岂不自赚个妥协鬼的名字。就动摇起来，一时心绪和乱麻一般。桂香看准他的心理，又逼上来说道："我一个未出嫁的闺女，不怕人家笑话，跑了来劝你，为了你进步。你能参军进步，我怎么牺牲都可以，你若顽固到底，那就完了。"她说的时候很激动。这时德志也受了感动，想道："堂堂男子，在一个姑娘面前低了头，还称什么丈夫。"就转了话说道："我不是不去，我怕去了以后，我们……"桂香道："怎么说呀！"德志就连着痛快地说出来了。

陈德志未曾开口暗思量，打量着面前坐的杨桂香。

她本是一个穷家小闺女，这几年她的进步比我强。

她今天自己能来非小可，一定是下定决心闹一场。

我若是同她闹翻事情大，从今后谁人不骂无义郎。
她一定不嫁我这妥协鬼，这才是一棒打散两鸳鸯。
倒不如给她难题要她做，她若是做不上来再协商。
他这回拿定主意再说话，一开口叫声同志杨桂香。
你这时劝我参军且慢讲，有几个要紧事情咱商量。
你若是能以答应三件事，我立刻背起枪来上战场。
第一件我家现有父和母，也就是你的公公婆婆娘。
他们俩不愿儿子去抗战，怕的是从此一去不还乡。
你能使我的父母不扯腿，这事情就算有了三分光。
第二件咱们结婚日子近，倘若是告假回来不相当。
我想着咱们立刻行婚礼，提早点行了婚礼赶前方。
用不着旧式婚姻那一套，行一个简单仪式入洞房。
第三件我家只有一弱弟，你需要在家奉侍二高堂。
我怕是岳父岳母不放你，你那时难以应付两头忙。
三件事倾心吐胆都说了，桂香你对我这话怎主张？

桂香听罢德志的话，把严肃的面色马上放下来了，笑眯眯地说道："我当是什么难题，原来是这三件事，我都依你。我今天晚上就留在你家，动员公公婆婆。他们若扯腿我负责。第二件，咱和爹妈说好正月十五以前准备结婚。第三件不用你操心，若有一点儿照顾不到，你可以批评我，村众也会批评我。"德志一听，再没有什么可说，这时识字班员们一拥而进，全体鼓掌，喊着："德志参军了！"这一喊连村干一齐都来了，把王秀文的院子都挤满。七言八语都说"真是凤凰"，"真是模范"。陈德志也就不再畏缩了。把胸脯一拍，"我是区里民兵英雄，我带头，有种的小伙儿跟我去"。桂香听到这话，也在人群中抬起头来了。德志的十五岁的弟弟德功，跑过来拉着桂香的手，叫了声嫂嫂。倒把桂香弄羞了。

这一晚上桂香就到德志家里，德志的娘听说儿媳妇来了，跑出来看，正好碰到门上，王秀文和桂香一说，桂香就上前叫娘。陈大娘看了媳妇又漂亮又伶俐，喜得合不上嘴，说道："真是世道变了，没过门的媳妇自己跑到婆婆家来。"正是："全凭如花妙舌，说得顽石点头。"要知后事如何，且听下回分解。

## 第九回　新式结婚秧歌伴送　有情眷属良夜深谈

且说陈大娘看到媳妇，聪明伶俐，能说能道，甚是喜欢，桂香又一口一个娘叫得蜜甜，陈大娘一辈子头一次遇到这好事，自的没法。见了公公，桂香同样照顾，陈大爷乐得直捋胡子，心里想道："大概是老运转好了，摊着这么好的媳妇。"陈德志趁这时机，把要参加主力的事对二位老人讲。陈大娘说："看你狂张的吧，干个民兵还不算，又要参加主力。我舍不得你，你要娶亲了，离了家，就是我舍得，媳妇也舍不得。"桂香说："话不是这样说，娘！"

杨桂香叫声俺娘仔细听，您媳妇有几句话讲分明：
您媳妇还没过门上婆家，这件事立刻传了满村中。
可能是一人传十十传百，莒南县快从西方传到东；
倘若是大众日报访了去，一定要当作新闻登一登。
您媳妇并非无事闲惹事，为的是保国保家是正经。
您庄里一连给我两封信，两封信接到一封又一封。
那信上并非为了别的事，专为了德志不肯去当兵。
这庄里参军青年好几位，缺的是一个带头好英雄。
您儿子自来不肯充孬种，俺桂香不嫁孬种早说明。
保家乡谁个儿女都有份，谁不是儿子参军娘心疼。

作抗属全庄对咱都敬重，当主力光荣光荣真光荣。
因此上媳妇觉得这是好，俺这才不顾羞惭来送行。
若论起丈夫儿子哪样重，夫妻情也不低于父母情。
为妻的情愿送郎上前线，为娘的为啥不能送一程？
您若是出口不让德志去，全庄里送你一个顽固名。
您若说上了火线有危险，有多少老实百姓丧了生。
在今天前方后方都一样，东庄的王二死在家门庭。
您媳妇这时已经想得透，但不知公婆思想通不通。

桂香刚刚讲完，德志说："娘！我已经同桂香商议好了，我去参军，把娶亲的事提前，大后天就办，咱翻了身也不迷信了，也用不着闹排场，行一个简单结婚礼，桂香就过来陪着你过日子。"陈大娘听说，正在拿不定主意，识字班队长王秀文说："我保证帮助桂香来咱家里，能替大娘做饭推磨，她误了找俺！"农救会长表示保证给陈老爹种地，民兵保证挑水，儿童团保证给陈大爷放牛。你一言我一语，弄得陈家二老无话可说。村长又说："这一回咱庄去了九个，编成一个班，还和在家里一样，一点儿也难为不着。"陈大娘听到这些话就说道："罢罢罢，什么我也不说了，你小口都愿意，我还说什么？德志愿意去，就随他去吧，免得说小的抗战，老母亲拖腿。"大家听了，一齐说陈大娘是模范，大家都应该向陈大娘学习。

这一晚桂香就同婆婆一床睡觉，铺床叠被，伺候得好不周到！睡觉以前同婆婆拉了半夜，说得个陈大娘口愿心也愿。反而替桂香为难，桂香一点儿也不表示为难的意思。

第二天桂香回家，又对自己的爹娘把提早结婚的事讲了，杨家二老虽然有点儿不同意，想到闺女同人家答应了，是人家的人了，也不去阻挡。杨家店的参军受了桂香对未婚夫成功的推动，也迅速地完成了任务，村里干部来了一个决议：桂香家的父母也当抗属优待，对抗属怎么样，对她家也怎么样。杨家二老更是喜欢感激。送参军，办结婚，双喜临门，杨家店和王家沟两村像锅滚似的忙起来了。

根据地到处忙得乱纷纷，为的是正月十五送参军。

商店里没了钢笔笔记本，小摊上卖尽鞋袜和手巾。

商人们为了参军尽义务，按照着一般市价让三分。

特别是王家沟和杨家店，又加上陈杨二家要结婚。

这一回参军结婚一块事，这真是两件喜事齐临门。

两村里干部开会商议好，要学个扭着秧歌接迎亲。

既不用花轿吹手瞎嚷嚷，也不用男女送客假斯文。

女的家箱子柜子抬过去，男的家房子收拾一片新。

到那天杨家秧歌往前送，同时候王家秧歌迎出村。

杨桂香不愿坐车和骑马，她说是一辔跑去才称心。

也免得盖上头红不让看，假装着扭扭捏捏酸死人。

到了家行上一个新式礼，再就是春宵一刻值千金。

两庄的干部讨论陈德志和杨桂香的结婚礼，一致的意见，要学习团林区鲍家庄子新式结婚的办法，秧歌送亲。陈杨二家无不乐意，桂香也坚决地反对旧式婚姻那一套封建迷信把戏。到了十四日那天，好不热闹！说书的只有一张嘴，不能同时说两家的事情，咱就从女家这头说来。

天刚明锣鼓喧天来催妆，杨家店男女老少一齐忙。

识字班各人在家忙打扮，众邻舍齐来帮助杨桂香。

都说道人生一世就一次，那不能马马虎虎完了场。

头顶上一条辫子改了样，换上个菊花团鬓放亮光。

她周身从上到下一齐换，都换了里里外外新衣裳。

棉袄裤桃红绸子做得好，只见那袖子窄窄裤腿长。

脚底下肉色袜子换一副，红缎子红绣花鞋穿一双。

平常时识字班员不擦粉，这时节擦擦脂粉也不妨。

平时里她们不把首饰带，这时候首饰耳环乱郎当。

这个说人逢喜事精神爽，那个道最喜不过新嫁娘。

看不得低头没个笑模样，人家是一团喜气在心上。

从天明一真忙到天东南晌了，杨桂香才打扮完，依着杨桂香穿件布衣服，梳梳头去就完了，东邻西舍的大娘嫂子怎么也不依："你大姐呵！人一辈子就这么一回呀！你不热闹，后来看到人家热闹会懊悔呵！"硬逼着桂香换了新妆。打扮起来以后，你一言我一语地夸奖。有的说："怪不得德志看了一场秧歌就迷上了，真俊呵！"有的说："人家捧桂香是凤凰，比凤凰还好看！"杨家二老听见人家夸奖女儿，自然是喜欢。

这时候秧歌队也扮起来了，杨金鸾领队，挑了岁数大，个儿高的十六个人，除了头上梳的是辫子，都是借的各家妇女做媳妇谁穿的衣服，打扮得和桂香一模一样，把桂香夹在中间，看不出谁是新娘来了。锣鼓和小喇叭齐响，全庄老老少少都出来看，直送到庄子外边。杨家二老在众人的簇拥里边，也忘了送女儿的悲伤。桂香说了声："爹，娘，我走了，过了三日再回来看你。"这一声告别的话，才把杨家二老惊醒过来。心头觉得空洞洞的，一股酸味，冲上眼来。含着泪望着头也不回的刚过山口，遥望着王家沟的秧歌迎上来了。

山底下两队秧歌要合拢，只听得两副锣鼓一齐鸣。

从老远响动细乐扭着走，到近前两队并成一队形。

只看见五色彩绸满天舞，又只见丝绸衣裳遍地红。

想当年慰劳伤员曾比赛，到今天二次见面更有情。

杨家店凤凰飞落别的树，王家沟一团热火来相迎。

到后来两队秧歌并着走，把一个桂香新娘夹当中。

这时节哄动南北十几里，看见了秧歌送亲笑盈盈。

有的说这个办法真时样，免去了封建迷信那一通。

有的道省下金钱少麻烦，也不用蒙着盖着玩狗熊。

这个说我娶媳妇这样办，那个道我送闺女照样行。

这个问其中谁是新媳妇，那个道秧歌比赛早有名。

观众们随着大队向前进，不一时来到德志家门庭。

到了男家门前，德志穿上了一件新大袄，新鞋袜，戴着一顶礼帽出门相迎。这时锣鼓打得更带劲儿，大家一齐鼓掌。新郎在前，新娘在后，都绷着嘴不言不笑。青年们和大姐们都引逗他们，且闹且走，到了院子里，已经布置好了一个简单的会场，南场上挂着毛主席像，像顶上悬着一段红彩绸。民兵队长当司仪，把两人拉到毛主席像前行了三鞠躬礼。又向家长和介绍人王大娘行了一鞠躬礼。司仪高喊："新郎新娘相对一鞠躬！"在大家鼓掌的欢迎声里，德志弯下了腰，桂香微微地弯了弯身子。村长当主席致辞，无非是说德志是民兵英雄，桂香是生产模范，这个结婚是最美满不过的。主席说完，轮到家长说话，陈大爷上去说了两句，喜得合不上嘴，下来了。司仪宣布新郎新娘讲话，大家又哄闹起来了。

大家伙一阵鼓掌喊连声，都说要新郎新娘讲话听。

他二人低头微笑装聋哑，群众说他们不讲就不中。

这个喊讲讲当年单思病，那个道猪市看得清不清。

青年们要把德志拉上去，姊妹们靠住桂香齐恿怂。

这时候还是德志胆子大，走上前规规矩矩说正经。

他言道这次提前把婚结，为的是明天就要去从戎。

他表示抗战就要抗到底，决不肯扯丝不断儿女情。

他的话惹动大家喊口号，都喊道拥护咱庄好英雄。

陈德志讲完了话退了位，大家伙拉着桂香不放松。

杨桂香这时也就不扭捏，走起来好似杨柳摆春风。

她言道古人说得太不对，有句话好好男儿不当兵。

依我看好铁打钉才有用，好男子当兵锻炼才成功。

她言道这次德志离家远，家中事她愿两肩来担承。

几句话说得大家齐鼓掌，都喊道她是妇女一明星。

这婚礼自从天晌就开始，直闹到天色黄昏上了灯。

结婚礼完毕以后，新郎新娘入了洞房，两家的秧歌队和办喜事的人等都招待到一个院子里去喝喜酒会餐。简单四样菜，吃喜馍馍，可是很丰满。大家饱餐了一顿。都回来闹房，洞房里的房顶都是花纸糊的，窗子上糊的是红杭连纸，被灯光一映，全屋都红了。新床铺新席，加上新柜子、新橱两间屋都满了。姑娘小伙子们闹了一阵。杨家店的人今晚要回去，王家沟的人也乏了，各自散去。洞房里只剩了新郎新娘。他们已经不像旧婚姻那样，两个不认识的男女硬在一起，他们都见过面，谈过话，这时两人已经心心相印，眉目传情，言语温存。说书的人不在场，难以形容。小弟弟德功和青年男女们听房，却听到了一些。

洞房里点着一盏长明灯，只映得满屋周围全是红。

新床上铺着新被新褥子，有一对鸳鸯秀枕一头横。

新人俩要想说话难开口，用一种有情眼光做交通。

德志说今天你觉累不累？桂香道这回累得可不轻。

德志说你先倒下歇一歇，爱惜你自己身子是正经。

桂香道你也应该早休息，到明天误了大事可不行。

德志说你说对我爱不爱，桂香道我若不爱亲不成。

德志说你说爱我哪一件，桂香道爱你是个小英雄。

这时候德志心中十分足，又轮到桂香开言把话明。

桂香说当年医院赛秧歌，你为何单独对我看得中。

德志道为的是你长得俊，也为了凤凰名字怪好听。

桂香说十字路集偷看你，多亏了秀文姐姐叫一声。

德志道那时若知你卖线，我一定找到线市看美容。

他二人你一言来我一语，渐渐地越说越近越有情。

这时节听房一伙忍不住，只听得扑哧一笑把人惊。

又听得放声大笑跑得远，有一阵慌乱脚步响咚咚。

这时候洞房之内无动静，又只见天外西斜有三星。

要知道洞房花烛以后事，且等俺下回书里讲得清。

## 第十回　陈德志辞家入伍　杨桂香送郎参军

却说，陈德志和杨桂香洞房花烛的第二天正月十五，就是山东根据地的参军节。两人还有点儿恋恋不舍，可是一想到抗战前途，和自己将来的幸福，也就咬定牙根割断情丝。清晨起来，桂香给德志打点起一个小包袱，里面放上袜子、鞋、手巾、胰子等日用的东西。又把自己带来的果子挑上了一包，叫德志路上饿了好吃。两个人这时好像有千言万语，想说又没的说。一齐到了公婆屋里来安慰二位老人。德志先说话了。

陈德志临走辞别二高堂，先叫了一声爹爹又叫娘。

他言道八路军有千千万，哪一个不是父母好儿郎。

若不是鬼子不给日子过，谁愿意辞别父母离家乡。

咱庄里参军青年八九位，有两位独儿一个不成双。

那比我弟兄两个去一个，我弟弟不离左右在身旁。
这才是为国尽忠在家孝，博得个忠孝二字美名扬。
陈德志劝罢爹娘叫弟弟，你在家学习生产一齐忙。
多生产代替爹娘少下力，多学习练的本事比我强。
你嫂嫂若有不对批评她，你也要接受意见莫猖狂。
回头来又把桂香低声唤，这一次我去参军你主张。
三条件你已实行二个数，还有个第三条件且莫忘。
在家中伺候爹娘代替我，也许是媳妇倒比儿子香。
即便是嘱咐万遍也不尽，全仗你每逢一事自思量。

陈德志在爹娘、弟弟和妻子面前说完了话。陈老爹颤竞竞地说："你去参军，我是舍不得的，又想到这个不去，那个不去，谁替咱打鬼子，反正我还不是七老八十动不动，有你媳妇和兄弟在家，也就能过下去。庄里再帮忙，还要怎么着！"陈大娘在暗中抹眼泪，可是不愿儿子看见，只是嘱咐他在外好上保身子，好好地听上级指导。弟弟说："哥，你先去，再过三年我也能去！"桂香劝婆婆到大会上送德志，陈大娘说："你去吧，你就给我代个表，我就不去了。"

这次王家沟九位参军的编成一个班，推德志为班长。村干部向附近驻军借了九匹马。当庄备上了几头驴。参军的骑着马带花披红，抗属带着花骑着驴。前头有锣鼓领着，秧歌扭着，后边民兵武装整齐跟着送。杨桂香这时卸下了新妆，家常打扮，红袄外面套上了一件棉布裤褂，粉红的袄角闪烁地露出来，一看就知道是出嫁不久的新娘子。七八十个人的一个行列，向着十字路来了。

未婚妻劝郎参军美名扬，不几天传遍东西四外乡。
报社里新闻记者访了去，根据地谁人不知杨桂香。
前一夜洞房花烛成婚配，第二天骑上毛驴送才郎。

王家沟参军青年有九位，陈德志带头工作做得强。

元宵节今天改成参军节，王家沟大队人马出了庄。

一路上别人不惹人注意，到处里指手画脚看新娘。

这个说生产模范她当选，那个道扭起秧歌赛凤凰。

这个说带头青年是德志，那个道郎才女貌正相当。

都知道恩爱夫妻难离别，为国家儿女情长去一旁。

且不言一路之上人称赞，再讲讲桂香骑驴上山岗。

山头上人马住下且休息，免不了居高临下四处望。

在面前下山就到十字路，有几处参军行列来四方。

只见得红色彩绸耀眼亮，又看见马上青年气昂昂。

看起来参军热潮到处涌，哪一个不是青春志气刚。

看不完各地人马向前进，王家沟为了抢先着了忙。

各庄送参军的队伍一齐涌进了十字路，谁也要在南北大街上走一趟再进会场。南北大街拥挤得断了行人。几十副锣鼓一齐敲打，几十队秧歌一齐扭动。参军的和送参军的都得意扬扬地骑在马上、驴上。王家沟的旗子到的地方，人挤得格外厉害，都嚷嚷着要看一看杨桂香，有的简直连名字也不说，就说是看凤凰。杨桂香在行列里也特别惹人注意，叫人家一猜就知道是她。各庄的行列都涌进了会场，会场的布置，更是热闹。

十字路村南布起大会场，高杆上国旗迎风正飘扬。

四周围树上门板几十页，每一页五色标语红和黄。

有的是画着参军光荣像，有的是画着人民保家乡。

左边是群众抬着慰劳品，右边是打了胜仗得机枪。

主席台悬着几幅伟人像，毛主席朱德司令在中央。

不多时参军行列都来到，几十副锣鼓齐鸣闹嚷嚷。

各村的旗帜飘飘不一样，都写着哪一区和哪一庄。
秧歌队集合起来一片锦，民兵队枪上刺刀发亮光。
儿童团坐在中间好说话，主力军整整齐齐新军装。
最前排参军青年集成块，全都是雄赳赳来气昂昂。
紧靠着参军青年是抗属，每个人一朵红花挂胸膛。
这其中有的送儿送哥哥，也有的亲自来送有情郎。
唱歌声这里落下那里起，呼口号你一腔来我一腔。
主席台一声号令要开会，咕咚咚九响礼炮震四方。

主席台宣布“开会啦”，九声礼炮震得惊天动地。几十副锣鼓，一齐敲打，对面讲话都听不见。全场的旗一齐飘动，秧歌队在会场中间一齐扭动。等到主席台上第二声号令才安定下来。接着是向抗战领袖们行礼，向殉国的烈士们致哀。又向着抗属们致敬。这一套礼节完毕，主席杨县长讲话，无非是鼓励参军的青年们加紧进步，不要挂家。又安慰抗属们，不要担心儿女丈夫出外，家里没人照顾，政府一定优待他们，并且号召群众帮助他们。县长讲完，主力军代表对新参军的战士致欢迎词，说明到了部队，绝对没有困难，首长特别关心，老同志尽力照顾，要大家放心。下面就是抗属讲话了。

忽听得主席台上一声喧，徐大娘年迈龙钟走上前。
台下里一阵鼓掌雷声动，老人家不慌不忙就开端。
她开言就把主席先称唤，又叫声众位乡亲听我言。
我当初为穷逼得曾要饭，拖拉着三个孩子受饥寒。
自从打前年来了共产党，我这才有了救星把身翻。
我大儿今年已经二十四，他已经参加八路好几年。
到今天鬼子还没打出去，咱中国抗战工作还不完。
人越多打走鬼子更有力，我又送第二儿子把军参。

我还有一个儿子年纪小，到大了跟着哥哥再向前。

打鬼子难免有个生和死，即便是为国牺牲我心安。

倘若是一时不幸挂了彩，作一个荣誉军人心也甘。

徐大娘当众讲罢一席话，大家喊徐大娘是真模范。

这一回轮到哪个来讲话，大家要送郎参军来一篇。

徐大娘讲完话，台下喊道："请劝郎参军的杨桂香讲话。"主席就在台上叫道："杨桂香大姐到台上来。"这时全场的视线不在主席台上，都对准了抗属席里的杨桂香。杨桂香被逼得无可奈何，只得上了主席台。这时台下，没等她讲话，就喊："学习劝郎参军的杨桂香！"陈德志在参军战士席上被本庄青年戳一把弄一把也惹起了人家的注意，心里好不自在。

杨桂香走上台来带羞惭，好多时面红耳赤不开言。

往下看台前万头齐攒动，一齐喊桂香姑娘是模范。

杨桂香壮壮胆子开口讲，讲的是封建道德旧姻缘。

她言道当年是个穷女子，为了穷父母把我卖了钱。

我那时明知火坑也得跳，你想想做个女子难不难？

到后来八路打跑顽固蛋，我那时有了救星才得安。

县政府告了一个退婚状，王县长案子断得赛青天。

从此后有了自由择婚配，才定了德志这个好青年。

我也曾订了新婚忘了本，那时节光想享乐不向前。

若不是同志热心帮助我，我也许不劝德志把军参。

我号召妇女同志别扯腿，不要管封建迷信那一篇。

男子们抗战当兵上前线，妇女们孝顺爹娘种庄田。

共产党领导咱们向前干，不怕那日本鬼子打不完。

杨桂香在稠人广众之中，讲话虽然不大顺利，可是句句是实言，惹动大家热烈的反应。特别是识字班里不断地喊:“好妇女不扯腿!”“学习杨桂香劝郎参军!”抗属讲完话,下边是新参军的战士代表讲话,无非是接受上级的和群众的指导,坚决抗战到底,不打出鬼子不还家。大会从天晌午开到日沉西,接着分队游行,各自回去。

新战士集合起来同到新营地。参军委员会特别提出来准陈德志半月的假,要他过了正月,二月初一入伍。陈德志和杨桂香衷心地感激上级的体贴周到,抗战的心更加坚决。两人欢天喜地回家度蜜月去了。

他二人准了假期心内欢,满心里感激上级顾得全。
回家来小两口子度蜜月,少不了你亲我爱乐团圆。
众明公若问她们什么味,说书的也难揣测酸和甜。
只知道德志参军更坚决,也证明桂香心比铁石坚。
恰巧是一出正月回营去,没等到二月初二或初三。
你若问德志入伍怎么样?还要问桂香表现是哪般?
不怪俺说书的人不肯说,只怪那编书先生还没编。
这部书一连说了三夜晚,多蒙得众位明公不弃嫌。
望大家有意见的提意见,特别是大娘大嫂识字班。
咱这里煞住鼓板道声欢,看时候斜月西沉三更天。

**浙江新华书店 1949 年 9 月翻印**

◇雪　立

# 倒糊涂

时间：一九四八年春，部队休整期间。

地点：东北人民解放军某部。

人物：李志高——班长。对人热心，然而是个直筒子脾气，领导方式太简单。是四七年被解放过来的，穿栗色斜纹布解放军棉制服。

马兴宝——战士。冬季攻势才解放过来，距现在不过两个月，还穿着蒋匪军粗布短小的黄棉制服。受了国民党的骗，处处地方都有顾虑。

赵云祺——战士。自后方独立团刚补充来的新战士，是翻身农民，然而有点儿思想毛病，瞧不起解放战士。穿后方发的灰色棉军服。

## 第一场

（开场锣鼓后，李志高边叫边上）

李志高:(以下简称李)(喊)马兴宝!马兴宝!……(自语)干啥去了?!

(数快板)好,往回走,慢慢唠;自打冬季攻势一完了,部队的情绪特别高,咱们的胜利也真大,十几万敌人把枪缴,解放了城市一二十,武器弹药老了鼻子就数不了。部队越打越扩大,个个年轻是英豪,打完胜仗又整训,政治学习又成了热潮!

嗨,成热潮,可真好,阶级弟兄团结牢!咱们的学习分几段,且听我来表一表:诉苦、挖苦根、算细账、土改,如今又把糊涂倒!这些学习有道理,都是为了咱们好;吐出苦水眼睛亮,倒出糊涂脑袋瓜里的病就好。连里开会一动员,报名发言的挺踊跃。这些事情我都满意,就有一点太不好:个别同志要聪明,大会上他耍花招,发言检讨不彻底,留着个尾巴不割掉!(气)

刚才开罢了连务会,各班向我把战挑。咱们班里真倒霉,偏偏就出了个马兴宝,思想落后不用说,脑瓜里顾虑真不少,还有些问题没坦白,肚里有病情绪怎么也不高。我班长,责任要负到,好好找他去劝导,好好找他,去,劝导!

(白)从打前几天开始了"倒糊涂"呵,可真没把我闲着,本来这事儿指导员讲得明明白白;现在咱们都是诉过苦的人儿,都明白是亲爱的阶级弟兄。阶级弟兄嘛,不能说比亲弟兄亲十分可也不差啥去!故此说大家应当把自个儿做过的、想过的糊涂事情糊涂思想当着大家坦白坦白。这糊涂思想敢说没一个人没有;头年我乍一解放过来,腰里那手榴弹就别了十好几天,这不是糊涂是啥?!这还不说,就是冬季攻势打郑家坨子那一回吧,那我还是打齐齐哈尔学了那老些政治回来呢,可是走着那雪道,深一脚,浅一脚,扑哧咯嚓地一吃苦呵,嘿!我还他娘的动摇过呢!那是认识不清,失掉立场的思想。这回咱也诉过苦了,是糊涂事儿都摘出来,当兵是给咱自己当嘛,自己人跟前有啥不好说的?!再说,上级跟前还有个宽大摆着,过去的错事儿灶王爷上天有一句说一句,说出来就是了!可咱班的马兴宝就不晓是咋的,还当人家看不出来,坦白就不彻底,哩而啦地倒不干净。刚才开连务会,人家都向咱班提出条件了。我看趁着这咱不开会,我找他好好唠唠去,免得在会上还弄不通!(喊)马兴宝!马兴宝!(下)

(马兴宝心事重重地从另一头上来)

马兴宝:(以下简称马)(唱一曲)

马兴宝,

我心里烦恼像刀绞。

连里倒糊涂,

把我当成了目标,

整得我,

只好赶先把名报;

照猫画虎我说一套,

同志们说我耍花招,

哎呀,这回可难逃呀,

逃呀,逃呀嘛逃不了呵!

(音乐不停)

(插白)唉,百把十双眼睛瞅着你,这回可怎么闪得过去呢?!

自己干了那些……(矛盾地)哎！说啥也不能讲呀！人心隔肚皮，谁知道讲了人家会把你怎么的呀？……就说上级宽大吧，我看同志们也不能饶了我……唉！(唱一曲)

自作自受，
自己要遭殃。
怪我混账，
上了“中央”的当呀，
干出了，
破坏的事儿一大桩，
害苦了咱们三班长，
这些事儿哪能讲，
哎呀，我的那个心哪，
心呀，心里头好亏人哪！

(音乐停)

(白)这些事儿怎么能讲得出口？破坏机枪、想开小差、想打黑枪，坏事儿都叫我想尽了；咱们一起从彰武解放过来的，人家这会儿都进步了，诉了苦，倒了糊涂，一个个都准备报仇呢！我个人在家还不一样都是穷得没底儿的人，可是现在人家认识了阶级，高兴了，就我个人认识了阶级心里反倒孬糟，还不敢向人说呢。唉！只怪我在那边听信了老蛮子营长的话；说是：“八路军掳过人来就叫扛爆破筒，扛上爆破筒打仗那就明摆是送死。所以说不能干，得想法儿蹽。”乍一过来，那阵又没诉过苦，直门儿行军，恰好又叫我扛的破爆筒，我肚儿里就觉着乍古，把班长的机枪零件故意给掉了，害得他受了好顿批评，又几回想开小差，又怕班长发觉，准备打他黑

枪,这些事儿要搁到今天,那个王八兔羔子才干呢!唉!可是要我坦白……这叫我往后咋做人呀?!……(唱一曲)

仔细想一想,

那个人没天良?

连里同志们,

个个对我热心肠,

实在是,

处处地方关照咱,

指导员连长也一样,

一律平等对待咱,

哎呀,实在真为难呀,

难呀,难呀嘛难出口哪!

(白)过这边来两个来月,大家伙儿待我真不错,班长那人本来也是直性子,摸熟了脾性就好了。可怎么办呢?唉……我去寻指导员去,探探他的口气看怎么样。

(李志高寻找上)

李:马兴宝!(气急地)嗨!你看!到处找你也找不着!走走走,咱唠唠去!

马:(有所提防,掩饰地)没啥唠的,班长,我还要给伙房担水去呢,完了咱再唠吧!

李:(着急)咄!伙房有水用,还着急你这儿担水?

马:(掩饰)我,我讲好了的!(拧身就下)

李:哙!(马站住)那咱俩一块儿担去!

(马原想借故脱身,见李硬要一块儿去,无可奈何地瞅了李一眼,别扭地同下)

（两人各肩扁担——表示担的水桶——上，边走边谈）

李：马兴宝，你那糊涂倒得不彻底，敢说自己也不会好受！我说咱不怕有错，只怕不改是不是？

马：（别扭地）你怎么知道我不改？

李：我知道你想改，可是你真有决心改就不要怕讲出来呀！讲出来就是个决心，就看你有没有决心呗？

马：（不耐烦，站住故作理由地）……哎，这道儿不好走，你走头前我走后尾吧！

李：桶里又没水，挤着点儿走怕啥？

马：……那，那我走头前！（抢先一个人下）

李：（气坏了）你……嗐！你这是什么态度？

（把水桶往地上一撂）（唱二曲）

连部发号召，

各班把战挑，

你帮我来我帮你，

要把糊涂倒，

就是你最糟糕！

劝你为你好，

为啥只管逃？

糊涂思想不坦白，

工作就做不好，

立场也站不牢！

（你）手把胸口摸，

有话照实说，

不隐瞒来不假造，

彻底倒一倒，

嗨，为的是大家好！

（白）真气人……不说了！我保证自己把糊涂思想倒出来就是了！（唱二曲）

下午开大会，

我要把名报，

忘本思想落后意识，

我也不老少，

带头做检讨！

（气嘘嘘地欲下，然而考虑了一下又觉不好）

（白）不行，我是个班长，不能寡管自己说了就拉倒。真没有法子！遇到这么个兵……一解放过来就不痛快，他那糊涂较比说比谁都深一层，大家对他的表现还反映了不老少意见，可是他就不实在，别人说啥，他也就照着葫芦画水瓢来一套；别人反省出想开小差，他就检讨自己想溜号，人家说自个儿怕吃苦，他就说他打心眼儿里不乐意受罪，人家说桌子是圆的，他说边儿上一个角也没有。这明摆是糊弄人嘛！……

（恰好这时马没有担水空着身子回来）

李：（抢过去一步）同志——你倒回来了？来吧来吧！你那劲儿呀，把人气死了！

（马拧身就走）

李：（撵上去一把拉住）同志，你往哪儿去？你倒出糊涂去掉一块病，对你有啥不好？呵？你说！

马：我，我急着解溲去呢！

李：你拉裤子上我给你洗！

马：……

李：……马兴宝！你要我给你跪下是咋的？同志——纸包不住火，你早晚还不得讲，男子汉大丈夫别像面条子一样软巴叽儿的提溜不起来，人给你夹了当腰还往两头掉！

马：我，我那糊涂思想就是想开小差，我昨儿个不是都讲了，我坚决革命到底这还不行吗？

李：（干气）不行不行！你还没把你的底儿捌出来，你糊弄得了旁人，还糊弄得了你自己？

马：我就是这些，你还要咋说？要我现编？

李：谁说要你现编了？（唱三曲）

有什么说什么，

你就应该照实说！

马：（接唱）

大会上，早说过，

你还要我怎么说？

李：（唱三曲）

你发言不彻底，

大家对你不满意！

同志们一个个，

向我来把意见提！

马：（唱三曲）

我要是不彻底，

你就把我押禁闭，

再逼我我也是，

没法说出啥东西！

李:(气得没办法)(唱三曲)

马兴宝,马兴宝!

我是为了你的好!

马:(接唱)

叫班长,叫班长,

你的意见我知道!(音乐突然停)

李:知道你就把肚子里的糊涂好好冲着大家倒!

马:我都讲了,还说啥呀?

李:说了半天你还这样?!

(赵云祺上)

赵云祺:(以下简称赵)班长,排长找你去呢!

李:对!(向马)马兴宝你好好想一想,今下午倒干净了你自己也痛快!(李下场)

赵:……(看了马一下)马兴宝,你还顾虑啥呀!

马:……

赵:你是不是因为自个儿是打"中央军"掳来的,故此有话不敢说?说了怕上级信不过你?信不过你信得过你还不在你自己!(说教一样冲着观众方向,就没管马,马不耐烦地就趁此溜了)咱这边是解放军,不是"中央军",干啥都讲究实在……(回过头见马已不在,一下倒愣了)呃咦——嗐!马兴宝!……这才糊涂呢!

## 第二场

(三小时以后)

(赵云祺拉着班长李志高上,跨进门——用动作交代门的位置)

赵:班长,这么整可不行呵,大家天天陪着他开会,他就给你耍滑头,不坦白。咱们一排的这咱谁不怨咱三班?! 叫他一个老鼠坏了一锅汤,咱们三班不要马兴宝这样儿的人……

（马这时恰好上场,听见屋里有人,想回身就走。偏在这时场后有人在直着嗓门吼叫:“马兴宝! 马兴宝! 上哪儿去了? 大伙儿等着你在会上坦白呢!”马闻声只好就在门外无可奈何地蹲下）

（赵等在屋里继续谈话,马在外边偷听）

赵:我看马兴宝是存心跟咱们作对;自打他解放过来谁对他不好? 班长,你自己宁肯脚上包麻袋片,省出靰鞡给他穿,咱们班上谁都情愿自己受点儿折把东西省下给他,他可就没一点儿良心,大家这么请他坦白他都不干!

李:不干?! 反正总得讲,你别着急,我就不信没办法! 不过赵云祺呵,你自己个儿肚子里的糊涂思想也要倒一倒,你是后方参军的,要起个火车头作用!

赵:对,没有问题! 不过班长呵,我的意见咱三班还是不要马兴宝这号人!（马在屋外听了受打击似的一下坐倒在地上）你给连长指导员提个意见,咱一排也不要那号子没骨气的人!

李:不行,你那意见就太极端了,不要,你叫他上哪儿去? 别说了,准备开会吧,我把笔记本拿上,你先去!（回里屋——下）

赵:不信你就等着乌龟背吧!“有了马兴宝,乌龟背牢靠!”

（马气得在外屋甩掉帽子直抓头发）

（赵听见外屋甩帽子声,一脚就跨出门去看看）

赵:（见马蹲在一边）马兴宝! 哎! 你咋不掏掏良心,八路军把你俘虏过来,优待你,你还尽想那些没屁眼的事,你不坦白做啥? 叫咱三班为你一个人背乌龟?!

马:（恼羞成怒）我,我,你把我俘虏来的? 你才来了几天? 叫起我

"俘虏"来了,连长指导员还没这么叫呢!

赵:好好好,就算我说错了,可是咱凭良心说,你那"中央"脑瓜不改是不行呵!

马:你才是"中央"脑瓜呐,谁用得着你来熊人,你别狠了,你说说,你打后方上来三天两头装病,情绪不高,不出操不上课,你把你的糊涂倒一倒,你倒一倒!

赵:我,我那是身体不好没经过锻炼呀!

马:别客气了,你管你自己坦白吧!

赵:(被逼得没话说)好好好,我这没问题,只要你好好倒就行!

马:我这点也没问题,你先好好倒!

赵:这才糊涂呢!

马:你才糊涂呢!

(班长李志高自里屋出来。上)

李:你们吵吵啥呀?

赵:我一出门碰上了他,就劝他倒糊涂,他倒反过来叫我倒,你瞅瞅,这叫我怎么帮助?

李:马兴宝,你要不坦白大伙儿都反对你,这有啥好呢?(赵觉着很得意)可是赵云祺,你也该倒一倒糊涂,你们这次后方参加来的都挺好,就你一个老不出操,总推说有病,这病还是思想病,得自己治!

赵:你扯到哪疙瘩去了,班长,我这会儿是在劝他呀,干啥都有个先来后到才对!

马:班长!……哎,你们先开会去,让我好好想一想!

李:你想想吧,谁不是为你好!走,赵云祺,咱唠唠去,你的思想也没打通呢!

（李与赵同下）

马：（奏一曲过门一遍）（唱一曲）

我也知道，

倒糊涂为的是个人好，

说不出口，

活活得急死马兴宝，

眼看着，

事情瞒不了，

有心不说也是个难，

有心说出也是个难，

哎呀，两头都是难呀，

难呀，难呀嘛难上天哪！

（插白）看同志们那意思，八成是猜透了，不好整，说了还有个宽大，不说别人捅出来就糟了！（唱一曲）

有心彻底倒，

上级的宽大兴许可靠，

就怕班长，

他记在心里不会饶，

将来，报复我可受不了。

马上开会要发言，

再要不讲太没脸，

哎呀，大家不能让呀，

让呀，让我再耍花招哪！

（白）不讲是不行了，讲了上级兴许真宽大，同志们啥样我可不管了，就是班长，你瞅他那副脾气多“杠”！一年三百六十天，在一个盆里吃菜,一个炕上睡觉,难保他不报复我一下!……咋整?……我自己偷偷地改正不行吗?……不行,同志决不能让我打埋伏的……我,我找指导员去!(下)

## 第三场

(当天晚间)

(班长上)

李:(唱一曲)

指导员找我去谈话,

马兴宝向他彻底把糊涂倒,

他想打黑枪他还想逃跑,

破坏了机枪让我没法闹!

马兴宝忘本又动摇,

我对他教育实在少,

工作做得不周到,

我这里领导好好要检讨!

(白)指导员才刚找我去说:马兴宝在他那儿已经彻底坦白了,我那机枪零件是他故意整丢的,完了他想开小差,备不住还想打我黑枪。(同情地)这同志啊,实在是受了反动派的骗了,我头前在"中央军"那边时也听见那边当官的造谣说八路军要活埋俘虏啥的,这咱这些谣言他卖不出去了,他们却又跟马兴宝说:叫八路解放了就是扛爆炸筒,上火线就送死。(生气)上火线送爆炸不是内行还不要呢!"送死"?咱们机枪大炮干屌的?!只有在你们国民党那边才确定送死呢!……嗨!真糊涂!马兴宝受了骗一脑瓜糊涂,整坏了机枪想过去讨好,怎么我也那么糊涂呢?老早不好好捉摸捉摸好生给他谈通,他也就可以早进步了!我这屌脾气实在不对!指导员批评得对,我的领导方式该好好检讨,对阶级弟兄太不耐性!指导员还说,他不敢坦白主要是怕我记恨在心将来报复他,这我绝对不能!我是个班长,组织上教育了我快一年了,同志们都说我直爽坦白,作战勇敢,立了两次大功,上级才叫我当这班长的,这回我不进步就对不起同志们和上级的教育!对,我这就找马兴宝谈谈去!(下)

(马兴宝懊丧地上)

马:(独白似的)……我怎么那么糊涂,我怎么就一下都讲出来了?!班长知道了可咋整呢?!唉!我不该讲,糊涂!糊涂!!

(唱一曲)(快)

马兴宝,

我做事情太毛糙,

不应该,

什么话都往出倒,

班长他要知道可不得了!

木匠带枷我自己找,

他要报复可没法闹!

哎呀,我上哪儿去找呀,

找呀,找呀嘛找大道哪!

(白)这叫我咋办呢?!唉!

(李志高上)

李:马兴宝!

马:嗯……(旁白)糟了!

李:(态度诚恳)你对我有些啥意见,不用顾虑咱唠一唠!

马：（心虚地）没有意见，没有意见，我真没有意见！

李：（拉他一起蹲下）不要紧，有意见大胆说，我这人脾气杠，对你态度不好，可是这回下决心转变，决不能报复你，咱八路军不行赌咒，要不了我向你赌咒，我要报复你，我就是这个！（用右手比王八）

马：（起立想逃走）不，我真没意见，班长你在，我开会去了！

李：没有关系，你等一等，马兴宝！你在指导员那儿谈的我都知道了！

马：（害怕地）我……那是……唉！（一下蹲到地下抱住脑袋瓜）……

李：马兴宝，你那思想不能怪你个人，那是旧社会，反动派害你的！再加上你过来我对你的态度又太不好！马兴宝！（唱）

叫声马兴宝！

我向你检讨，

从你解放下了班，

对你帮助少，

态度更不好！

平时在一道，

谈话就很少，

做错事情我就恼，

方式太不好，

教育不周到！

你也是穷人，

我也是穷人，

怪我过去忘了本，

对你不解释，

光是不信任！

（白）老马，你过来两个来月了，我对你光是怀疑，没有教育；这是我的不对。想想我乍一解放过来，这会儿那三排长那阵给我当班长，样啥都给我解释得亮亮堂堂，要不然我还不是一样想不开？！老马，你也是穷人，我也是穷人，过去我常跟你耍态度，我对不起你，我不负责任！我没有帮助你！我对不起上级对我的教育……

马：（激动地）班长——我对不起你！（唱）

叫声好班长，

我没脸对你讲，

恩将仇报起黑心，

真是丧天良，

对不起你班长！

要是你不讲，

我还不敢讲，

千万请你要原谅，

怪我没心肠，

实在太混账！

李：马兴宝，你不要太难过了！

（赵云祺上）

赵：（莫名其妙）咋的了？哦——马兴宝彻底了？

马：班长！我信了那边国民党营长的鬼话，说扛爆炸筒就是送死，所以光叫解放战士扛，战斗我也见了，送爆炸的尽老同志，也没有什么危险，可是早头我不了解，想跑，就把你的机枪零件丢了一件，又怕你不让我跑想打你黑枪，班长……班长……

李：马兴宝！我已经说过了，这不怪你！这是国民党"中央军"的罪恶！你想，你就是真跑回去还不是再给他当送死兵？老马，说出了就进步了一半，心儿里就痛快了，不应当难过，要爱护身体，准备去报仇！

马：班长，我要求上级处罚我！我的错误太大了！

李：坦白了上级只有欢迎你，只要自己今后好好改正，我看咱们先开个班务会，咱先谈一谈，开个团结会！赵云祺，你去请排长来参加！

赵：（已经思索了半天了）班长，我听你们这么一说，我也要彻底倒一倒，我的糊涂也不少，老磨不开说！（唱）

这回上前方，

我是看一看，

吃苦我就不想干，

装病往后方转，

装病往后方转！

我忘了革命的恩，

忘了翻过身，

瞧不起解放的同志们，

自己也忘了本，

越想越可恨！

（白）我忘了革命给我的好处，忘了参军时候说的那些话，一路上上前就有点儿动摇，别人都高高兴兴的，就我一个人纳闷儿，到了这部分我老装病，怕吃苦，摆资格，卖成分好！班长，我真糊涂，我要求在大会上坦白！

李：好，这才是我们革命战士的坦白精神，我们不怕有错，只怕不改，改了就不糊涂,不改就是老糊涂,走,咱到那边树底下开会去!

马、赵:走!

李:(唱四曲)旧社会拉人下火坑,

李、马、赵:(接唱)共产党救咱做新人,

李:(接唱)倒出糊涂一身轻啦吗,

李、马、赵:(接唱)哎嗨嗨一身轻,

同志们人人都欢迎!

齐:(唱四曲)

倒尽了糊涂大家能信任,能信任!

改正了错过才能有前程,有前程!

打破顾虑去了病啦吗,

哎嗨嗨,去了病!

做一个革命的好军人!

(锣鼓声中全体下)

(全剧完)

**东北书店 1949 年 4 月初版**

# 揭　底

时间：人民解放军攻势战役行动开始时。秋天。

地点：新解放区，某接近前方位置在交通线上的小县城里。

人物：尹素珍——二十一岁。人民解放军某师宣传队的女生分队长。因为在宣传队的女同志里边是比较年长的，同时又是行政干部，所以一方面还不失她天赋的热情活泼，另一方面却又有耐性、仔细、团结同志。

许曼萍——十七岁，大家都管她叫小萍，活泼伶俐，工作情绪很高，总不愿让别人说自己工作落后、不好，肯吃苦，大胆细心，全分队的人都爱护她、喜欢她。然而她的好强的性格又常常使别人很难说服得了。是与尹素珍同一分队的女宣传员，上过报，立过功。

姜华——十九岁。女宣传员。也是个性格开朗的女同志，不过比起别人来好逗乐，十足的乐观主义者。然而工作起来极其认真，比起小萍来更懂事些，能很好地协助分队长的工作。

地主女人——四十多岁，本街恶霸地主的女人，原住本城东街，本县解放后全家通过裙带关系都随反动派到沈阳了。由于她自己是女人，所以留下，心想反正拿她个女人也不能怎么的，留下可以看看到底谁拿了她什么，将来可以报复。心地狠毒，被分地后"自动"移到西街，明面上表现"倒"了，实际留下财宝、反动派的证件准备翻把。

妇女会主任——二十来岁。朴实的城市贫民。

妇女会员——都是街里的居民，姑娘、媳妇、老大娘都有，约七八人。

## 第一场

（开场。远处传来解放军出动的进军歌。由远而近，由近复趋远）

（歌声）

前进，前进！ 向前进！

人民解放军铁的行列向前进，

冲过山海关，

杀进南京城！

保护人民的大翻身！

我们勇敢，坚定，

继续不断向前进！

不达目的誓不停，

不达目的誓不停！

（歌声渐远，许曼萍噘起嘴巴，挺委屈地上，分队长尹素珍在后

面尽捧)

尹素珍:(以下简称尹)(在后台由远而近大声叫喊)小萍,小萍——小萍!

(小萍走到台中犹豫了一下又拧转身走了)

尹:(上)小萍,咋的了?咋回事儿呀?

许曼萍:(以下简称许)(气嘘嘘的)我说男女就是不平等!……

尹:(摸不清来由地)你看你又咋的了呀?……

许:(抢着说)你看人家乒楞乓啷的小背包一挎都出发上前方去了,就咱们女同志落后,那会都落到人家后头!

尹:(恍然大悟)哎——这哪能算落后呢?咱们这工作可也并不轻呀。这是前方后方的转运站,前方下来伤兵,后方上去炮弹,都得经过这儿,咱们定得有人才行呵!

许:(焦急地)那炮弹有兵站送,伤员下来,老乡们都组织好了,要咱们干啥呀?这时候在前方,到火线上照顾伤兵,那才重要呢!咳,真把人给急死了,分队长呵!

(唱一曲)

街里的妇女都动员好,

照顾伤兵人不少,

现在老乡们都翻身,

干起活儿来情绪高,

政府格外还派干部,

亲自组织和领导!

(插白)老乡们情绪都挺高,还有政府干部领导,要咱们干啥呀?!

尹:小萍!

(唱二曲)

老乡们情绪虽然高，

不一定认识都很好，

这里解放才几个月，

工作困难要估计到，

政府虽然派干部，

咱们协同也很重要！

许：那为啥一定要叫咱们女同志留下来呢？

（唱一曲）

宣传队里好几十人，

为啥偏就留咱们，

女同志一样也是人，

吃苦耐劳也都成，

这回不让咱们去，

我看就是不平等！

（插白）我看就是不平等！

尹：小萍，你又想不通了！

（唱二曲）

前后方工作都重要，

咱不干你叫谁来干？

革命工作要分工，

女同志在后方很恰当，

还是安心好好干，

咱们一起多讨论！

（白）留下咱们就留下咱们呗，留谁还不一样，反正这儿的工作总得有人照顾才行！

许:有啥照顾呀,只要掏心工作谁也能行,这街上的伤兵工作都是妇女会担任!(突然姜华的声音大声地在喊:"分队长!分队长!——"小萍注意了一下又继续跟尹说话)我就不信,姑娘媳妇还侍候不了个伤兵?!

尹:光侍候就行了?!……

(姜华自后边喊着上)

姜华:(以下简称姜)分队长!(从尹与许中间把她两人分开,拉住尹)分队长,哎,我给你说——

尹:(还注意力集中地对许)姜华也来了,咱们一块儿来谈吧!

姜:啥呀?(故意俏皮小萍)嘿,小萍你这个鬼家伙,一声不吱把分队长藏到这儿了,人家这么喊叫也不答理我一声!

尹:(向姜解释)我们在谈话,没听见,啥事儿呀?

姜:你们在谈啥呢?小萍!(翘起拇指)又是立功计划,对不对?

许:(故意把嘴唇一撇)谁像你呢!

尹:姜华,你快说吧,找我啥事儿?

姜:(立刻严肃地)哎!告诉你们,谢科长说:今儿晚上部队备不住打响,明儿个就可能下来伤兵,叫咱们赶紧在附近找些房子。(逗小萍)哎,小萍,可别忘了呵,咱两个比赛呵!

许:谁还比得过你呢?!

姜:(故意气她)我知道你到了节骨眼儿上就不敢比啦,小丫头还能跟老大姐比了?!

许:(给姜一激,天真地不服气地)咦,咦!看你,"下巴颏儿上打秋千,嘴上劲儿多大呀!"比就比呗。找几个房子有啥难的,现在老乡们都分了房子,翻了身,咱去借,人家还会不乐意?

尹:你看,你又大话说到头前啦,人家真要不借咋整?

许:(天真地自信地)人家为啥不借呀? 同志们负伤还不都是为了老百姓? 人家为人民服务流血牺牲都不怕,借个房子住他咋还不乐意?

姜:哎呀,人家都像咱小萍就都登上“火! 线! 报”(一个字一个字用手指着重地指着空中念)啦!

许:(假生气地上去打姜,姜就逃走,绕着尹跑)姜华,你这个油嘴总有一天要叫耗子啃了的!(撵上姜就善意地打姜)

姜:(怪叫)啊! ——

尹:(调和地)真是,像小萍这样登上《火线报》的人可并不多呢!

许:(故意地)分队长你也说! 我们不来了!

尹:来来来! 既然要比赛就提出条件来嘛!

姜:对!(故意)小丫头,听老大姐先提呵!

(唱三曲)

不能够寡把房子找,

要向房东宣传好;

爱护咱们伤病员,

不怕麻烦不怕闹,

就像对待家里人,

真心诚意多关照!

许:那算什么,我再给你补充几点:

(唱一曲)

房子要在近处找,

房东家里不吵闹,

屋里天天要打扫,

清洁卫生空气好,

咱们照顾也方便，

保证伤员不烦闹！

（插白）分队长，我们一定要给伤员找好房子住！

尹：对！咱们就赶快动起手来！

（唱一曲）

听说伤员要来到，

咱们赶紧去把房子找！

齐：（接唱）

要向房东宣传好，

房子干净也重要，

伤员就像回到家，

心里痛快病就好！

姜：（紧接）分队长，你就给咱俩当评判！

许：（拉姜欲走）对，咱这就去！

尹：我也要去，咱一块儿走！

姜：不，分队长，我倒忘了，谢科长还找你谈布置明天的工作呢！

许：（性急地）那咱俩走，你走哪头？

姜：随便，我就走东头！

许：对，我就走西头！

（刚一说完两人撒腿一溜烟就跑了）

尹：（本来还准备给她们说话，一下小萍走了，拧转脸来姜华也走了，于是干脆就转过身去，吆喝地）哎——你们早点儿回来啊！别等天黑了！

（也蹦跳着跑下）

（第一场完）

## 第二场

（舞台正面一堵墙，墙上贴着伪满时期满铁印刷的大张宣传画《爱路图》，伪满时期的年画《小老妈回家》与蒋占期遗留下来的打着青天白日旗的《百子图》《升官发财》，都被一层厚厚的尘埃所覆盖，看上去很脏。墙下就是一铺土炕，炕头靠右角上拐出一疙瘩来就是个锅台，灶火门子开在朝台右，锅台上搁着瓢盆碗盏，锅台炕沿儿之间有一堵尺把高的小灶壁，上面搁着一案板饺子，因为有布盖着，所以观众现在看不见。地上放着几张凳子）

（开场，奏第四曲。地主女人慌慌张张地提着个讨饭棍子与讨饭用的洋铁罐从外边跑回，到了门口四下瞭了一眼就跨进门。门在左前方，演员用动作交代。把门推上——门没有拴——用手一阵阵抚摸胸口，平平气，又开开门来走出门外，鬼祟地窥探一阵，恶狠地哼了一声，又回屋，把门闩上）

地主女人：（以下简称地）（恶狠地把棍子、罐子一摔）哼！真没有想过！

（唱四曲）

如今晚，世道颠倒颠！

穷棒子翻身掌大权；

到处吆喝势头大，

分房劈地倒浮产！

分房劈地倒浮产，

穷棒子说话啥都算，

硬把咱豪绅地主的家业都整完，

我越思越想越恼恨，

气得我浑身打战战！

（气恼地插白）哼！气死我了！

自打那，八路来这边，

就知道天头要大变，

随身带上财和宝，

乔装改扮把家搬，

城东头搬到城西头！

房子土地我全不管，

只要能保住值钱的财宝就不怕，

等将来“中央”往回打，

我还是照旧把福享！

（白）（切齿地）我，唉——提到嘴边我就生气！这些臭穷棒子真是要翻天了，今儿斗明儿分的，简直都没个完！……“地主坑人”，谁叫你爹没生下你一副坑人的命？！哼！真气人！人家吃辛吃苦坑下来，你们来承现成的？！咄，靠不住！老实告诉你，人生下地谁也不是傻瓜！幸亏你老娘见识远；“中央”乍一退，家里老爷子、姑娘小子都随着李副官上了奉天，要不呀，刀把攥在你们手里，由你们摆弄啦！唉，我老娘们儿一个嘛倒不怕，可是东街里那些冤鬼都认识我们老爷子；振德堂王家名声大，没法子，我算是豁上了！唉！生把咱们那幢一色青砖砌的黑漆门楼大房院，叫穷棒子占了！盖的时候我们老爷子花了多少心机？！这些刀砍的穷鳖犊子！！！……城跟前的二百来垧地就没给留下一垧！哼，老爷子说得好，留得青山在，不怕没柴烧；地劈了，房占了，老娘我自家也没法子，找了个远处，搬到街西头，可是值钱的首饰衣裳你就没法整！叫我埋了些，轻巧些的我就带上，明面一瞅，咱穷了，没法过了，要讨口吃了！（学讨口的）哎呀——老爷太太可怜可怜，咱没法活了呀！……哼！观音菩萨不修不成佛，骑毛驴看唱本你走着瞧吧！……（换口气）唉，就是眼目前儿不好对付，人家都说："当地主的都是九头鸟，剁了一头还有八个头。"我自家装穷，街里农工会、妇女会看样子还信，可就是越闹越邪乎怕整到我头上，这可咋整？

（唱四曲）

这几天，越闹越凶险，

门角里拉屎怕亮天，

王老太太我怕揭底，

穷棒子偏就没个完！

穷棒子偏就没个完！

到处嚷着查得严，

硬不让豪绅地主逃过这一关，

要不是好好操份心，

备不住找到我门前！

（看见灶壁上搁的一案板饺子）哎呀——啧啧啧，这要叫穷棒子瞅见了我天天吃包馅儿的还了得？赶紧煮了它吧，（动手揭开锅）好，水都早开了！（下饺子下了一半）呀，这是包的两顿的，一顿咋能吃得了！……哎，不能留，备不住明儿就有人来查，对，撑也把它撑下去了！（全下了锅，又添一把火，又假装泼水，出门窥探了一番回来推上门）这熊门，穷棒子住家连个门叉也没有！（惊醒似的）哎呀，吵吵着要查，可我那包东西往哪儿搁呢?！（警惕地走到炕梢——左边——地上，抱起柴火，又揭起木板，拿出一个白包袱）这往哪儿搁呢？（着急地想）搁水缸底下？……不行！人家一翻就翻着了，还没柴火底下好呢！……搁后院茅楼儿跟前地下吧！（欲出门）不行，碰着有人上茅楼儿就坏了！再说搁在外头总是不放心……这可咋整？（急得屋里直打转，不自觉地往肚子上一碰）唉，我要能把你一口吞下肚就好了！（突然发现什么似的）呀，看我笨的，好了，好了！我就把它捆在肚子上！（脱下外衣，把包袱狠命往肚子上捆，捆好又套外衣。这时许曼萍兴高采烈地上）

许：（唱一曲）

来到街里把房子找，

家家老乡都挺好，

腾出的地方挺宽敞，

一趟五间顺大道。

这会儿天气还不晚，

再找几家能找到！

（到地主女人家门口打门）

（白）老乡，老乡！开开门儿！

地：（闻声慌张地背着身子，倒退步子走着想去堵住门）谁呀？等一等！（延宕时间地）哦，等一等，就来了，别忙呵，哎——

许：（自语。顺手把门推开）咋的了，这老乡？（进门）老大娘！你干啥呢？

地：（窘急，仍背向许）噢，噢，不干啥，（掩饰地，一边赶紧在扣纽扣）唉，再下上几回雨，天就该冷得呼啦！

许：（奇怪地）老大娘，你咋的了？外边拉天气好好的，哪在下雨呀？

地：不，我是说……（已扣完纽扣，这才完全变得装腔作势地应酬起来）……哎呀呀，今儿刮啥风官家人也踩进咱们门口来了，你请坐呀，（用袖子擦板凳，故意殷勤）你看我，真老糊涂了，来客也晓不得快张罗张罗，来，坐，坐！

许：不，老大娘！

（唱一曲）

大娘大娘别客气，

有件事情麻烦你；

（音乐停，插白）大娘，有件事要麻烦你呢！

地：（插白，虚伪地）哎，八路军一来啥事儿都太平啦，还麻烦个啥呀？（含义深长，实质上是先堵住许的口）官家下了命令，啥也不准打搅老百姓，这就挺好！

许：（白）你听呀老大娘！

（接唱）

部队前方去杀敌，

挂花下来的要休息。

地：（插白，虚伪地）唉呀，活生生的人把身子骨打坏图希个啥呀？

许：（白）为了保护穷人翻身呗，老大娘！

（接唱）

要在邻近找房子，

准备伤员来这里！

（白）大娘，我是来向你借房子的！

地：房子?!（世故地，拐弯抹角地推辞）哎，不用商量，你们官家下个命令，谁还敢不让住？住到谁家就谁家呗！（又转口气）哎，要说嘛，房子可还是街那边拉的好！哎，反正你乐咋的就咋的呗！（旁白）哼，房子还能借给你了？借你不就啥都瞒哄不住了！（向许）哎，你快请坐呀！

许：（旁白）这老大娘咋的和谁家也不一样，许对我们不了解，对，我给她宣传宣传我们的群众纪律。

（向地）我说大娘呵！

（唱一曲）

我们是人民解放军，

人人都懂爱百姓，

借你房子住伤兵，

屋里的东西请放心。

绝对注意不乱动，

要有损坏（就）按价赔！

（白）咱们啥都不动你的，老大娘，你放心好了！

地：放心——（旁白）再放心啥都叫你们整出来啦！（向许）哎呀，真是逗乐着呢！我说这位同志呀！

（唱四曲）

这同志，真会调理人，

咱这穷家哪能住你们，

房子太窄炕不宽，

家里边只有我老娘们儿，

家里边就我一个老娘们儿，

（插白）要不是寡我一个老娘们儿还有点儿病呀，真是，想请也请你们不来呢！真是不凑巧！

要不是我有气鼓病，

真盼着咱们队伍上弟兄住咱家！

偏碰上这回不凑巧，

实在是得罪同志们！

（白）真是得罪你们，唉，眼下这世道就是天不从人愿，真没法子！

许：（旁白）这大娘才各别呢，怎么宣传也不行，咋整？我还是给她宣传！

地：（看锅，旁白）哎呀，饺子都开锅啦！

许：（转回脸见地主女人在瞅锅）大娘你在煮啥呀？

地：（挡住锅）哦，早晨剩的些糊糊！（赶快转话题）我说这么的好了；呵！你明儿来，呵！明儿来！（旁白）这毛丫头咋这么膈殃人？还不走！

许：不，大娘……（旁白）不行，她实在不了解我的意思，我一定坚持慢慢耐性宣传！（向地）大娘，我明儿来也行，不过你肚子里有病，我看不要紧，大娘！涨得邪乎不？（顺手去摸一摸大娘肚子）

地：（触了电似的突然）哎呀——碰不得呀！（旁白）这么个死心眼儿！（向许）同志！你明儿来吧！别耽误你功夫！

许：（真诚的）不，不要紧。咱们有大夫，我引你去检查一下！走，大娘，不远遐儿！

地：（旁白）咋碰上了要命鬼了，缠住啦！（向许）大娘走不动，同志，你回吧！

许：走不动我扶着你，来，大娘。

地：（逃开）不，不不，你请回吧，同志！

许：（无意识的）不怕的，叫大夫一检查把肚里东西一取出来就好啦！

地：（大吃一惊）你说啥？同志，你说啥？

许：取出来就好了！

地：（误会了，故意装病）哎呀，你说呀，我又犯病了呀，哎呀呀！快呀，你明儿来吧，让我清静会儿呀，哎呀！……

许：大娘，我看看，我看看！

地：哎，别别，哎呀，痛得不能碰呀！

许：我看怎么治，大娘，我还懂得治病呢！

地：哎呀，不用不用，你请回吧，哎呀……

许：不行，大娘我一定给你找大夫去！

地：哎，可别找去，可别找……（许刚站住）好啦，好啦，哎呀呀！……

许：有病不治咋成？我定得找去！

地：哎呀，好啦，好啦，不咋的啦！

许：（怀疑地）好啦？

地：嗯，好啦，你明儿个来吧！

许：咋这么怪呢？

地：啊？（又装腔作势地）呵，嗯……（轻微地）哎呀，哎呀……好啦……

许：（旁白）我看就不像真有病！存心不乐意借房子！（向地）对，那我明儿个来！（走出门去，地主女人鬼头鬼脑地跟着，许拧回脸来刚瞅见，地主女人就马上又哎呀哎呀哼哼着转身缩回去了）这老大娘真不对头，我回去找分队长商量去！（下）

地：（故意哼哼着还是探出去看）哎呀，哎呀……呃，好啦……哎呀，哎呀……（自语）这回真走了吧?!（不见人了）咄！（回转身见锅已开透，恼恨地）哎呀——饺子都粘了锅底啦！唉，真白瞎了。（抽掉柴火。骂）妈拉个巴子，碰了那个丧门旋儿的，叫你走到我家里来呀？这些挨枪子儿的！（闻到锅里发散的煳味）哎呀，倒煮成一个坨儿了！把面都糟践了！（掏到碗里就吃，烫了嘴）他妈的倒霉倒八辈了，烫烫烫！（一边吹凉饺子，一边毫不放松地拼命吃，吃得很快，一碗又一碗，又吹又吃，吃得涨不下去，就慢慢地吃，实在饱了）

地：我索性倒了它，省得叫人瞅见，眼目前儿人家穷人打腰，有共产党给他们顶腰板，咱不给咋的，早先咱就是倒几锅饺子算啥？他能咋的？（到门口向外瞅一下正欲端饺子出去倒，突然传来远处群众的喊声："清查地主！""穷棒子团结起来！""挖出底产买牲口！""彻底打垮封建！"）

地：（一听就慌了，赶紧把饺子倒在碗里，然后走到门口把背往门上一靠就硬往下吃）好，豁上了，我都吃了它！（远处又有口号声，地主女人大口拼命吃，一下噎住了，只好困难地用筷子在碗底上撞几下。又吃，噎得直打嗝）呃，呃，呃！……

（小萍又自外边吼着上）

许：你看我这人多马虎，忘了问一下这老大娘姓啥，我问问去！（一推门把地主女人推得差一点儿摔了。进门）老大娘！

地：（藏过碗，赶忙坐到右边方凳上）你，你明儿……呃，呃……

许：对，我明儿来，老大娘我忘了问你，你贵姓呀？

地：我……呃……我姓王……呃，呃……（自语）问这些干啥呀？

许：老大娘咋的了？（见摆开的吃饺子样子和饺子）

地：（自语）糟了……

许：噢——悄悄地吃饺子吃病啦，我说咋不肯借房子呢?!（拧转身就走）

地：（着急地撵上去）（打嗝）呃，呃！……啥，啥！你倒别走呀！吃了饭再走……呃，呃！啥……（许已走。回屋）糟糕！不赶趟了，快把剩下的饺子倒了！（把剩下的饺子往灶火门子里倒）呃，呃！这臭丫头蛋子见我吃饺子，要一说出去不晓得要惹下多大的祸呢，唉，大天白日碰到了丧门神！我得赶紧哄哄她去，对，我赶

去！（一转身就是一个饱嗝）呃！（一边捶胸一边下）

（第二场完）

## 第三场

（台正中一小长方桌，其他可不用什么别的，这是女生分队住屋的外间，门也开在左方，用动作交代）（姜华走得满头大汗地上，尹素珍一手提一水壶，一手端碗自里屋上——里屋门开在右后角）

姜：（喊着上）分队长，分队长！

尹：你回来了？我也刚回来，渴得要命。喝水吧，房子找了多少？

姜：找了六间，都在跟前。那几个房东可好了，都是刚翻身的老百姓。

尹：我也找了六间，就顺着这大街一拉溜，那些房东也挺好，烧水干啥都没问题！

姜：小萍呢，咋还不回来？

尹：是啊，（到门口看了看）天快黑了，她咋还不回来，小萍这家伙一定找得多，她就最怕落后！

（正说着，小萍回来了）

（尹与姜同时过去）

许：哎，你们都回来了？

姜、尹：我们正叨咕你呢！小萍，你怎么才回来，找了多少房子？

许：（突然）分队长，我看那家伙准不是好人！

尹：咋回事儿，是不是碰上坏人了？房子找着没有？

许：房子找上了，顺西街一趟五间，就是最后尾儿那老大娘“嘎”，房子不借，还偷着吃饺子！（好奇地）哎，你说她为啥偷着吃饺子呢？

尹:大概许是不敢公开吃呗!

许:那家伙长得皮肤雪白,说话呱呱地,我乍一进去她还在偷偷摸摸藏啥东西似的,我看准不是个好人。

尹:早先都不认识她?那大概一定是个坏蛋吧,要那样咱可不能放过了她!

姜:咱们去盘问盘问她去!

许:我就第一个不能放过她,分队长,咱把她抓回来去!

尹:等一等,等我戴上帽子扎上皮带!

(尹进里屋去扎皮带去)

许、姜:快一点儿呵!

(地主女人恰在这时候涨得寸步难行地打着嗝上)

地:呃!噢,你们都在呢!呃,你们先生呢?都开走了?

姜:(不认识,恳切地趋上前去)老大娘,啥先生不先生的,咱部队上都行叫教员!

(许见地主女人上就生气地去找分队长去了)

地:嗨呀,倒是老了,这些文明词儿都转不过转儿来了,啥先生啦,当家啦,男人啦,八路军又行叫教员啦,我看都一样,(尹与许上)(向尹讨好地)这同志你说是不是?那些男人真都是没良心的,把这样好的太太撇下了自个儿就开走了!

许:(向尹)就是她!(向地)不许你胡说,你来干啥?

地:呀,你看你腿多长,紧着慢着叫你吃了饭走,你一溜烟就走了,咋撵也撵不上。眼目前儿咱军民一体,勤劳报国嘛,吃顿饭怕啥,高粱棒子,没好的。

许:谁吃你的?

尹:(向许)你先别急!

地：是呀，不要好心当了驴肝肺呀！我大娘倒是比你大出一二十年！是不是？

（唱四曲）

大娘我原是实心人，

说那话全是为你们，

老虎凭山官凭印，

大姑娘出门靠男人，

大姑娘出门就凭男人！

许：（插白）你放屁！

姜：别瞎了你的狗眼！真不是好人！

尹：我问你，你是干什么的？谁叫你胡说？

地：（接唱）

不听我说话我不说，

用不着横眉竖眼地欺负老年人！

这真是狗咬吕洞宾，

不识我大娘的好人心！

（白）真是狗咬吕洞宾，不识好人心，不听拉倒，大娘我这就走，你们咋一点儿不爱护老百姓！

尹：（挡住）不准走，谁让你胡说八道？

姜：我看就不是个好人！

许：绝对不是个好人！

尹、许、姜：（唱二曲）

谁让你来说挑拨话？

你的目的到底是为的啥？

许：（接唱）

刚才，你在家藏些什么？

尹：（接唱）

赶快坦白，快说话！

尹、许、姜：（接唱）

要是讲了放你走，

要不坦白不让你回家！

尹、许、姜：快说！你是干什么的？你家有些什么人？

地：我，嗨，这是干啥呀？用不着上这么大火，大娘真是一点儿别的意思也没有，说得不中听了就算我放屁！（欲下被挡住）

尹：快讲！

许：一定要讲，快讲，你明面上是穷人，哪来的钱吃那么好？还到咱这里胡说八道！

尹：快坦白，你到底是干啥的？

地：老百姓呗！

许：我看你就不是个好老百姓！

姜：我找妇女主任去，准不是好人！

（姜跑着下）

地：（一见姜下就慌了，马上又装病）哎——哎呀，我又犯病了呀，我肚子痛呀，哎呀……你们行行好放我回家呀！

尹：哼，你别装了，不准走！

许：刚才也是装病，你瞅她皮肤雪白哪一点像穷人？……你是不是地主？

地：是地主，嗨呀，房子地早都叫你们分啦，我眼目前儿脑瓜筋也开啦，啥也没了，咋还不是穷人？

尹：分了你浮物没有？

地：咱就是有点儿败家的地皮，哪还有浮物呀！

许：对啦，她准定是把浮物藏啦，要不为啥她偷着吃得这么又白又胖？谢科长不是说要斗封建就要彻底，我看这人大概许就是没彻底，所以她才作怪呢！

地：（一听许的话打中要害）哎呀，折腾死人啦！（一屁股坐地下）哎呀……

（姜华与妇女主任及妇女会员们上）

姜：（在屋外）就在这疙瘩，妇女主任！

妇女主任：（以下简称妇）我们早先都叫她给蒙住了呢！这家伙可会要死狗啦！

（地主女人一听见妇女主任声音就缩到桌子底下，尹、许二人就去拉她，地死也不出来）

妇：（进门）快出来，有理你就说！

众：快出来，别装相了！

许：妇女主任，才刚我到她家借房子，见她在肚子上不知鼓捣些啥玩意儿，后来她说是气鼓病，不让我碰！

众：有假！

假的！

我们不信！

咱们检查检查！

妇：对，咱们检查检查！

（地主女人放声大哭，在地上打滚）

众：你别装，检查！检查！

地：欺负人啦！

许：你别装蒜！

妇:不准胡说!

（众人在地主女人身上搜出一个白包袱,里面除了金银首饰、衣料外还有一本账,国民党县党部题的字,蓝绸底子白字:“本党信徒”）

众:哼,还藏着这么多财宝!

这账本上都是记的穷棒子的名字!

哎!（指题字）拿着这反动派的题字还准备翻把呢!准备翻把呢!

妇:你们看,这家伙可真不简单呢!原来就是街里的恶霸地主,反动派跑了她一家人都穿了兔子鞋蹽了,留下她一个,咱们差点儿叫她蒙住了呢!她蹲在这圪不跑是为了翻把起来记住谁谁的名字,咱这一下可得好好追根溯源地叫她把坏水都吐出来!

众:看那样儿就不是好玩意儿!

咱彻底斗争她!

扣起来!

地:（磕头）你们可要修修德呀,说话寻思着说!

众:你胡说!

许:今儿得把她的底儿都揭出来!

姜:揭出来,一点儿都不能留!

妇:同志们,这家伙要不是你们警惕性高把她揭发出来,我们还得叫她蒙一个时候呢!

地:娘呵,爹呵!这可叫我咋活呀,天哪!

许:不准哭!

众:不准哭!

地:呵……（突然变脸）不哭就不哭,你们这些臭穷棒子!

众:(气坏了)呵?你服不服?你认不认?

妇:(唱五曲)你,别以为你装得像!

众:(接唱)别以为你装得像!

妇:(接唱)你,别以为你装得好!

众:(接唱)别以为你装得好!

全体:(接唱)

坏心地主你往哪里跑,

你往哪里逃,

我们,我们天罗地网到处摆!

穷哥姐妹心一条,

把地主坏根都拔掉,

堵住漏洞,

穷人的天下才牢靠,

挖掉坏根,

穷人的天下才牢靠!

妇:走,走!(向众)把她押到区政府去,咱妇女会开会好好斗争她!

众:走,好好斗争她!(众推地主女人下)

妇:(招呼许等)同志,你们也一块儿去吧!

尹:对,你们先走,我们告诉一下上级去!

妇:好,那就快来呀!

众:快来啊!(下)

尹:小萍,后方的工作也重要吧?这样的人家住上伤兵非闹乱子不结!

许:这下我可明白了,后方的工作重要!

姜:小萍,这回你可又得上《火线报》啦!

许:(高兴的,故意)去你的,走,咱找谢科长汇报工作去!

尹:走吧!

姜:走!

（奏第一曲中全体下）

**选自《亲人》,光华书店 1948 年 9 月初版**

# 亲　人

时间:新年。

人物:人民解放军一人。衣服簇新,斜披红绸飘带。

翻身农民一人。亦衣服簇新,斜披红绸飘带。

开场:热烈的锣鼓声中,两人欣快而忙碌地从场子两边快步上,似乎都在忙于赶路,绕场一两圈以后,在场中央两人碰了个照面。

军:(同时喜出望外)呵,老乡!恭喜恭喜!翻身大喜!翻身大喜!

民:(同时喜出望外)呵,同志!恭喜恭喜!庆贺胜利!庆贺胜利!

(二人同时敬礼,农民先打躬,马上又纠正过来也行举手礼)

军:老乡,新年过得好哇!

民:同志,新年过得好哇!

军、民:(同时)好呵,好呵!(笑)哈哈哈哈!

(唱一曲)

新年好来新年好呀,

今年更比往年妙!

解放军全国大反攻!

嘿,嘿,嘿,嘿!

咱们东北更热闹,

反动派都败进了葫芦瓢!

只要葫芦口一卡死,

活捉王八它别想逃!

反攻胜利要来到呀,

军民合作最重要;

队伍只管打胜仗,

担架勤务百姓搞!

嘿,嘿,嘿,嘿!

军:(接唱)

老乡们出力真不小,

支援前线有功劳!

民:(接唱)

打仗就是为穷人,

翻身穷人劲儿高!

民:(白)同志,眼下这打仗,就是咱们各个儿的事情;你想想,自打盘古开天,咱们穷人就一直爬在人家脚丫子底下,这下毛主席下了号令,叫咱们穷人见见太阳,敞开儿翻身,可真是整好啦!普天之下翻了个皆大欢喜。他反动派要作怪!这是火烧到咱各个儿家门上来啦,咱干啥不出力?!

军:是呀,老乡们一翻身可真是了不得,思想觉悟,脑瓜筋开通,干啥都带劲儿,下地、上前线都不赖。前儿个不是从前线还回来了个"民夫模范"张海五,我正要代表连部向他拜年去呢!

民：别着忙，别着忙！我也是去他家呢，咱俩一股道上走。同志，我倒考问考问你，你可知道张海五做下了啥光彩事儿，才得下那面大红锦旗？

军：这你可难不倒我，报上早报出来了，我还不知道？！

民：你都知道？哎！可真不大离儿呀，张海五真够得上咱穷哥儿们的模范！走，咱顺道走着唠着。这家伙真是好样儿的，真是咱穷人堆里刨出来的！

军：是呵！翻身人民支援解放军，这真是"天下穷人是一家"呀！

军、民：（同唱）

（唱二曲）

提起那张海五真不坏呀，

翻身堆里的好代表，

脑瓜筋开化明道理，

热心参战把江山保！

那一夜攻城打碉堡，

满天黝黑找不见道，

同志们个个赛猛虎，

炸药一响就端刺刀！

军：（接唱）部队冲锋先不表呀，

民：担架队随着也来到，

军：黄同志手巾一摆打记号，

民：大家伙儿一个一个都卧倒！

军、民：（唱四曲）

子溜子打得嘘嘘叫，

地上翻起两丈高，

同志们冲锋跑得远，
担架队急得直发毛！
战火越打它越热闹，
刺刀攮来炸弹撩，
杀声一片赛潮水，
三三制战术打包抄！
嘿，嘿，嘿，嘿！
担架队心里真难熬，
翻身哥儿们个个是英豪，
跳起就要往前撵，
黄同志又下令叫卧倒！

军：（插白）黄同志说："等一等，现在上不去，子溜子太密！"

民：（接唱）

众人只好再等着呀，
张海五可就更心焦；
耐着性子他暗暗想，
到底儿这该怎么好？
嘿，嘿，嘿，嘿！

军：（唱三曲）

一想同志们太辛劳，
十冬腊月战场上跑，
流血牺牲为咱穷人，
咱们哪能误了伤号？！

民：（接唱）

二想咱翻身有今朝，

多亏同志们撑了腰，

杀得敌人没有命，

穷人江山坐牢靠！

军：（唱三曲）

三想自己提过口号，

上阵救护要立功劳，

越思越想越着急，

决心各个儿往前跑！

民：（接唱）

蛤蟆贴地办法巧，

爬着滚着往前找，

手指冻得邦邦硬，

累得嘴里气儿直冒！

翻过一个小土包，

一脚踩到个皮军帽；

（插白自语）这皮军帽上没有钉帽花儿，准是咱们人丢的，可是人呢？

（接唱）

往前再走八步远，

冷风里躺着一个彩号！

（插白）张海五一摸那靰鞡鞋，知道是咱这边的同志，心里一酸就掉下了泪。他赶紧给伤号带上帽子，轻轻扶住他肩膀问他："同志！你啥地场伤着了？咱自家人，翻了身的穷人，咱一家子亲人来了！"

军：（白）谁呀？……（突然）同志们呢？冲进去了没有？来，你扶我一把！……

民：(白)同志！队伍冲上去了，你别喊叫，这跟前还在打，你瞅瞅，红头子溜子飞得哧儿哧儿的！

军：(白)不要紧，怕啥？

民：(白)你是哪儿伤着了？

军：(白)腰板上中了炮片儿，直不起来！

民：(唱二曲)

听说这同志伤了腰呀，

贴地爬下就往他靠；

同志你快快爬上我身，

等我背你往回倒！

军：(唱二曲)

伤号感激难言表，

翻身农民实在好，

流血牺牲也值得，

前方后方心一条！

民：(唱四曲)

头顶上机枪哗哗叫呀，(配效果)

前前后后还在打炮，(配效果)

张海五心急要赶路，

胳膊肘子也当脚！

不管你雪地冷难熬，

不管你雪厚捂住道，

不管你石子"蹭"得痛，

不管累得要晕倒！

军：（唱四曲）

一口气爬出半里地，

安置伤号上爬犁，

又怕伤号不抗冻，

脱下自己的新棉衣！

轻轻盖住伤员身体，

安慰的话儿真亲切；

又怕伤员受折腾，

探着道儿拉爬犁！

民：（唱四曲）

慢慢拉到包扎站，

先让伤号进屋暖，

大夫来上药扎绷带，

他细心照顾在一边！

扎裹停当又给喂饭，

一勺一勺不怕烦。

抽空把爬犁絮平伏，

连夜又往后方转！

嘿，嘿，嘿，嘿！

合：（唱四曲）

走过一站又一站，

一直走到头明天，

刮起北风赛尖刀，

冷得直往心窝钻！

自个儿受冻能承担，

伤号冷坏可咋办？
决心各个儿受点儿苦，
挡住爬犁把风拦！
嘿，嘿，嘿，嘿！

民：（唱四曲）
这样挡住还不算，
又把手套脱下来，
套住伤号一双脚，
自己受冻伤号暖！
感动的事儿数不完，
伤号肚痛要拉大便！

（插白）这伤号同志腰板受伤，支不起，撑不住，偏不巧又在荒野地里，眼目前儿就没有个屎盆尿罐，哪里能寻见个接屎的家具？张海五一寻思，嗨！没说的，这同志打仗挂花为了咱穷哥儿们，真是咱们的亲人！这么着他就不顾一切——

（接唱）
双手权当屎盆使，
捧屎他也甘心干！
嘿，嘿，嘿，嘿！

军：（唱四曲）
日头东升大亮天呀，
反动派的飞机呜呜转，
没法隐蔽机枪打，
舍命自己去把身子盖！
旁边来了个大坏蛋，

大天白日造谣言；

（插白）那兔崽子说：“大哥，你快跑吧，不瞅瞅那死样儿，一棒子揍死他拉倒啦！头顶心飞机呜呀呜的，“中央军”都撵上来了，快跑吧！”

（接唱）

张海五一听直冒火，

一把抓住就往回牵！

嘿，嘿，嘿，嘿！

合：（唱四曲）

行行走走又一天，

来到后方兵站医院，

胜利到达目的地，

伤号感激实难言！

军：（接唱）

两行热泪淌在脸，

掏出伤费叫买纸烟，

老乡千万请收下，

区区难表我心一片！

（插白）老乡，除了咱翻身农民跟咱人民解放军这样比亲人还好的照顾，哪儿还能找得到呀，你快收下。

民：同志，你可说得对，咱都是穷家亲人，好好照顾这是份内的事，要不这还是亲人了？！

民：（唱一曲）咱们翻身老百姓呀，

军：咱们人民解放军，

合：血肉相连难离分，

穷家亲人真一心！

嘿，嘿，嘿，嘿！

民：翻身支援解放军，

作战保护大翻身，

合：封建残余都打倒！

天下穷人大翻身！

军：（白）我说得没错吧？

民：（白）没错，没错，句句都对，咱马上到张海五家，拜完年你就和他一起到我家吃年饭去！

军：哎，你倒说到我头里了，是我去拜年请他吃饭，还要请你和街坊邻居一块儿上我们连部吃年饭呢！

民：（拉军）不行，不行！我说在先，到我家吃，我家吃，今年翻身了，请得起啦！

军：（拉民）不行，不行！到咱连部去，咱们已经做好了！

民：（拉军）不行，不行！说啥也得上我家去！

军：哎，咱们先别着急，先找张海五拜了年，再一块儿上咱连部吃饭吧！

民：再一块儿上咱家吃饭吧！

军：先上张海五家吧，走！

民：说妥了噢？！走！

军：走！回头再说！走！

合：（唱一曲）

咱们翻身老百姓，

咱们人民解放军，

血肉相连难离分，

穷家亲人真一心！

嘿，嘿，嘿，嘿！

翻身支援解放军，

作战保护大翻身；

封建势力都打倒，

天下穷人大翻身！

（热烈的锣鼓声中二人舞下场）

**选自《亲人》，光华书店 1948 年 9 月初版**

# 生　路

时间：东北人民解放军一下江南，第一个冬季战役开始时，气候酷寒的严冬。

地点：某接敌区的屯子，靠近火车道，现在这里刚驱走敌人不久。

人物：张经祥——五十多岁，榜青户，全身仅以麻袋片挡住，由于冬日的严寒，就不断捡些毛柴生火取暖，因之手脸熏得乌黑，头上留发辫一支，自头顶搭到脖颈。

老大娘——将近五十，其妻，一身同样破旧不堪，补绽叠补绽。和丈夫合披一块麻袋片，下身破棉裤的棉絮一块块地都露出来了。

小珍——十四岁。其女。穿一破旧对襟男人袄子。是一个懂事的女孩子。

余德明——二十四岁，山东人，东北人民解放军某部的排长。当过战士、班长。抗日战争时就参了军。农民出身，懂得农民的苦处。

秦海山——二十六岁。余排长排里的班长。

沈克华——十六岁。翻身农民出身的战士。直爽，热情，然而有点儿冒失。

李金锁——二十多岁。战士。翻身农民。

朱自强——二十多岁。战士。翻身农民。

王福生——二十三岁。战士。

石柱子——二十三岁，经祥之子，官名张得贵，为国民党征去的壮丁。自“中央军”逃回来，上身短及腰际的美式棉衣，大盘军帽。

## 开　场

刚飘过雪。地上薄薄的蒙上一层白色，天寒地冻，西北风刮得发出尖厉的叫啸。

这是耪青户张经祥家，像北满一般的农家屋，分成里外两间，里屋一铺炕，是睡觉歇息的地场。展现在我们眼前的是外间屋。台正面正是隔断里外间的墙，靠右手(观众右手)开着去里间的门，一个破门框，挂着半截拼凑起来然而已经破烂不堪的“门帘”。从门再往左一尺来处，贴墙一个灶台，灶火门子就朝右边开，灶台向上二尺来高的墙上贴着破旧的灶神爷、对子和横额。横额是“东宫司命”，对子上联是“上天言好事”，下联是“下界保平安”，向下一块沾满灰尘的搁板，上置香炉。地上拉拉杂杂地堆着秫秸、高粱秆等引火物，门右一口缺了一块口的破水缸。紧挨水缸擦着一只破木箱。显得空落、寂寞和到处潜伏着的难耐的寒冷。

外间屋的大门开在左边挨近台口的地方，不用景，只须用动作交代出来就可以了。

张经祥自里屋默默地出来，呵着气，搓着两手，风可以从任何一个壁缝里吹进来。冷。他去拨弄灶火，灶火已经灭了。屋里的一切都叫人感到不顺心。

张经祥：（以下简称张）（唱一曲）

烟囱断烟，

锅里没有粮；

北风嗖嗖赛尖刀，

一家大小没衣裳，

（风吹得门直摇晃，老头儿缩紧身子咬紧牙）

地面不稳，

胡子变了“中央”；

刨墙挖地样样抢，

天寒地冻一家只剩四堵墙。

（又是一阵风自门缝里直吹进来。老头儿无可奈何地只好把身子缩成一团）

（唱一曲）

耪青一年，

家口没法养；

天气越冷风越紧，

越是穷头越遭殃：

（一阵风把门吹开——配效果风声——，赶紧迎着冷风去关上门）

绑走老二，

家败人又散；

胡子“中央”两头抢，

害得老民遭祸殃！

（白）嗨！俗语说马善有人骑，人善有人欺。咱们这穷老博代，真是压折的树枝，永辈也翻不过个儿来。光复了，光复了，不走字儿的还是不走字儿，“满洲国”“打腰”的，眼目前儿在“中央”手里还是照样儿抖神，唉！一肚子窝火只好暗气暗憋，自从上两个月石柱叫大排黑更半夜抓到农安街里当了“中央队”，这人家就愈来愈不成样子了，备不住这一辈子，不知道还回不能回?!（伤心地）别像早先年锁子似的叫日本子抓到鸡西，到底儿填了炭坑！（切齿地）这些吃红肉拉白屎的鳖犊子，总有一天，嘿！（气得跺脚）……家里没个顶事的，寡剩下老的小的，啥事儿也整不成。“中央”胡子三天两头出来抢，见啥整啥，整得人没个活，张家店一百来户人家，能走的都走了江北，不能走的就在这疙瘩硬挺。咱一来是穷，二来是二小子当了“中央队”，到江北去要叫八路上知道了咱家有人当“中央”那就不好办！（猛然想起什么）嘿，不提起还想不着，昨天下晚儿咕咚咕咚地打了一宿，备不住八路今儿打了过来呢！石柱的那张催命符，那张啥“国民兵役证”得赶紧藏起，别等八路过来了再临时上轿扎耳朵眼儿。（喊）小珍！小珍！

小珍：（以下简称珍）爹！（冷得缩着身子上）

张：告诉你妈，把你二哥那啥“国民兵役证”给我藏起来，备不住八路过来，见了可就没治了！

珍：爹，八路能来吗?

张：备不住！

珍：那可就好了！

张：好啥呀，咱们家有人在"中央队"上干，要叫知道了那才粘包儿呢！备不住人家说咱是"中央派"、死脑筋，那就粘老包儿了！

珍：二哥他又没乐意去，那是叫人家生拉活扯硬绑走的呀。

张：谁还管你各个儿乐意去的还是架去的?！人家的心思你还摸着了？（在搁板上取一支线香点燃插在香炉里，作揖）菩萨保佑！菩萨保佑！

珍：爹，不怕的，伏天八路军还在咱们屯住了一宿，又担水又扫院，又唱歌又唠嗑。西院孙大粮户家猪倌根发就随着他们当兵去的！人家八路军才不会咋的呢！

张：不会咋的？别说了，当真八路来了，你可别漏了气，让人家知道咱有人当了"中央派"那可就毁了！

珍：我不知道，"中央"来了也怕，八路来了也怕！

张：爹活了这一把年纪还没有你知道，快把"国民兵役证"叫你妈取给我藏起来……嗨，一天一宿肚里没捞到东西了，你把你妈的麻袋片也取出来，爹凑合着出去借一半升苞米楂子，对付几天！

（小珍进屋取东西。风吹得屋子都要摇晃了）

（小珍取麻袋片、兵役证上）

张：操心看门！（接过麻袋披上，将兵役证书掖到身上，又觉得不好，最后把它放到搁板上面的香炉底下）唉，还是搁香炉底下吧，不打眼！

（自灶上取一小瓦盆出）把门闩上！

珍：爹，啥时候回来呀？

张：不大会儿！（开大门出。一开门迎面一阵冷风，吹得小珍直打喷嚏。她赶紧缩回身闩上门）

珍：（唱二曲）

天气冷,

衣裳单;

肚子空,

周身软。

爹爹年老身体衰,

顶着风雪去求借!

家家穷,

家家寒;

“中央军”,

把人害。

谁有余粮往外借?

谁能把咱来可怜?!

(小珍回里屋)

(东北人民解放军某部余德明排长经一夜行军,风尘仆仆,背美式冲锋枪健步上)

余德明:(以下简称余)(唱三曲)

北风呼呼刮,

遍地白花花;

夜行军,到天明,

队伍要驻扎!

来到蒋占区,

烟少人也稀;

“中央军”,养胡子,

百姓哭啼啼!

解放军来到,

人人都欢笑；

反动派，胡子队，

一起都逃跑！

我，余德明，是一个排长，只因为反动派收买胡子，“坑”害百姓，破坏解放区，咱们部队为了保护人民利益，所以前来肃清“中央”胡子。昨儿个一宿就走到这里，跟前高家店的胡子骑马队已经叫友邻部队歼灭了。我们部队就在这一拉溜儿待命，连长命令我带一班人在这东南角屯边上放一个隐蔽哨；刚才在前面草垛跟前把岗位看了一下，地形还不错，一方面可以监视屯东屯南的情况，一方面又便利对空监视。其余的人，现在可以抓紧时间在跟前找个房子休息，随时准备作战！（看）哎，这儿有个房子，倒紧挨着屯边，我看就叫他们过来吧！

（喊）喂，喂，（以手示意）过来，过来！

（秦海山、李金锁、沈克华、朱自强等四人全副武装上）

班长：（以下简称班）排长，都来了。

余：好吧，这房子离开哨位不远，咱们进去隐蔽起来，大家保证休息准备作战。同时要注意对老乡特别应当和气，这儿是蒋管区，老乡对咱们不了解！（说毕上前敲门）老乡！老乡！开开门！

（老大娘恐惧地自里屋伸出半个身子，不知所措地又退了回去）

余：老乡！给咱们开开门！（敲门）老乡！

（内不应）

班：多半是屋里没有人吧？

余：有人，你瞅，没有人里边还会把门闩住？！（继续叫门）老乡！老乡——请你给咱们开开门，咱们是解放军，不要害怕！

（老大娘恐惧地自里屋到外间，小珍也害怕地随上）

沈克华：（以下简称沈）球！屋里有人干啥不开门，这么冷的天气，叫人蹲在这疙瘩遭罪！（上前使劲儿推门——配效果）喂！老乡开门！（老大娘刚走到门口，一下被吓回去了，小珍也吓得直退）

余：小鬼，你急啥呀，这是蒋管区，老乡对咱们不了解，一下子“磨”不开，不敢开门，耐性点儿，别愣了巴叽的。

沈：反动派占领区？咱们又不是反动派，干啥也对咱们这样？

余：你这个同志，老百姓吃了反动派的亏，受了多少害，一听见叫门就怕，咱们应该多替别人想想。

沈：这才格路呢，我在家当老百姓的时候，一听见八路叫门就抢着去开门。还用着这么大工夫叫门儿？!

班：你是你，人家是人家，急啥呀，等排长一个人叫就行！

余：老乡——麻烦你给咱开开门！老乡——（敲门）

李金锁：（以下简称李）（在一边拉过沈）沈克华，我说你是“炮弹头子”，差点儿没炸啦！

沈：去你的！

（老大娘在屋里进退两难。最后发见破木箱，就悄悄地招小珍一起搬到门口，准备堵住门，谁知由于紧张过度，两人一不谨慎“哗啦”一下就摔到地下，母女俩都为这意外惊住了）

（余一听见声音，就往门缝里瞅，憋不住笑了）

余：（用嘴巴朝门缝）老大娘，老乡——给咱们开开门，咱们是解放军，别害怕！（战士们都无聊地取下背包挨门坐下来）

珍：（注意）是——“老山东棒”，是八路。

老大娘：（以下简称老）啥八路？敢不敢开门儿呀？

珍:要是伏天过的那些兵,开门不要紧,我瞅瞅!

老:(拉下珍)别胡来!

珍:妈,开门结了,一定是伏天过的那些兵,好人,要不然这大工夫人家早把门砸啦!

沈:(独白似的)这老乡!(突然拉长嗓子怪里怪气的)老乡哟——这么冷的天气,叫咱在这一疙瘩冻得梆硬啰,咋没点儿良心,我的老乡哟!(又转得急促的)唉!老乡开门嘛!(又拉长声音)哎呀——开开门呗,我的老乡,冻坏啦!(李与朱都笑了)

班:老乡!老乡!

老:(不知所措的)官长,咱家里没有人!

沈:咄!家里没人,这是鬼说话了?!

余:你看,你这同志!……老乡,咱们不是官长,是解放军!

珍:妈,你瞅瞅!

老:(小心谨慎地将木箱移回原处,再仔细到门缝看,准备开门)

沈:我真"磨"不开。说话了还不开门,思想太落后了!

朱自强:(以下简称朱)沈克华,你别叨咕啦!你说这些顶个啥?!

(排长、班长还在注意集中地叫门)

李:我说"炮弹头子"呀,行了吧,穷吵吵又能怎么的?

沈:对!(一下就站起)我就是坏在炮弹脾气上,沉不住气儿,行了,我站过一边拉去,别坏了事儿。(站过一边去,突然发见张经祥端一瓦盆自屯里回来,欲上而又下,畏缩不前,就大喝一声)站住!干什么的?

(老头儿吓得直哆嗦)

老:(正在这时开开门儿见状吃惊)石柱他爹!

张:(更慌张地转过半个身子)谁……谁是石柱他……他爹!

老:官长他是石柱他……

张:(着急又气愤)谁谁是石柱他他……

老:官长,老头儿是咱当家的,你老饶了他,长官,你老大人不见小人之怪,刚才没开门叫你们在院里受折了,只怪我老窝囊废"磨"不开,有过错!

余:老大娘,你快别这么说,老大爷你过来吧! 这不开门的事咋能怪得你们呢?! 国民党胡子到处抢人整人,咱们"冷丁"一来,你们自然不敢开,又"磨"不开咱们是干啥的,别多心! 不能怪你们,要怪反动派"中央军"把人吓怕了!

张、老:是,是! 你老快往屋里请,往屋里请!

余:行,行,(向沈)沈克华,你是咋整的,这是白天,又不是晚上,这么虎了巴叽的把老大爷给吓懵了!

沈:谁……谁知他是干啥的?

余:不知道也别那么毛楞呀,你不行好好问?

张、老:(要帮人家拿背包去)快快往屋里请,到咱穷家里避避风!

(大家进屋)

班:(在后面,向张、老)老大爷,这地场离反动派不远,昨天他们才退,所以一定要问清,混进了坏人,老乡们吃亏,刚才不知道,你老人家还得担待一点儿!

老:你老说哪里去了,说哪里去了。

张:官长们检查是应该的,应该的!

沈:(已先进屋,泄气地)尽遇上这二虎事! 真粘包儿!

李:回头找老乡解释解释吧!

沈:那老大爷经我这么一唬,人家就不敢答理我啦!

李:不要紧,你找着和他说去!

（老两口儿与小珍还留在门外）

张：你咋整的？人家要知道咱家有人当兵可就毁啦！

老：快回去吧！你怨，怨，怨谁也不顶事！

张：（向小珍）小珍，说话可得留神，别漏了你二哥的事！

老：你留神着自己就行了，木里木头的，方才差一点儿没事寻事找苦吃！

张：那就是怕石柱的事……

老：回屋去，回屋去，人家都进屋啦！

（张等三人亦进屋）

班：老大爷，咱就在这秫秸堆上休息一下！

张：那哪行，上里屋去，上里屋去！

老：里屋有炕，里屋去！

张：官长，上里屋去，走，走走。（去拉每一个人，然而拉到沈跟前一抬头赶紧别扭地把手缩了回来，沈这时也正想跟张说话，这么一来碰了个楔钉子）

众：老大爷，咱们不行叫官长，叫同志就行！（大家取下背包，铺开秫秸）

班：这半年来老乡们都遭罪了！

老：唉！咋不遭罪呀，受得可老鼻子啦！这地方让他们祸害得和尚不得寺，姑子不得庵的，哪有个平静！

张：可真是没法子，我说，同志，还是里屋去吧！外屋冷，搁不住！

众：一样，一样，咱们不计较那些！

李：老大爷，（找话）你那杂和面买成多少钱一升？

张：不怕你见笑，哪里还买得起，眼目前儿咱们几天揭不开锅是常事，又是派款勒大脖子，又是胡子抢，苦苦地曳撑一年，自己个儿哪吃上一口呀，全叫他们倒腾走啦，你们要晚来几天这屋脊梁怕也留不住，要叫人家拆去盖地堡啦！

李：老乡们真是遭罪了！

老：可不是咋的？！如今晚出去借也是不容易，好说歹说人家不给呀，穷的都穷，谁家也没吃的啦，有吃的粮户人家还能给咱？！要不是老头儿平素老实巴交人缘好，今儿还能碰着借上了？

张：啥也叫整光了！没法子！

朱：那些杂种就这样坏？

张：嗨！（唱四曲）

同志呀你细听，

我给你说分明；

六月间来了砍头的“中央军”，

又是抢又是逼，坑害咱老民呀，

这半年家家户户鸡犬都杀尽，

咱一家本来就少吃穿呀，

硬叫那堵炮眼的抢了个干净！

（插白）你听这屯里还有一声鸡叫没有？连个叫明鸡也不给留呀！

老：（唱四曲）

提起这伤心事，

句句痛心尖：

一家人一床被抢去做了马垫。

扒衣裳抢家私不算厉害啦，

小皮鞭粗马棒把人来作贱！

咱小珍叫打得头上肿起一片。

李:那些杂种“中央军”祸害人就是他们的本领,王八犊子们真没好人!

张:没好人,没好人!见啥整啥!

沈:那些“中央军”就跟胡子没分别!没好的。(总想找老张答话,故一开口就用眼关照张,张却心虚地总逃避)

朱:胡子就是“中央”派的,还分个屁!

余:俗语“根儿不正梢梢弯”!

张:(开始有点儿恐慌)(旁白)这,这可咋整?!(向余)可不是嘛!他们那边当官的可厉害啦!可不像咱们这边!

沈:那些当官的你就别提了,就是当兵的也够呛!这些杂种!(他想讨好老张,说话故意看张,张又闪开)真不是玩意儿!

班:不,当兵的还是好人多,他们差不离都是叫强抓去的!

朱:可是实在话他们那些队伍就没一点儿人气,真该杀!

沈:欠债还钱,杀人偿命,那些坏家伙就该治他!(又讨好地盯了老张一眼)(向李旁白)你瞅这老大爷就不答理我,我一说话他就躲开。

李:你就干脆找老大爷说明白了,给他解释解释,别把军民关系闹坏了!

张:(害怕起来)该治,该治,那些家伙就是该杀!(向老旁白)毁啦,八成是人家知道啦,人家一说话就瞅我,我早说会把咱当两伙人的!

沈:老大爷……

张:(提防地躲开)咳咳……坐下,坐下!

班:老大爷,你贵姓?

张:不敢,免贵姓张!

沈:(无意识的)你……你家有几口人?你老,嘿,你老有没有儿子?

张:(突然下意识的)啊,我……(又文不对题的)我叫张经祥!

沈:(以为张不愿与自己说就紧问一句)你没有儿子?

张:没,没有,就咱父子……哦,父女三个,命穷,都是寡能吃饭的!你老坐,坐。(逃避地去铺秫秸)

沈:(找话说)老大爷,国民党在你们屯里抓国兵吧?

张:没,没有,咱们屯地面小,没有来,同志们"累腾"了,歇会儿!(向老)你呆着干啥?给同志们快烧口水喝暖和暖和!(老大娘就去擦洗锅子准备烧水)

众:老大娘,咱们自己来,别麻烦你们!

张、老:麻烦啥呀,一点儿也不麻烦!

沈:别麻烦你们,咱们自己来。(向李)老李,行了,老大爷敢跟我说话啦!

李:搞好了就好呗!

(沈得意地自口袋里掏出一个烟斗,装上烟,见墙上搁板上香炉里还剩有半截点燃的香就去取香炉点烟)

沈:老大爷,我点个火行吧?

张:(着急,忙过去拦住)哎——同志,我给你找火,我给你找!

李:你算了吧!(拉沈到一边)沈克华,你这么一来人家又怕你啦!

沈:对,我就不吸了!(用烟锅打自己脑瓜)我这个人!我这个人!

张:(赶紧用火石打火递给沈)同志,你,你吸!

沈:不吸了,老大爷!

张:你老可别见怪,我老头儿死脑筋,侍候不周到!

沈:你看你这人,不的,不的!老大爷,咱来拉拉呱儿!

张:(害怕地)你老说!

沈:(解释)我这人就是袖筒里藏棒槌,直出直入,是个直性子人,才刚……

张:(更误会)没,没有,没有……

沈:老大爷,咱说清楚了就行了,我这人就是脾气不好……

张:(越来误会越大)你老,你老别多心……实实在在没有啥……

李:老大爷别见怪,咱们沈克华同志是直性子人!

老:没有什么,这同志说哪里去了!

张:(似明白非明白)没,没有什么,(向老和珍)你们咋不好好侍候人家,呆在那儿傻啦?样样都叫人家自己动?!

沈:(想再解释)我……唉,算了吧,这老头儿解释不通,歇会儿再说!

班:老人家,你们歇着吧,咱们自个儿动,别麻烦!

张:(旁白)我看这意思是要叫咱们走了,他们好翻,可不敢上了当!(向班虚伪地)没事儿,没事儿,在家就闲着,再说走这么老远的,也累腾了,咱侍候你们也该!

余:不用不用,住你们房子就够麻烦的了,咱不行叫人侍候!

众:老人家,不用,不用!

张:(旁白)他为啥一定要撵走咱?!我看有文章!不敢走!(向老)你倒快烧水呀!

众:老大爷,咱自己烧!

张:(自己也不愿走,因之找事做)唉,这天头冷得邪乎,烤一烤吧!(动手准备生火)

余:老大爷,咱先拾掇一下再烤,同志们,咱先稍稍拾掇一下!

张:哎,我来,我来!(拦大家)

(众人找扫帚扫地,李金锁换过老大娘起来烧火,排长这时取日记本坐在一边背包上记日记。老大爷很害怕排长在记什么,想偷着

看,然而又不认字)

朱:老大爷,你们家的水桶(念勺)呢?(自己找到就提水桶下,一会儿就上)

张:你们快歇着,快歇着吧!哎呀,我来我来!(拾扫帚又故意挨近排长)这同志在画啥呀?

余:写日记!

张:(旁白)咋整,这可毁了,人家画上记号了,我这一家人可咋整?石柱子当了"中央军"咱一家备不住出险呀!唉!

老:(她也很感动)哎呀,你们快歇着吧!阿弥陀佛,都是些好人,好小伙子!

沈:老大娘,咱都是一顿能吃半斗的棒小伙子,在家就是庄户人!

老:(不自觉)咱石柱要在家……

张:(一听见就抢着堵住老的话)咄,看你不给同志们烧水,寡在这瞎嘀咕!

(同志们这时有松裹腿的,有躺下休息的)

老:(避过同志们)就行你唠了?!这些都是厚道人,说说怕咋的了?!

张:(也避过众人)人家备不住知道,知道的话就看咱是两伙人,老娘们儿你懂啥?

老:谁给你一伙了?

张:(气恼地)你!

老:(也气恼地)你!

张:(还是向老)不行,不能叫他们在外屋歇,那张兵役证要叫他们见着了可就了不得!

老:你说去!

张:我说就我说!(向同志们)同志们歇里屋去吧,这外间屋冷,冻病了！

众：不怕的，这就挺好！

老：咱白天不用炕，出门人可不敢凉着了！

张：咱白天不用炕，里屋强些！（动手去取他们的背包）里屋去，里屋去，说啥也不能叫你们在外屋，要冻着了咋办？

余：（写完日记）好吧，既是这样，老大爷、老大娘对咱这样热心，咱就去里屋炕上躺一会儿！五班长，我去哨位上看看，回头还上连部去一趟！大家快抓紧时间休息，警惕一些。

张、老：对啦，快上里屋歇！（帮大家搬背包等东西）

（众人都提着东西进里屋。场上只留小珍在灶前烧火）

珍：（抱一把秫秸往灶前）

（唱二曲）

加把火，

添把柴，

锅里水，

快烧开，

这些八路真正好，

样样不叫人麻烦！

八路军，

对人善，

咱小珍，

操心干，

烧锅开水请他喝，

暖暖肚子不受寒！

（白）这些八路军真好，比咱老百姓还说理。（走到里屋门口偷看了一下)这些八路没有一个不好的,我赶快把水烧开,乘人家没睡着送去!

(老、张自里屋出来)

张:(自语)人倒都是好人,可是人心隔肚皮,不知道人家是啥心思?

老:啥呀?

张:(悄声)你在这门口照着,我把兵役证取出来挪个地方!

老:你越慌人家才越疑心了!这些兵尽好人,你没听说?都是老实庄户人,正正道道的,你怕啥呀?

张:(责备)总有你叨咕的!(走到搁板跟前欲取)

(屋里恰在这时就有人叫)

内声:老大爷!(张慌慌张张地缩回手)

张:嗯,嗯!

(沈克华上)

沈:老大爷,老大娘!这是咱昨下晚儿剩下的几块干粮,大家合计了一下就送给你们吃了!(沈放下干粮就回屋)

老:你们留下自己吃吧!

张:这是咋回事呀?!

老:(这一块给小珍)小珍!

(三口人都贪馋地吃起来)

珍:(边吃边照顾水)水开啦!(向老)给同志们扤出一盆吧!

老:快给他们端进去吧!

(小珍先到门口探头进去看了一眼)

老:你快扤吧!

珍:人家都躺下啦!

老:快端进去,人家来了这大工夫还没喝一口呢!

（珍端水进）

老：（向张）你寡吃，咋不寻思寻思咱石柱的事？咱就这么一只根啦！他在"中央队"上要一开火你看咋整！

张：咋不寻思？！没法子呀！

老：我看这些兵可都不赖，给他们说说，要打过去见了咱石柱了救救他！

张：啥？向他们说？你老娘们儿懂啥？两兵交战，石柱是那边的人，咱是石柱他爹他妈，说出来人家不反了？！

老：这些尽好人，我就不信！

张：你知道个啥？你不信？！……

（小珍上）

珍：妈，这些兵可好啦！

老：可不咋的，尽好人，我探探去！

张：你别胡来！

（老不理，正欲走，班长卷了一根烟出来对火）

老：（殷勤地给班长点燃纸烟）八路同志，你们黑间白日地又走路，又打仗，真是辛苦啦！

班：咱们解放军就是为人民服务，只要把反动派打倒，除了老百姓的祸害，咱们受点子辛苦也没有什么！

老：你听，真是好人，样样都替人家想！

班：这是咱们的责任！

老：嗯呀你们真好，你们人心齐，打仗定规能赢人家了！

班：那可不，那边的人还常叫咱给虏过来呢，一虏来就是万八千的不稀奇，可老鼻子了！

老：（拉过木箱来）来，坐下，咱好好唠唠，看你这人善眉善眼的，真是八路里头没赖人！

（老张拼命在一边用手打大娘，企图制止，怕出了漏子，然而老大娘置之不理）

班：行，唠吧！

老：（拉班坐下）别客气，别客气！

（唱五曲）

叫同志，你坐下，

大娘和你来拉呱儿，

八路军打胜仗，

逮住当官的杀不杀？

张：（凑过来插白）对了，逮住那边当官的杀不杀？

班：你问这个呀？

（唱六曲）

八路军，纪律明，

打仗要优待俘虏兵，

当官的缴枪来投降，

保他安全保他性命！

（插白）俘虏来敌人，咱们就从来也不杀，只要他不是罪大恶极的大头子，咱们还一样优待他呢！

沈：（自里屋上）班长，我去换王复生的哨去，反正我也睡不着，这冷的天他在哨上这么久怕搁不住！

班：再等一会儿，你回去吧！

张：（故意装腔作势地反问）嗯，我看对那边当官的还是不能轻易放过吧？

沈：什么？哪边当官的？……国民党？……球，那些兔羔子就不是个玩意儿！

张：（旁白）你看，这不就糟了！当官的不行，当兵的怕也不成！

老：（旁白）他们说对当官的不杀，再问问对当胡子队的杀不杀，要不杀了，石柱的事咱就敢问啦！

张：（旁白）别胡来！

老：（不理会张）我说同志呀！

（唱五曲）

"中央派"，瞎胡整，

胡子也是他们的人；

又抢又勒把人坑，

逮住那些你们咋整？

（班长听了一半掏出烟斗往里装烟后去灶前点火去了）

沈：老大娘，你别急，你们受的祸害咱一定给你报仇：啥"中央军"，我听了就火儿，要逮住一定给你报仇！

（唱六曲）

八路军处处为人民，

老百姓受害咱痛心，

咱们给你去报仇，

杀退败家的"中央军"！

张：（不自觉地插嘴）要杀？

沈：对，坚决消灭敌人，替老爷子报仇！

张：……可说了，"中央军"上也不一般，人分三六九等，那边也有好人！

沈：咋的？你受了他们这大的祸害还说他们好？

班：（点完火过来）什么？

沈：这老爷子说"中央队"也有好人！

张：我，我说差咧！

班：不，他们那边是有不老少是被压迫去的！老大爷，"中央军"上你有熟人吧？

张：没有，没有，我这人就是说话没有边！

班：不要紧，给咱们说话有啥就说啥呗，还讲究个啥呀？

张：我是寻思那边可有些人是生叫保长甲长绑去的，都是没法子，他们，唉——

（唱五曲）

庄稼人住在家，

硬叫"中央"把他们抓。

你想不去没办法，

绳子大枪把你押！

班：对了！

（唱六曲）

反动派实在心太狠，

到处强抓庄稼人，

给他送死当炮灰，

苦害了那些老实人！

（插白）实在话，那些抓去当兵的庄户人老实人多，咱们都知道，都是一样的穷哥弟兄，一讲就讲通了，他们也是没有法子！

老：对了，对了，可不就是这个意思嘛！我说呀！

（唱五曲）

穷苦人家没好命，

"中央"抓他们去当兵，

本来穷人是一心，

这一来算不算两伙人？

班：老大娘，我先问你，你家是不是有人叫抓去当兵的？

老：我们家——

张：（紧接）没有，我们家可真没有！……谁去呀？没人！老的老，小的小！

老：我们家没有，咱屯可是有哪！

张：对了，咱屯可有人呢！

班：有吗？咱给他宣传宣传，不用怕，咱八路军是讲道理的！

沈：对，叫他们来宣传宣传！

班、沈：（唱六曲）

蒋军的家属是受害，

骨肉离散苦难言；

咱们更应多照顾，

哪能把他两伙看！

班：老大爷、老大娘都听明白了吧，咱们优待俘虏，谁家有人当兵的咱也一样优待！

张、老：明白了，明白了！

班：好，咱就休息去了！

张、老：你老歇着，歇着！

（班和沈回屋）

张：（思索了一阵）不对呀，你瞅，刚才那话就都冲着我说的，八成是探我的口气，咱要说了呀，你看吧："屎壳郎哭他妈，两眼墨黑，谁也不认得谁！"

老：你才多操这份心呢，这些人一看眉眼就知道是好人，老老实实的没坏心眼儿！

张：人心隔肚皮，你们老娘们儿懂个啥？！

老：我看把石柱的事就说穿了好些！

张：别胡来，女人家啥事儿不懂，总有你一份儿？！

珍：爹，不怕的，八路军可好呢！

张：别胡来。

老：不说你咋整？

张：咋整？天老爷有眼，该咋的就咋的！

老：你倒轻不撩儿地该咋的就咋的，石柱就不是你生下的孩儿啦？！

张：我生下来咋的？！咄！这是由不得人哪！

老：咋由不得人？我试巴着问问去！

张：胡来！（拦老）

老：你才胡来！

张：不准去！

老：我偏要去！

（老大娘不顾一切欲往里屋去）

张：（揪住老大娘）你老昏了！

（唱七曲）老婆子你不寻思事情轻重！

老：（接唱）拨开眼你瞅瞅是啥等样人？

张：（接唱）你个人不想活可别害别人，

老：（接唱）死脑筋你不说石柱可咋整？

张：（接唱）这些事由不得你我二人，

老：（接唱）你不担我承担你就别问！

张：（接唱）说不准就不准没有你的份，

老：（接唱）我要说就要说你把我咋整！

张：（揪老大娘）就不准说！

老：（不示弱）我就要说！

珍：爹！妈！

（老两口儿正在一个要进，一个不让，不相上下时，余排长恰好回来敲门）

珍：爹，说不定说了就能救了二哥呢！

老：你不靠儿子我可要靠儿子养老！

（余打门）

余：老乡，开开门，我回来了！

（小珍打门缝瞅一瞅，见是余就开门，老两口儿这时在屋中央却正在一个拉一个扯的争得不相上下）

余：咋的了？老大爷、老大娘为啥事情？

张：（抢前一步）同志，没啥事，（向老）尽吵吵！

老：（抢前一步，推开张）同志，你听我说，就是为了咱孩儿……

（小珍这时到一边拾掇锅台去了）

张：（用手拼命在老大娘后衣角上扯，企图制止，没止住，就掩地抢上前）咱孩儿，咳，就是为了没去拣柴火，蹲在这疙瘩做饭！（向大娘）做饭就做饭呗，还不一样是干活儿！

余：（误会地）哦，是不是我们烧了你们柴火的事？那没有关系，回头我们给你算钱，烧了老百姓的柴火给钱是咱们的纪律！

老：哎呀，排长！不是的，不是煮饭拣柴火的孩儿，是抓走了的——

张：（着急，大声抢着掩饰，向老大娘）抓走了的家私整不回来了！叫那些砍头的"中央军"抓走了还能有啥法？

老：瞎说你的！（推开张）

张：你才瞎说！

老:你瞎说!

张:给我爬一边拉去!

老:你爬一边拉去!

张:(推开老大娘)同志,你听我说!

老:(推开张)同志,你听我说!

张:(推开老大娘)你?!

老:(推开老头儿)你?!

余:(怀疑地)是不是你们家有人叫抓走了?

张:没有,没有! 我家还不就是这么几口人!

余:老大爷,不用怕,就是有人叫抓去也不能怨你们的!

张:我们哪修下有儿子的命呀!

老:(排长一问她倒怔住了)我们——没有儿子! 就是——

张:(又怕出了漏子,抢着堵住老大娘的话)没啥事儿,老娘们儿寡知道吵,吵!

(突然,屯外一声枪响,里屋的人都迅速提枪出来)

余:(向众人严肃而沉静地)走,一小组往东,三小组往西,就近抄到哨位跟前去,要快!

(大家提枪迅速地下,场上只剩下三人,也出门来张望)

(很快,余德明与沈、李及王复生——哨兵押一个穿美式短棉袄的蒋匪逃兵——张得贵上,张垂头丧气,疲惫不堪,然而见解放军后并不十分恐惧)

余:后面再没有见什么人?

王复生:(以下简称王)再没有见什么人,我见他穿的国民党军服,直着身子过来,就朝天放了一枪,他自己就举着手过来了,说是开小差的,他家就在这屯里!

余:好,你先去报告连部去!(王下)你叫什么名字?是怎么过来的?老老实实地说出来,咱们对你宽大!

张得贵:(以下简称贵)(立正)报告官长,小的叫张得贵,家就在这屯里,昨下晚儿从城里一个人偷跑出来的!求官长开恩!

珍:(挤近去看,发现是哥哥)呀,是二哥!

老、张:(同时不自觉的)是——?!

张:(立刻警觉地拦住老大娘)嗨,你……

余:(向小珍)你认识他?

众:(稀奇地也向小珍)你认识他?

珍:(叫问住了,瞅着爹妈不敢作声)……

沈:是不是在你家住过?

张:不,她,她看错人啦!

贵:(着急地)……爹!

张:(装作不相识)老总你别看错了人!

老:(拼命扯张的衣角,要他承认,张拼命用手放在背后给老大娘摇手,表示不行,不敢胡来)

余:(严肃地)你们到底认识不认识?

张:(矛盾地)不相识,不相识!

余:(向李金锁)李金锁,这里头恐怕有问题,你先留在这儿,我带他去连部去!

贵:(急得不能抑制地)爹!!

老:(气愤地使劲儿把老张推开)你这个粮食包!(几乎要哭地向贵)石柱!这不是你爹!(向张)你这个老王八羔,你连你亲生的儿你也不认呀!

贵:(哽咽得失声地)妈,爹!……

珍:二哥!

余:你们不是没有儿吗? 可不行胡来呀老大娘!

老:这是咱二小子,叫"中央队"抓去当兵的,才刚是我们这老糊涂混账,他不叫告诉你们!

余:老大爷,真的吗?

张:(词穷理缺)我,我……

李:(故意试探)我看这一定不是他儿子,排长,你带走他吧!

张:哎呀同志呀!(跪下)可真是我的儿呀,怪我老头儿有罪!

(余拉他起来)

沈:老大爷,你坦白了就好啦,还跪下干啥?

余:真是你们儿,可有什么人可以证明?

张:(突然起来往香炉底下取出兵役证)你瞅瞅,就是这张催命符,这上还有他的小照呢!

余:(接过兵役证仔细打量一下石柱,向贵)你几岁了?

贵:(立正)二十三岁!

余:不用害怕,你也是没有法子叫抓去的,八路军就是为人民,就是替受压迫的人报仇雪恨! 你这下就好了,解放过来了,一会儿见见咱们连长去,不用怕!

众:(向贵)老乡,你不用害怕,你也是穷庄户人,咱也是穷庄户人,都是一家人!

张、老:一家人,一家人!

余:这叫天下穷人是一家!

贵:官长同志! 我们昨下晚儿从城里翻墙出来的,不老少呢! 一听说八路军过来了谁都想找个道蹽了!

余:是呵,咱们穷人为啥替蒋介石卖命害老百姓呢!

贵:早先我还害怕呢,上回那一仗叫你们虏过来的弟兄回去说你们优待咱们,还带来了通行证(掏出通行证)说回家还能分地,咱那边谁听了不乐意?原先有的人还想在那边混出个班长排长当当,将来好回家报仇,有条生路走;这咱大伙儿多瞅准了,在那边是死路一条,老百姓见了咱这样的都说是"穿老虎皮的",谁不怀恨,你想"中央军"那能不倒台!

张:那可不?!俗话"顺民者昌,逆民者亡"这话可一点儿也不假,国字肚里就靠个民,要没了民心,早晚得败!

余:对了,你们的认识都很正确,老大爷,老大娘,咱一块儿到连部去一趟,不用害怕!

老:不怕,一先我就说你们这人善眉善眼尽好样的!

张:对,咱就去吧!

老:可就是……嗨,不怕见笑,咱这样出不得门,见不得人哪!

余:(发见老大娘衣不蔽体)哎呀,国民党把老百姓真是整苦了,连个穿的也没有了!好吧,(解开衣裳脱下毛衣)我这儿有一件毛衣,还是关里带来的,你们拿去穿上!

(见排长一脱衣裳,大家也动手脱衣裳)

李:(自背包抽出一套单衣)我还有套旧单衣!

沈:我也有,(向张)你先把这大衣披上!(解开罩在棉袄上的单衣)咱们穷人都是一家人!

张:都是一家人!唉,这叫我咋说呀!

老:这叫我怎么谢你们呀?!

(王福生上)

王:排长,连长叫马上出发,这会儿就到连部集合,另外叫三排找一个向导,我们找一个向导,叫他(指贵)也一起到连部去,指导员要问问!

贵:官长同志,这一带道我道熟,一小当羊倌哪一旮旯儿都走到了,我给你们引道,只要你们能信得着我,反正我爹我妈就在这儿住,他俩能保我!

张:排长,我一家都保他,要有不对,咱老的少的走不到哪儿去!

余:老人家,行,我信得过你们,受苦总是一条心的!

张:(拍贵)石柱,好好将功折罪,八路军是咱一家再生恩人,“中央军”逼你、捆你、打你,往死整你,咱一家叫整得九死一生,咱揭不开锅,拧不开步,压折的树枝直不起腰,石柱,你有志气,好好带道替你爹娘报仇,替你自己报仇!

贵:……爹,妈!我想请求这官长加入八路军,咱不回家了!

张:……好,你去!你去!!石柱,有志气!官长,你收了他吧,咱石柱决不能丢了穷人的脸!

老:石柱呀……你,你……好!你去,在家你也过不好,老娘不留你!

贵:(哽咽地)妈,爹,同志!……我看得亮堂,“中央军”是死路,他们自己一天天走上了绝道,只有八路军,解放军咱们穷人的生路,我要不把那些狗杂种打光替咱们穷人出气申怨决不回家!官长同志!我对天起誓,我算是找着道了,认定一门了,要不诚心就叫天打五雷轰!

余:同志,你别那么激动,咱先到连部去,你诚心为人民服务,人民不会不要你的,走,咱这就走吧!

老、张:咱也去!

珍:妈,真得儿手,妈我也去!

沈:去吧,小丫头!连部保不住还剩的有饭呢!

余:走!

众:走!

军队全体:(唱八曲)

走,走,走,

打倒"二满洲",

我们人民军队,

要为人民去报仇!

"中央"胡子国民党,

抓丁绑人他把百姓苦害够!

解放军和共产党,

宽大政策向受害人民来拉手!

蒋军的弟兄掉转枪口,

蒋军的家属要报仇!

走,走,走!

携手同行去报仇!

走,走,走!

生路在前头!

老百姓全体:(得贵亦在内)

(唱八曲)

走,走,走!

刀砍他"二满洲",

我们受尽祸害,

件件事情都记心头,

张:(接唱)

"中央"胡子国民党,

抓丁绑人把咱一家苦害够,

老：（接唱）

解放军和共产党，

他把咱们拉出苦海抬起头，

贵：（接唱）抓去的壮丁掉转枪口，

珍：（接唱）受害的人家要报仇，

全体：（齐接唱）

走，走，走，

携手同行去报仇！

走，走，走！

生路在前头！

（众舞下）

选自《亲人》，光华书店1948年9月初版

# 我们的医院

时间：春天。

地点：某后方医院。

人物：陈淑英——十六岁。女护士。

焦素珍——二十二岁。女护士长。

洪霞——二十七岁。外科主治大夫之一。女。

胡鸣山——二十二岁。右腿小腿及左胳膊负伤。

郝正刚——二十六岁。右腿骨折，整条腿敷石膏绷带。

## 第一场

（正面横放着一张床，床右首一个正方小茶几。茶几上搁着缸子，一个玻璃瓶，里面插着几支尚未抽苗的洋槐树枝和达子香。小茶几出来又是一张病床。两张床恰好构成一个直角。郝正刚躺在里面床上。另一张床是空的，只在被子上覆盖着白色的被罩）

（前奏曲中陈淑英穿白色工作服提着一桶水、一个地板刷上）

（后面另一护士的声音："咱们说了就算啊，要比当真就比，陈淑英你可别赖啊！"）

陈：（向场外）唷，谁还不敢？！比就比呗，看那几个病宅侍弄得干净，伤员出院快！（一步跨进门）呀，（伸伸舌头）睡着啦！（把地上鞋子等收拾一下就开始擦地板）

陈：（唱一曲）

小小刷子把地擦，
卷起了袖子力气大，
一点儿"割囊"别留下，
擦得地板滑呀滴溜滑。
上午把地板擦，
下晚儿要剪指甲，
医院的工作有计划，
件件事情不会差呀！
（过去看一下郝正刚。接唱）
医生护士看护员，
男男女女齐动员，
突击治疗新方法，
保证伤号早呀早出院。
医疗有创造，
技术也提高，
自从实行新治疗，
治好伤员不老少呀。

（擦完地板收拾起。自语）前四天一下下来了好几百伤员，这些同志实在太辛苦啦，可得好好照顾他们。咱们公家倒是准备得挺周全的;吃的、用的、药品、敷料管啥都整妥了,可就是咱们人手少,一下子好几百,咱们医生护士总共就没几个人,谁都是几宿几宿没捞着睡了,还是忙不过来……可是护士长说了,咱要跟人民当长工,要吃苦耐劳,对,我豁着天天不睡觉也得坚持把工作做好!(去把郝的被子拉好)快要查病房了,我得看看去!(提水桶下,在门口正遇到胡鸣山。胡右臂腋下拄一拐,拐上缠的满是纱布条。左手衬夹板敷石膏绷带)

胡:(愣头愣脑)哎,洪大夫上哪疙瘩去了?

陈:在手术室里。她一个人要管七十五个病人,这几天特别忙呀!

胡:我管她忙不忙,这是她的责任呗。哎!我这胳膀上上了这么老些石膏,总他妈有八斤重,又不是受处罚?!去去去!快去把大夫找来,我非去了他不结!这他妈像啥玩意儿?

陈:同志,你不知道这石膏绷带第一可以使骨折地场绑住了不变样,第二可以保证你这胳膀真正休息,第三可以不让细菌……

胡:你别第三第四啦!你闻闻,啥味儿!臭啦!你们又行什么节约运动对不对?可也不能节到咱们伤口上来呀!

陈:不是的,胡同志,这是第二次世界大战中发明的新方法,咱们王院长亲自治好了多少人……

胡:你别给我上政治课啦。去吧,去吧,把洪大夫找来!

陈:大夫一会儿就来了!

胡:一会儿?两会儿也不得来,我在病房里转了一圈了,大夫都在手术室里,可又不叫咱们进手术室去。哎,再不来我就自己动手扒了它啦!

陈:同志,可不能扒!

胡:(动手就扒)为啥不能扒!

陈:(上去拦)别扒,别扒!(唱二曲)

医院里为治病想尽办法,

用石膏固定法好处最大;

眼目前虽然沉忍耐一下,

多少人治好了已经出院!

(白)多少同志都这么治好出院了,你一扒开,骨头错开了就坏啦,弄不好还要锯胳膀呢!

胡:拉倒你的吧!(唱二曲)

你不要吓唬人不信(你)那套,

没听说治外科老不换药;

医院里寡合计省钱省药,

欺负咱伤病员想出个怪门道!

(白)小嘎!你别来糊弄我啦,你就讲到哪儿去我也不怕,哪有把石膏往胳膀上一裹几天也不换药的?!你说,你们卫生,卫生个啥呀?去去去!找大夫去!

陈:不是的,胡同志……

胡:去,去,去!别做政治工作啦!

陈:我……

胡:叫你去你就去呗!真不怕俗烦。

陈:(委曲地下)……

胡:真他妈憋屈!(自口袋掏出两卷新绷带往枕头底下塞,见郝正刚醒来了)哈,老郝,你说呢,在前方多得,就拿我挂花这一回讲吧,我他妈还是个战斗组长,那天晌午,我带了两个组员,一下就摸到敌人房院跟前,你说怎么的?!嘿!照准窗门洞里就是两个手榴弹,敌人没制了,从后面小院墙就往外蹦,老子一端枪揍倒了他一个,那几个就傻了眼了,我翻进去就缴获了两支冲锋式两支卡宾式!(渐入神)副班长在当勃间儿喊我说:"胡鸣山,把西头那地堡给拿下来!"我寻思:"没说的!"就指挥组员一点两面扑上去,瞅准地堡一气就是个猛冲,有这么十来米远我就爬在地下喊了个战斗口号,我说:"共产党八路军宽大,快缴枪吧!"敌人就突突了我一梭子,老子气火儿了,抓起手榴弹往里就撇!(忘情甩手,一下甩痛了)哎唷唷,就在这时胳膀挂花了。不过,哎,也没蚀了本,敌人一个也没跑,连两挺水压机一门六〇炮都逮住了,立了一功!

郝:是呀,在前方哪个不是好样儿的?

胡:妈的,到后方来捆上这熊石膏也不换药,我看我把它扒了,他们总得给我换吧!

郝:哎——这你可别胡来,咱们可没他们大夫内行,我刚进医院那会儿,为了这事还想揍大夫呢!

胡:我看,也该揍!

郝:可是你听我说呀,后来明明人家听话的人按时间换药的都治好出院了,就我一个现在还出不了院!

胡:你说的?!勤着点儿换药总比老不换强呗!

郝:嗨,咱们打仗行,整这个可是老干,你瞅(从被窝里伸出完全裹上石膏绷带和架上木板的右脚)我这腿还不比你厉害,不这么整不行!

胡:哎呀!你才老干呢!都臭啦!

郝:臭了不要紧,一先我也不相信呢,慢慢你就懂啦!

胡:我看你是上了人家当啦,人家括搭括搭小嘴多灵巧,一下就叫他们说蒙住啦,同志——我给你找大夫去!(朝门口)大夫!

（恰巧洪大夫与陈淑英上）

陈:（向洪）我咋说也不行,非得叫你来不结!

洪:胡鸣山,怎么了?

胡:怎么了?! 洪大夫,我是来住医院的,又不是来受处罚的,胳膀上成天挂上个二斤半,好人都叫你们整治成病人了,瞅瞅,这是咋回事儿? 你闻闻,你闻闻! 臭啦! 给取了它吧,咱这伤口是枪子儿打的不是狗咬的!

洪:胡鸣山,你别着急,你听我慢慢给你讲。（唱三曲）

医院里治病有经验,

各种方法都用遍,

新治疗方法最灵验,

好得又快又没危险!

骨折要用石膏封,

固定骨头接上缝,

保证休息不受震动,

很快长肉伤口封!

胡:（唱四曲）

石膏封,他直化脓,

一条胳膀有八斤重,

想动也不能动,想动也不能动!

洪大夫,我说话粗,

医院不知道伤员苦,

看病太马虎,看病太马虎!

（白）我看你们就是懒,想出这么个馊主意来整人!

郝:老胡,你结了吧,跟你说了不信,大夫都忙得吐血了,护士也一天挺劳累的咋能说人家懒呢?

洪:(唱三曲)

医院的工作为伤号,

一切都为病人好,

不管困难有多少,

咱们决不怕疲劳!

(白)病人心里一般的是容易着急,不过我们医务人员的工作就是为了伤员,什么方法好就采用什么方法。现在我们采用的是最新的战伤治疗法,苏联、英美都是这个办法,他们刚实行的时候也有许多人反对,还出了乱子,后来就好了。咱们这儿你问郝正刚,原来他也是最反对的一个,可是你问问他,多少人治好出院了?而且缺腿锯胳膀的也减少了许多许多!

郝:(笑)嘿,他不信呗!

胡:可它里头还在化脓呀,你不看看!

洪:只要不松开,就是化脓也不要紧,脓就是和细菌打仗牺牲了的血球,没有关系,不信你试试看,这样好得可快呢!

胡:对,咱是老干!反正说不过你们!(一下就躺到床上)

洪:(向陈)给他把枕头垫高点儿!

陈:(垫枕头,发现枕头下两卷新绷带)哎呀,这么老些新绷带!

胡:(一跃而起)放下!放下……这是我打前方挂彩……

陈:洪大夫,咱们今儿早晨……

洪:(摆手制止)胡鸣山,你把它存到敷料室,要用的时候再拿给你!

郝:老胡,给大夫吧!

胡:我不给!

洪:你留着弄脏了就不好使了,该你用的时候就给你!

胡：不！

郝：算了吧，老胡你硬僵个啥劲儿！

胡：这是我各个儿的东西！

洪：（过去取）你的就你的，现在还是交给敷料室，使的时候我保证你有使就是！

胡：（勉强地交了出来）要不是洪大夫呀，嘿，我就不给！

陈：这拐上还缠了那么老些纱布条，真浪费！

胡：（恼羞成怒）不缠，不缠留着给你们缠！小心把你们的腿给扎蚀了！

洪：胡鸣山别这样，大家都要有同志态度！（过去给郝诊断）

胡：（走向一边独白）真粘包儿，要点儿纱布不给不给，今儿早晨一赌气我就到办公室偷了两疙瘩，人家一下就知道了，这小嘎比耗子还灵性！一下就叫她瞅着了，这还有啥脸？老子还是回前方去，非回不结！（激动地要往外走，恨命将拐子在地上打，陈淑英刚过来拿着病历表、体温计给他测体温，吓了一跳）

陈：胡鸣山你今天大便过没有？小便了几回？

胡：咄！真格路！老问这个干什么？不知道你就到茅房里看去！（不接受体温计）

陈：你这个同志！

胡：我这个同志咋的了？！

陈：这是为了了解你的病况……

胡：我的病况？死不了，勤着点儿换药就行！

洪：（诊察完郝开了处方）你们安心休养，胡鸣山你不要着急，好吧，回头再来看你们！（下）

陈：（自语）真格别！（下）

郝：老胡，你咋的了，老“损”人家！你看你乍一来没被子盖，公家的被子恰好不够用，小护士就把自己的毯子拿来给你盖了！你不能自己吃饭，她还一口一口喂你……

胡：行了，你别说了，我知道犯错误了，我回前方去，这熊石膏我也用不着！（解石膏绷带）

（奏副曲二）

郝：（着急）哎！哎！可不能扒，别扒，别扒下！

胡：（只顾扒）我回前方去！我回前方去！反正我知道犯错误了，我回前方……（突然一下碰到骨折处，骨头错开了，不由怪叫一声）哎呀——我的妈呀！（一屁股坐到地下哭起来）

郝：护士！护士！陈淑英！

（陈与洪大夫同跑上）

洪：怎么了？怎么了？胡鸣山？

胡：哎呀……

陈：怎么都扒下了？

郝：他自己硬要扒石膏绷带，一扒就把骨头错开了！

洪：陈淑英，你托住这胳膀！（胡痛得嚎叫。洪动手对正骨头位置）

陈：别动，别动！

胡：哎呀……

（洪、陈扶胡起往外走。舞台灯光转暗。一场完）

## 第二场

（二道幕前，灯光亮）

（广场演出空场即可）

（护士长焦素珍穿白色工作服，一手拿着药瓶，一手拿着一大堆

捡来的三角巾、绷带条、棉花球，急忙忙上）

焦：（唱五曲）

医院那个上下，
个个那个忙，
吃饭不赶趟儿，睡觉也顾不上；
只盼那个伤员早复健康，
吃点儿苦咱们也乐意担当！
上级那个号召，
好几那个条，
护理要周到，材料要节约；
捡起这些布条（往）敷料室交，
洗一洗再用还是挺好！

（白）这次咱们所里虽然一下增加好多伤员，可是经过了动员会，大家伙儿工作得多特别卖劲儿，都认识了好好照顾伤病员就是跟人民当长工，所以黑间白日不停地工作。咱们护士班里的同志也都挺热心负责，不过他们都是刚从护士学校毕业出来，没有工作经验，我很担心她们连着这么多天太困了，又怕她们会不耐性引起病人不满。可是这几天又忙，没时间开班务会，我还是自己多上各病房看看，从行动上起模范作用！

刚才把三楼那几个重彩号的床位调整了一下，就在地上捡了这么一堆三角巾、绷带条，拿到敷料室洗一洗消过毒还是能用，上级号召我们节约，这是革命的财产嘛，就要靠咱们大家爱护呗！

（唱五曲）

急急那个忙忙，
往前那个闯，

交回了布条，（我）再去病房；

好好地安慰病人休养，

多多地照顾多多帮忙！

（陈淑英噘起嘴挺不高兴地上）

陈：（唱一曲）

刚才的事儿真生气，

胡鸣山同志不讲理，

拐上的纱布不解下，

还要跟我发呀发脾气！

上级有号召，

敷料要节约，

我去劝说胡鸣山，

还没开口他先恼！

（喊）护士长！护士长！

（护士长拿着一叠病历表上）

焦：叫我干啥，陈淑英？

陈：我不去八号病房了，护士长，你给我换个病房，我不敢去八号！

焦：为啥不敢去？有困难就向伤员解释呗！

陈：我不去，管你说啥胡鸣山干脆都不理你！

焦：为啥他不理你呢！

陈：谁知道他，反正说啥我也不去了！

焦：怎么能不去呢！有意见还是好好提，你不是常说要克服困难，不怕碰钉子，咱这么一点儿困难就害怕了？……小陈！（唱三曲）

工作好比上学校，

遇到困难向它学，

不能生气不能恼，
多多锻炼就会好！

陈：（唱一曲）
上级号召要节约，
胡鸣山同志不着调，
拐上缠满纱布条，
叫他解下他就恼，
骂我管闲事，
说我“打冒支”，
说他劝他他不听，
说我给他上政治！

（白）上级号召节约，可胡鸣山老往拐上缠纱布条，我好说好道地劝他解下，他倔了巴唧地就“损”我，才刚又把石膏绷带给扒了，把他扶到手术室里还老嘀咕！

焦：慢慢耐性给他解释，你再看看他那拐杖是不是做得不好，做得“刺棱”，割手，他才缠纱布条！

陈：我不管！

焦：你又忘了自己的立功计划了，不替人家着想，人家咋就能满意你呢？

陈：我不去了，我管四个病房好了，八号叫别人管！

焦：不要耍孩子脾气！小陈！我告诉你！（唱三曲）
护士要体贴伤病员，
病人生气你别倔，
刻苦耐性不怕倦，
实际地帮助伤病员。

（白）走，我到院长室去一下，回头跟你一块儿上八号去，小陈，咱们这医务工作是很艰苦很伟大的工作，你不是还要做个伟大人物吗？怎么能向困难投降呢！走，别误了工作！

（二人同下）

## 第三场

（在第一场的病房里。郝不在。胡脸色苍白拄着一根拐坐在床头上）

胡：医院里这些家伙，反正不关心病号，早点儿给讲清楚了我就不会扒它，也就不会流那么老些血！！（头晕耷拉在拐杖上）

（陈淑英拿着药瓶子上）

胡：嗨，我说，病人乍一进医院你们为啥不彻彻底底给咱们讲个清楚，整得黏黏糊糊的这下就晚啦！

陈：你自个儿不听，还怪人家！这是你的药，一顿吃！

胡：怪你？谁叫你不讲个一清二白！

陈：讲，咋讲你也不带听有啥法子！

胡：有啥法子？……哼！不关心病号！……

陈：关心不关心还在你一个人说！

胡：你这么厉害！好……唉！我头晕没劲儿给你争，小家伙，小厉害！

（用拐杖在地上敲）你真是个"小厉害"！

（洪大夫与焦素珍同上）

洪：胡鸣山，你怎么起来了？

胡：不起来？再不起来我都快气死了！

洪：不要生气，流血过多的人要好好休息，对医院里工作有意见慢慢提，犯不着生气！来，我听听你心脏！（向陈）把衣裳给他解开！（认真仔细地诊察后向陈）病历表！（向胡）你需要输一点儿血！

胡：什么？

洪：你流血过多，要给你输一点儿血进去！

胡：哪儿来血？

洪：从健康的人身上抽出来输给你！

胡：从别人身上抽血给我？……洪大夫，你别糊弄人啦！

洪：真的，你歇着别多动！（向焦）他的血型是A型的，跟我同型，你就动手输一下好了！

焦：洪医生，我的血型是O型的，是万能血型，我给他输！

陈：洪医生，我……我，这回该我输了，上几回输血都没有要我的，说我年纪小，可是我头一回就报了名了。

胡：啥?！你们真输血……（兴奋地立起）你们……哎呀……（一下晕倒下来，洪等急扶他躺下）

洪：不要紧，是虚脱，快动手吧！别耽误了！

（陈、焦等很快去取来消毒锅，内盛玻璃片、注射器、钳子等，另有药水“枸橼酸钠”等，一瓶酒精，都搁在一起端进的板凳上。陈等人做输血前一系列动作）

焦：可以，没有凝结，没有沙子！

洪：行，快点儿！（很快陈取注射器给焦，焦接过到洪臂上抽血，抽满一筒后即换一新针头，给胡注入）小心一点儿，看他面部表情怎样？（动手输。胡醒来）

胡：（打呵欠）啊呀……（坐起）大夫，你们真输血了！

焦：嗯哪，洪大夫身上给你输了一百西西！

胡：真的？……大夫！洪大夫！你们，咳，你们真关心病号呵！

我……哎,我过去都瞎猜啦!

洪:没有什么,胡鸣山快躺下,你要好好休息!(陈淑英在一边收拾消毒锅等)

胡:给我拐!

焦:你不能起来,胡同志!

(陈收拾东西下)

胡:不,我错了,那上头缠的纱布条都是我故意找别扭缠上去的,你给取下来吧!

洪:不用着忙!

胡:不,不,马上取下来,护士长我交给你!

陈:(跑上与胡鸣山还是很别扭)洪大夫!底下有两个出院的是跟胡鸣山一个部分来的,有个叫陈春山的他叫告诉一声,他出院了,因为马上赶这一班火车所以不能上来亲自告诉了!

胡:什么?人家这么快倒出院了,哎呀,我太落后了!(一下就起床)哎,陈淑英!小嘎……(陈不理又下了)我看看去!(焦过去拦住)

洪:(拦)不行,不行!胡鸣山不要太兴奋了!

胡:我去门口一看,大夫,我以后啥都听话,我相信你们!

洪:听话你就躺下休息。

胡:不,我看一看他们,说句话就回来!

洪:那,你只能在门外窗台上看看,不能再出去!

(洪与焦扶胡同下)

胡:嗯哪!唉!(下)

## 第四场

(半个月后,一场的病房。音乐伴奏。陈淑英穿黄色军衣黑裤

一人慢慢上。夜。郝与胡睡得鼾声起伏）

陈：（唱）

自从那天下午，

耍了态度，

班务会反省我改正错误，

到如今已经半个月多，

工作中慢慢有了进步！

（白）自从那天在病房里给胡鸣山耍一回态度，现在已经半个月了，我自己下定决心好好改过。现在大家都说我有了进步，胡鸣山也转变了，不过他还常叫我“小厉害”，这名字砢碜死了，我得从行动上改正，不让他再这么叫！（唱）

半夜那个三更，

病房那个静，

看一看病人是否病减轻，

同志们是不是睡得安宁，

要这样才能叫我放心！

（仔细地给病人盖好被子。音乐不停，拾起掉在地上的衣裳）

胡：（梦呓）你别说了，后方跟前方一样！没他们就不行！

陈：什么？（过来看胡，胡又鼾声大作）哈，他睡着了还在说梦话呢！（发现胡床头一件缝了一半的夹袄）呀，胡鸣山这个人，他一只手自己缝起衣裳来了，他这个同志一转变真了不得。看缝得可不像样啦，好，让我给他拆了重新缝好，不叫他知道！（在凳子上坐下从身上掏出线团、针开始拆了重缝）

（郝正刚慢慢醒来）

郝：咦，陈淑英，你白天忙了一天，晚间还不休息？

陈:我来看看你们,五个病房我都看过啦!

郝:你也别累病了,快休息吧!

陈:对,我一会儿就休息了!

郝:你休息吧,让夜班护士照管,你休息吧——嗯——你们也困啦——嗯——啊……(又睡着了)

陈:(坐着缝,渐渐瞌睡起来,然而终勉强着缝)(唱)

革命那个同志,

一家那个人,

家里人难免闹点儿矛盾,

互相都能够讲得明白,

明白了就会更加的亲热!

(呵欠)哈……(渐渐不由自主睡着了)

(院里打钟声传来,天亮了。远处传来跑步声)

郝:(醒过来,坐起,他已恢复健康了)咦,陈淑英咋一宿没回去?

胡:(亦醒来坐起)咦,陈淑英?

郝:呀,她昨天下晚儿一宿没睡,是给你缝夹袄来着,你看!

胡:这咋能对得起人呢?

(二人都下床,郝右腿已去石膏,胡除胳膀外也都好了)

郝、胡:(走向陈)陈淑英!

胡:困了,叫她睡吧,别吵吵!(一只手取大衣给陈披)

陈:(一下惊醒)哎呀,咋睡着了?

郝、胡:把你闹醒了?

陈:没有,我就是要醒了!(歉然地)糟糕还没缝完!

胡:算了吧,明天再说吧,哎!郝正刚,今儿黑板报上一定给她报上,真是小英雄,小英雄!

陈：你以后再不叫我“小厉害”了吧？

胡：我……嗨，你厉害得对，厉害得对！

郝：哈哈！这就对啦！

（护士长跑上。后面锣鼓喧天）

焦：报告你们个好消息，哈尔滨来了慰问队啦，带了不老少东西、钱、信，这会儿在底下，一下就上来啦！

胡：走，咱们看看去！

陈：我扶着你们！

焦：来，扶着一块儿看看去！

（洪大夫亦上）

洪：你们都起来了？就在门外窗口看吧！

胡：呀，后方的人真没有忘了咱们呀！

洪：后方一切工作都是为着前方，枪杆子在前方打，几千万翻身百姓、工作人员就是后盾！

胡：咱们这么着呀，蒋军铁打的也砸烂了它！

郝：那可不，把他老窠砸个稀烂！

洪、焦、陈：是呀！（唱）

同志们前方杀敌人，
光荣负伤为人民，
我们要时刻努力工作不停，
保证到前方后方配合紧！

郝、胡：（唱）

后方的工作也辛勤，
日夜劳累也是为人民，
医疗的创造挽回咱们生命，

拿起枪再上前线杀敌人！

全体：（唱）

前方枪杆子杀敌人，

医院在后方做保证，

革命的分工各有各的责任，

心一齐自卫战争一定胜！

（后面锣鼓声大作，全体下场。全剧终）

东北书店 1948 年 9 月初版

◇崔　牧

# 九件衣

人物表(以出场先后为序)

花二——花府大管家。

崔杰——花府长工。

张二——花府小管家。

王五——花府小佣人。

赵六——花府小佣人。

花自芳——五十余岁。拥有很多土地财产故叫花半城。别号花花太岁。人极险毒,又名活阎王。无恶不作。一大恶霸。

小环——花府侍女。

春英——花府侍女。

金花——花府侍女。

赵大——花府老长工。

申娘——申大成的妻子。人极浑厚朴素。

申大成——花府一佃户。壮年,性情耿直。

申父——大成的父亲。

夏玉婵——大成的表姐。丈夫早死，有儿子婆母，由自己做针钱养活全家。

婆母——玉婵婆母。

狗儿——玉婵的儿子。十几岁。

孙小——玉泉当的小伙计。

李俏——玉泉当的小伙计。

掌柜——花自芳所开玉泉当的掌柜。

乔子侗——知县。刁滑险恶。

师爷——贪图钱财的小人。

张烈——以前是花府长工，现在是李闯王部下一小队长。

众民军士兵，众衙役差人，众花府打手侍女仆人，众女犯人，众乡邻百姓；另外有禁婆、禁卒、刽子手、花府更夫等人。

## 由《九件衣》的演出谈起

东川

这次《九件衣》的演出，受到市政府奖励，得到一般好评，是全体演职员共同努力、认真排演的结果。在这次演出和排演过程中，我感到有以下几个问题可以提出来谈谈。

一、《九件衣》的故事

梆子戏里原有一出《九件衣》，内容和情节都与现在这《九件衣》不同。现在上演的《九件衣》，虽然多少受了那出老戏的启发，但所表现的人和事，却完全是重起炉灶新创作的。

明末河南某县，有一恶霸花自芳，外号花花太岁，活阎王，极其荒淫无耻，用尽一切办法剥削穷人。他女儿出嫁，让所有佃户每亩地一两银子随喜,不交的就赶出房子抽回地。

佃户申大成租种他二亩地,被逼得无法可走,只得到寡妇表姐夏玉婵家中借钱随喜。玉婵也没有办法,忽然想起自己出嫁时的九件衣服,还值几个钱,遂慨然借与大成拿去典当。同一天夜晚,恰巧花府破盗,丢了九件嫁衣,一个丫鬟因之畏惧自杀了。花自芳于是就硬指证大成盗衣杀人,买通官府,在公堂上屈打成招,定成死罪,绑赴法场斩首了。夏玉婵虽侥幸未被斩首,也被打得死去活来,吓得神经错乱了。申大成问斩以后,花自芳就把他的老父亲赶出门,把他的妻子申娘抢了去了。申娘由于侍女金花长工赵大的救援,从花自芳的魔掌下逃出来;不想又被花贼知道,派人追赶,幸亏碰见了起义的农民领袖李闯王的部下,才得到了解救。

故事是完全创造的,着眼于地主和农民的剥削关系上。相信在中国封建剥削的历史上,这类故事是非常普遍的;甚至于今天,未解放的农村也依然有这种悲惨的事。因之,这个戏在进行阶级教育上,是有力量的。

二、对于旧剧和旧剧人的看法

旧剧应该改造,使其为人民服务。这个问题已得到解决。少数人从个人兴趣、爱好和成见出发,过左的完全否定旧剧对社会的影响和功效,也已证明是不恰当的。旧剧在动作、音乐、舞蹈和色彩上都有着优点,是继承了中国古代演剧的一些宝贵传统的。这种传统,在创造新歌剧和民族歌剧上会有一定的成就和贡献,我们不应加以漠视和无原则地一概抛弃。其次,大小城市和乡村里有着它相当数量的观众。有人愿意出钱上“大课”,我们就应利用这些“大课堂”,宣传政策,进行广泛的社会教育。

旧剧有很多毒素,但如果因成见而不管,让他自流或者用消极态度来取消，则都是过急的、不负责任的、因噎废食的办法，而实际并不能解决问题。只有积极地改造它，改造旧剧，转过来使它为人民服务，才是办法。

"戏子"，尤其是"旧戏子"，在中国的社会上是没地位的，名字本身就含有蔑视的意思。诚然他们有缺点，但必须认识到这是旧社会带来的。人民剧院在一年多的教育中，经验告诉我们，他们是能够改造的。而今天他们在作风以及其他方面都已有了很大进步。经过改造而且已经转变、能为人民服务的剧人，我们应该认为他是新的艺术工作者。我们不应该还用旧社会看他们的眼光来对待他们。

三、在旧剧基础上改造旧剧

这次排演中间曾彩排过几次。第一次彩排令人难以相信地完全失败，使演员们莫知所措，使领导排演的我们也感到困难。又重新鼓舞精神，改变方法继续排演下去，到第二次彩排才确定了信心。在这里得到一个很宝贵的经验教训：必须在旧剧基础上改造旧剧。

倘不在旧的基础上创造新的演技，而一切都采取硬装的办法，即不顾到旧剧的统一性，而生硬地把我们认为新的表演方法硬装进去，这结果是会不协调，变成滑稽的。《九件衣》的剧本，无论在场面的处理上，还是在表现感情的手法上，都有些新的尝试。但这些尝试如何在旧剧舞台上得到适当的处理，才不至于妨害了旧剧形式的统一，是一个大问题。在我们第一次彩排的时候，这个问题没有很好地解决，只强调了演员情绪的真实，而不顾旧剧形式的完整，因此演出结果是非常不协调、出奇地混乱的，演员各自为政，化装也形形色色，不仅情绪不连贯，简直就是一盘散沙。

过去旧剧是为统治阶级服务，宣扬忠、孝、节、义、迷信等封建的内容。因此从内容到形式，从个别的小手法到整个表现感情的方式，是有它的统一性的。今天要以新的观点来发掘真正的历史面貌，表现真正的人民史迹，创造新的历史剧和民间故事剧，在表演方法上就必须有所不同，必须要有新的创造，加进去新的东西（如群众场面，表现情感等）。但必须在旧剧基础上改造旧剧，逐渐推陈出新，才不至于重复我们第一次彩排的失败。

同时反对旧剧改不得、一改就成四不像、“京派”味道多么好等想法。这实际上是一种保守观点、个人趣味，结果会妨碍旧剧改造的发展。在改造旧剧中难免会有缺点，但是并不奇怪，在不断摸索中会逐渐克服而产生出比较完整的旧剧艺术形式。

四、新的尝试

为了使其在艺术上完整，保持演出形式的统一，曾在布景、化装、服装方面做过适当处理。但由于条件所限，没有达到理想中的程度。今天只是简单提出来，供大家研究。

旧剧化装，常是各自为政，并不了解角色，人云亦云。有的简直胡画一阵，弄得很脏，而破坏了人物和剧情。这次对剧中人曾做了研究，注意到人物性格和旧剧化装中的美。

旧剧在灯光上一贯是白光平面，或者演机关布景的戏就乱用灯光。这次《九件衣》的演出，会初步注意使用灯光，使它帮助剧情。

布景尽量使它朴素简单，配合剧情，造成一定气氛。一句话，以戏为主，使它帮助剧中内容情节的发展，而在旧剧美术上发挥它的优点。

服装注意到剧中人物的性格和布景颜色的协调。旧剧中检场人出现于舞台上，常常破坏剧情，分散观众的注意，这次尽量利用拉幕的变化，代替了检场。为表现情感，在音乐锣鼓上也有某些地方的改变。

应该着重提起的，是演员们尝试了新的排演方法，在演技上遇到困难而得以解决。这次采取了话剧的排演过程（当然也有某些改变），首先研究剧本角色，然后对台词、排演、走场子、彩排、预演到正式演出。在很严肃的反复不断的排练里，演员们提高了一步。他们开初不习惯，经过耐心说服，当《九件衣》演出之后，他们才感到这种排演的好处。他们了解了剧情，掌握了人物性格，而以艺术的真实感动了观众。

一个演申大成的演员给我讲："我演完申大成，再演别的戏，感到不大对劲儿。"我提醒他："是不是感到不真实？"他恍然说："对，好像是假的了。"他感觉演这个戏与演别的戏不同。这是因为他了解了这个人物，走进角色中去，他已不是他本人。正因为他真实地完成了这个角色，所以他才能那样地感动人。

这也就是《九件衣》演出中一个最大的收获。

## 第一场

红漆大门，高台阶。

内喜厅声中音乐悠扬。

忽起吵闹喝骂声，一个衣服褴褛的汉子，从里面给摔出来。他跌撞着滚下台阶，半天爬不起来。

以花二为首，三四个打手横眉怒目挽袖子伸胳臂站在台阶上。

花二：什么东西，不撒泡尿照照，竟敢到这儿放赖。你穷疯咧，你！滚！趁早滚！再啰嗦，大爷放狗出来吃了你！什么东西！

（下，打手们亦作轻蔑状，随下）

（那汉子勉强从地上挣扎起来，忍痛疲行，越想越气，回头一望，见已无人，怨愤的……）

汉子:嘿呀!我把你这吃人的活阎王!(西皮摇板)

恼恨那活阎王为富不正,

损人利己惹人憎;

全然不顾穷人的命;

都是些米仓里的耗子,

脓血上的苍蝇。

柔软莫过溪流水,

水流不平也高声;

我本待上前去跟你拼,

(跑上台阶,内恶狗狂吠声。接唱)

又怕他豪门恶狗乱吠声。

(退回,徘徊,沉思)

(白)我崔杰,在这花自芳花府上做一名长工,也是我起早贪黑,劳累过度,不想到了今年秋天,染下一病,是那花自芳叫我回家养息,好容易可以起来走动了。又到了这十冬腊月,无衣无食。我得病一月那花自芳扣了我四个月的工钱,分文未给,万般无奈,今日上门求讨。谁想花自芳不但不肯偿还我的工钱,反命他的管家把我打出门来,这气如何忍受得下。我本待现在和他拼了,又怕他人多犬恶,无济于事。唉,天哪,天!我崔杰的这口怨气难道就罢了不成吗?(内鼓吹音乐嬉笑声)也罢!想这两天他正忙着他女儿的喜事,家下异常忙乱,我不免趁个机会,觅把刀儿,做个假脸,在今夜溜进他的后院,偷——(略张望)偷他些东西出来,以解我心中之恨。正是:阎王欺压何时了,拼着穷苦命一条。活阎王,你等着吧。(下)

## 第二场

（花自芳家大厅）

（大管家花二上）

花二：我做管家真个俏，人人见我都赔笑；员外今天嫁女儿，一心一意挖钞票。我大总管老二。伺候我们员外这么多年，全凭上拍下哄，心狠面辣，见钱眼开，无孔不入，讨得我们员外好不欢喜。我们员外不是别人，就是那赫赫有名的花自芳。因为这城里头有一半是他的产业，又名花半城；更为了他自小就爱那个道道儿，人称花花太岁；又因为他从豆梗子里都要榨出豆油来，别号活阎王。真是活人儿见了乱哆嗦，死人见了也得打冷颤，那个威风可也就别提了。只因过两天就是我们小姐大喜的日子，眼看日子一天天地近了，送来的贺礼也就一天天地数不清了，堆得就像山似的。我不免把小管家人称剥皮张二的叫出来，查点一番，也好回我们员外的话。我说张二呀！

张二：咻。（急上）您在这儿呢，大爷！（打千，顺手为他掸土）瞧，大爷忙的，裤脚管上都是土。大爷，您有什么吩咐？

花二：（正眼都不瞧他）我说张二啦！

张二：是，大爷！

花二：刚才那个臭扛活的，竟跑到咱这地界来要账，这还有王法吗？啊?！咱会欠下他的！啊？幸亏是我碰见了，这要叫老爷碰上，是你担着，还是我担着，啊?！他穷疯了，你也痰迷咧！啊！

张二：（一退六二五）是，大爷！是，大爷！是，大爷！

花二：谁把他放进来的！

张二：我这就查！谁在那儿呢！

（王五赵六应声而上）

赵六、王五：（急走上）是二爷！给大爷请安！

张二：给大爷端个座来，他妈的全是些木头。没见大爷在那儿站着呢，把大爷累坏了怎么着？！

赵六、王五：是。二爷！（椅子挪前）大爷请坐。

张二：刚才那穷小子崔杰，是谁把他放进来的？这是什么地界，也容他到这儿耍赖，你们都瞎了眼啦，啊？！

赵六、王五：是，二爷！

张二：这幸亏是大爷跟我碰见了，要是让老爷碰见，还是你们担，还是我担，啊！

赵六、王五：是，二爷！

花二：以后小心点儿！

赵六、王五：是，大爷！

花二：滚出去吧！

赵六、王五：谢大爷！（下）

花二：张二！

张二：有！

花二：今天送礼的多不多？

张二：嘿呀，我的祖宗，可老鼻子咧，把个账房挤得透不过气来。

花二：都是谁家的？什么品样？报给我听听。

张二：南城孙大老爷红缎喜帐一付；崔二奶奶金首饰二件；蒋大老爷苏绣喜被四床。北城王三大人银抬面全付；陈翰林贺联一付，画一张。西城陆大人金耳坠一付，外贺礼二百吊；冯大少爷铁公缎衣料两匹，外云南火腿六件。北城罗姑丈大人瓷器四件，宫花四朵；金三舅大人碧玉簪一枝，钗头凤一件。玉泉当同仁们送来金麒麟一个，软烟罗一匹；县里的乔大老爷玉如意一件。还有些零七八碎的，我都抄在这个单子上了！

花二：全了？

张二：我从账房抄下来的！

花二：既然全了，待我把老爷请出来，报给他老听听，看有什么吩咐！有请老爷！

花自芳：嗯哼！（上）不养蚕桑不种田，脂粉业里乐余年，一生不知柴米价，坐拥奴仆万万千。老夫花自芳，人称花花太岁。是俺祖上，代代为官，挣下偌大家私，真乃是良田千顷，美婢如云。到了俺的手上，经数十年的苦心经纪，真所谓财发旺地，是越发地兴隆了。是某家，自幼起下一个心，叫作：脚下不踩他姓地，手上不用自家钱。倒也颇为逍遥自在。过两天，是我小女儿出嫁的日子，不知家下的准备好了没有。我说花二啦！

花二：唉，小的在这儿呢！

花自芳：小姐的婚礼准备好了没有？

花二：准备得差不离了！

花自芳：礼物收进多少？

花二：可是老鼻子啦！今儿个一天的，就堆了两间屋子。这是一个清单，请老爷过目。

花自芳：拿来我看。（随意看了几眼，打哈欠，寻找）

老二：老爷要什么?!

花自芳：我的鼻烟壶呢，混账！

花二：（向内喊）老爷的鼻烟壶，快点儿。

女婢：（急上）来咧！

花二:老爷在前厅讲话,你干什么去咧,啊?!

花自芳:(狂嗅鼻烟,作过瘾状)这县里的乔大老爷——(忽然想起)我的参汤呢?!

花二:(向内喊)老爷的参汤,要参汤。

春英:来咧!(端参汤上)

花自芳:这乔大老爷,一个穷县知事,也居然送了这么厚的礼,也就难为他了。

花二:自从他到任以后,老爷在诸般事情上,对他都有个照顾,这也是他的孝心,报答报答老爷!

花自芳:嗯。(将嘴伸向参汤,生气的)你个王八日的,你想烫死我呀!

春英:(惊惧,失手碗落地)

花自芳:(怒气)啊!

花二:(给了她一拐子)什么东西,再去端,快点儿!快点儿!

春英:(战战兢兢地又端一碗上)

花自芳:(伸腿,跺脚,咧嘴)啊哟,啊哟,哈!

花二:(着急的)老爷的脚气又发啦,快点儿,快点儿,小五哇,小五!

侍女二:(急上)唉!

花二:脚气发啦,快点儿!

(侍女二急跪在地下,把他的尊足抱在怀里,揉捏起来。于是侍女二为他捏脚,侍女一为他捶背,春英为他一口一口地喂着参汤。他乃一会儿龇牙咧嘴作过瘾状,一会儿向鼻内抹着鼻烟,一会儿又咳嗽一声,在侍女们急忙端来的痰桶里吐一口痰。向花二发起话来)

花自芳:那小姐的嫁衣都绣好了没有?

花二:误不了事,全城有名的好针线都请下了。

花自芳:时样要新,绣得要精,这是一辈子的大事,别扭了那孩子的性子。小姐有什么主意,教给他们,只要把小姐伺候好了,老爷我有赏。

花二:这您可放心吧,都是好针线,西街的夏玉婵,连小姐都夸过她呢!

花自芳:哪一个夏玉婵?

花二:就是前年在黄河里淹死的冯大的媳妇,小名叫玉婵的,不是年下还给你老来磕过头吗?

花自芳:谁能记得住这么多。只要小姐喜欢就行。(龇牙,咧嘴,咳嗽,吐痰。又把那张单子翻来翻去,忽然有所发现)怎么,只有这么几家佃户来送份子钱,那些王八崽子都死绝户了。

花二:是呀,张二,这怎么搞的?!

张二:是还有几户没缴上来!

花自芳:什么时候了,还不缴上来!有哪些人未曾缴上?

张二:有李五、王横、申大成。

花自芳:申大成?

花二:就是那天来给做嫁衣的漂亮娘儿们,申娘的丈夫。

张二:就是他。

花自芳:噢!(意思深长的)好得很,要给我追讨。

张二:是!

花自芳:花二,那些佃户也要追。

花二:是呀,等喜事办完了,他们才缴,还是怎么的!

花自芳:这几个钱本来不算什么,老夫也不稀罕这个,不过大喜的事,要他们这些穷崽子凑个份子,替小姐打造个百家欢,图个吉利凑个热闹。怎么,他们难道连这点意思也不懂吗?他们靠谁的恩典,才有碗粥喝啊!这些忘了本的野杂种,竟连老夫,也敢不放在眼里了。

花二:是呀,简直都他妈该上法场!

张二:我这就去催!

花自芳:(越想越气)告诉他们说,过了明天,要再不缴,老夫就不要了。钱嘛,要他们留着自己用,种的田嘛,就给我抽回来,住的房嘛,也得给我腾出来,让那些王八日的喝西北风去!真是岂有此理。

(他生气地一挥膀子,左右搀扶的两个侍女就一人跌了一个跟斗)

花二:快,搀好老爷,快!

(在众侍女搀扶下,花自芳下)

花二:还站在这儿做什么,还不快去催!

张二:是!(急下)

花二:家人们呢?

(内:"嘿!"一群男仆自左,一群女仆自右,走上)

花二:现今府上有喜事,忙得个马仰人翻,大伙儿说不的,都得勤俭着点儿。不论上夜的,打更的,上房伺候的,后院伺候的,都不准偷懒睡觉。这种年月,地方上不安静,现在到处有李闯王的贼兵,土匪强盗多得很,大喜的事,别让宵小偷咱们一下子,都听清楚了没有?

众:听清楚了!

花二:(对赵大)赵大!你在做什么?

赵大:我在扫院子。

花二:不要扫院子,担水去!(赵大应下。对更夫)打更注点儿意!

更夫:是。(下)

花二:(对护院的)你们晚上可要留心!

众护院的:是。(下)

花二:春英呢?!

春英:(恐惧的)在。

花二:瞧你这贼像,我一见你就来气!

春英:(哆嗦的)大爷!

花二:你刚才怎么啦,把碗给砸在地下,啊!你想找死还是怎么的!这两天没打你,你的肉就痒痒啦!跪下!

春英:(颤抖着跪倒)大爷!

花二:来呀,给我拿鞭子来!

春英:大爷,再不敢啦!(哭泣)

众仆人:大爷饶了她这次吧!

花二:这几天办喜事,好!先记下你这顿打,今天就罚你在这儿守夜,当心嫁衣,别让老鼠咬了!再敢偷懒,我揭了你的皮!大家散了吧!(打呵欠)我也得过瘾去了。

(众下)

(剩下小环和春英)

小环:春英姐,快别哭了!咱们把这嫁衣叠起来吧!别真叫老鼠咬了!

春英:(抹泪的)这种日子还不如死了好!

小环:什么死呀,活的,人家说,好死不如歹活着!

春英:像这样活着,整天挨打受骂,倒不如死了痛快!这样的日子实在过不下去了!(想想难过的)总有一天,我心一横,就用把刀子抹了！

小环：多可怕，快别提了！

春英：有什么可怕的，总不比花二花阎王更可怕，告诉你吧，我连刀子都偷偷地预备好了！

小环：不要开玩笑了，我怕听！还是叠衣服吧！（有意转话，一件一件地叠衣服）姐姐你瞧这一件，绣得多么好看，这儿有两个鸭子浮水——

春英：这是鸳鸯戏水——

小环：哟，瞧这件的燕子飞得多好看！

春英：这叫乳燕朝阳！

小环：哟，瞧这件，多好看的长嘴乌鸦——

春英：这是凤凰。

小环：是是。（几次说错，不好意思再问了）

春英：数数看，这一包是几件。

小环：（数状）一共九件。

春英：怎么九件！没有错吗？再数数！

小环：（又点一次）是九件！没有错。

春英：快包起来吧！

小环：不晓得什么时候了！

春英：听，打三更了！

（打更的老人走场）

打更老人：（打更）善心的太太小姐，老爷公子们，起风啦，小心火烛哇！（随口哼小曲）

三更三点月西斜，

流浪汉子想起了家；

想起了家来想起了家，

啊哈哈……

（花二持灯。巡夜上）

花二：谁？

打更老人：我！

花二：半夜三更的，吼什么！

打更老人：这月黑地，嘴里念叨着点儿，心里——

花二：胡说！放肆！

打更老人：不叫念叨就不念叨呗，这还——

花二：（向房内）谁在房里？

小环：啊，大爷，是我。

花二：小姐睡咧吗？

小环：老早睡咧！

花二：别贪懒，机警着点儿，半夜里小姐醒了，要茶要水的，别惹小姐生气。

小环：是喽！

花二：春英在这儿吗？

小环：在。

花二：告诉她，好好守夜，有了错，要她的命。

小环：是。

花二：别老在这打，到别处转转去！

（花二下，侍女进内）

打更老人：这小子可查过夜了，我且找地方睡一睡去。（打更下）

春英：小环，大总管查夜查过去了，想是不会再来了。睡一会儿吧！

小环：姐姐你去睡吧，我在这儿伺候着。

春英：你去睡吧，他罚我在这儿守夜，我要是离开，又要挨打了！

小环：我在这儿陪姐姐！

春英：不要，我一个人不要紧的！

小环：那我去了！

春英：你去吧！

（小环下）

（白）嗐，想我春英，在这阎王府内，每日里战战兢兢，提心吊胆，终不免挨打受气，忍受饥寒。看这浑身上下，不是青，就是紫，没剩下一点儿好皮肉，似这般活在世上，还有什么出头日子！

（唱）

阎王殿冷森森夜深人静，

苦春英偷垂泪忍气吞声；

天哪，似这般受折磨难？挨活命，

倒不如拼一死早日投生！喂呀！

（春英哭诉了一会儿，渐入睡乡）

（风吹灯摇摇欲灭）

（崔杰戴假面，手持短刀上）

（崔杰摸索，躲闪，虚惊，放轻脚步，渐摸索至屋前）

（湿破窗纸，向内张望）

（用刀拨门，入内）

（蹑手蹑脚地径奔衣包）

（一不小心，误触一物落地，当啷一声）

（春英惊醒。张望，崔杰躲闪，假脸落地。春英又渐渐入睡）

（崔杰取衣包。衣包到手后，急蹑足下）

春英:(忽张目,似乎感觉到有什么不对,起来走动,见假脸大惊)这是什么!怎么门开了!(急检视)哎呀,衣包呢!(寻找)哎呀,嫁衣怎么不见了!(向窗外望)那儿有一个黑影!那是谁,没有了。哎呀,有贼!(缩住口)有贼了!

(外边花二声:"死王八日的又偷懒啦!打死你!")

春英:这下子可活不成了。花二要打死我!要打——妈呀,你怎么忍心把你女儿卖到这种人家,什么时候是我出头的日子!与其让他们打死,倒不如——(她抽出短刀)刀哇,我藏了你这么久,到底用着你了。贼呀,你快点儿跑吧,跑吧,我不会喊的!我早晚是死,我喊人捉你干什么呢!我,我早就不愿意活了。(她以刀刺胸,呻吟倒地)

(幕急闭)

## 第三场

申大成家。

(申娘上)

申娘:(唱四平调)

一片心悬饥寒恨,
两条眉锁稻粮谋;
只为东家婚嫁事,
无钱买笑使人愁。

(白)我申娘,丈夫申大成,只为家下贫寒,租了花员外二亩地种。如今花小姐出嫁,员外分派下来,一亩地一两银子,要我们随众贺喜。想我贫寒之家,加以爹爹病在床上,哪有这二两银子的贺礼。员外催讨甚急,万般无奈,丈夫出去借贷去了,怎么这般时候还不见回来。

（张二、王五、赵六上。王五提了个灯笼，风吹得灯影摇曳）

张二：小心点儿，伙计，风把灯吹灭了，咱们就得摸黑了。我一想到这些穷小子就有气。大冷的天，害得老子们到处跑。这次小姐出门子，统共一亩地才派了一两银子，早点儿缴上，不省得老爷生气，爷们儿跑腿吗？真他妈穷泥腿子，没有一个好东西。拿灯照照，这是不是申大成申小六子的家呀！

王五：是他家。叫门吧！

张二：叫什么门，几根破柴火棍，三脚两脚踹开算了！

赵六：开门，开门！

申娘：这早晚外面有人叫门，想是他借钱回来了！

张二：开门，开门！

申娘：谁呀！

张二：我的声音，都听不出来！

申娘：（吃惊的）你是谁？

张二：我是你祖宗！（两脚把门踹开，闯进）什么东西，统共这一间破草房，门关得倒紧！

申娘：（赔笑的）我不知道是二爷来了！

王五：（戏谑的）要知道是二爷来，你就开了，是不是！

申娘：（难堪的）王伯伯不要取笑！

张二：你丈夫小六子呢！

申娘：出外借贷去了！

张二：你爹呢！

申娘：染病在床！

张二：叫他起来，我有话说！

申娘:他一个上了年纪的人,刚刚睡好。二爷有话,跟我说也是一样的!

张二:(翻了脸)啊哈,好哇!大小姐出嫁,一亩地派了你们一两银子,你们租了两亩地,一共是二两银子,怎么到现在还不交,气得老员外吹胡子瞪眼睛地骂人,你们想造反还是怎么的!

申娘:不是我们不交,实在是没钱可交!

张二:没钱,没钱你们自己回老爷话去。别让老子跟着挨这份骂!

申娘:他出去借贷去了,借了回来,立时就给二爷送去!

张二:要借不回来呢?!要借不回来呢?!啊?!

申娘:这个——

张二:别跟我这个那个的,伙计们,看有什么东西,先拿着。

赵六、王五:(四处搜寻了一下)回二爷,任什么没有,只有一股臭气。

张二:床上?

王五:一床乱棉絮,还没有虱子沉呢!

张二:米缸?

赵六:米缸里没米,只有一点点糠。

张二:柜子里?

王五:柜子里是几只破碗。

张二:那灶火台上?

赵六:铁锅一口——

张二:把锅给我起着!

赵六、王五:是!

申娘:喂呀。(唱二簧散板)

张二爷生气把锅起,

小申娘难顾薄面皮。

你高抬贵手放过去，

你从来疼爱我夫妻，

不是我不交银二两，

二爷呀，

实在是少米无柴忍寒饥。

张二：你算了吧！抱着走！我告诉你，小娘们儿，明天缴上份子，还给你锅，缴不上份子，老爷说了，赶出房子抽回地，你的日子也就别想过咧！走，走！

（张二、王五、赵六下）

申娘：（追出，惨叫）二爷，二爷呀！（唱二簧散板）

猛听得抽回地赶出房子，

吓得我打战哆嗦好比断丝；

喊二爷喊得我口干舌苦；

（唱叫头）老天爷呀！

（申父策杖上接唱）

申父：耳边又听哭喊声。

（叫）媳妇，媳妇哪里去了。

申娘：来了。爹爹醒来了，这个如何是好。（急拭泪进内）爹爹，怎么你走出来了！

申父：你到哪里去了？

申娘：我自觉头昏眼迷去到外边凉爽凉爽。爹爹不在床上安息，怎么走出来了。

申父：我睡梦中听得有人哭喊，是怎么回事？

申娘：（遮掩的）想是爹爹睡梦里听错了！

申父：我分明听见！

申娘:想是那风——

申父:嗯!

申娘:风吹得屋檐响!

申父:刮风了?!

申娘:是!

申父:会不会下雪?

申娘:这会儿天黑压压的,想是会下雪!

申父:麦子下了种没有?

申娘:下了种了!

申父:下了种就好,不然这场雪一落,就要迟了。嗯,大成怎么还没有回来!

申娘:这个——

申父:哪里去了?!

申娘:哦——

申父:莫非这小畜生……

申娘:(紧接)爹爹不要错怪他,这两天花府的小姐出嫁,他去帮工去了!

申父:帮工去了?!

申娘:嗯!爹爹身体不好,让我来扶爹爹进去安息吧!

申父:不必,我这会儿倒觉得精神起来了。申娘!

申娘:爹爹!

申父:你看我的病,是不是见好了!

申娘:是大好了!

申父:不会死了?!

申娘:爹爹说哪里话,像爹爹这样身体,再活个二三十年,也不打紧的。

申父:如此说来,我倒想起一件心事来了!

申娘:爹爹有话请讲。

申父:想你妈归天那年——

申娘:哦!

申父:正赶上年成荒旱,地冻天寒,家下少米缺柴,无衣无食。上天无路,入地无门。我一,欠下花老员外的租子缴不上。

申娘:嗯!

申父:二,停着你妈的尸首没法子埋!也是我想你妈跟我夫妻一场,这活着嘛,跟我受了一辈子罪;这死了嘛,难道连个棺材都没有吗?——

申娘:(忍泪)爹爹!

申父:是我求爷爷,告奶奶,东拼西凑,把你妈在家下停了七天,才凑起了一付棺材板钱——

申娘:爹爹,这些过去的事,越想越难过,您就不要想了!

申父:谁知道花老员外的人已经堵在门口,就在你妈的尸首旁边,把她的棺材钱死活抢夺去了!(唱二簧散板)

你婆母死得实可怜,

求来的棺木钱被抢完。

我死之后你们不要为难,

贫富之家不一般。

申娘:(惨声)爹!

申父:是我心里一狠,叫了声妻呀妻呀,用炕上的席子把她一裹,我就——

申娘:爹爹,不要说了。

申父：因此，我倒悟出一个道理来了！

申娘：什么道理？

申父：这丧葬之礼，乃是替富人们预备的，像我们这穷苦人家，哪里还讲究什么棺材草席，只要有块土遮遮羞也就是了。申娘你记着，我死之后，你们活着的还得活下去；我这死了的，只要有块土、有领席——

申娘：爹爹，讲这种话，叫我们做儿女的——（哭倒）

申父：咿——，怎么哭起来了。你不是说我还要活个二三十年，哪里就死了哇！

申娘：（敛泪赔笑）是，爹爹死不了的！

申父：死不了的？

申娘：是！

申父：还要活二三十年？

申娘：是！

申父：是真的？

申娘：是真的！

申父：那你们现在有事，为什么瞒着我呀？

申娘：（大惊）爹爹！

申父：你们小夫妻，这两天神色张皇，嘀嘀咕咕，哭哭啼啼，分明有什么大事，为什么不说，为什么不讲，难道还怕我急死不成？！

申娘：（勉强的）爹爹不要疑心，无有什么事的！

申父：我的疑心？

申娘：是。

申父：真的无事？

申娘：（酸楚的）真的无事！纵然有什么事，也有我们二人担当，用不着爹爹操心，但望爹爹安心养病，早日愈好，就是我们夫妻之幸。

申父：无事就好，无事就好！哈哈哈！

申娘：（赔笑的）要我来扶爹爹去睡吧！

申父：不要你扶，我自己能走。（下）

申娘：唉！（唱二簧散板）

老爹爹病不宁担惊受怕，

我只得巧言笑半真半假；

说不尽伤心事缠绕如麻，

卖绝了劳碌命也难以生涯！

（白）这半晌爹爹想是睡了，丈夫还不见回来，日间有表姐送来的一些手工，我不免拿出来替他做着，等我丈夫回来便了。

（做针线）

申大成：（醉上）（唱二簧散板）

夜沉沉风飕飕割人肌肉，

求亲告友脸含羞，

东家没钱西家走；

人人俱是穷骨头。

没奈何赊了四两酒，

酒入愁肠愁上愁。

（白）我待向天去借！

天上乌云不开口；

（白）我待向这风去求？

北风向我乱摇头；

（狗叫声，拾石打狗，接唱）

穷汉愧对丧家狗，

且转家门另计谋。

（白）我申大成，只因花老员外嫁女，派我随喜二两银子，是我到处奔走，未曾借到。路过徐家酒店，向徐老丈赊了四两烧酒，喝下肚去，不免回到家中，再做道理。来此已是家门，（上前拍门介）怎么两门大开，啊，想是替我留的，不免进去。啊呀，且慢。想我出外借钱，如今钱没借到，倒喝得这样醉醺醺的；申娘问起，教我何言答对。（寻思介）唉，花自芳活阎王的女儿出嫁，管我姓申的什么事；要我出二两银子贺喜。老子一不欠租，二不拖债；怕他什么；老子的爹生了病还没钱吃药呢！哼！没钱，有钱也不凑这份子，对呀，对，就是这个主意。

（进门，与申娘相见介）

申娘：你回来了！

申大成：（不言语）

申娘：外面天气寒冷，要不要我生把火来给你取暖？

申大成：不要！

申娘：你怎么了?!

申大成：（恶声）我没有怎么！

申娘：（无可奈何，半天，忍着头皮问）银子借来了没有？

申大成：啊，银子?!

申娘：（着急的）你倒是借来了没有哇！

申大成：（愤怒的）没有，没有，没有，又怎么样呢！

申娘：没有可怎么好呢！

申大成：老子一不欠租，二不拖债；有什么怎么好，有什么怎么好！

申娘:花员外明天还等着要呢!

申大成:要,他跟死人去要,活人没有。要钱吗,没有,要命吗,有一条在这里!

申娘:这行吗?

申大成:有什么不行,有什么不行;你说有什么不行?!

申娘:你怎么这么乱吵嚷!轻一点儿,爹刚刚睡着。告诉你,明天没有银子,是不行的。

申大成:(轻声,但有怒气的)有什么不行?

申娘:刚刚张二来了,因为没有银子,把锅给起了去咧!

申大成:(怒喊)什么?!

申娘:轻一点儿!

申大成:(轻声)你说什么?

申娘:把锅给起了去咧。说是明天有银子还锅,要是没银子——

申大成:怎么样呢?

申娘:就要赶出房子抽回地了!

申大成:啊呀!(唱二簧散板)

听此言浑身颤嗽——
未曾开口心内酸,
当年妈妈死得惨,
停尸七天尸骨寒,
好歹凑起了棺材板,
老贼强抢死人钱;
如今又来欺压咱,
揭锅抽地活命难。
罢,罢,罢,不必在此苦留恋,

宁走天涯路八千。

申娘:能够离了他家的门,岂不是好,真是要逃走外乡,这床上老的,我肚里小的,怎么得了哇!

申大成:(长叹息)嘿呀!

申娘:这地方人虽然不好,到底是你我的乡土。好歹还是想个法儿,还了这笔阎王债吧!

申大成:不瞒你说,能够去借的地方,我都走遍了,分文未曾借到,实在地无法可想了。

申娘:真的无法可想了?

申大成:无法可想了!

申娘:都借到了?

申大成:亲戚朋友,都借到了。

申娘:(寻思介)夏家表姐处可曾去过?

申大成:这个——唉,想那夏家表姐,乃是一个寡妇,靠了两只手做针线,养活一个老的,一个小的,哪有什么闲钱,就是有,我也羞于启口哇!

申娘:如今也说不得这些,救命要紧。现在这事情,我还没敢让爹爹知道,乘着天还未亮,但凡认识的人家,你再去跑跑吧!

申大成:跑也是白跑,不济事的!

申娘:天无绝人之路,去试试看吧!

申大成:你说是天无绝人之路?

申娘:嗯!

申大成:好,我就去。

申娘:去呀!

申大成:我就去!

申娘：去呀！

申大成：嗐，申娘，你哪里知道，我们穷人的路，就是被那活阎王们绝的呀。（下）

（申娘关门下）

## 第四场

（夏玉婵家）

（已经夜深，夏玉婵陪她婆婆安睡后）

夏玉婵：（唱西皮原板）

夜已深更鼓响声声送远，

给他人做嫁衣活命维艰。（行弦）

（白）方才扶持婆婆睡下了。这花员外的嫁衣要我连日做成。咳，自从丈夫去世，全靠这两手扶养老母幼子，终日忙忙碌碌尽为他人做嫁衣也。（接唱）

莫奈何倚灯前穿针引线，

用彩笔我这里描凤画鸾。（风声）

灯摇曳若游丝眼前昏暗，（看介）

原来是寒风起想念儿男！

（白）原来是一阵寒风，不由人又想起我那被淹死在河内的丈夫来了。咳，想我丈夫为了一家糊口，每日操舟打鱼。不幸那年忽起狂风暴雨，活活把我丈夫淹死在河内。咳，黄河哇黄河，被你淹死的人不知有多少了。（接唱）

看起来穷人命不如豪犬，

打鱼人十有九反被鱼餐。

狗儿：（睡意沉沉走来）妈，你听鸡都叫了，你还不睡！

玉婵:等妈把这件嫁衣绣好,再去安睡。

狗儿:妈!你整天忙着做新衣裳,可从来没见你穿一件。

玉婵:傻孩子,这是人家的呀!

狗儿:人家的为什么总是叫你做!

玉婵:孩子!皆因咱们是穷人,没有钱,才不得不替人家忙碌,赚几个工钱,给你买饼子吃。

狗儿:哦,是这么的呀,现在我年纪小,你才不得不忙来忙去忙给人家!

玉婵:是的!

狗儿:等我大了,有了力气,妈,我赚钱养活你,你也替自己做一件新衣裳穿穿。

玉婵:孩子,等你大了,你赚钱养活我——

狗儿:对啦!

玉婵:你做什么生活养活我?

狗儿:我呀,我到黄河里打鱼去!

玉婵:(惊吓的)你说什么?!

狗儿:我到黄河里打鱼去!

玉婵:儿呀,那黄河么!我是不许你去的!

狗儿:为什么?我爷爷在黄河里打鱼,我爹爹在黄河里打鱼,我为什么就不能去呢,我一定要去!

玉婵:唓,儿啦,你爷爷打鱼,淹死在那河内,你爹爹打鱼,也淹死在那河内,这黄河么!我宁肯饿死,也是不让你去的,儿啦!(唱二簧散板)

孩儿细听娘的话,

黄河之水属豪家;

代代相传把鱼打，

到头来落得葬鱼虾。

（白）想当年你父只要下了那河呀……

雨敲窗棂风声紧，

活活地吓死了我闺中人，

（白）这样担心受怕拼着性命赚来的钱呢？！

鲜鱼卖尽鱼网破，

先偿鱼税后济贫。

（白）到你父亲淹死在那河内。

茫茫河水青青草，

亲老子幼哭无声。

（白）那霸占黄河坐收巨利的花老员外呀，

依然坐享千年利，

哪管渔家死共生。

（白）儿啦，我无论如何是不放你去打鱼了。

哪怕你缺胳臂少腿吃闲饭，

强似那葬身鱼腹尸骨无存！！

狗儿：妈，你不要着急了。我不去打鱼，我做别的事养活妈。

玉婵：这才是好孩子。儿啦，你听鸡叫两遍了，你快去睡吧。我也就要睡了。

（扶狗儿睡下）

（玉婵挑灯刺绣介）

（申大成上）

申大成：（低头寻思）方才回到家去，也是我心中烦闷，吃酒使性，找着申娘怄气，多亏申娘，将善言开导，着我到表姐家再去碰碰运气。是我走出家来，一路寻思，这表姐家孤儿寡妇；慢说是无钱可借，即便有些积蓄，叫我如何开口。几次走过表姐家门，终不敢上前敲门。我本待回去，这明日无钱如何是了，我待要上前，唉，想表姐孤寒叫我怎忍得下心肠。唉，也罢，事已至此，只得上前叫门。（敲门）开门来，开门来！

玉婵：（吃惊介）半夜三更，是何人叫门，（听介）哪一个？

大成：表姐开门来，是我申大成！

玉婵：表弟来了，待我开门。

（开门入内相见介）

玉婵：哦，表弟，深夜前来，想是有什么不得了的大事！

大成：（欲言又止，叹气）嗐！

玉婵：表弟有话请讲！

大成：我——（话到嘴边，又咽住）

玉婵：怎么了，莫不是你爹爹他——

大成：不是的！

玉婵：那你到底是有什么事，这样为难？

大成：讲也是白讲，没有用的！

玉婵：你快快说出来大家合计，俗语说：人多生巧计。

大成：（强打精神）只因——（顿住）

玉婵：因什么——

大成：（一口气说下去）只因花家嫁女，派了我二两银子，是我东奔西走，借贷无门。那张二前来催索，为了无银，把锅起去。说是明日有银便罢——

玉婵：若是无银——

大成：若是无银，就要赶出房子抽回地，绝了我一家生活之路了。

玉婵:(呆住)喂呀!(唱二簧散板)

听罢言来吓坏了我,

富户害人就不能活。(沉思)

大成:(黯然的)我知道说也是白说,空惹你跟着惊吓,我要走了!

玉婵:表弟且慢,大家商议商议。

大成:事到如今,还有什么商议,想你一个人过日子,上养亲,下教子,全凭了两手针线,勉强糊口,哪有闲钱借给我呢?!

玉婵:这个——

大成:(望见案头嫁衣,不禁起火)嗐呀,偏偏是这花家的小丫头,就是这样的描金刺凤,逼得我这贫寒之家,走投无路了。

玉婵:(忽然想起,大喜)表弟,有了!

大成:有了什么了?!

玉婵:有了银子了!

大成:(大喜过望)有了银子了?

玉婵:现成的银钱没有,可有九件衣服在此。乃是我的嫁衣,是我出嫁的时候,亲手所绣。自从你姐丈逝世以后,我几乎都把它忘怀了。我现在留着反正也是无用,你拿去或当或卖,还了这笔阎王债,岂不是好。(取衣介)表弟请看。

大成:想这嫁衣,乃是你年轻时候的心血。现下姐丈已死,尤其值得怀念。一旦为我抛弃,岂不可惜。

玉婵:自家姐弟,讲什么心血怀念,表弟,你拿去吧!

大成:(检视衣服,不忍的)这共是几件?

玉婵:共是九件!

大成:九件?!

玉婵:管他九件八件,总还值得二两银子!

大成:(含泪的)表姐如此大义,叫我这做表弟的如何承受。想我堂堂男子,不能为表姐担忧,倒要表姐你——

玉婵:(流泪)表弟,你不要讲了!

大成:表姐眼内落泪,莫非心有不忍?!

玉婵:不是我心有不忍,乃是我看到嫁时衣服,想起你那淹死在河内的姐丈来了哇!(掩泪)表弟,你快去吧,你看,天快亮了!

大成:我去了!

玉婵:你去吧!(送大成下,拴门下场)

大成:想起九件衣服,乃是表姐心中宝爱之物,若是卖去,岂不负了表姐的恩情。我不免寻个当铺,暂且把它当二两银子,日后也好赎取便了。(下)

(群鸡鸣)

(曙光现)

## 第五场

(玉泉当)

(孙小、李俏上)

孙小:当铺,当铺。

李俏:有进无出,

孙小:生吞活剥,

李俏:亚赛老虎。

孙小:活人出了门就骂,

李俏:死人棺材里嘟嘟!

孙小:挨球去吧,什么叫死人棺材里嘟嘟,人死了,他还嘟嘟什么!

李俏:他冤得很嘛,他不嘟嘟!

孙小：别他妈扯臊咧！我孙小！

李俏：我李俏。

孙小：我们哥儿俩在这花老员外开的玉泉当里做下手，今早起来，在这柜台子里一站，看看有没有冤死鬼上门来。

李俏：我说哥呀！

孙小：兄弟！

李俏：你我的东家，花老员外花府上，昨夜里出事了，听说没有？

孙小：什么事呀？

李俏：有一个大胆贼人，夜入花府，盗去嫁衣九件，杀死丫头一名，遗下尖刀一把，假脸一个。

孙小：真的？

李俏：可不是真的！刚刚老员外把咱们掌柜的传了去，咱们掌柜的回来告诉我的。

孙小：盗去嫁衣九件，还杀死丫头一名？

李俏：可不是！

孙小：他的胆子可不小哇！

李俏：简直比倭瓜都大！

孙小：这小子偷人还戴假脸，看起来怕是个常在花府上走动的熟人！

李俏：可不是嘛！

孙小：这年头人都让钱逼疯了，你我可也得小心着点儿！

李俏：敢情。

孙小：你看那边来了个人，提着个包袱，直眉瞪眼的，准是去找老虎！

李俏：当铺！

孙小：对啦，当铺。

（申大成上）

大成：走到这里，天已大亮，眼前就是玉泉当，不免进去便了。（仰望介）好高的台柜呀。（把包袱扔上去）当衣服！

孙小：（喝着茶，做不看见状）我说伙计，你吃饭了没有？

李俏：我吃了！

孙小：你吃的什么饭？

李俏：大米饭炖肉！

大成：（不耐烦，但赔笑的）掌柜的，请看看我的东西，我等着钱用。

孙小：（故作不听见状）您请喝茶！

李俏：我正肚子里油腻得慌！

大成：（更不耐烦）掌柜的，买卖上门，你怎么尽着闲扯。

孙小：（更自在的）这两天没看牌？

李俏：还说呢，昨儿个整输了他妈的八吊！

孙小：运气不好！

李俏：就别提了！

大成：（拍柜台。大声喊）当当，当当！

孙小：吵什么！误不了你棺材本。这是你的？！

大成：我的！

孙小：什么东西！

大成：衣服！

孙小：晓得是衣服。什么样的，单夹丝绵，还是皮货？

大成：是嫁衣！

孙小：（大惊）嫁衣？几件？

大成：九件！

孙小：（更惊吓）九件！好我的老爷子！（略一翻捡）拿到后面给掌柜的看看。（向李俏做眼色）

李俏：是了。（急下）

大成：怎么样了？

孙小：拿到后面给掌柜的看看，定个价钱！

大成：请你快一点儿，我有急事！

孙小：误不了。你老兄贵姓？

大成：姓申！

孙小：看你老兄这样子，八成是给人家下力吧！

大成：下力又怎么样？

孙小：没什么，我随口问问。嘻，年轻轻的，你怎么做这种事情？

大成：家中贫寒，无有办法！

孙小：家中贫寒，无有办法。可惜呀！

大成：（怒恼的）什么可惜不可惜的！我进得你家当铺，你却只管东扯西拉问长问短，是何道理。

孙小：嗬，你火气还不小呢！我们掌柜的来了！

（掌柜和李俏急上）

掌柜：是谁当这九件嫁衣？

孙小：就是他！

掌柜：你呀！你不是佃户申大成吗？

大成：正是！

掌柜：这衣服是你的？！

大成：不是我的，倒是你的！

掌柜：也不是我的，也不是你的！伙计们，把他给我绑了！

孙小、李俏：着！（绑大成介）

大成：（挣扎，愤怒）你们这些吃人的贼，清平世界，你们如此横行霸道，难道就不顾王法吗？

掌柜：有跟你讲王法的地界。

大成：天哪，这到底是什么世界？！

掌柜：得了吧，瞧你那穷像，你配有这衣服！

大成：难道是我偷来的抢来的不成？！

掌柜：你自己说出来了更好。走！拿他见员外去！

大成：什么！你，你，你们——

掌柜：走，走，走！

（推绑大成下）

## 第六场

（花府大厅）

（县长乔子侗、差人、花自芳、花二、张二及众杂役在场）

仵作：（上报）启禀大老爷，小的验尸已毕。验得女尸一口，刀刺殒命。刀从左腋而入，深及三寸，以致身亡。贼人行凶后，张皇逃去。遗下凶刀一把，假脸一个，所验是实！

花自芳：可恼哇，可恨！（唱西皮散板）

该死的囚徒真胆大，

竟敢偷盗我老花；

花花太岁谁不怕，

亚赛阎王鬼夜叉，

有朝一日贼拿下，

碎尸万段我的恨难煞！

乔子侗：（赔笑的）老员外也不必如此气恼，待下官回衙，即刻捉拿，也就是了。

花自芳：老父台你有所不知，想我花自芳，家财万贯，威震四方。平日哪个不知，谁人不怕。大胆囚徒，竟敢太岁头上动土，老虎口内谋食，岂不可恨。想这盗衣杀人，事体倒小，这偷盗到我的头上，实实地令人难忍——

（掌柜急上）

掌柜：启禀老员外，这盗衣杀人的贼，已经被小的拿下了。

花自芳：怎么讲？

掌柜：杀人贼已经被小的拿下了。

花自芳：讲！

掌柜：今日清晨起来，有一个小子，贼眉溜眼地提了个包袱到铺子里来当，孙小打开一看，是嫁衣九件——

花自芳：数目正对。

掌柜：就问他为什么做下这种事，他言说家中贫寒，无法可想——

花自芳：真正大胆——

掌柜：小的出去一看，乃是老爷家下的一个佃户——

花自芳：怪不得他戴了假脸。

掌柜：名叫申大成——

花自芳：哦，申大成，本来就不是好东西！

掌柜：小的一想，他一个穷佃户，哪来的这新嫁衣呢，分明是偷盗老爷的——

花自芳：着哇！

掌柜：小的一盘问，他神色张皇言语支吾，我就把他绑上带来了。

花自芳：现在哪里？

掌柜：现在门外！

花自芳：抓来见我！

掌柜：是。

（众绑大成上）

大成：（一路辩解）你们绑我，到底是为了什么，真是屈煞人了！

花自芳：哇！（唱西皮散板）

一见贼人怒气生，

竟敢持刀来行凶，

喝了声小子们，

众家人：有！

花自芳：给我打！（接唱）

活活打死小畜生！

大成：（嘶叫）冤枉啊，冤枉！你们怎么不由分说，这样劈头乱打，我到底身犯何罪，要这样活活地将我打死！

花自芳：住口！这九件衣是谁人之物！？

大成：九件衣乃是我家之物，到你家当铺里去当不假！

花自芳：一派胡言！分明是你夜入吾府，盗衣杀人，事到如今竟敢强词抵赖哟！

大成：想这盗衣杀人，乃是弥天大罪，你们诬赖好人，有何为证？

花自芳：现有九件衣为证！

大成：九件衣可曾检认？！

花自芳：不必检认，分明盗自吾府，难道你这穷汉，倒有这嫁时新衣不成？！

大成：难道只有你一个人的女儿才能出嫁不成？！

花自芳：哇！若非我花某的孩儿，看谁人还敢出嫁！申大成啊，申大成——

大成：花自芳！

花自芳：狗强盗！

大成:活阎王!

花自芳:啊!你敢辱骂老夫,小子们,给我打!

大成:慢来,列位兄弟,想我申大成,从小勤俭持家,并无半点过错。这是众位晓得的,现在遭此不白之冤,分明是这花阎王,为富不仁,看上了我这九件嫁衣,因此才欺压良善——

花自芳:住口!小小佃户,竟敢当面顶撞咱家,小子们——

众人:有!

花自芳:给我打,打,打!……

(众殴打介)

大成:天哪,打死人了哇!

乔子侗:小子们,且慢动手。衙役——

衙役:着!

乔子侗:把他给我搀起来。

衙役:是!

乔子侗:我说那一穷汉,你认得我吗?

大成:(软弱的)未曾识得大人!

花二:这就是县里的乔大老爷,瞧你这双狗眼!

大成:(勉强跪倒,希望的)大人给小人做主哇!

乔子侗:你怎么起意盗衣,怎么执刀杀人,好好地说给我听听,我好给你做主,你就好好地说吧!哦!

大成:大人明鉴,小人乃是个勤苦佃户,怎敢做这种犯法之事。皆因这花家嫁女,小人不该佃了他的二亩地;竟被派了二两银子的喜钱。小人贫寒,实无这银子随喜,万般无奈,乃找小人表姐家商量借贷,是我表姐家下无银。可怜小人,遂把她出嫁的嫁衣九件借与小人,小人持往当铺去当,就被这王掌柜不由分说，扯拿到此，拳足相加，打成这般模样，小人实实地冤枉啊！

乔子侗：依你说，这九件衣是你表姐借给你的？！

大成：正是！

花自芳：他表姐是什么人？

花二：就是那个做针线的夏玉婵！

花自芳：想那夏玉婵，乃是一个寡妇，平日擦胭脂抹粉，甚不正经，大人明鉴，这其中必有奸情！

大成：（怒吼）花阎王，你讲话要凭良心呐！

乔子侗：（大喝一声）不许你讲话。（向花自芳赔笑地）老员外，这件事你交给下官办吧，包管叫你满意就是了。

花自芳：谢大人！

乔子侗：左右呢！

衙役：有！

乔子侗：立刻把夏玉婵给我抓来。小心别走漏了风声。一应人犯，传齐了公堂候审！

衙役：着！

乔子侗：看轿！

衙役：着！

（乔子侗等下）

花自芳：花二！准备轿子明日老夫亲自上堂。

花二：是！（同下）

## 第七场

乔子侗：（上，引子）文章道理不中用，钱多势力就通神。

（白）敝人生来爱钱票，学会做官那一套，有钱的都是我祖宗，没钱的我日他姥姥。因我有孔即入，无窍不通，老百姓叫白了，就叫我窍窍通。两榜进士出身，在这河南开封府做个知县。到任不及一年，就被我弄了个三尺黄泥都挖尽，野外荒坟鬼夜哭。连鬼都得流泪，总算是略展平生抱负。这且不表。近日花自芳花老员外的家里，出了件盗衣杀人的案子。想这花自芳，乃是本县的首富，平常对下官也很有些照应。我不免和师爷合计合计，我说师爷！

师爷：大人！

乔子侗：那盗衣杀人的案卷，你阅过了没有哇？

师爷：倒也看过了。

乔子侗：怎么审问，如何结案，你有什么主意没有哇？

师爷：依小人看来，那申大成几经拷问，死不肯招，恐怕其中倒有些蹊跷。且那九件嫁衣，既供称由夏玉婵家借来，必有情由，也难断定就是花家之物。我看这申大成，是冤枉的！

乔子侗：怎么着，这申大成是冤枉的！

师爷：大人明察！

乔子侗：明察，我还暗访呢！

师爷：大人！我的意思是，大人请想，这花员外要是真想要申大成的命，也得破费几个才好。倒不是咱们贪他的钱，总得障障左右衙役的眼，才好下手哇！

乔子侗：想这花老员外，平常对我们都有个照应，他如今正在气头上，要不把这申大成定案问罪，他的气消不了，自然是不肯善罢甘休的。再说，目今四乡闹哄哄的，李闯那个瞎子已经打进紫荆关了。我看见这些穷小子就来气，早就想抓几个开刀，镇压镇压。事到如今，这申大成冤枉也是他，不冤枉也是他，杀一儆百，也让那些穷小子们开开眼界，这叫作宁肯错杀三千，不能漏网一人！！

师爷：大人说的怕不是有理，只是这人命大事，非同小可，若无铁证，这案卷上怕不好落笔，也恐人心不服，大人三思！

乔子侗：你的意思我明白了，你还不是想花员外的钱，可花员外的钱，就是花也得花在地界上。我们平常仰仗的地方很多，该出力的地界还是得出力，别尽顾了眼前就忘了脑后！

师爷：话虽是这么说，可左右衙役都贪图眼前痛快，又有什么办法呢！

乔子侗：（生气的）我自有办法，不用你管！案子结了，我自然有赏！

（差人上）

差人：禀大人，花老员外门前下轿了！

乔子侗：快快有请！

（迎接与花相见介）

乔子侗：老员外！

花自芳：乔大人！

乔、花：哈哈哈！

乔子侗：老员外请坐。

花自芳：请坐，哦，乔大人，不知这人犯可曾传齐？！

乔子侗：倒都传齐了，只剩下一事未妥！

花自芳：何事未妥？！

乔子侗：想这九件衣，乃是铁打的证据，申大成到底是不是真凶实犯，都在这九件衣上。一会儿公堂传审，少不得要当堂对证。老员外，你对这衣服的事儿，想是不甚了了的，你准备下证人没有哇？

花自芳：倒也准备下了！

乔子侗：看不出老员外你倒内行得很呢！

花自芳：过奖。是老夫也有鉴及此，故而带得一个侍女前来，出事之夜，这侍女与那被杀的丫鬟，曾经一同检点嫁衣。

乔子侗：如此甚妙，左右呢！

衙役：着！

乔子侗：击鼓升堂！

（拉开，县政府大堂）

（前悬“肃静”“回避”之虎头牌）

（击鼓声中，众声齐喊：“大老爷升堂喽，噉——”）

乔子侗：员外请坐。

花自芳：这公堂之上，哪有老夫的座位。

乔子侗：老员外德高望重，岂有站着之理，坐下才好讲话。

花自芳：如此太谦了，哈哈哈……

乔子侗：带申大成！

齐声：噉——

（申大成披索急上）

牢子：犯人一名，申大成告进——

众吼：噉——

（申大成当堂跪倒）

乔子侗：你就是申大成吗？

大成：正是！

乔子侗：申大成你怎样持刀杀人盗去九件嫁衣，从实讲来！

大成：小人冤枉！

乔子侗：你冤枉，谁是罪犯哪！看你这贼样，就不是个好东西！左右呢！

众声：噢！

乔子侗：看夹棍伺候！

众声：啾！

大成：（惊吓的）（唱二簧散板）

乔大人在公堂忽然变脸，

吓得我色如灰胆战心寒，

强捺住心头的如海深怨，

（白）大人哪，

全不顾你悬明镜头顶青天。

乔子侗：好哇！听你的言语，说是我高悬明镜，头顶青天，怎么着，错怪了你了吗？自从我做官以来，从来没错断过一件案子，真是名号青天比天还青，心似明镜比镜还明，谅你也不是不知道。好好地告诉我，你要不是盗衣杀人的凶手，这九件衣怎么到在你手里呢？

大成：这九件衣乃是夏家表姐所赠，小人不敢撒谎！

乔子侗：依你说来，盗衣杀人的，倒是你夏家表姐了！

大成：（大惊）大人何来此等言语，想那夏家表姐，乃是个瘦弱女人，她，她，她怎能盗衣杀人！

乔子侗：她是个瘦弱女人，那你呢，你必是个壮大强盗了？！

大成：大人哪！！（唱二簧摇板）

花家逼银追得紧，

呼天不应借无门。

夏家表姐恩义重，

九件衣服赠至亲！

乔子侗:依你说,这九件衣乃是你表姐亲手所绣?!

大成:正是!

乔子侗:你怎么知道是她亲手所绣呢?

大成:是小人借衣之时,表姐讲的!

乔子侗:没错吗?

大成:不敢欺哄大人!

乔子侗:好!传夏玉婵!

众声:传夏玉婵!!嗷!!

(夏玉婵披索上)

玉婵:(唱西皮快板)

锁深闺忽然间祸生天外,
披枷锁暗地里胡思乱猜,
镇日里勤织锦无有怨艾,
是什么差错事惹下祸灾。
拉拉扯扯到公堂外,
衙前竖立着虎头牌,
两旁公人凶似虎,
县大老爷若狼豺。
吼声如雷惊魂不在,
眼含热泪一步一挨!

公人:走吧,挨什么,还跑得了你!犯妇夏玉婵一名!

众声:嗷!!

(夏玉婵跪)

乔子侗:你就是夏玉婵吗?

玉婵:正是!

乔子侗:多大年纪?!

玉婵:三十二岁!

乔子侗:住在哪儿?!

玉婵:住在县城西街。

乔子侗:你的男人呢?!

玉婵:下世已久!

乔子侗:是不是你下毒药害死的?

玉婵:乃是打鱼在河内淹死的!

乔子侗:哦,淹死的,必是平日里没做好事!你指什么为生?!

玉婵:全靠针线度日!

乔子侗:那边那个小子,你认识不认识?

玉婵:(举目吃惊介)那不是申表弟?!

大成:(哭叫)表姐呀!!

乔子侗:哇!这不是你们叙亲戚的地界!认识不认识?

玉婵:乃是我的表弟!

乔子侗:没认错?!

玉婵:不错的!

乔子侗:不错,那就对了!

玉婵:(狐疑的)什么对了?!

乔子侗:你心里明白!

玉婵:明白何来?

乔子侗:何来,还海来,稍来,带来呢!老爷这儿讲话,不准你乱问!

玉婵:是!

乔子侗:瞧,(指案前衣包)这衣服是谁的?

玉婵:(遥望端详介)这衣服是我的,是我赠与申表弟的!

乔子侗：哇！好个大胆的夏玉婵，衣包都没有解开，你怎么就知道衣服是你的，分明是一刁妇。左右呢！

众：啾！

乔子侗：掌嘴！

（掌嘴介）

（大成痛心介）

（玉婵冤抑介）

大成：（哭喊）表姐呀！

玉婵：喂呀！……小妇人这儿话还没有讲完，老大人就不分皂白，是这样将小妇人拷打，小妇人实实地冤枉啊！

乔子侗：打你，我还吃了你呢！衣包没有打开，你怎么就知道衣服是你的，嗯？！

玉婵：小妇人远远望去，认识那包衣服的包袱！

乔子侗：你倒好眼力呀！这衣服分明是花老员外的，你怎么说是你的？！嗯！

大成：是花家的有何凭据？！

乔子侗：你要凭证啊，来呀，带花家侍女！

众：带花家侍女。

（带花家侍女上）

小环：参见老爷！

乔子侗：你就是花家侍女！

小环：是！老爷！

花自芳：来，上前认过衣服！（暗示的）你要小心，仔细了！

小环：是！

乔子侗：当初这衣服是你包的？

小环:是我包的!

乔子侗:不会认错了?

小环:错不了!

乔子侗:(也叮咛的)人命大事,你要仔细了!

小环:是,老爷!

乔子侗:上前来认!

(展衣检验介)

小环:(大惊吓)啊呀,老员外呀,这衣服不——

花自芳:(威吓的)不什么?!不什么?!快讲!不是咱们家的吗?

小环:(被惊转口)不是咱们家的吗?

花自芳:不是咱们家的,倒是别人家的不成。哼,下去,滚!

(小声)回去跟你算账!快滚!

小环:(惊吓地含泪不忍下)

乔子侗:夏玉婵,听明白了吗?人家已经认出来了,你还有何话说!

大成:大老爷,这侍女之言,不足为凭!其中有诈。

乔子侗:哇!你说人家的话,不足为凭,你们的话,又有什么凭据?!

玉婵:若衣服果是小妇人的,乃小妇人亲手所绣,小妇人自有凭证!

乔子侗:我且问你,这衣包内衣服几件?!

玉婵:九件!

乔子侗:什么衣服?

玉婵:嫁时衣服!

乔子侗:什么款式?

玉婵:三袄,三裙,三裤!

乔子侗:什么颜色?

玉婵:大红、玫瑰紫、藕荷三色!

乔子侗:上绣何物?!

玉婵:乳燕朝阳,牡丹富贵!

乔子侗:如何牵针,如何引钱?

玉婵:花上有眼,衣内无痕!

乔子侗:你倒好手艺呀,有什么记号?

玉婵:衣襟之下,俱有那玉婵为记!

乔子侗:(对一差人)上前验过!

(一差人验毕)

乔子侗:验得如何?

差人:验得嫁衣九件,三袄,三裙,三裤,共分大红、玖瑰紫、藕荷三色;上绣乳燕朝阳牡丹富贵,花上有眼,衣内无痕;衣襟之下,俱有玉婵为记!!

乔子侗:(呆倒)

玉婵:县太爷,你看如何?!

乔子侗:(狼狈介)

花自芳:老父台,想这夏玉婵,乃是有名的绣工,此次小女出嫁,所有嫁衣,俱是她的针线;这嫁衣款式,她岂有不知。分明是一刁妇,托词混赖,不动大刑,如何肯招!

乔子侗:着哇!想你夏玉婵,乃是有名的好针线,花家嫁衣,俱是你一人承揽,嫁衣如何,你岂不知。分明托词欺蒙,左右呢!

众:噢!

乔子侗:看夹棍,把她给我夹起来!

众:着!

玉婵:我实实冤枉!

乔子侗:不必胡言,你招不招?!

玉婵：小妇人冤枉啊！

乔子侗：衙役们，动手！

衙甲：伙计，你勒紧了绳子！

乔子侗：给我用力夹，夹，夹！

（衙役凶恶地勒绳子介）

（乔子侗催迫用力介）

玉婵：喂，呀——（痛入骨髓，抖战，挣扎，晕迷介）

大成：啊——呀！（心如刀绞，膝行而前，欲自代而无从介。凄厉地叫）大老爷，你——你——你上有青天呐！！

衙役：启大人，夏玉婵晕过去了！

乔子侗：用水喷！

（衙役喷水介）

玉婵：（逐醒）（唱二簧摇扳）

狗脏官夹得我骨折筋断——

大成：（哭叫）表姐，表姐，是我——我害死你了哇！！

玉婵：说什么你害死苦命婵娟；

这都是活阎王害理伤天，

又碰上窍窍通剥皮狗官。

乔子侗：我说夏玉婵哪，你已经尝着滋味咧，你招不招哇！

玉婵：小妇人没有什么可招的！

乔子侗：没什么可招的？！

玉婵：没什么可招的！

乔子侗：哈哈，好哇，左右呢？

群：啾！

乔子侗：着实地夹夹夹！夹死她，把腿给她夹折了，小妇养的！

众:着!

（衙役用力介）:“嘿! 嘿!”

（玉婵哀呜呻吟介）

大成:（连连磕头）大老爷,快快不要夹了,小人我愿招,愿招,我招了哇!

乔子侗:怎么着,你招了?

大成:（软弱的）我——招了!

乔子侗:这不结了吗?! 把她给我先放下来!

大成:大老爷,小人我明白了!

乔子侗:（和善地）你明白什么呀?!

大成:小人我招也是死,不招也是死。但求放了表姐,就是大老爷的恩典了。

乔子侗:你早该明白,省得我费事! 招吧! 师爷,准备供纸!

大成:……

乔子侗:你招哇!

大成:叫我招什么?

乔子侗:你招什么,我怎么知道?!

大成:老爷开恩,开导开导我,小人我不知道要怎样地招才好哇!

乔子侗:你不是见财起意,夜入花府盗去嫁衣吗?

大成:是的!

乔子侗:不是杀死一个丫鬟的杀人凶手吗?

大成:（痛楚的）哼……

乔子侗:这刺刀假脸是你丢下的吧?

大成:是小人丢下的。

乔子侗:没有错?

大成:没有错!

乔子侗:没冤枉你?

大成:没冤枉我!

乔子侗:老爷我可是连一个巴掌都没打你,你自己心甘情愿地招了!

大成:是心甘情愿地招了!

乔子侗:(忽然变脸)那夏玉婵为什么说这衣服是她的?

大成:(惊呆的)大人!

乔子侗:她要不是和你通奸,和你伙谋,她会肯这么替你熬刑抵赖吗,说!!

大成:大人,那九件衣原本是她的!是大人要我招成偷盗花家的呀!

乔子侗:什么,你想翻供啊!左右呢!

众:着!

乔子侗:大刑伺候!

众:着!

(师爷向乔耳语介)

乔子侗:(点头)哦,哦,哦——这也好!申大成,你既然都招了,我也不难为你,当堂画供吧!

(大成看了看供纸,抖战,含泪当堂画供)

乔子侗:左右呢,把这两个凶犯带入死囚牢里去!

众:啾!

(大成与玉婵相对而泣介)

衙役:走吧,还号丧什么。

(押大成玉婵下)

乔子侗:老员外,这总给你出气了吧!

花自芳:倒也痛快!只是这申大成未曾承认与夏玉婵通奸伙谋,尚属美中不足!

乔子侗:管他承认不承认,反正我替他写的供词,他又画了押,还怕他抵赖吗?

花自芳:多谢老大人高明,告辞了!

乔子侗:咻,这九件嫁衣已经当堂断给老员外了,请带去吧!

花自芳:不消,就送与老大人穿戴,也就是了。

乔子侗:送给我穿戴?!

花自芳:送与你家下人穿戴呀!哈哈哈!

乔子侗:这还像话!

花自芳:告辞了!

乔子侗:请!

花自芳:请。(欲下忽退回)

花自芳:啊呀,险些误了大事!

乔子侗:怎么了,你这是!

花自芳:想这持刀杀人,鲜血四溅,岂能没有血衣之理,这许多证据里面,倘再有当时的杀人血衣为证,就更显得我们不是冤枉他了。

乔子侗:这个!

师爷:老员外所言不差,要能够在申大成身上追出杀人血衣来,这案卷上就更显得天衣无缝,不论到了哪儿,申大成也永无翻案的日子了!

乔子侗:如此,员外请便,我们就追,追,追!

花自芳:告辞。(下)

乔子侗:带申大成!

众:带申大成!

（带申大成上）

乔子侗：好你个申大成啊，想你持刀杀人的时节，定是鲜血四溅，你如今把血衣藏在哪儿去了？快说！

大成：大老爷，想小人实实未曾杀人，哪得这血衣呢！

乔子侗：胡说，你分明已经供明盗衣杀人，再三问你，都说不假，怎么着，又实实未曾杀人了？！

大成：供则是小人供的，这话，都是大人讲的呀！

乔子侗：哈哈，又想翻供啊，真是个十恶不赦的凶徒。来呀，给我打——

众：嗷！

（众打介）

大成：大人，不要打，不要打，有供！

乔子侗：血衣现藏在何处？说？！

大成：这血衣嘛，藏在——藏在——

乔子侗：藏在哪儿，说呀！

大成：藏在家里了！

乔子侗：藏在家里？好哇，左右，给我去搜！

众：是！（衙役下）

乔子侗：申大成！心里放明白点儿，免得皮肉受苦。

（回报）

众：启大人，血衣未曾搜获！

乔子侗：怎么着，没搜着？申大成！你到底藏在哪儿？你给我说呀？！

大成：大人，你叫我说什么呢！

乔子侗：我知道你说什么？申大成！我告诉你，有血衣便罢，要是没有血衣,左右,看夹棍!

大成:大人不必动怒,想是小人妻子,为救小人的性命,把血衣藏起来了。大人若肯叫小人回家,见上妻子一面,小人我,我,我好去找哇!

乔子侗:这不结咧,左右!押申大成回家起血衣去!

众:着!

(押申大成下)

乔子侗:我说有就得有,没有也得给我变出来。走,师爷,过瘾去,可把我给累坏了。(同下)

## 第八场

(申大成家)

申娘:(上唱二簧散板)

半生劳碌遭横祸,

一腔血泪洒成河。

(白)不知为了什么事情,我丈夫被那官府锁拿去了。听得人说,我丈夫为了那九件衣,屈打成招,连夏家表姐也牵连上了。我想去探看丈夫一面,又不知这衙门现在哪里?怎样进去?况老父病重,无人照管。适才老人家已经逼问了几次,我怎敢把这种凶事对他言讲,岂不要吓死了他。想我父子夫妻,半生劳碌,竟然遭下这种横祸,是怎么得了哇!我不免到门前张望张望,看有什么亲邻经过,托他到衙门里打探打探便了。

(接唱)

半倚柴门双泪垂,

吞声忍气暗伤悲。

一腔怨怒似江水，

此恨滔滔流向谁?!

残冬无饭存奢望，

痴待来年春再回。

豪家欺凌何时了，

天下乌鸦一般黑。

(白)想我这穷人家哪，单剩一层皮包骨，你们那些阎王们却还要狠心辣手，昧尽天良，剥皮挖髓，千方百计倾害穷人。

思前想后心儿碎，

碎成片片往狱里飞，

人间何地存公道，

救我丈夫出灾危!

(白)怎么我在这门前站了半日，竟不见一个人影，难道我家遭此大祸，连个人影也不敢上门了吗?

父:(扶杖上)申娘! 媳妇! 申娘!

娘:想是爹爹又起来了。(相见介)爹爹!

父:(张望介)

娘:爹爹望些什么?

父:那大成儿他到哪里去了?!

娘:他，他，他到那花家出差去了哇!

父:那灶台上的锅哪里去了?!

娘:这锅吗? ——

父:哪里去了?!

娘:(忍不住的)被那花家的强盗抢了去了哇!

父:怎么讲?

申娘:被那花家的强盗抢了去了哇!

申父:啊呀!——

申娘:爹爹息怒!

申父:又是为何?

申娘:爹爹不问也罢!

申父:我一定要问!

申娘:爹爹呀!爹爹一定要问,孩儿也不能再来隐瞒,只求爹爹不要惊惶,孩儿才敢实言。

申父:你快讲吧,不然,我可要急坏了!

申娘:(唱二簧散板)

爹爹不必苦追寻,
孩儿言来听分明,
为因花贼女出门,
强派贫家二两银,
万般无奈告亲邻,
夏家表姐施厚恩。
嫁衣九件多心爱,
忍痛赠与绝路人!

申父:有了衣服,换成银子,还了他这笔阎王债也就是了!

申娘:爹爹呀。(唱)

谁知花贼心凶狠,
咬定你儿起盗心,
九件衣服为凭证,
五花大绑送公庭,
在公庭,受苦刑;

夹，打，敲，砸，无其数，

堂上堂下亚赛阎君。

好皮肉难熬这非刑苦，

屈打成招是盗衣杀人！

（白）爹爹，适才官府又差下衙役，到家来搜查血衣，想你孩儿乃是屈打成招，这血衣叫我哪里去找，哪里去寻！！看起来，我们全家大小，是没有求生之路了哇！！

申父：啊呀——（唱二簧散板）

听一言来怒气嗔，

悠悠头上走三魂，

牙关一咬我向外奔——

申娘：（扯住）爹爹哪里去！

申父：拼了性命省得操心！！（晕迷介）

啊呀——哦——哦——哦（倒椅上）

申娘：（哀呼）爹爹，爹爹，爹爹！

（众押申大成上）

衙役：你看，这就到了。我说申娘啊，你丈夫给我们押回来啦！

申娘：什么，我丈夫他……他——他押回来了！

衙役：押回来了！

大成：申娘在哪里？！

申娘：儿夫在哪里？！

大成：申娘——

申娘：（叫头）啊——呀——（唱二簧摇板）

见儿夫不像个活人模样——

怎不叫人痛断肝肠，

破褂儿撕裂得三三两两，

血模糊眼干枯脸破唇伤。

天哪！

忍不住泪珠儿往下乱滚，

欲开言声哽咽有泪无腔。

天哪！

大成：申娘，我的妻——

衙役：咻，咻，别尽着号丧，快办正经事吧！

大成、申娘：（对哭介）

衙役：好啦，好啦，我说申娘啊，快把血衣拿出来，我们还等着交差呢！

申娘：你说这血衣吗？

衙役：是呀，快拿出来吧！

申娘：想我丈夫，乃是屈打成招，列位公差都是晓得的，那血衣叫我哪里去找？何方去寻？

衙役：是呀，是呀，我们也都明白，你总得想个法子呀！

申娘：有什么法子可想？！

衙役：申娘，你别糊涂，有血衣便罢，要是没有血衣，免不得你丈夫还得多受点儿活罪！

申娘：怎么讲？！

衙役：你自个儿想去吧！

大成：啊呀，申娘，事到如今，有血衣也是死，没血衣也是死，与其受尽折磨，倒不如图个痛快。申娘！你若看在平日夫妻份上，千万求你救我一救，我这里磕——磕——给你磕头了！！

申娘：（注视半晌，忽然领悟）我，我——我这就去取——取——

（掩面大哭下）

（注意：此处不可用假嗓哭）

衙役：这小媳妇倒真贤惠！

申父：（渐苏醒过来，轻微地喘气）

大成：（艰难地爬起来）

申父：（衰弱的）气死我了哇！

大成：（闻声抬头，急上前）这不是爹爹——

申父：（不认识了）你是谁？

大成：爹爹，怎么连你孩儿的模样都不认识了？！

申父：你——你——你是大成——

大成：爹爹！

申父：啊呀，儿啦！

衙役：不要哭，安静点儿。

（申娘手持血衣上）

申娘：（强力支撑，面现坚决）血衣在此，列位，请拿去吧！

衙役：这就好了，总算了结一件大事。申大成，走吧！

大成：（感泣的）申娘，你我再见了！

申娘：（更坚决的）再见了！！

大成：这家里的事情——

申娘：（沉重，有力量的）你放心，我都明白了！

大成：（凄厉的）申娘！！

申娘：（更有力量的）我都明白了！！！（长久的，持续的，昂首凝视远方，若呆痴，也像用全生命凝视着一件什么东西似的）

衙役：（催促的）走吧，走吧！！

（强拉申大成下）

申娘:(脚步歪斜地追出)大成,你怎么一句话都没有,你没有什么话了吗? 大成!! 大成!!

衙役:滚开!

(推申父倒地,拉大成下场)

申父:(在地下挣扎)

申娘:(不动,近于平静地)起来吧,爹爹,起来! 你站起来!!

申父:(果然站起来。发现申娘有些异样)你怎么了,申娘,你怎么——你——(忽然发现她左臂的鲜血)这是什么?! 啊!!

申娘:血!!

申父:什么!!

申娘:这是血,血,血!

申父:你——怎么——

申娘:我用我自己的血,染了一件血衣,就送了你儿子他,他的终了!!

申父:申娘!

申娘:(呆呆的)啊!

申父:(哭倒)申娘啊!

申娘:(支持她的精神忽然破碎,凄厉的)爹爹,爹爹! 我们活不下去了哇!!!

(幕急闭)

## 第九场

(晨光渐从外面透进来,监狱里依然让人感到沉闷昏暗。女犯们横躺竖卧,早晨的甜睡带给了这些人一点儿安慰。玉婵已数夜未眠,脸色苍白憔悴)

玉婵：只因表弟一时困难，是我借衣相助。不想花自芳坑害人，大堂上严刑拷打，至死不招。如今被押监中，已有数日。不知我那表弟如何下场，我那婆婆孩儿如何生活，如何（一锣）想念也。（唱）

黎明时风吹窗棂响，

暗黝黝热泪阵阵淌。

强打猜神扶栏远处望，（望介）

静悄悄令人伤，

（忽从另外房里传来啼哭声）

忽听悲声哭断肠。

冤屈的人儿望家乡，

家乡的老小不知怎样，

（叫头）婆婆！孩儿！

何日里才得团聚一堂。

女犯甲：玉婵！你又是一夜没有睡吧?！这样就把你的身体糟蹋了。

女犯乙：唉！你的冤枉谁都知道，可是摊上这个事又有什么法子。咱们这儿像你这样被冤枉的不知有多少人，老是着急没有用，等着吧！

女犯甲：你婆婆怎么也不来看看你呢？

玉婵：咳！（唱二簧散板）

县衙无钱恐难见，

满腹含冤无人传。

知县恶霸俱一般，

谋赖大成害玉婵。

越说越想心悲惨，

不知何日见青天。

（禁婆怒上）

禁婆：怎么着，大清早你们就号丧，把人都吵醒了，你们想找打是不是？

女犯甲：禁妈！玉婵几夜都没唾，她实在是可怜。

女犯乙：禁妈！你老给她家送个信吧，玉婵实在冤枉。

禁婆：胡说！冤枉，怎么冤枉不到别人？还不是她犯了罪。

女犯乙：花阎王有钱有势，人家要怎么办就怎么办，穷人家有理也无理，就得……

禁婆：住嘴，穷人犯罪就得坐监。哪有工夫给你们啰嗦，再吵，我就……（作打状，禁卒上）

狱卒：禁妈，有人来看玉婵。

禁婆：有人看玉婵，是不是前天那个老太婆？不行。

狱卒：（赔笑）你瞧，人家给你老送来一点儿礼物，你老……

禁婆：（见物脸变喜色）噢！你是受贿了。

狱卒：哪里话，是人家诚心诚意孝敬你老的。还是行个方便吧！

禁婆：（接过钱来，马上变成大慈大悲）看他们怪可怜的，你，让他们来吧！

禁卒：喂！老太太过来吧！

婆母：（由内喊上）媳妇在哪里……

禁婆：不要嚷！

婆母：（拉着狗儿歪歪斜斜跌进监门）媳妇哪里，咳呀！

狗儿：（大喊）妈妈，妈妈！

婆母：媳妇呀！（唱二簧摇板）

一见媳妇心内酸，

玉婵的脸色实难看。

大堂之上怎样断?

快将真情说与咱。

(白)大堂上太爷怎样断法?

玉婵:啊呀婆婆!那花自芳陪伴县太爷坐在堂上,媳妇跪在堂下,说声不招,就是这样三打六问。婆婆!你看我满身上下俱是伤痕了。(唱二簧摇板)

狗贼子他把那天良丧尽,

用毒打欺压咱贫穷之人。

狗儿:妈妈!不要哭,跟我回家好咧!

玉婵:姣儿呀!(接唱)

小小年纪遭不幸,

父被淹死娘入牢门。

这几日在家中怎样活命,

(叫头)小姣儿啦,

眼望孩儿痛伤心。

婆母:众位大姐!你们看,我媳妇实实地冤枉。

众女犯:唉!我们都知道。

禁婆:不要嚷!还是好好说话吧!

婆母:禁妈!我媳妇实实冤枉,你想个法子救救她吧!

禁婆:我有什么法子。你们赶快说几句话,就走吧,待会儿有人查监。

狗儿:妈妈!你以前不让我打鱼,怕淹死。你在家里好好做着活儿,我大成舅好好种着地,为什么你们也都捉到监里来了?妈!妈,你这身上怎么尽是血呀!(哭泣)

玉婵:这个……

（刽子手提牌急上。站在门口）

刽子手:禁婆听真,现有太爷提牌在此。即将夏玉婵绑赴法场开刀问斩。

（全场突然愣住）

（众衙役将玉婵绑走）

（婆母猛然醒悟,放声大哭,跌扑上去）

（狗儿哭喊妈妈。众皆落泪）

（幕急闭）

## 第十场

（众衙役刽子手绑申大成夏玉婵赶赴法场。两旁百姓掩面叹惜,哭泣）

（玉婵婆母拉着狗儿连爬带跌,哭喊追过）

（乔子侗带众衙役上,登高台）

乔子侗:将犯人绑上来!

众衙役:将犯人绑上来!

（搀扶大成玉婵急上,两人对视,玉婵已全身无力,昏昏沉沉）

大成:表姐!（十分难过而带有无限歉意）我,我害苦你了。

乔子侗:时刻已到,将犯人就地执刑!

（押申大成下,三声鼓响,刽子手上场验刀毕）

乔子侗:夏玉婵陪绑已毕,当场开释。顺轿回衙。（知县等下）

（玉婵已失去知觉,昏倒在地。赵大乡邻等赶快背起玉婵,玉婵婆母狗儿赶来随众急下）

（申娘由一小街急急奔来,手提小篮,预备典祭丈夫。自己莫知

所措，急奔入刑场）

（内：二簧倒板转哭头）

可怜夫君丧了命，我的夫呀！

（未到法场，青天霹雷落到头上：大成已死，不准收尸。刺激跟着刺激，过分刺激已使得申娘呆若木鸡，心灰意冷，迟迟而无力地慢慢走上）（接唱散板）

申娘：万把钢刀刺在心，

花阎王他与我结下仇恨，

仗势力欺压人害死夫君。

悲悲惨惨回家门，

（内申父悲惨地叫：大成！我儿！）

呀，猛听房内唤儿声。

（白）天呐；天呐！难道我们穷人就应这样下场么！

神魂摇荡房门进。

（申父暗上）

（白）这话对公爹怎样说明！唉呀天呐！公爹染病床上，我若说了真情实话，岂不将他……（一锣）

申父：他怎么样啊？申娘！大成的官司怎么样了？

申娘：这个……（哭声）啊……老公爹呀！

老公爹在一旁将我来问，

你的儿法场上一命归阴。

（白）唉呀，公爹！只因脏官不问青红皂白将你儿绑至法扬，一刀（一锣）杀死。

申父：唉呀（昏昏欲倒，申娘急扶住。唱二簧摇板）

听罢言来吓掉了魂，

冷水浇头怀抱冰。

我哭哭一声大成儿，

申娘：我叫叫一声我的夫呀！

（同唱）啊……（申父）大成儿呀！<br>（申娘）我的夫呀！

申父：屈死的儿呀！

绝了申门的后代根。

（叫头）花子芳，狗强盗！我儿与你何仇何冤？为何苦苦害他一死？生前不能与我儿报仇，死后我也要捉你老贼的魂。

（接唱）

生前不能报仇恨，

死后定要捉儿的魂。（呕吐，申娘赶快扶他坐下）

（张二带花府四家丁急上，踢门进去。申娘急向父亲背后躲去）

申父：你们是哪里来的，到此做甚？

张二：我们是花府上来的。

申娘：（痛恨的）人也死了，事情也完了，还来做甚？

张二：你们完了我们可没有完。老头子！你儿子欠我们的钱，经官府公断，你们这三间房子二亩地都归花府啦。还有……

申父：哪个欠了你的钱？儿子被杀死，你们还不甘心么？

张二：现在就甘心啦，花员外说叫申大嫂子到花府押身还债。房子就贴封条，老家伙趁早滚出去！

申父：你们比强盗还厉害，难道就没有王法了吗？

张二：王法？哈……（狞笑）花员外讲的话就是王法。

（申娘欲逃）

张二：抓住她！（家丁抓住申娘）

申娘：(用力挣扎)救命啊！

张二：绑走。(推申娘)

申父：啊！你们杀人，你们抢人……(挣扎起来，扑上去)

张二：好啊！你这个老家伙还动手！来呀！把他赶到树林，送了他的终。

(大家蜂拥而下)

## 第十一场

(赵大上)

赵大：(唱西皮快板)

在花府做长工已有十载，

件件事寒人心俱看明白，

申大成法场上被贼杀害，

抢申娘逼婚姻实不应该。

夏玉婵无辜人反被吓坏，

去商量救申娘要周密安排。

(白)我，赵大。可恨花阎王杀死申大成，不想又把申娘抢过府来，要强行非礼，申娘不允，苦受折磨。可怜申娘身怀有孕，欲保那申家后代，死活不得，幸好府下有一侍女金花，处处帮助与她，定下一计，暂时假意应允老贼的亲事，待分娩以后，再设法逃走。那夏玉婵自从陪绑以来，只吓得神魂错乱，疯疯癫癫。不知道几日病况如何，待我前去一来看病，二来好与她婆母商议如例搭救申娘便了。

(摇板)

赵大生来脾气钢，

为救申娘走慌忙！（下）

## 第十二场

（夏玉婵的病比前几天已有起色。面现灰白，现在看来，似乎病又发作了。直目前视，慢步走上）

玉婵：那那……不是申大成（一锣）申表弟吗！（唱二簧散板）

见表弟在一旁含笑站定，

你……满脸血注视我所为何情？

（白）表弟！你浑身青肿，血流满面，为何这样看我，啊你又为何这样发笑？

莫不是你笑那人间不平？

夏玉婵我和你一样心情。

（白）表弟！你不要走呀！（扑过去，转身）啊！刽子手！（一锣）你……来做甚？

法场上刽子手狞笑发恨，

你……为何杀害我薄命之人。（昏倒，急上婆母）

婆母：玉婵！唉呀！你又昏过去了。（扶玉婵躺下）咳！我这一肚子闷气说与哪个？

（上狗儿）

狗儿：奶奶……我在大街上听人说有什么民军啦！

婆母：民军？

狗儿：奶奶！什么是民军？说是离咱们这不远了。

婆母：那民军么？

狗儿：他们是干什么的？

婆母：就是那李闯王的军队，杀富济贫，扫除恶霸，也就是咱们老百姓的军队。

狗儿:(高兴的)那可以给我妈报仇了?(一锣)

玉婵:我要报仇,(锣)闯王你来了,你要为我报仇呀!

婆母:我儿你不要乱嚷!要安静些!

(赵大上,进门介)

赵大:正好,大嫂在家,我有话找你……

玉婵:(忽然发现,指赵大,痛恨的)花自芳,活阎王!我把你这个强盗呀。(唱硬起二簧快三眼)

骂一声花自芳贼子狗狼,

你不该杀表弟又害我玉娘。

(赵大愕住加白:这是哪里说起?!)

九件衣本是我出嫁衣裳,

反说是花家物丧尽天良。

今日里挖贼眼断儿头项。

赵大:我是赵大,你不要错认了。

婆母:媳妇!他是赵大叔,你要仔细认来。

玉婵:赃官!(接唱)

贼知县与恶霸统统一样,

苦刑罚屈打我血染公堂。

婆母:(焦急的)她的病又发作了。

狗儿:奶奶!

婆母:不要吵闹。

玉婵:恨你们无心肝害我一命身亡。(扑赵大,昏过去,扶躺下)

赵大:她的病儿还没有痊愈!要好好地伺候她呀!

婆母:你哪里知道,已比十日前大有好转。那时她整天昏昏沉沉,开口骂人。哭喊报仇报仇！唉！哪有什么力量报仇呀！近来有时昏迷,也有时清醒了。

赵大:噢！那就要让她好好静养。大嫂我有一事相告。

婆母:什么事情?

赵大:就是那申娘……

婆母:(紧问)申娘怎么样了?

赵大:自从把申娘抢过府去,老贼逼她成婚,她只好假意应允,忍辱偷生——

婆母:怎么讲?!(话没有听清而气愤)这贱人真是可耻!

赵大:大嫂不要着急！起初我也认为她丧了良心,后来才知道她身怀有孕,眼看就要临盆。倘若一死,申大成岂不绝了后代?是她和金花定下计策,假意答应百日之后,生下孩儿,再行成亲。在这百日之内,我和金花再设计搭救她逃出牢笼。

婆母:噢！原来如此。那你就赶快设法搭救她呀！

赵大:等她分娩之后,先将孩儿偷出,放到你家中暗暗抚养。

婆母:好,好！

赵大:然后再设法使她逃出虎口。

婆母:此计甚好,你平日要多多照顾申娘！

赵大:只管放心！你也要多多注意玉婵的身体,我要回去了。

婆母:啊,慢走！

赵大:什么事?

婆母:听说有什么民军?

赵大:民军！你从哪里听来?

婆母:外面都在讲,民军离我们这里不远了。

赵大:是啊！不过说话要留心些,民军已过紫荆关,离我们这不远了。

婆母:那我们的日子就要好过,就能报仇了。

赵大:那时再说,你要好好看守玉婵,我要回去了。

(出门)

赵大:我们穷人一条心,

婆母:打断骨头连着筋。媳妇!

玉婵:(慢慢抬起头来)婆母,唉!婆婆呀!(唱二簧散板)

婆婆与我恩相爱。

婆母:儿啦!你要安静些。

玉婵:仇人的怒火深似海。

婆母:不要胡思乱想,好好安歇去吧!

狗二:妈妈!你到床上歇歇吧!(同下)

## 第十三场

(申娘在内唱。海扎子二簧倒板)

在贼府申娘我满怀悲愤。

(幕启,申娘怀抱幼子,活泼泼的人已被折磨得非常憔悴了)

申娘:(回龙)抱幼子不由人珠泪滚滚,(转原板)

儿的父未见面法场丧命,

又把我抢贼府强逼婚姻。

花老贼笑面虎害人太甚。(金花上接唱)

金花:又见申娘满脸泪痕。

(白)大嫂!你又哭了。(看到堆着一些衣服)不要着急,我来替你洗。

申娘:金花姐,每日让你劳累,我心里实实过意不去。

金花：哪里话，小孩儿刚生下几天，就整天忙过来忙过去，又要看小孩儿又要给人家做活，这样把身子不就糟蹋了。

申娘：这也是没有法子！唉！

金花：可不是，要不做，那个丧门神的老婆不是骂就是打。唉！熬吧！总有一天……大嫂……小孩儿已经几天了，我看你还是想法子把他送出去吧。在这活阎王家里，不会待出好的！

申娘：我也是这样想呀！

金花：大成被活阎王害死，就留下这条根。要有个好歹，真是对不起孩子的爹！这些事想起来真是叫人！

申娘：唉！（唱二簧散板）

贼子为人太狠心，

害死儿父又害他的根。

低头无语牙咬紧。

（上赵大接唱）

赵大：后面来了送信的人。

（白）金花你也在这里。唉呀申娘呀！那个老狗回来了。

金花：大嫂！就该将孩子急速送出才是。

申娘：离开母亲岂不要饿死。

赵大：事到如今，出去自有办法。小孩儿已生下数日，量也无事。那老狗已到这儿来了。（抱孩子急下）

（申娘金花急作洗衣状）

（花自芳水底鱼上）

申娘：参见老爷。

花自芳：罢了。申娘！听说你已临盆，如今你我也可成亲了，啊哈……（奸笑）是男是女抱将出来，待老夫看上一看。（金花

给申娘示意)

申娘:老爷呀……(唱二簧散板)

是男是女且不问,

望请老爷开大恩。

花自芳:抱出来让我看上一看,又有何妨?(金花又以手示意不可抱出。申娘接唱)

申娘:儿父已死让他死,

幼儿(他)无辜(你)留残生。

无奈何申娘我忙跪倒。

花自芳:唉!

申娘:留下小儿虽死知情。

花自芳:嘟!(唱)

你我既然要成婚,

留下了孽种我不放心。

待我亲自去搜寻。(上张二)

张二:启禀老爷,

花自芳:什么事?

张二:县府来人求见。

花自芳:我刚刚由州府上回来,县上又有何事?

张二:(耳语介)听说那闯——

花自芳:哦,知道了!(接唱)

回头再与你把账算清。(下。赵大机警地上)

金花:申大嫂!那贼绝不会留下你儿子的性命,少时回来,必定要拷打你。

申娘:这这……

赵大：打死你，也要追出儿子，然后逼你成婚。申娘！你我不如逃走了吧！

申娘：好！逃走了吧！（往前门走去）

金花：慢着！前门甚紧，从后门跳墙吧！

申娘：往哪里逃呀？

金花：先逃到你表姐家里，再做商量。快快走吧。

（三人急下。花二上）

花二：老爷先让我把申娘的孩子弄死，然后设法给他成婚。真是花花太岁贪心不小。申娘！怎么没有人？申娘！申娘……

花自芳：（闷闷不乐，自言自语走上）什么民军！一点儿小事就这样大惊小怪。州府上已有准备，还怕什么！花二！什么事这样惊慌？

花二：回老爷！申娘不见了。

花自芳：混蛋！派人在府里找一找呀！

花二：是是！家人走上！（上家丁）搜一搜申娘到哪儿去了。

（家丁到外面搜寻，花二随出看望）

花自芳：申娘和金花在一起讲话，怎么一时就不见了。

（金花心神不安偷偷上，被花二看见）

花二：金花！你到哪儿去？

金花：我……

花二：神色不对，你一定知道申娘到哪儿去了，进去。

花自芳：金花！（家丁急上）

家丁：四下搜遍，连申娘的影子都没有。

花自芳：（厉声）金花！申娘和你在一起讲话，她到哪里去了？

金花：我我不知道。

花二：老爷！一打就知道了。

花自芳：不说实话，家丁给我打。（打金花）

花二：（忽然想起）回老爷，先别打了，追申娘要紧。

花自芳：好！把金花押到后面，严加拷问。（押金花下。对张二）你带领二人到夏玉婵家中寻找。（张二应下）花二！你带领家丁速速四下追赶！把申娘给我追回来；她刚生下小孩子不久，量她也不能逃到哪里。（怒下）

花二：是……家丁们！跟我追申娘去！站住！前面她能出去吗？从后门追！（急下）

## 第十四场

（赵大内唱倒板）

赵大：手扶申娘往前闯。

（赵大背小孩儿搀申娘上）

申娘：（唱快板）

咬紧牙关走慌忙，

月色昏昏夜苍苍。

一步一跌好不凄凉，

两腿酸痛实难往。

（花二带家丁由前面追过）

赵大：（接唱）

申娘不走为哪桩？

申娘：赵老伯！我两腿酸痛实在难以行走。不如先到表姐家中躲避一时，你看如何？

赵大：唉呀申娘呀！我已对你说过，那花家老贼知你逃走，定然派人追赶。你那表姐家中,他焉能不去。如若前往就是白送性命。况且要连累你们表姐。

申娘:连累表姐,这这……如何是好?

赵大:依我之见,离此几十里路那里就有民军。他们杀富济贫,除恶安良,就是我们穷人的活路。到在那里,再设法与我们报仇。

申娘:就依老伯。

赵大:随我走。

(水底鱼走状,人声、喊声渐渐逼近)

申娘:啊赵老伯!你听后面人声喧嚷,离此不远。你赶快带同小儿逃命去吧,如能长大成人,替父母报仇,老伯!我就感恩不尽了。(哭,给赵大跪)

赵大:我们几世邻居,何出此言,还是赶路要紧。(人声更近)

申娘:老伯!如若不走,你我大小就都要死在那贼子之手。你你……还是去吧……

(看看情势不对,又不能背申娘逃走,一狠心)

赵大:如此申娘!我就走!

申娘:走!

赵大:(沉痛而坚决)你要见机而行,只要能活命,后会必有期。

(赵急下。申娘思索一下,立即下定决心,往井口爬去。然而未达已愿,后面人已追到)

花二:好啊!你这个臭娘们儿还要跑!(上去踢了一脚)咳!先别打!(其他家丁欲打而停手)你的小孩儿在哪儿?(申娘不语)你的小孩儿在哪儿?(仍不语)他妈的,(对打手)到四下搜一搜!(搜完)

众:没有。

花二：几天的小孩儿，搁到外面冻也会冻死。不对，前面有一个黑影，你把申娘带回府去，走！往前面追！（和申娘等分下）

## 第十五场

（赵大内唱拨子倒板）

行霸道害人命是花自……芳。

赵大：（急上）

老贼好似活阎王，

把穷人看作牛马样，

坑害大成在法场。

连累玉婵遭祸殃，

申娘不知怎么样，

为人舍己离家乡。

（花二等由后面赶来，赵大已无力再跑，看看就要追上，忽然震天鼓响，民军小队扯闯王旗，迎头碰上）

张烈：（接唱）这样慌张为哪桩？

（白）呔！做什么的？

花二：休管闲事！

张烈：我们就要管。

花二：怎么着要管，你们是干什么的？

张烈：我们乃是民军。

花二：唉呀！（翻身就跑。民军士兵已过去拦住去路）

张烈：站住！

赵大：你们是民军？（他看到一支气昂非凡，服装整齐的队伍，不觉使他高兴地流出眼泪）就是你们！啊！你不是东街上住的张烈吗？

张烈：老伯，我就是张烈。

赵大：（紧紧抓住张烈，好像发现什么似的，把他周身看了一遍，慢而坚决）好，几天不见，你有了出息了，你好！（忽然）贤侄呀！（哭泣）

张烈：老伯不要啼哭，你们究竟为了何事？

赵大：唉呀张烈！只因花府女儿出嫁之时，有人盗去九件嫁衣，杀死丫鬟。老贼屈杀申大成，还要强占申娘为婚。

张烈：好恼！（打花二，唱摇板）

骂声贼子太无情，

不由我张烈怒气生。

花二：饶命吧，张老爷！

张烈：仗势欺人的东西，将他绑了！

赵大：张烈侄儿！申娘又被花贼捉去，凶多吉少快快搭救她吧！

张烈：赵华贤弟你去报知大队。众弟兄！急去花府！

（赵大领头，押花二等下）

## 第十六场

（皮鞭声，哭喊声，幕启，申娘已被吊在柱子上。花自芳坐大椅，四面丫鬟围着，端茶拿鼻烟壶，伺候着。家丁已将申娘打昏过去）

家丁：老爷，把申娘打死了。

花自芳：用水喷过来。

申娘：（被水喷醒唱二簧摇板）

昏昏沉沉又苏生，

皮开肉烂我阵阵痛。

恳求老爷开大恩，

不要这样无人性。

花自芳：大胆！（接唱）

泼妇做事你不近情，

欺瞒老夫我伤心痛，

跑掉儿子留下了仇人的种，

赵大他往哪里行？

越说越想我的火上升。

（正要打申娘时，张烈、赵大带花二等急上）

张烈：（接唱）

踢倒老贼要儿的命。

花自芳：你不是那年从我府上逃走的雇工张烈吗？

张烈：是你老子，今天到此找你算这一笔总账来了。

花自芳：噢！你们是民军吗？唉呀！张老爷！我待你可不错呀！

张烈：老狗！你还记得我在你家做工三年，欠我一年工钱，借故将我赶出府门。你这老贼奸诈欺人，无恶不作。杀死申大成，又强占申娘，今日就是你的穷途末日了。

申娘：花自芳——我把你这狠心贼！（唱硬起二簧快三眼）

仗势力借刁计杀死夫君，

夏玉婵借嫁衣实实好心。

害表姐又把我抢进家门。

老公爹，恨填膺一命归阴。

骂贼子骂得我恨上加恨。

（扫头。夏玉婵、婆母和另一股民军战士上）

夏玉婵：好贼子！（打花自芳一掌，接唱摇板）

一见贼子怒气升，
陷害好人杀大成。
婆母：玉婵大堂受苦刑。
玉婵：忙把衣服来掀起，
露出血迹心内痛。
婆母：枷锁皮鞭打得重，
滴滴的血儿你还清。
花自芳：（述板）
申娘玉婵都来到，
今天的事儿不大妙。
我硬着头皮把理搅，
尊列位，听根苗，这个事儿我不知道，
都是那个脏官瞎胡闹。
花二：对对老爷的良心实在好，
花二小子更不足道，
列位赶快把我放了！
金花：呸！呸！狗腿子花二你乖巧，
坏事都是你出道道，
打得我，两腿酸痛路难跑，
走上前去我把仇报。（打花二）
回头再与你（对花自芳）打交道。
花花太岁活阎王，
今日里活活像个大草包。
安善良女不知被你强奸害死有多少，
挖心割肺你也偿不了。

众佃户：良田千顷米成仓，
　　　　租子年年往上涨，
　　　　倾家荡产害人命，
　　　　都是你这个活阎王。
花自芳：你说此话听不懂，
　　　　我有良田几千顷；
　　　　若是不把田地租给大家种，
　　　　哪有你们的活性命?!
　　　　养活了佃户万八千，
　　　　今天大家来为难，
　　　　真是叫人心胆寒。
张烈：强词夺理胡乱言，
　　　你说此话遮不了大家的眼。
　　　一年的工钱不给俺，
　　　穷人的血汗你堆成山。
　　　整日像个牛马汉，
　　　不是我张烈一人干，
　　　几千佃户都一般；
　　　挣来的财产统归你这个老王八蛋！
花自芳：困难之时把粥场建，
　　　　没有银钱就找俺。
　　　　你们说话凭良心，
　　　　不要无理欺青天。
赵大：这是你假仁假义假道德，
　　　略使小惠讨人欢。

银钱借来只一吊，

还给你时要几倍高。

白刀子杀人能不痛？

租子压死了多少命？

每日里酒席美女来侍奉，

你说是养活我们，

还是我们养活你这个老杂种？

众人：对，对！你说是养活我们还是我们养活你这个老杂种。

一农民：（起西皮联弹）活阎王做坏事千千万万。

张烈：贼子！（接唱）

害人命倾乡邻作恶多端，

仇和恨今日里要你偿还。

花自芳：今日的事儿不好办！

花二：恐怕性命要玩完。

申娘：害死儿夫要把你的头割断，

金花：杀人要偿命欠债的要还钱。

众人：对对对！杀人要偿命欠债的要还钱。

玉婵：堂上的鞭子血迹斑斑，

头上的刀痕（一锣）杀死你老狗也还不完。

赵大：大成玉婵实可惨，

家破人亡两离散。

金花：害死了大成还不算，

强占申娘要成姻缘。

婆母：金钱买通了贼知县，

几次三番要害玉婵。

赵大：听此话气红了眼，

　　赵大的怒气冲满天，

　　打死老狗满心愿。

众唱：大家齐动手快快报仇冤。

　　（众激愤将花自芳打死）

张烈：将花二押到后面，花府的米仓打开，金银衣物分与大家。

（赵华急上报）

赵华：大队已占领县城，将赃官捉住，调大哥急速进城！

张烈：知道了。

赵大：把县官捉住我们要报仇！（群情兴奋而骚动）

张烈：对，我们要报仇！（忽然发现玉婵神情不对）你，你为何发呆？

（一锣。大家注视）

玉婵：我明白了，我儿你来看（指民军）这就是你将来的榜样！

狗儿：（高兴的）妈！我当民军，要替妈妈报仇。要替天下的穷人报仇！

（唱民军歌，在歌声中有不少人参加了民军。在紧张热烈狂欢的气氛里幕徐徐落下）

（全剧终）

**东北书店 1948 年 10 月初版**

◇ 庸

# 家务事

地点：工厂地区，贫民工人宿舍，工人家里。

时间：解放军进沈阳后的初冬。

幕景：工人家里破旧的布置。

人物：老张头——五六十岁。

张妻——五十多岁。

小柱子——张的儿子，少壮青年，人民解放军。

大丫头——老张头的女儿，十八九岁，工厂女工。

开幕：张老头手拿着烟袋，弯着腰在屋地徘徊着，张妻在忙于生火做饭。

[下面简称老张头（爹）张老婆（妈）小柱子（儿）大丫头（女）]

妈：（手在忙做活，而眼睛时时地向外面看）大丫头该回来啦，大概到四点了吧？也该下工啦。（愁意）……唶！两个孩子只剩下一个孩子了，那个孩子虽然有个荒信，谁敢说一定，唶！真叫我惦念。

爹：现在大概还没到四点，要到四点，他还不回来？你又提小柱子，你更不用惦念啦！虽然在三年前当八路去，现在也有了信儿了，听说不久他们的队伍就要开沈阳来，你这个人可真怪，直叨咕什么？

妈：你这个死不了，你不说我还不上火，小柱子不叫你，怎能当八路去！什么张队附、李队附的，弄家来吃饭讲了一大套，小柱子不叫他说，能去吗？一去就没影三年。

爹：你这个人真越说越糊涂，那个参加八路军，也不是一说就去的，也是小柱子那小子铁了心了，别人不是说不了啦吗？

妈：别提那个啦！怎么，小柱子他们的队伍要来啦！

爹：对啦！

妈：这可真好极啦！他这三年里要真有个一差二错，叫咱老两口子可怎么好，啊！这回可真回来啦，这回得想法子借点儿钱，给他说个媳妇，有了媳妇就不能再走啦。

爹：我说，你要知道，现在的人民解放军是不准娶媳妇的。

妈：都不许娶媳妇，都当人民解放军，还都绝后啦呢。

爹：我是说，打仗当兵的时候，不能像"中央军"那一群官兵讨媳妇，你说！天地间哪有带着媳妇打仗的。

妈：可不是，"中央军"被人民解放军打跑啦。

爹：我说是当完了兵，打完了仗，再说媳妇，像小柱子当兵回来说媳妇那就不成问题了，也不用我们去操心啦。现在不许买卖媳妇，不花钱不能说媳妇的时候过去啦，谁像咱们那时候呢，不给足彩礼钱，就不许接媳妇。

妈：要真不用花钱，可谢天谢地啦。

爹：你看吧，最近来沈阳的解放军，真是一针一线不拿老百姓的。你再看"中央军"在这时，带老婆，坐吉普，跳舞，吃喝玩乐，把我们可倾害死啦。他们“中央军”从哪里来的那些钱，还不是除了贪就是污，把沈阳的粮食都卖给美国，换来钱，大吃二喝，弄得我们吃糠咽菜，八路军要再不来，我们就得饿死啦！

妈：（抢着说）真的，现在我们大丫头在工厂能赚三百多斤粮啦！那时候才给四十多斤米。

爹：提起从前来，哎！

妈：大丫头怎还没回来？（向外望）哎！（停少许时间）
这二年多，我们两口子全依了大丫头度活命，大丫头真命苦，每次呀！在工厂担惊受怕地偷出点儿工厂里的东西，卖了买些吃的。想起来从前，“中央军”真把我们都捉弄死啦，听说这回人民解放军帮助我们贫人翻身。

爹：有共产党来，我们以后的日子就好了。（后台歌声由远而近，先许多人，后为一个人歌声）

妈：你听，大丫头下工啦。

（门开了，大丫头穿着青棉衣裤进来，嘴里不断地还唱着，很天真的）

女：妈妈（行礼）爹爹（行礼）我回来啦。

妈：你看咱们大丫头，穿上工厂发的黑棉袄多么暖和，这回，真该贫人翻身了，穿暖吃饱啦。

女：妈妈，（脱了衣服拿出白衬衣）这回工厂的东西可太好拿了。

妈：（看！又惊又喜）啊（笑了）白衬衣，这回把它卖了，好给你攒“体己”，预备你将来出嫁时多置点儿东西，也好看。

女：妈——我明天还拿。

爹：怎么，又拿厂子里的东西了么？（过来看白衬衣）哎呀，现在怎能还拿厂子里的东西呢！

你忘了你上次告诉我，你们厂子的军事代表他们讲的话："工厂这回是你们自己的啦，自己去经理，自己去爱护，现在我们吃饱啦穿暖啦。"你说，你怎能还拿工厂里的东西呢！要叫厂子知道，人家问咱们为什么还拿厂子的东西，咱可怎说呀，那么别的工人都拿吗？

女：别的工人都没拿。

爹：对了，别的工人当然不能再拿啦，你们说怎么办？（稍停）世上没有不透风的墙呀，你这个老糊涂就是能算计，体己体己的，人家终究是要知道的，可怎办吧？

妈：你别全怪我，下回叫孩子不拿就得了，你看你这么大声小怪的。

爹：我说这一回拿的咋办，要是叫工厂知道了，那你这老糊涂去给你女儿坦白吧！

妈：可真是，怎么办？（怕的样子）

（幕外人声嘈杂）

妈：你们听外面什么事情，不是……（更怕的样子）

（幕外说——这回人民解放军又来了不少……小柱子……小柱子……是老张家的小柱子）

女：我哥回来啦。（忙跑出去）

爹：小柱子（惊语）可真回来了。

妈：小柱子。（刚走到门旁）

（小柱子被他妹妹拉着手进来，小柱子穿着人民解放军的制服，英勇神气）

儿：妈妈（手礼）爹爹（手礼），我回来啦。

妈：孩子，你可回来啦，可把我惦记坏啦，一去就三年多。

爹：快叫柱子坐下吧。

儿:这三年多太使妈妈爹爹忧心啦。我在走的时候,因为我理解了年轻人只有这一条出路,是光明的,所以才那样坚决同张排附走了。其实在人民解放军里,那可太好啦,班长、排长、连长,真比亲哥哥都强,爱我们,疼我们,就像我们病了吧,拿出他们自己的钱给买药,买好吃的东西,病很快地就好了。战友中间呢,真更像亲兄弟那样,互相帮忙,互相援助,遇见困难的事情,都是大家齐心去做,根本就没有惦念着家的地方,比在家强多啦,大家快乐地在一起过着团体生活来为人民大众服务。

妈:(感动似的)真的吗,你不说谁又知道呢!

爹:对啦!我早就知道军队里的生活好。

妈:早知道,早知道你早不说,我得给我儿做饭去。(要下)

儿:爹爹,你老年岁大啦!这回不像过去,好好地在家清闲清闲吧。(回头看他妹妹)妹妹,(看白衬衣)你现在上工厂啦?这是工厂做的白衬衣呀!妹妹怎不高兴呢?

妈:(没等出去外门就急忙转回来,走到小柱子身旁)儿子!你走了三年了,不知道家里是怎回事,(哭的样子诉苦)那个国民党可把我们坑坏啦,我们都好险没有饿死,儿子你哪知道呀,后来一点儿办法没有,才叫你妹子上工厂当女工,时常偷点儿厂子里的东西,卖了买点儿米这样活着,有时你妹妹偷东西叫人家捉着,打,骂,过去,儿子,妈提起来真难受呀!现在你妹妹的工厂解放了,他只有还当女工吧,不小了,这回赚的也多了,这回是够吃啦,刚才你妹子下工回来又在厂子里偷拿一件白衬衣回来,你爹爹正说她呢,你说,儿子,怎么办?

女:(急哭跑到他妈的身旁,由大哭变小哭)

儿:妹妹不要哭,不要害怕,这没有关系,共产党是宽大的,只要改悔，那仍然是好人，一会儿我同你去工厂见你们的厂长，坦白我们的错处，还给他工厂的白衬衣不就完了吗，别哭，别害怕。

妈：对啦，大丫头不必哭了，起来。

爹：对，你哥哥说得对。

儿：妹妹，我告诉你，你听着，解放了，就是争取凡是一切都是大众的，拿你们工厂说吧，那一部分就是你们工厂里的工人的，你们应该爱护它，应该管理它，它能保障我们吃饱穿暖。过去的工厂是少数人的，他们为自己幸福，尽力来压榨你们工人，当然不能有好生活，并且拿工厂的资源军品来消灭人民的队伍，别说为生活偷它，有机会还要破坏它呢。现在我们解放军把国民党也打跑了，为解放全中国的劳苦大众，我们无论是谁，都要苦干下去，所以在工厂里好好工作，努力生产，好支援前方，待将来全中国的劳苦大众都解放了，那时该多好，不是要什么有什么吗？所以现在不要自私违反群众的利益，不要偷偷地拿厂子的东西，假使工人都拿起来，那么前方为人民为大众而流血的战士们穿什么呀，妹妹明白吧！

女：哥哥说得对，我下回不拿了，我还要看守其他要拿的人。

妈：对对！

爹：对对！

儿：爹爹，妈妈，你们看，过去穷人简直就是他们少数人的牛马，并且看那卖国贪官们，包办，独裁，百姓就得等着死；再看现在的国民党的四大家族，蒋宋孔陈，简直非把中国的血吸干了才甘心，那卖国的行为勾结美国人民来压迫我们。（站起来）

爹：对，对。

儿：（眼睛瞪着举起拳头恨恨的样子）再像他们这样弄下去，我们就得死了，我们不能死，我们要打倒他们，活捉他们！你们再看，用他们这四大家族的财产，全中国人民能活四十八年，你们看看，他是我们中国人吗？（气极）（喊口号）打倒反动派，解放全中国！

妈：（拉小柱子）小柱子，小柱子，你消消气吧，快和你妹妹上工厂去吧，不早啦。

儿：妈，不是，我一提到国民党，我的火就来啦！

妈：（拉大丫头，拿白衬衣）快和你哥哥去工厂，回来好吃饭。

儿：妹妹走吧。

（小柱子同大丫头齐下）

妈：这回可没事了，要不然可怎么办！

爹：真没办法，这都是过去为生活所迫，养成的习惯呀！

妈：你快去买点儿菜，小柱子回来啦。

爹：好。（站起来，拿篮子）（下）

妈：多买点儿肉，别忘了。（向外说）

妈：我的小柱子可回来了，那样胖，我得给我儿弄点儿好吃的菜，当兵虽说好也不易呀！（回身想起，出）我得上王大嫂家去借大马勺去。（下）

（闭幕）

（剧终）

**选自《文学战线》，1949 年第 2 卷第 1 期**

◇韩起祥

# 刘巧团圆

手弹三弦口来讲，春夏秋冬走四乡，
说书不为旁的事，文化娱乐我承当。
咱们边区好地方，男耕女织人人忙，
有吃有穿好光景，实行民主好气象！
有些男女二流子，劝说改造全变样。
买人卖人都不行，骗亲抢亲也不让，
听了这话你不信，有段故事听我唱！
编成新书说新人，只说实来不说谎！
刘巧团圆事不假，故事出在陇东西庆阳，
庆阳有一个刘家庄，那人外号叫刘货郎，
杂货担子他担上，每日起来串四乡。

（白）话说刘彦贵那一天担上担子四乡去卖杂货。

（白）我刘彦贵，自小好吃懒做，不爱上山劳动，就看下个卖杂货，走个乡村。我担的是煮黑、煮蓝、紫大红、品绿、品紫、带品青。我卖的是各种假巴，样样哄人。我拿好多的颜色，不少的货物，走在四乡，哄她们婆娘。我老汉一辈子就懂得大吃大喝，自在逍遥，无忧无愁，有些乡亲见了，虽然黑眼定心，我也不管他。近几天四色货物都落了价，我想：再买些便宜货，多赚得吃点儿喝点儿，就是没有本钱，眼看着把利也耽搁了，该想个什么办法才是？低头一想，担上担子走了几步，想起来了：我刘彦贵养的一个女子，就叫巧娃，自小时候就给了人家了，给了赵家庄上赵金财的儿子叫赵柱儿，小时候只问了六块钱，完全没有问成个钱，现在养的十七大八，小时候不要问的话，抬到现在，不问他几百万？对了，我老婆不在了，我哄人家啦，把我女子也哄一哄吧！是我今天回在家中，对我女子说："赵柱儿是个跛子，是个憨子，前弯腰，后背驼，憨得连人言不懂，不会生产劳动！"我回去这样对我女子一说，我女子一定是不满意的，我女子不到他赵家去，和赵家散了亲，退了婚，我就能卖他几百万，买货有本钱，买吃喝有现钱，谁看见也会抬举，谁见了也会巴结！对了，倒究三年赶了五会，咱是久跑门外之人，这才想起这么一个妙计，赶快回去吧！

刘彦贵一想喜在心，担上个担子也觉轻，
心里高兴走得快，三步折成两步行，
今儿回在我家去，怀里揣个发财的心，
低头走路仰头看，自己门不远在面前，
轰隆推开门两扇，地下放下个杂货担，
一坐坐在炕上身，愁眉不展挽在心，
面前不是别人问，巧娃开言把爹爹称：
"你往日回来微微笑，今天回来恼在心，

你有什么为难事？你对女子说真情！”

刘彦贵一听开言道，连把女子叫一声：

（白）“唉，女子哟，老爹爹就把你害了！”巧娃说：“爹爹，你为何把女儿害了？”刘货郎说：“唉，巧娃！老子一辈子就养得你这么一个，你小时候，你妈也在着啦，怕把你喂养不大啦，早早就把你问给赵家庄上赵老汉的儿子赵柱儿。小时候哇，那是个好娃娃，因此把你给了他，谁知道他现在变了，老子有一天卖货，走到他们那个庄上，见了赵柱儿，人家都说那就是我的女婿，因此我看了一看，那又是跛子，又是个憨子，前弯腰，后背驼，又不会生产，又不会劳动，人样丑俊倒不要紧，这我女子迟早过了他门，老人也有老时候，你说那个穿吃，完全靠谁？这不是老爹爹把你害了！”巧娃说：“爹爹，这是实言？”刘货郎说：“看这个娃娃！难道老子还能把谎言对你讲来！”巧娃说：“爹爹，是那么个事情，我也不嫌他人样丑俊，我终究过门，一定要受罪啦，我不到他家去！”刘货郎说：“女子，我亲自给了人家，你不到他家去，那还能啦？”巧娃说：“为什么不能？要是不能，就得你爹爹顶哪！”刘货郎说：“女儿哟，你也不必这样着急！你等老子迟早见了他赵老汉，再和他商量一商量。”刘巧说：“这只怪他们，没有什么商量头，我一定要和他退婚！”刘货郎说：“事情先总得有个商量，急也顶不了事，你先慢一步嘛，老爹爹以后再给你寻个好办法。”巧娃说：“那就看爹爹以后怎么个办法！”刘货郎说：“好我的娃啦，你哟不要急躁，老爹爹总要想办法救你，现在我就卖货去了！”

刘货郎说罢喜喓在心，担子担上身，

三步折成两步喓行，一朵莲花红，

一十一朵云，花儿遍地红！
我老汉心中有办法，女子刘巧娃，
父子打盘又把计定，倒把个老赵哄！
一十一朵云，花儿遍地红！
我与赵家就要散亲，我老汉哄骗人！
路上走路盼嘤路程，心中浪盈盈！
一十一朵云，花儿遍地红！
我拿个铮子得琅琅响，杂货都担上。
直晃晃走进一个庄，庄上哄婆娘！
一十一朵云，花儿遍地红！
庄上卖货我细不讲，再走个好地方，
格登登走在大嘤街上，心中喜洋洋！
一十一朵云，花儿遍地红！
担在街上转了一转，将身再弯转，
路上走路我把路来盼，碰见个赵老汉，
一十一朵云，花儿遍地红！

（白）话说那刘货郎看见赵老汉远远地来了，急忙说："呵，赵亲家，见罢你好多时了！"赵老汉老远地问："你是谁?"刘货郎说："你认不得我了？我就是那刘彦贵。"赵老汉一听哈哈大笑，走到跟前用手一拉说："亲家，坐下吧！"刘货郎说："你岁数大，走得累了，快先坐吧！"刘货郎把担子往下一放，二人同坐在路旁，绿茵茵的一把槐树，正好乘凉。赵老汉说："亲家，你的生意买卖好吧！"刘货郎一听，心里盘算什么生意买卖好，该不是他猜到我要卖巧娃的事，连忙笑着说："唉，好什么啦，动弹强如闲坐着，针尖上削铁咧，没多的赚钱。"刘货郎反转问："亲家，你这庄稼好吧?”赵老汉说:“还不算好,一年打的也吃不了!毛主席号召咱耕三余一,我可要耕二余一,准备穿好吃好,美美地替我娃办一个喜事啦!”刘货郎一听,愣了半天才说:“唉,亲家,早倒要想和你拉话,贵贱不得见你,今天见哩你了,有一件事情,就对不起你!”赵老汉说:“什么对不起的事情?”刘货郎说:“唉,亲家不能说!你才提起办喜事的话,我听了汤满肚子胀!不提一肚气,提起两肚气!你看当那时候咱们做亲,你哟看起我,我哟取起你,咱这是喜爱的做亲,你有个儿子,我有个女子,年岁相仿,门当户对,我的女子给你,我也高兴,你也满意,方达周围的人,都说咱们是好交情,好亲家,一儿一女,贵贵气气!唉,亲家,谁知事情总不如想的好,雷雨下大,事情变卦,你看这个‘儿大不由父,女大不由母’,我女子现在大了,她多少不满意到你家去,我常行打骂,她对我图死扼命,她说她头挽了绳子也不到你家去。我说那个不行,你狗肏的:死了还是赵家的,她说她要走政府办退婚手续,我请好多亲戚来劝,她一口咬住个屎尖子,油饼子也换不出来,我也没有办法,我能把她杀了着不成?亲家:你说,这该想怎么个办法?!她一定不来,我把她占住同你伙,她不给你过光景,给你抛米撒面,今价跑啦,明价扛啦,她给你嚎嚎带哭,你背兴,我也不好听!唉,亲家,现在这个世事,把那狗肏的们提高了,这个丢人背兴,难道我把她杀了不成?!我该没个杀儿刀吧?这几天急得我吃不能吃,喝不能喝,睡不能睡,眼里看得滴血,肚子也给我激起一块疙瘩,真是滚油焦心,死不下,活不下,亲家,你说这该怎办?我看,最好你也到我家里劝劝她,路又不远!”赵老汉生来,性强性傲,他一听就生了火气,说:“亲家,你也不要急躁,她不来算了,我是怕我儿不得大啦,不怕娶不下婆娘，世上的女子该没有死完！”刘货郎说：“我知道了，你我咱两亲家，真是个志气刚强的男子汉，能拆不圪溜，真是有名的姓，说一的不二！可是你说那话不顶事吗，我回去对她一说，我说人家也不要你了，她定不相信，我说亲家，最好咱们好商好量，到政府给她割个退婚证，给给她狗肏的，看她再哪里瞅个好的去，我不管她了，天高任鸟飞！亲家，你也不要怕，你儿那里有了对象，要起钱你给我言传，虽然我女子不到你家去，咱还是好亲戚，三十万，二十万我都能给你凑。”赵老汉说：“对，走吧！”

二人说罢就起身，弯弯转转走得紧，
翻山过河不停留，树上的鸟儿也吃惊！
赵老汉头前生了气，刘货郎随后紧相跟，
一个恼来一个喜，一个奸来一个忠，
一个劳动好人品，一个二流子哄骗人，
一前一后走得快，风逞草动不留神，
猛听前面鸡狗叫，一霎眼到了政府门。

（白）话说赵老汉、刘货郎，他二人慌慌忙忙来在区上，区长说：“你们走得这样慌忙，可有什么紧要的事情？”赵老汉说：“给我写个离婚证！”区长一听，忍不住笑说：“你老都老了，为什么还要和老婆离婚？刘货郎，你们是好亲家，你怎么不劝劝他？”赵老汉很生气地说：“不是，我老婆早死得白骨现天了，是给我儿的老婆割个退婚证！”刘货郎站在一旁，真是说不得，笑不得！区长说：“那叫你儿来，隔着手续啦。”刘货郎赶忙说：“唉，区长，我的女子给了他，现在我们四个同意嘛，他儿、我女子都愿意，我们两亲家好商好量，这是我们两个老汉手续上的事情，他们两个害羞不敢来，我们这是干脆爽快地退婚，没有什么问题。”区长说：“你这老汉就马虎，赵柱儿那样一个好后生，你怎么舍得退亲？俗话说：‘不捡秦川地，单捡好女婿。’我看你还是好好想一想，不要马马虎虎，耽误了你女儿一辈子的大事！”赵老汉没有等刘货郎答话，就抢着说：“不马虎，你快叫秘书写吧，你就是把他们弄到一起，我们两家也过不成嘛！”区长说：“亲事说成不说散，看把你急的，这又不是什么好事?！咱边区就是要办得家庭和睦，大家团结，人人喜欢，个个满意！既是你们觉得实在不能到一处，政府也不能勉强你们，现在你们当当对面，就给你们写吧，话要说在前头，免得你们后悔！”

区长吩咐秘书办，退婚证刹时就写完，
一个给了刘货郎，一个给了赵老汉，
赵老汉两头不知地，倒教刘货郎鼓里瞒！
刘货郎一见心喜欢，连把亲家一声唤：

（白）刘货郎说：“亲家，这事对不起你，不要那个坏种子女子哇，咱们是二两棉花装的个眼镜，至厚不薄，我心里实实在在还不能撩开你，以后咱再见面，还是好朋友，老交情，老厚道！”赵老汉口里没有言传，心里盘算：“去你妈的吧，你把你小妈睡女坟去！”

赵老汉生气就起生，刘货郎心中喜盈盈，
一个气得回家去，一个路上唱哟唱哟唱得越起劲！
我老汉心口上喜气洋洋，担上这货担担怪没分量！
笑一声赵老狗你要上当，莫怪我刘货郎两付心肠。
我和你散了亲左思右想，我巧娃要卖它白银千两；
炒上肉筛上酒泡上白糖，家里香院里香口里喷香！

我养她我卖她怨她没娘，回到家放下担要水要汤！

走得紧跑得快心里细想，不觉得一霎时回到刘庄。

（白）话说刘货郎喜浪盈盈回在自己家中，一开门也不说累，也不说熬，劈头就说："巧娃，这就对了，你说你不到赵家去，人家也不要你了，夜儿我卖货走在路上，碰见赵老汉父子，一见老父，人家就说你疯跑野扛，不会针线，又说他儿养活不过你，也要害他，硬逼得把爹爹拉上走在区政府，写来一个退婚证。你看，这可不是爹爹说谎！巧娃，你也不要急躁，世上有的是没婆娘的男人，我总要给你寻下个顶好的人家，不唯你能一辈子享福，我也在人前有个面子！"巧娃说："这就对，没想到这么容易结局，这才是谋到一经上了！"

刘货郎一听又高兴，心里想来不露风，

养你我算交红运，摇钱树栽到聚宝盆！

刘货郎高兴且不表，再说赵老汉回家中，

路上走来气长得丛，长呵短叹心恼闷！

恨一声刘巧你把良心卖，你不该和我儿退了婚！

小时候问你我心里喜，谁知大了就变心，

你嫌我儿人不好，看你以后寻个什么人?!

路上景致不顾看，霎时转回自家门。

（白）赵柱儿说："爹爹，你回来啦？咱锄上抹生抹好咧么？"赵老汉说："我哟没顾得抹，今天路上碰见刘货郎，说他女子贵贱不愿到咱家来了，我就和他到区政府写了退婚证。"赵柱儿一听，眉脸通红，赶忙就说："那退婚哟该由我，何用你老去退？"赵老汉说："唉，好娃娃啦，老子已经马马虎虎给你弄成这么个事啦，你们这些年轻人，说话就要起火，世事到这啦，三尺的石瓮，五尺的汉子，不弯腰不得过去！亲事是个喜气、痛快，她一定不满意，咱硬逼得来，她不给你过光景日月，淘声斗气，一天没三顿饱饭，有三顿饿气要淘，咱图什么着啦！教克他妈的，你也不要着急，操心种庄稼，好好勤劳，只要今年下来多打几十石粮食，连二年也用不了，就问就引，又是一家人家！"赵柱儿盘算了一阵，口里说："对！世上的女子该没死完?！你老在家做饭，儿给咱上山生产。"

赵柱儿放开愁眉脸，多打粮食要多卖钱，
一年用上二年的工，再问个婆娘过光景。
每日勤劳在山边，总要气瞎你刘巧的眼！
你心里盘算我打光棍，看我以后生男长女满家红！
赵柱儿的心事我不讲，回书再说刘货郎，
刘货郎心里很高兴，怀里揣个发财的心。
从此他就伸开了手，指上个女子哄骗人。
头一下问道杜家去，问得票子二十万整，
以后又把心变啦，杜家花钱凑了个空；
二次寻的是李家，问得票子三十万整，
二次又是变了心，李家人钱又两空，
李家儿子性子强，打架差点遭人命，
年时问题才了结，家家骂他是畜牲！
指上女子来亏人，一家家哄得实苦情！
刘货郎哄人不细说，书中再说个王财东：
王财东名叫王寿昌，庆阳全县都有名，
只知吃来只知穿，从小就学得不务正，
东家里来西家出，仗着有钱来欺人，

撩鸡逗狗不消说，胡嫖乱赌没有人品，
他的本事多得很，常满年点一盏大烟灯，
不生产来不劳动，年年日月过烟瘾，
一次政府派人来劝他，一不溜躲在女人茅坑！
儿媳妇进去要解手，一见他气得满脸红！
茅坑里整整藏一天，儿媳妇恨他心不正！
今天偷偷地过足瘾，又要想办法来开心。

（白）话说王寿昌有一天在家里躺着过烟瘾，吃饱喝够，忽然想起事情一宗，心里盘算："我的老婆前两个月上吊死了，人家说她偷汉，我也有点儿疑心，看见她路数不对，要不，长工刘二，为什么黑天半夜地跑了，要是不跑，也不能让他活了！好，死的怨她没福，死了也就拉倒，我这活的，今年四十八岁，可也不能算大，正才懂得享福了，这日子凄凄凉凉，实在难过，再打几个月光棍，街面上的人看起来也不成事体，这婚姻大事，该早点儿解决才是，到人家去串门子，总不如在自己家里方便，儿子、孙子大了，说闲言，道不是，耳朵里听见，也实在有些怄气！听见人说刘货郎的女子，最近又和人家退了婚，今年十八岁了，长得实在俊，实在美，实在漂亮，我想把她问来，不知道他给我不给？……不怕，人说刘货郎爱钱，我给他多花两个钱，这他一定给我！这媒也许有些难说，该请谁好？有了，东街上的刘媒婆子，舌尖嘴快，能说会道，我就找她去吧！"事情想算妥当，他就喜眉笑眼地把烟枪、烟盒子、烟灯收拾在紫檀木盘子里，一不溜坐起，向窗子外面瞧了一瞧，连忙锁在墙柜里，往外就走！

王寿昌暗暗喜在心，出了那大门出二门，
心里喜来走得快，一颠一晃来到刘媒婆门，

低头走路仰头看，碰巧刘媒婆走出门，
有心想躲躲不及，小脚碰上个木拐棍，
抬起头来仔细看，面前站一个王财东！
不是这拐棍拄得稳，两个跌跤就笑死人！

（白）王寿昌气吼淘咽地笑着说："真是冤家路窄，该没有把你碰磕着？看你年纪大了，为什么还穿这么新格崭崭的一对花鞋？！"刘媒婆子一边揉脚，一边仰起头说："要是碰在讨吃的焦头子棍上，我早就骂他没有眼睛了，你是财主，碰上可就是碰上好运气了！"王寿昌说："我不来哇，你也许不会出来，你打算到哪里去？"刘媒婆一见王财东和她说笑，今儿没有一点儿财主架子，脚早就不疼了，连忙说："我预备走东街有媒给人家说喀。"王寿昌说："你这说媒能行！"刘媒婆子说："不能行也'沾荫'着啦，我在咱们这个地方，一年不说百多媒，也说他几十个！哪里的大女子、小寡妇，我肚子里背得熟格蛋蛋，谁请我说媒，我一回就成，赶走第二回，他们就快结婚了。"王寿昌说："我早就知道你有这个吃人的本事，会说，有办法。我今天有个事，你给我办不啦？"刘媒婆说："哟，看你说到哪里了，我办不到的不说，办到的我一定要给你办啦！"王寿昌说："我听人说，刘货郎的女子刘巧儿又退婚了，问给人家了没有？"刘媒婆说："哟，我知道，连赵家一共问过三次都散亲了，刘货郎总嫌人家穷，一个女子老卖不称心，现在还没问出喀！"王寿昌说："你看刘货郎的女子给我不给？"刘媒婆说："哟，你老了，已经卡上孙子了，为什么还想娶个小媳妇？站在一起，你不怕媳妇、孙子们笑话！"王寿昌说："你还嫌我老，这事就办不成了，你不会不要说我老么！"刘媒婆说："就算我不说你老，刘货郎的心太重，用的钱可不少，恐怕人价就说不倒?”王寿昌说:“那倒不要紧,银钱要多少拿上多少,只要他许亲就好。”刘媒婆说:“只要有钱,事情就好办,你先回家等着,我就去说,成与不成,跟后晌一定给你见话,只要刘货郎在家,就不会错时辰。哎哟,只顾说话,倒忘记请你到我家里坐,连点儿水也没喝,请你快回家坐吧!”王寿昌说:“不啦!不啦,赶快去办事要紧,只要你给我办到,我不会亏你,这是一万边币,你先拿去用吧!”刘媒婆伸手接钱,口里还说:“不用,不用,这就算我眼小了!事情我尽力办就是,你回家等着吧,我就去了。”

刘媒婆忙去刘家庄,王寿昌回家喜得浪,
只要把巧娃买到手,谁管他街邻说短长!
书中不把别人讲,再说那人刘货郎,
今儿卖货生意好,花言巧语哄婆娘,
假色换得些鸡和面,得意扬扬回刘庄,
低头走来仰头望,看见刘媒婆进了庄,
三跷两步赶得快,一眨眼两人就相跟上。

(白)话说刘媒婆子觉得后边好像有人赶来了,先低头把她的花鞋端详了一下,然后朝后一看,看见刘货郎脸红气喘地赶上,心里想:“大约他也是找我来了!”刘货郎一看果然是刘媒婆子,就上气不接下气地说:“刘大嫂,你又走哪里去?走得这么欢,害得我跑了半天!”刘媒婆说:“三年等得个闰腊月,我就是等你着啦。”刘货郎说:“你等我有什么事?”刘媒婆说:“要是坏事我就不会寻你,我给你瞅下个可心可意的女婿了!”刘货郎说:“咱就端来直道,不要转弯弯,你给我娃瞅的是谁?”刘媒婆说:“提起此人,大大有名,就是王家坪的财东王寿昌。”刘货郎说:“他比我也老得多，这可不行！”刘媒婆说：“看你说的，人家才二十八了，只大你家巧娃十岁。”刘货郎说：“你还瞒得过我，他四十也不卖！谁不知道个王寿昌？不管他四十、五十，给啦，我为的是钱，你对我女子不要说他二十八，就说他很小啦，二十二岁！”刘媒婆说：“好，你要问多少？”刘货郎说：“现在人贵了，打仗啦，四色都贵，我明是挣钱啦，和做生意一样，到他家就要多问，我要一百万边币，五百万块响洋，绸缎两匹，市布两个，老布六个，尽是要五、五丈的，米麦两石，你看他掏这个钱啦，他问去吧，咱是说一不二，没有一点儿谎价！”刘媒婆说：“我看你是不想往出问，要得太多了！”刘货郎说：“嫌多算了，如今一个好骡子好马也卖它几百万，慢说还是个人，四十多的一个干老汉，还不想多掏钱，我也不稀罕！”刘媒婆说：“刘货郎，你就在家里等着，也不要出去卖货了，我去试打说说，他问不问，明天晌午给你来见话，我就不到你家里喀了，免得巧娃看见，又把我瞅眉剜眼。”刘货郎说：“我也怕巧儿疑心，这么说你就快点儿走，省得教旁人看见走漏风声，我还打算给你杀鸡，擀白面啦，明天晌午来吃吧，我就不远送了！”刘媒婆说：“看你今儿多心成个甚，不必，不必，我就走了。”

刘媒婆一路上喜在心，谁敢说我不中用，
不管他男来不管她女，不管他富来不管他穷，
只要那我去跑一趟，包管他一次就说成！
看一看花鞋我忙走路，骗他个年轻闺女嫁老翁！
他有好来我也有好，今儿可攀上个王财东！
大拨子洋烟抽你几口，再吃你的猪肉调片粉！
我只顾想来不顾看，一霎眼来到王家坪，

抬起头来我仔细看，王财东他在崖畔上等，
抬起头来我仔细看，王财东他在崖畔上等，
老哟老啦还性子急，再不能怪那些年轻人！

（白）话说王寿昌自刘媒婆走哩，就想这想那，在家里坐哟坐不住，出来进去，进去出来，一阵也不能安身。他正在崖畔上站着，看见刘媒婆兴兴恍恍地来了，不知说成没说成，真是在崖畔上站也站不稳，盼不得刘媒婆一下飞到自己跟前，连忙报一个喜讯。刘媒婆眼尖心鬼，一进村口看见王寿昌走来走去，心里就明白是怎么回事，说："你急，就教你再急一会儿！"想着想着，脚步越走越慢，自己心里也觉得好笑。王寿昌在崖畔上等得有些不耐烦，心里说："看这个老婊，又拿派气势，故意和我捣蛋了。"口里不说，心里恨死了刘媒婆！正在这个时候，刘媒婆终究来到王寿昌面前，厚嘴唇子一咧，小眼睛一眯，满脸的肉鼓起来笑着说："王财东，你连喜至喜，喜得你跌倒沿起，帽子带在圪尖起，怀里抱个母公鸡，你看你今儿个喜不喜？！"王寿昌说："刘媒婆，你说来说去，到底是什么喜事？"刘媒婆说："刘货郎总嫌你老，说是你像他女子的爷爷，说什么也不肯！"王寿昌听到这里脸色一块黄一块白，忙抢着说："算了，算了，不给就不给，他老驴󰅔的，怎么说这些不像人的话？！"刘媒婆说："我的话还没有说完，你就急得乱骂起来了，听完你再乱骂也不迟。起先他那么讲，后来我歪说好说，他才算答应给了，可是彩礼用得不少！"王寿昌一听，才放松脸上的黄肉白肉笑起来说："只要他许亲就好，彩礼要多少？"刘媒婆说："哎哟，可是不少，他说一个好骡子好马还卖几百万啦，他要下一百万边币，五百块响洋，绸缎两匹，市布两个，老布六个，尽要五六丈的，米麦两石，你看这少呀不少?”王寿昌笑了一笑说:“那能用了多少,在我的沙毡上啃了一根杂毛!刘媒婆,你就叫成咯,我打算再过半个月就引啦。”刘媒婆说:“对,你把定亲的东西就预备好,我一会儿就给他送去。”王寿昌就用鸡蛋烧酒,羊肉臊子白面,美美的的款待了刘媒婆一顿,不必细说,临走时王寿昌说:“这是定亲兜肚两个,干枣二升,二十四个点心,定亲衣服一套,这是贡丝缎的,都是我那个婆娘撂下的,都放在盘子里,教他们伙计端上,你只知知数就是。”刘媒婆说:“好,这些东西拿给刘巧一看,穷人家娃,一见就喜乐了,你坐着吧,天气不早,我赶回去,明天一清早就给她送去吧。”王寿昌打发伙计拉的个骑鞍驴驴送刘媒婆去,刘媒婆觉得脸上很有光彩,说了一圪堵感谢的话才走。

王寿昌左思右想笑在心,还是我腰里有劲劲,
租子明说减来暗不减,多讨些粮食我过烟瘾。
一来是粮多钱旺能通神,二来是刘媒婆能言巧语有本领!
岁数给我瞒了一大半,苍头发变成个小后生,
只要那轿子抬回来,我寿数上又添桃花运!
不说王寿昌心里喜,花开两朵另表明:
第二天明太阳红,刘媒婆梳洗打扮不消停,
刘货郎在家吃早饭,心里老觉得不安稳,
要是等她晌午来,杀鸡擀面我花费重,
不如我到她家去,肉哟面哟就全俭省,
亲事说成还才罢,亲事不成就折本!
“穿不穷来吃不穷,打算不到一世穷。”
生意做了一辈子,这些道理我一担清,
主意打定抽了袋烟,离开刘家庄赶路程。

刘媒婆虽然心眼儿多，比起刘货郎可差几分，
心想晌午送礼去，美美地吃他好一顿！
不是我嘴馋肚子饿，夜儿他说把我请，
他请我来理应当，卖女子变成个老富翁！
心里忙来手里慢，梳头换鞋缠不清，
刚刚拿起镜子照，刘货郎挑担走进门，
刘媒婆镜子里看得真好。口里不说心里想，
这老鬼怎么戏弄人？肉面不吃可不要紧，
害得我打扮了好一阵！今儿我才认得你，
我哄人你又把我哄，牙还牙来口还口，
以后总教你知道疼！我来先把你问一番，
看你给我说一个甚？

（白）话说刘媒婆在镜子里看见刘货郎门里走进来，心里稍微盘算了一下，就立刻放下镜子，假装笑脸说："哟，你怎么这样早就来了，不是我骂你，一个荒骡条子也走不过你！"刘货郎说："我起来一想，路老远的，上坡下坡，一来怕你脚小走不动，二来又心疼你这对花鞋，因此我就来了，省得你气喘喘地跑腿！"刘货郎口里说话，两只眼睛死盯着刘媒婆，从头看到脚底，什么也没有放过，刘媒婆说："算我猜对了，你就是会体贴人嘛，我正是盼你来啦！快把货担子放在后脚地，上炕上坐。唉，不要麻烦地锁你那箱子，放心，我这里没有不三不四的人，什么也丢不了你的。"刘媒婆一说，刘货郎怪难为情，只好把一个箱子上的锁子扣住，就回头坐在炕上，看见瓮盖上放一个黑油大盘子，里边放得满满，全是定亲用的东西，分明不是穷人家能办整的，心里想亲事一定说成了，眼看自个儿就会变成个二不溜子财东，真是

喜得心都迷了。刘媒婆站在锅台前面，偷眼看着刘货郎，猛不防地说："唉，幸亏没先吃你的鸡肉白面，吃哩就吐不出来了。人家王财东嫌价大，不问！"刘货郎一听，好像头上泼了一瓢凉水，"说什么啦，自己还是个穷汉！"心里一想，眼哟黑了。刘媒婆心里明白刘货郎已经美美地疼了一下，这才说："刘货郎，你不要难过，我是和你说笑啦，亲事给你已经说成啦，这盘子东西就是给你的，不要怕，他又不长翅膀，飞不了。"刘货郎说："这可是真的？"刘媒婆说："王财东起先实在嫌钱多，再三不肯掏，我说如今一个好骡子好马也要几百万，三番五次，说一句想半天，才算圆裹成啦。"刘媒婆心里想，我今年想穿得新些、整齐些，这么一说，至少该赚你两个老布吧，想完，又对刘货郎说："人家王财东要下多少都给你，就是老布少，人家讲迷信啦，忌讳那个四、六着啦，因之老布少给你两个，绸缎市布四个，老布四个，共算起来是八个，八对八年年发，你该明白了吧？"刘货郎一听，这才哈哈大笑，放心地说："那是小事，咱这么大的个人，还能争论那些，老布我只要两个，两个给你吧，他再要给你两个，那就我好你也好，算是沾巧娃的光啦！你可不敢对我女子说他老，你就说他年岁小啦，二十二岁。"刘媒婆说："对，我保管不说，哪怕你说！"刘货郎说："我也不说，现在咱们哄她，一引过门，好歹我就不管了。"刘媒婆说："咱就算是两免，我也不留你吃饭了，怕耽搁你的生意，我还要出去说媒啦，鸡肉白面那里也有！你把锁子开开，这是定亲兜肚两个，干枣两半升，点心十二个，定亲衣服一套，是贡丝缎的，什么也不差分毫，快放在箱子里。"刘货郎说："我女子一见就喜浪了！今儿我急得没工夫杀鸡，因此一清早就来了，以后说什么也要请你，你知道我又不是那号子铁豌豆,你在,我就走了!”
人家叫我刘货郎,杂货担子我担上,
紧走来快步回刘庄!哎哟,我的小哥哥,
我女子一见喜洋洋,哎哟哟!
我女子给了王财东,吃好穿暖有钱的人,
定比那几家强十分!哎哟,我的小哥哥,
闪得他几家一场空,哎哟哟!
远望那南山一炷香,姑嫂二人洗衣裳,
我嫂嫂比我小两岁,哎哟,我的小哥哥,
怀里又抱小儿郎,哎哟哟!
我比那我嫂大两岁,夜夜晚上守空房,
有朝一日寻上个小女婿,哎哟,我的小哥哥,
骑上个毛驴拜我娘,哎哟哟!
唱了一阵又一阵!我心里的高兴唱不尽。
不看山来不看水,不管他树上鸟儿惊!
不觉得肩膀上担子重,格登登转回自家门,
轰隆推开门两扇,连把我女子叫一声:
(白)刘货郎说:“巧娃,你有喜,老子今天把你给了王家坪王财东了。王财东是一家富汉,真是一家富汉:

我女子过门,说富汉,讲富汉,看富汉,管富汉,大缸米,坐方炭,坐得椅子煽得扇,抖得绫子换得缎,丫鬟伙计你使唤,打发家人去买办,凉调猪肉捣辣蒜,头刀韭菜二寸半,软硬大米蒸干饭,享不尽的荣华,受不尽的富贵,戴不尽头上金花美翠,穿不尽架上锦绣罗衣,吃不尽世上珍酒美味,轿上来,马上去,底下人,排成队,你看这个事情美不美,美不美!

老头子一下把你问给赵家，不是退了婚哇，赵家本是穷汉，穷汉，我女子过门，遭磨受难，穿烂衣衫，针线又串，早起吃了些钱钱饭，晌午黑豆捣两半，晚上滚水把你的肠肠拴几绽，老子看见把你牵心好几绽，几绽不几绽，睡在炕上溜光蛋！吃了一顿没一顿，见天起来老背兴，不是淘气就斗阵，老子看见不光荣！赵家穷腥鬼气，家里没吃的臊气，急得抓天动地，寻了一圪堵不利，老子听见一圪堵害气！你看王家富贵，富贵，我女子过门，门箱竖柜，油香喷地，顶天立地，欢天喜地！"

（白）"女子，你看好也不好？这是定亲兜肚两个，你看有的人家连一个也拿不起，人家拿的两个，干枣二升，一升我留给你刘大妈了，点心二十四个，那十二个装的狗肚子里啦，定亲衣服一身，是贡丝缎的。人家王财东今年才二十二岁，实在是个好小伙子。"刘巧问："是王家坪的哪一家？"刘货郎说："就是对人好的那一家！没错儿！"刘巧说："我倒不管他有钱没钱，只要人品好，年岁相当就对了。"

刘巧儿一听怪眼明，刘货郎笑得浪盈盈，
到底是我娃年纪轻，听几句好话就当真，
只要把她哄过去，我就是一个新财东！
担上担子他走出门，心里总想多赚人。
刘货郎出门我不表，再说刘巧的好劳动：
养蚕抽丝不用说，线子纺得细又匀，
车子满年嗡嗡转，算来足有三十斤，
经线纬线都耐用，每次交线选头等！
又会纺来又会织，刁空还当车医生，
修了车子看绽子，帮助人来最热心！

有一天合作社去送线，急急忙忙走得紧，
抬起头来向前看，面前过来个干老汉，
看着总有五十多，前弯腰来后背驼！
贼眉溜眼尽看人，脸上带出洋烟瘾，
扭筋掠怪走得慢，一颠一晃拄拐棍，
少像人来多像鬼，看得个刘巧发恶心！
不是刘巧遇见鬼，那就是富汉王财东，
王财东一眼盯着看：这才是一个好女人！
身上梢柳脸蛋红，白衫黑裤好齐整！
走路走得有步法，细看就是刘巧娃！

（白）话说王寿昌一细看，才知道就是刘巧，干脑袋上冒出几颗汗珠，向前又走了一步，嬉皮笑脸地说："哎哟，我看你就是刘巧！既然你是刘巧，再半个月到了我家去，我给你穿的绸绫匹缎，就不是你穿的这种粗布衣衫，不要纺线，不要织布，散散停停，梳洗打扮，舒舒服服，把人使唤！我家有卫生油、花露水、清竹膏，香皂胰，你看这光景美不美？"刘巧说："唉，你是谁？你给我说那算些什么话？！"王寿昌说："你要知道，我就是那王家坪王寿昌，你的女婿嘛！"刘巧说："哎哟，原来才是你，快尿下泡照一照，往远点儿滚吧！"

刘巧不听还罢，一听气得一弯，线也没有心肠送了！
刘巧路上走得紧，不由得双眼泪淋淋，
心中不把别人恨，我把你爹爹恨几声！
你的那做事理不通，哄骗你女子为何情？！
谁不知他是个黑心肠！大利放账压穷人！
东庄里来西庄进，家家看到不眼明！

心肠短剑还不算，七跛二拐不算个人！

你说赵柱儿是憨子，看来你说话就亏人！

你说他是个好男子，还有比他再坏的人？！

起先我就很疑心，你说是那个好财东，

哄了人家全不说，你还倒把你亲女儿哄，

要是我娘在世上，看你有脸面见亲朋！

我是你亲生自己养，为什么你长个铁石心！

你左说右说为女儿，为什么要让我跳火坑？

我一路走来一路想，回家还不如进牢门！

我不知东来不知西，走到哪里找亲人？！

耳听得周围有狗咬，莫非我遇到那狗搅星！

揉一揉泪眼仔细看，李婶婶的院门关得紧，

我眼发晕来腿发软，思前想后心里酸！

刘巧越哭越伤心，哭声惊动起李婶婶，

忙开门来向前看，是巧娃脸靠土墙身打颤，

谁都说我侄女好人品，为什么哭成个泪人人？！

跟前忙把我巧娃唤：你给二婶婶告苦难！

（白）话说李婶婶看见刘巧哭得愁眉不展，血泪汪心，把她慢慢揪扶在家里，一边掏出手巾替她擦眼泪，一边向她说："巧娃，你为什么回来哭得泪人一样，谁欺负你，受了谁的气了？"刘巧呆了半天，一看是坐在二婶婶炕上，慢慢明白过来，一霎眼又哭得鼻塌嘴流，跌气摆带，声声唤唤地接不上气来，二婶婶低头坐在旁边，眼里淌泪，耳里听话，哭成一对泪人儿了！

刘巧儿越哭越伤心，气短声哑全身动：

我爹爹做事心太狠，贼眉溜眼他说胡话，

张问李问都瞒我，又把我问在个王家坪，
他还说那是个年轻好男子，谁知道就是那黑心烂肝王财东！
我今天合作社里去把线送，凑巧就碰见那作孽虫，
哄得我和赵家退了婚，一颠一晃他拄拐棍，
你看我的爹爹害了我，亲老子长一个铁石心！
我一路走来一路想，盘盘算算活不成！
世上的男人霜杀尽?！为什么把我给那王财东?！

（白）刘巧一声哭得半天接不上气来，李婶婶又劝了好半天，看见刘巧慢慢回过气来，才接着说："巧娃，快不要哭了，哭出病来，可怎么好！你哭得婶婶也难过，尽哭指什么事?！等你爹爹回来，我过去慢慢给他讲，看他对我有什么好说的?！你把眼泪擦干，把这碗开水喝了，帮婶婶上山给变工队送饭走，他们给我锄了半天草，早该吃饭啦，你要是迟来一步，我就走啦。把你一个人留在家里，我心里总不放心！"李婶婶人好心善，平素对刘巧说什么听什么，刘巧常把她的心事对李婶婶讲，因此李婶婶这么一说，刘巧就止住眼泪，喝了几口开水，指望李婶婶替她想办法，救她出火坑，再没说什么，就帮李婶婶提上饭罐，两人你疼我爱，好像亲娘亲女一般，就走出门来了。

李婶婶心忙走得紧，巧娃提饭随后跟，
先过河来又翻山，好山好水绿盈盈！
周围的山头数不尽，树木庄稼一片青，
风又凉来鸟又叫，一对对山鸡看得清！
二婶婶只顾头前走，巧娃越看越痛心，
咱边区风水样样好，就是有我这苦命人！
称心的鸟儿一处飞，为什么我要跟霉鬼，

山青水清庄稼青，爹爹你为什么心里浑?!

花红柳绿天上蓝，就是我心里刀尖尖剜！

想了一阵又一阵，我心里的苦楚数不清！

低头想来仰头看，前山里有些人影影！

一排一排分得清，舞腰呐喊一片声！

我看这就是变工队，听他们唱歌散一散心！

（变工队唱）

腊月里蜜蜂瘦干柴，可恨南山花不开，

有朝一日花心动，哪一个蜜蜂采花来！

咱边区来太阳红，毛主席是人民大救星！

乡亲们一个个都翻身，有吃那有穿好光景！

劳动英雄，开荒种地出了头！

一年打的两年吃，天旱雨潦不发愁！

（白）话说山上锄草的变工队，年轻力壮，有笑有唱，刘巧儿、李婶婶站在一旁，听得心里十分舒畅！众人看见她二人提饭提水，就说："哎哟，赵柱队长，咱们的饭来了，吃了再锄吧！"赵柱儿说："对，来了咱就吃吧。"正在吃饭的时候，有人问："赵柱队长，咱们后晌锄什么庄稼?"赵柱忙笑着说："今天咱们锄得很快，吃吧歇歇就锄稻黍，明天一天就都锄完了。"有人说："还是咱队长领导、计划得好，两天工夫就把三天的事办完了，到底是变工好！"有人抬起头把赵柱看了一眼，认为他真是能干。刘巧在旁边一听人家都喊赵柱，心里好像想起什么，偷的把赵柱结结实实地看了几眼，心里一动，立刻想起来了："我头一个男人就叫赵柱，该不就是他吧?!"里边有一个变工队员，认得刘巧，知道她就是赵柱退了婚的婆娘，看见刘巧不住地看赵柱，先向他旁边的一个人使了一个眼色，接着又咬耳朵说了一些什么。却说刘巧尽看赵柱，心里想："爹爹说他又穷又憨，不会生产，看这个人不唯会生产，还是变工队的头目，也许不是他？"她正疑疑惑惑，一回头看见那两个人眼睛都看她，口里好像还低低地说悄悄话，刘巧生来性灵，这一下就断定是赵柱，再待下实在有些害羞，心里忙得没顾上给李婶婶说，身子一溜，下得山又哭了起来！

我的爹爹害了我，赵柱才是个好劳动！
人又平和精神好，他说话来大家听！
变工队里当队长，人样生得很漂亮！
不见赵柱儿我澄不清，见了赵柱我就动心！
天不公来地不公，一对对鸳鸯两离分！
人不公来钱不公，亲老子就把女儿哄！
今儿的日子太不好，偏偏地遇见两个男人，
一个好来一个坏，坏的又偏偏抖威风！
世上的人哟都来听，你看我苦情不苦情，
亲生的老子害女儿，你们说可恨不可恨！
刘巧直哭得天地昏，水不流来鸟不鸣！
刘巧的苦处实在重，大江大浪哟推不动！
刘巧的苦处我不忍说，山上的事情我交代清。

（白）话说李婶婶回头一看，不见了巧娃，眼里着急，心里实在恨她的老子，她想："巧娃要是一个人在路上寻了短见，该怎么好?!"一抬头赵柱正站在面前，她便说："赵柱儿，你才看见的那个女子，你认得她是谁？"赵柱儿说："我认不得她。"李婶婶说："你要知道那就是刘巧！"赵柱儿说："我小时候见过她，如今长得这样高大了！唉，提干什么，她不满意咱，咱也不眼明她！"李婶婶说:“赵柱儿,她爹现在又把她卖给那王寿昌老狗了! 不是她不满意你,是刘货郎把她骗了!”赵柱说:“呵,原来是这么一回事! 他为什么偏偏给她寻那么个烂肝花?!”李婶婶说:“刘巧对我说死也不到他王家下去! 她是个好娃娃,一年手不停地纺线,纺的线子全是头等。”赵柱儿说:“哎哟,看你这个刘货郎,你把女子给哟给个好人,你就偏偏给了个狗见愁王财东!?”说着他心里就冒起火来。李婶婶说:“我不能和你多拉话啦,得赶快去看看巧娃,只盼她安安稳稳回到我家里就好! 你要是个有心的人,就该想办法,救她才是,我敢保她会满意你,说不定你们还能和和团圆! 时候不早,我就走啦。”

李婶婶急忙下山赶路程,赵柱儿站着把气生!
变工队员们站得近,一句一句听得清,
有的咬牙又切齿,有的纷纷来议论,
有的恨那刘货郎,有的痛骂王财东!
你一言来我一语,都替队长抱不平!
说来说去没办法,急得个众人不安心!
个个人心头都冒火,眼前看见那大灾星!
赵柱儿不言又不语,心里好像五牛分!
我不恨张来不恨李,我把你刘货郎老贼恨在心!
你倒我下把良心卖,拆散我夫妻罪不轻!
把你女给了别人我不恼,为什么给那个大害虫,
千不该来万不该,害了你女儿好劳动!
明儿我到政府里告,看你再敢把穷人哄,
越思越想越生气,再要锄草不安心,
想来想去出主意,决定变工队早收工,

众亲朋一听都同意，咱们大家是一个心，
一块骨头连一块肉，一块疼来大家疼！
各人回到各家里，婆娘娃娃都议论。
全庄议论我说不清，单说赵柱儿回家中。
汤不想来饭不用，坐在炕上心恼闷！
赵老汉一看事不对，走上前来把儿问。

（白）赵老汉说："儿哟，你怎么早早回来，一句话也不说，一口饭也不吃，愁眉不展，莫非是得了病了？"赵柱儿说："爹爹，我没病！"赵老汉说："你没病，你不会不吃不喝，教老子给你请一个巫神看看！"赵柱儿说："爹爹，我这是心上的病，我看就没有神仙，就是真有个神仙也治不了我这病！"赵老汉说："儿哟，你有什么事对老子说来。"赵柱儿说："爹爹，给你说不说不顶事，我要到政府里告他老驴肏的！"赵老汉说："尽管你给老子说吧！"赵柱儿说："对，我给你老说！……"他就一五一十地把刘巧儿和李婶婶到山上送饭，李婶婶说的话，众乡亲纷纷议论的情形，全都说了。赵老汉一听，冲冲大怒说："哎哟，看你这个老狗肏的，你把你女子给了好人，我不恼，为什么给那么个黑阎王？！把一个好娃娃，送在火坑里！儿哟，听她李婶婶的口气，好像刘巧愿意到咱家来！"赵柱儿说："她看我看得很多时，心里像是很难过，李婶婶说：'管保她愿意到咱家来。'"赵老汉说："既是她愿意来，咱就叫些人去抢她！"赵柱儿说："爹爹，不敢抢，现在咱边区没有抢亲的道理。"赵老汉说："我看那就能抢，他既然能骗人，咱为什么不能抢？！"赵柱儿说："咱告到政府里和他讲道理说，他不讲理，咱要讲理！"赵老汉害气地说："不论长短，抢回来再说，你懂得个甚？！老子吃盐比你吃米也多！抢回来再说，抢回来再说！”赵柱儿看见拦哟拦不定，急得走前走里，心上又添了一件事，好像世上什么也不能由自己做主了！

人不平来天不正，吼雷电闪打头阵，
第二天正黄昏，黑云动天起大风！
灰澎雾罩看不见，树木到处放悲声，
赵老汉怒冲冲，前庄后庄集合人，
大家小家都议论，听见要抢报奋勇，
变工队员全来到，好像将军点大兵！
也有老年人也有少年人，老老少少全上阵，
一个拿的野柳棒，一个又拿拨火棍，
叫的叫来应的应，跑起路来一溜风，
云焦月黑天地动，庄里走出来黑阴阴！
翻山过岭走得紧，一霎眼闯到刘家门！
人手齐全势力重，四周八面包围定，
前一层来后一层，前后左右不漏风！
赵老汉来怒气冲，好像张飞把古城！
一脚踏开门两扇，窑里的灯光通岗明，
开言就把刘巧叫，我给你说话你来听，
要知我的名和姓，我是你头房亲公公！
你的爹爹把良心卖，把你给了大坏种，
老子听见不高兴，今天引人来抢亲！
你要是愿意就出来，你要是反对也说明，
婚姻大事要讲理，我不能把你硬逼定。
刘巧一听心欢喜，窑堂里现出大救星！
看见牢门一打开，展开翅膀飞出门，

眼急腿快跑得端，毛驴上落下个织女星！

刘货郎来跑出门，教两个后生背缚定，

口里连喊不能动，这会儿不能再哄人！

风声住，月亮明，周围的碾磨看得清！

赵老汉一看莫消停，“得儿”打驴一棍就起身，

乡亲们一看心里喜，好像打败那鬼子兵！

浩浩荡荡走得快，得胜回头一片声！

刘巧儿飞下毛驴子，众位亲朋回家中，

赵老汉一一道了谢，满脸红光笑盈盈！

人们回家全不表，看她刘巧见男人：

刘巧见了她男人，喜落得热泪瀑松松！

我的爹爹把良心卖，闪得咱夫妻不相逢！

把我给了那黑蛆虫，人人听见都恶心！

他们捣鬼把我骗，蒙在鼓里我不知情！

夜儿上山看见个你，你才是一个好劳动！

大家喜来大家爱，变工队里当领工！

平平和和尽是个笑，笑得我心里怪眼明，

一见你来不由我，七上八下我心打动！

眼泪汪汪回家去，爹爹就把我管押定！

管住我的身子管不住我的心，思思量量在梦中，

水不思来饭不想，盘盘算算我活不成！

正在家里胡盘算，你就派来大救兵！

人记你来你记人，因此咱夫妻能相逢！

你种地来我纺线，早明夜起咱过光景！

那老狗他尽欺压人，烟酒嫖赌不务正，

不怕他祖上有多少，火上消雪不愁穷！
虽然咱们家中贫，咱会生产爱劳动，
劳动赚得永没完，穷无苗来富无根！
赵柱儿一听开言道：你说的话儿是真情，
咱们本是好夫妻，应该团圆过一生！
那老狗是个烂肝肺，心黑眼短不算个人，
只要你不到他家去，就算是一个大喜幸！
你今来到咱家里，左邻右舍全眼明！
就是这个事不妥，撞下乱子了不成，
咱们边区有法令，随便抢亲怎能行？！
你爱好来我也爱好，咱是边区好公民！
就是想起这问题，我又喜又愁不安心！
刘巧听了又流泪，眼前的欢喜竟然空！
只说我夫妻团圆了，爽爽快快过一生，
谁知事情还未了，急得一夜没睡成，
不怨张来不怨李，只恨我爹爹昧良心！
他们夫妻暂不讲，回书再说刘货郎：
自从赵家抢走人，他独坐在院当中，
又是喊来又是叫，就是两手不得动！
东院跑来个后小子，拍脚扬手把他问，
我的巧姐姐去哪里，你为什么把手绑定？
刘货郎祈祷又央告，快把我的绳子解脱笼！
那个后生要价钱，不买馍馍我手不空，
好说歹说才给他解，站起又来骂好人：
赵老鬼胆大太欺心，黑天半夜动武行，

你来把我女子抢，明火执仗动刀枪，

我告你抢亲理不通，总叫你重重地受处分！

我知道区上办不了你，咱就到县政府去理论！

他气得一夜没睡成，噘嘴骂舌怪烟灯！

二日天明灯还亮，刘货郎开门就起身：

一路走来一路想，大岔小步跑里个慌，

低头走来仰头看，县政府到了眼眉前，

气吼淘咽说一声：我是世上苦命人！

（白）刘货郎一进得县政府门就说："县政府的同志们，人家把我抢啦，你们管不管？"众人问："谁把你抢啦，抢你些什么东西？你为什么给我们气凶凶的？"刘货郎说："赵家庄上赵金财，以前我女子给了他，到了以后，他嫌我女子不好，没过门他倒硬和我女子退了婚啦，以后他给他儿问不下婆娘，夜儿黑地，他引来好多人，明火执仗，把我打了一顿缚住，就把我女子连拉带扯地抢走啦，你们看怎办啦？急得我一夜没睡成，要随时来，怕黑天半夜路上有狼，天刚亮，我就给你们报案来了，就是这么回事！"众人说："果真是这样，就是他赵老汉的不对，我们给你办，咱边区怎么还能明火执仗地抢人啦！"刘货郎说："你们说不能，我看他比顽固军还可恶！"有的同志要看他的伤，刘货郎一时没个好说上的，脸上摸了摸才说："那老驴肏的怕咱政府验伤，没敢重打，只顺屁股美美地踢了我几脚！"说的时候自己也觉得有点儿脸红。裁判员在旁边说："这还成什么体统！反正抢亲、打人，都是不合道理！文书，赶快写传票，打发法警把赵金财父子、刘巧儿快快一起调来！快吃饭了，勤务员，你们回头招呼他吃饭。刘货郎你就下去在那个窑里等着！"

文书提笔写公文，一颗大印盖得真，
一切手续全办好，法警忙忙就起身，
上上下下都知道，裁判员办案催得紧，
从不拖来从不搁，恐怕农民们多误工！
县政府里走脱信，忙得区乡莫消停，
后晌赵老汉就来到，刘巧赵柱儿随后跟，
他两人来在县政府，头不抬来眼不睁，
事务人员都来看，羞得个刘巧脸发红！
脸也红来眼也红，心里的难过添十分！
不怨张来不怨李，只怪我爹爹没良心，
你算把女儿害到底，丢人背兴我没处申！
你也不来想一想，死后可有脸见母亲！
我有心死在你面前，又怕那个人活不成！
我不爱财来不爱命，就爱那人的好劳动！
刘巧的难处说不完，赵柱儿的忧愁也不轻！
两个人分在两处问，这个事情了不成！
凶时多来吉时少，相亲相爱才几点钟！
一夜的好事还没想完，裁判员开庭问案情：

（白）话说赵柱儿一进门，就看刘巧、刘货郎、他爹，早就坐在那里，裁判员好像很不高兴，坐在那里抽旱烟，文书坐在一旁，像是预备写什么，勤务员、法警都没有坐，站在桌子两旁。裁判员看见人都来全，就向赵老汉说："哎哟，你就是赵金财！有个小不经世事，你怎么老也不讲道理，为什么半夜三更，明火执仗，聚众抢亲？"赵老汉说："我不抢，吃不倒他，打咯不能打，说咯说不过他。他对我媳妇说我儿就跛就憨，对我又说我的媳妇不到我家来,你看他这个老东西两面哄我,哄得我和他到区上写了一个退婚证,把他女子卖了几次,最近又卖给黑心肝王寿昌,因为我的媳妇满意到我家来,他把我媳妇关住,寸步不离,我的媳妇走不脱笼,你看我要抢不要,该抢不该抢!”裁判员稍微停了停说:“你的媳妇愿意来,你愿意要,这当然最好,你就可以到政府里来讲道理。共产党领导人民,实行民主,就是为的给人民办事,解决问题,你为何不来?你知道拿刀弄棒,聚众抢亲,扰乱家庭,扰乱社会秩序,是违犯咱边区的法令哟!你看是不是?”赵老汉听了,心里不服,口里再没吭声,所有的人都朝着他看。裁判员接着说:“你既然已经知道不对,愿意以后改悔,我从轻办理,只判你一年徒刑,刘巧,你愿意到赵家去,还是愿意到王家去?”刘巧说:“那黑阎王什么坏事都做,还是个二流子抽洋烟,不生产,不劳动,光欺压穷人,啃刻穷人,我死也不去;赵柱儿是个好劳动的男子,人品好,年岁相当,我说要到他家去!”裁判员说:“那个道理不对,你既要到赵家去,你可以来政府讲道理,办个合法的手续就好了。”刘巧说:“我要到政府来,我爹爹不让,我要偷着走也不行,教他撵上,就会把我的双腿轧折,他是什么事情也能做出来的!”裁判员说:“你这就马虎!赵柱儿,你愿意要她不要?”赵柱儿说:“我愿意要她!”裁判员说:“要哟要有个要的道理,你抢她是什么道理?!她怕她爹,你该不怕吧!”赵柱儿说:“我起初就要到政府里来,我爹思想不通,劝哟劝不下,赶我知道,他就抢回来了,我们抢亲不对,他刘货郎哄人骗人就对吗?我们的不对,你们看着裁判吧!”裁判员说:“刘彦贵,你几次卖女子,生事打架,我们也调查到了,现在罚你三个月苦工,要好好改正你的毛病!把你的女子引回去!赵柱、刘巧：你们的婚约，已经在区政府自愿登记解除，现在又是用武力抢亲，既不合法律手续，又违犯边区法令，应归无效！要是人人都看你们的样子，那还成什么体统？我实在不愿断散你们，可是法令所关，不得不如此！"刘巧儿说："我不回，回去我爹又会卖我！"裁判员说："你不回你爹家，你哪里有亲戚，到亲戚家先住三个月，等你爹毛病改了，保证不再卖你，再卖自有政府替你做主，不能让他卖。赵金财、赵柱儿、刘彦贵、刘巧儿，裁判书明天就可给你们，要是你们不服，在十天以内可以上诉，问题就这样解决，你们下喀！"

刘巧儿又哭得如酒醉，眼里滴血心里气，
谁说你裁判员讲道理，断得我夫妻活分离！
这还说政府不亏人，亏得我夫妻不相逢！
一路哭着把爹爹恨，李婶婶家里去安身。
赵柱儿回家没言声，提起个酒瓶子灌喉咙！
刘货郎心里把赵老汉恨，看你再抢亲不抢亲！
打定主意要上告，你裁判员断案不公平。
他们四人我不表，四周的群众齐议论：
这个判决不公道，好夫好妻不相逢！
裁判员长得死脑筋，口口声声讲法令，
不会调查不研究，不会审来不会问！
咱们亲朋联络起，专员公署走上禀！
你一言来他一语，四庄里吵得闹哄哄！
有的邻居走上门，赵老汉面前抱不平，
赵老汉心里有主意，只盼着专署来公文！
这些情形我不细说，就说那马专员看公文：

（白）话说陇东庆阳府马锡五专员，和气精明，做事认真，吃过早饭，按时办公。这一天他走进办公厅，正在看那个裁判员寄来的公文，眉头一皱，好像有什么事情。一抬头，看见政务秘书进来，放下一大堆呈文，略略打开一看，尽是赵家庄周达围垣老百姓上的公禀，有名有姓，有指有印，全是替刘巧、赵柱申冤抱不平的话句，一份一份看过，都说得很有道理。回头再把裁判员的判决书仔细对看了一下，就走出办公厅，骑上马，带了一个勤务员，一直向县政府走来。

他为明了这案情，不怕山高和水深，
亲自来到县政府，调查研究不放松，
要把案子判公平，要把混水变成清，
为官不知民受苦，那才是些糊涂虫！
今日见到裁判员，要和他仔细讲分明，
路程不远走得快，一霎时就到县政府的门。

（白）马专员到了县政府，裁判员就向他把刘彦贵和赵金财的问题细细谈了一番，马专员说："我这里也接下一大堆呈文，全是为的此事，你仔细考虑考虑，那个道理不能算对，抢亲应按抢亲的原因解释，要看实际情况处理，为什么一定要把他们两个的婚姻断散？"裁判员说："他们的婚约，早在区政府自愿登记取消，两方写了退婚证，再说武力抢亲违犯法令，这婚姻就不能有效！"马专员说："他们在区政府登记取消婚约，是他们亲自来，还是由旁人代替？"裁判员说："这我就没仔细研究，不大了解。"马专员说："我想这里就有问题，既然他们当初都愿意退婚，为什么刘巧现在一定要跟赵柱儿？"裁判员说："我实在没有想到这些事，就请专员多指示吧！"马专员说："解决问题，总得仔细调查研究，多向老百姓打听，一粗心大意，就会出岔子！我们存心为人民办好事，有时竟然办不好，这也就是一个原因。现在时候不早，我去亲自到各个庄上打问打问，你也再仔细认真，好好研究一番，等我回来，咱再慢慢讨论吧。”

马专员路上走得紧，调查研究为百姓！
一霎时来到赵家庄，听见乡亲们来议论：
王老汉说现在的事情真屈情，赵柱儿刘巧不能相逢，
刘货郎本是真赖人，指上女子哄骗人！
李二嫂说刘巧赵柱好关系，县政府断得他们活分离，
裁判员做事真不对，你们说有谁能满意！
有的态度说话都和平，有的就口里不干净！
马专员听了一阵又一阵，将身弯转走脱笼，
心里想来心里应，这全是边区的好公民，
心里有话就该讲，帮助裁判员来改正！
低头想来仰头看，前面的桑树绿茵茵，
树底下有人采桑叶，为什么树荫里有哭声？
走得前来看得清，旁边还站一个小儿童，
也不哭来也不闹，小眼睛直看那女人！
那女人手上手下摘桑叶，泪珠点点往下滚！
不看左来不看右，分明是心里有忧愁！
又是哭来又是唱，哭哭唱唱真凄惶！
背后吊一根大辫子，好像哭她的亲生娘，
大约这就是刘巧儿，看起来年轻又力壮！
马专员慢步慢走没声音，刘巧儿眼睛迷糊看不清，
片片桑叶染泪水，手一动来心也动！

心痛手痛有谁知,我是世上苦命人!

只说窑堂里出救星,谁知道转眼又成空!

不恨张来不恨李,老爹爹你为什么把良心昧?!

(转山西梆子唱)一不该你把恶意起,

二不该对我胡捣鬼,三不该你哄赵家把婚退,

四不该到区上和我翁翁办手续,五不该说赵柱是憨汉,

六不该说赵柱不能生产,七不该指女儿再把人哄,

八不该把女子卖给那害虫,九不该说他是一个好人,

实实的你不该嫌贫爱富大卖良心!那赵柱儿他是个好的劳动,

好劳动,好生产,过好光景!县政府裁判员你真亏人,

断散了我夫妻不能相逢!越思越想越凄惶,

眼泪汪汪满竹筐,蚕娃娃尝出味道苦,

也会替我病一场!(转说书)

刘巧儿哭了一阵又一阵,马专员侧耳一句一句听得真,

所有的事情全记住,走向前开言问一声!

(白)马专员说:“你这个女子是哪里人,为什么在此哭成个泪人儿?”刘巧儿急忙擦干眼泪,说:“你是个谁,问我有什么事情?”马专员说:“我叫马锡五,就是你们这里的专员,看你哭得哀哀痛痛,有什么冤屈,尽管实说,我可以想办法替你解决。”刘巧一听说是马专员,就越发哭得伤心,一时说不成话,马专员说了好多劝解的话,刘巧才止住哀痛,把前前后后的情形都给马专员详细说了一遍。马专员说:“对,我明天打发县政府的人找你来,你有什么意见,都可以在明天大会上讲,我断得总教你满意就是。”刘巧说:“哎哟,青天!”

刘巧喜得泪满脸,你这个同志是青天!

桑树园里辨是非，快教我夫妻早团圆！
刘巧快步回家去，马专员路上脚步忙，
一边走来一边想：这个女娃真凄惶，
我也心里怪难过，定要替她申冤枉，
为官不知民疾苦，不能算是有主张；
身体好来走得快，回到县政府开会忙，
所有的干部全来到，鸦没鹊静听他讲，
干部们一个个心里想，调查研究要加强，
我们有了马专员，讨论问题上讲堂，
民众的意见要尊重，判案子才会有力量，
上下的意见全顾到，老百姓就不会说短长！
这个办法实在好，他想出司法的新方向！

（白）话说马专员回到县政府，随便吃了小米干饭炒洋芋丝，旁边放了一碟油炸辣椒，喝了一碗白开水，就开司法人员的干部会议，着重说明调查研究案情和尊重群众意见的重要，指出司法工作的新方向。干部们一个个听得满意，好像又进了一次学堂，学下不少东西，觉得以后自己判案子，为群众解决问题，更有把握了。第二天明吃过早饭，赵家庄、刘家庄的老者，王寿昌、刘媒婆、李婶婶、刘巧、赵柱、刘彦贵、赵金财、区长、乡长、村长，男男女女，老老少少，来了一院子人，数也数不清，说也说不清，人全到齐，裁判员当主席，宣布开会，先请马专员讲话。马专员客客气气从凳子上站起来，慢慢走到桌子跟前，先向大家行了个点头礼，然后才声音不高不低地说："众位乡亲，今天开这个会，是为尊重乡亲们的意见，解决赵、刘、王三家的婚姻问题，不论谁有什么意见，都可以随便说，我们的干部，都要向大家学习，去掉错误，改进工作！”大家一看马专员穿的蓝布衣服，朴朴素素，说起话来平平和和，没有一点儿官僚架子，好像遇到一个多年不见面的亲戚一般，觉得格外亲热。一听他讲完话，高老汉就站起来说：“我看第一宗的不对，是赵金财的不对，有理就公开到政府里讲，为什么拿棍拿棒，动武抢亲？”大家的眼睛都朝赵金财和说话的人看，赵金财脸上好像有些羞惭。张拴儿一不溜走过来说：“以我看，刘货郎也不能说对，他不是好人，到处拿假色哄人，指上女子几次骗人，他为银钱把女子不给好人，给了个祸害星……”众人听到这里，就你一言我一语，低声议论，刘巧、赵柱都听得眼明！那个人说：“快不要吵，我的话还没有说完！”众人一静，他才又说：“你们大家说这个道理通也不通？要是刘货郎不卖人，我大叔也就不会抢亲！”众人都说：“对着啦，对着啦！”赵金财抬了抬头，心里想：“这才是个公正人！”刘巧、赵柱越发眼明，刘货郎尽低着头，心慌眼乱，偷看旁边的人。赵家庄的小村长站出来说：“今天也不怕得罪王财东，老哟老啦，做这算甚事？你不该凭腰里有钱，就掏大价钱握赶穷人！全跟你，跟刘货郎一样，我这娃也就不要问婆娘了！屁是背地放的，话就讲在当面，我也就不会说那些溜沟沟话，完了。”王寿昌偷地看刘媒婆，刘媒婆偷地看小村长，正在这个时候，李虎子接着说：“村长完全说得对，他仗钱多，平素欺压穷人，好像长一个狗心！他抽洋烟抽得霉三七怪，耳朵压成个板片子，指头烧成个霉片子，眼窝抽成个光片子，腿底下连两个瘦片子，浑身上下是霉片子！不是刘巧不满意要他，他再有钱，我也不满意要他！”这一说，所有在场的人全大笑起来，裁判员想笑没有笑，硬绷着脸儿，马专员脸上似笑，没有笑出声音，只是微微价有一点儿意思。裁判员喊着让大家静下来，李婶婶慢慢起来说："照我说，刘媒婆也不对，见天起来，黑口黄牙，尽想哄人吃人，要是没这号子人，也就少些是非，事情总好办些！"婆娘们一听，都用说不出的那种眼色看刘媒婆。好多人站起来说："赵柱儿真是一个会种地的好男子，刘巧真是一个会纺线的好女人，他们二人成了亲，就好比牛郎配上织女星！裁判员为什么把他们的婚姻断散，让他们哭哭啼啼受苦情?！我们看这就是政府的不对！"马专员一听，向裁判员说了句什么，裁判员就向大家说："这的确是我的不对，我没有仔细调查研究，把事情完全弄清楚，就随便下判断，实在是个大错误！刚才大家说得都对，马专员夜儿也批评了我，我向大家承认错误，保证以后要改！"裁判员说完，马专员又走到桌子跟前向赵柱、刘巧说："你们也可以发表你们的意见，大家都有说话的权利。"刘巧说："王家我死也不去！"赵柱说："刘彦贵把我爹哄的到区上写了退婚证，不能算数。"马专员说："现在咱边区实行民主，你们大家看这个问题应该怎么样解决?"四周围站的、坐的、男男女女老老少少都纷纷起来，成了裁判员了。

高老汉开言说得清：赵老弟原判一年太得重，

减成苦工三个月，我保他以后要改正！

小村长站起接着说：刘货郎的苦工应加重，

罚他生产六个月，看他再哄人不哄人！

李婶婶站起把话讲：我来说一说王财东，

财礼应该没收一半，救济咱外来的移难民，

鼓励人人都劳动，大家全过好光景！

刘媒婆是个二流子，乡政府应把她管压紧，

要是以后再虚说，就应该重重地受处分！
刘虎子等得不耐烦，轮到他说话才高兴，
一下跳到个当场里，红喷喷的脸上笑脱笼，
一边说来一边笑，句句话儿说得真：
刘巧赵柱好劳动，应该立场就成亲，
要是他们不成亲，我哟急得不能行！
众人一听都来笑，可把个刘虎子笑脸红，
你也笑来他也笑，好像忘记是断案情，
多亏裁判员来提醒，大家这才坐平稳。
刘巧站起来讲话，众人坐着仔细听：
我的爹爹犯法令，三番五次哄骗人，
大家又提议罚生产，我的心里也赞成，
能减减成三个月，我保他日后会务正！
刘巧的意见刚说完，赵柱就起来接后音：
我的爹爹受处罚，我觉得不重也不轻，
咱是边区的好人民，抢亲实在是犯法令，
这些不对我劝他老儿改，再不会发生这事情！
至于刘二叔哄骗人，当然也是犯法令，
不用多来不用少，罚他生产三个月也就行，
不是我替他说好话，我想他日后会改正！
众人都朝马专员看，马专员笑着说出唇：
（白）马专员说："刘巧，你愿意到赵家去，还是愿意到王家去？"刘巧奇怪地看了马专员一眼说："我愿意到赵家去嘛！"马专员又问赵柱："你愿意要她不要？"赵柱说："我愿意得厉害啦！"马专员又和裁判员说了几句话，然后裁判员说："现在我就照大家的意见宣判：赵金财原判一年徒刑，减为罚三个月苦工；刘彦贵照旧罚三个月苦工，王寿昌和刘巧的婚约，刘巧本人既不同意，应该无效，他买人的钱没收一半，救济外来的移难民；刘巧赵柱的婚约，以前解除时，他们本人不知，不能有效，现在他们既两厢情愿结合，应早拜天地，双双团圆！”众乡亲拍手大笑，个个都说：“刘巧赵柱团圆，我们大家都喜！”马专员说：“你们喜，我看见也喜，大家都喜，咱边区这么一对好夫妻，谁能不喜！”大家说：“马专员真是青天，真是青天！”马专员对刘媒婆说：“你说媒也好，只要两家情愿，你说得实在。如果再要骗人，政府就要处罚你！”刘媒婆说：“这是我的不对，大家批评我，我以后一定转变。”马专员说：“对，你去吧！”马专员想找王寿昌说话，他已经溜走了。马专员向刘彦贵、赵金财说：“你们两亲家，也应喝两杯和脉酒，讲和讲和！政府处罚你们，只是为的教育你们。刘彦贵，你看刚才你的女儿女婿都在疼你，请求减轻你的处罚，我和裁判员也就同意了，你得好好改正不要再做对不起他们的事，小的有孝心，老的就要有个疼心，你们看怎么样？”刘巧赵柱一听，都说马专员想得实在周到，赶快过来替他们两位老人讲和，赵老汉笑着说：“我应该受罚，只要媳妇到我家，我向我亲家赔罪！”刘彦贵说：“咱们还是好亲家，你快不要让我再难过了！”众人一看，又全笑了起来，马专员吩咐乡长、村长备办简单的酒席，就近叫来吹鼓手，刘巧、赵柱就在当场拜了天地，所有到会的人又全成了贵客。

大家吃吃喝喝当贵客，吹手响吹细打真快活，

年轻人嚷着要闹房，老汉们忙着顾吃喝，

刘巧赵柱的眼泪变成笑声，赵金财刘彦贵的凶气变和平，

大家的喜欢说不尽，咱们这民主就实在行！

你有说来他有笑，你们说这是些什么光景？

锣鼓一片声，喇叭吹得清，大家听见喜浪好高兴，

刘巧赵柱二人去完婚！大家行酒令，亲朋笑盈盈，

刘巧赵柱是两个好劳动，不出哪一年劳动当英雄，

要编新书千千万，这一桩故事我说完，

团圆遇着马青天，男女老少都喜欢！

新书还要继续编，好多事实我不了解，

有些地方有缺点，希望大家提意见！

咱们边区好地方，男耕女织人人忙！

有吃有穿好光景，实行民主新气象！

有些男女二流子，劝说改造全变样，

买人卖人都不行，骗亲抢亲也不让，

一听这书你明白，咱们大家喜洋洋！

（完）

## 韩起祥小传

韩起祥是一个盲目的说书人。老家在横山，一九四〇年搬到陕甘宁边区，住在延安县河庄区三乡张家窑子村。今年三十二岁，三岁眼瞎，十三岁拜师傅传学说书，到现在已经说了十七八年了。说书的技术很好，是一个“好把式”。

他有很强的记性，会说七十多本旧书，会弹五十多种陕北民歌小调，记得许多民间故事、传说、剧本等等。

过去，他也跟陕北一般旧书匠一样，全说些封建迷信的旧书，兼算命、扣娃娃，借此过生活——他有一个婆娘，一个娃娃，全靠他说

书过活。

一九四四年，他受了边区新文化运动的影响，得到延安县政府的教育和帮助，思想转变了，才开始说新书。他的创作才能很高，自己创作自己演唱。

一九四五年他和边区文协说书组联系之后，常到延安来说书，接触了文艺界，吸收许多新的东西，政治文化水平逐渐提高了，创作才能很快地发展起来，产生了许多作品。

从一九四四年七月到一九四五年十二月，只短短的一年半的时间，他创作和改编的新书就有二十六篇，约二十多万字。

他的新书，语言丰富，生活活泼，表现了群众的生活、思想和情感，富有民间的风趣，演唱的技术又很好，因此，受到广大群众的欢迎，也得到延安文艺界的好评。

现在，韩起祥已经变成一个新的民间艺人，一个盲目的口头作家。

一九四六年二月二十八日

**东北书店 1947 年 10 月初版**

# 存　　目

**丁洪**

两天一夜

**小波**

幸福

**王家乙**

光荣匾

**文泉**

接收小员

**平章**

报喜

**田稼**

捡宝

**史奔**

十一运动

**西虹**

梁万金,决心干!

**庄中**

白玉江光救活了老李吗?

**苍松**

状元过年

**李熏风**

卓喜富扭秧歌

**张绍杰**

陈树元挂奖章

**陈戈**

大兵

抓俘虏

**陈明**

夜战大凤庄

**武老二**

小英雄

**郑文**

送郎参军

**赵云华**

姑嫂做军鞋

**胡青**

李有才板话影词

**胡莫臣**

兄弟

**昨非**

机智英雄丁显荣

**侯相九**

灯下劝夫

**铁石**

铁石快板

**奚子矶**

义气

**高水宝**

自找麻烦

**黄红**

治病

**黄耘**

新小放牛

**崔宝玉**

翻身

**鲁亚农**

百战百胜

**丁洪、陈戈、戴碧湘、吴雪等**

抓壮丁

**正平、维纲**

捉害虫

**合江省鲁艺农民组**

王家大院

**军大宣传队**

天下无敌

**祁继先、侯心一**

演唱戴荣久

**苏里、武照题、吴因**

钢筋铁骨

**张为、吴琼**

翻身年

**雪立、宁森**

坚守排

**韩彤、赵家襄**

破除迷信

# 敬　告

《1945—1949年东北解放区文学大系》为展现东北解放区文学的整体风貌而编辑出版。丛书选取此间最具代表性的作品，以纪录这段波澜壮阔的历史时期内东北解放区所发生的翻天覆地的变化。由于丛书所收录的作品众多，时代不一，加之编辑出版时间有限，至今尚有部分收录作品未能与原作者或继承人取得联系。为保护作者著作权益，我社真诚敬告：凡拥有丛书所选录作品著作权的，请与我们联系，我们将按照国家规定及时付酬。

感谢社会各界对我们的理解与支持。

黑龙江大学出版社